THE GOD OF SMALL THINGS

微 物 之 神

ARUNDHATI ROY

〔印度〕阿兰达蒂·洛伊 著

吴美真 译

人民文学出版社
PEOPLE'S LITERATURE PUBLISHING HOUSE

著作权合同登记号　图字 01-2022-2935

THE GOD OF SMALL THINGS by **ARUNDHATI ROY**

Copyright © 1997 BY ARUNDHATI ROY

This edition arranged with DAVID GODWIN ASSOCIATES LTD.（DGA LTD.）

through Big Apple Agency，Inc.，Labuan，Malaysia.

Slmplified Chinese edition copyright：

© 2020 SHANGHAI 99 READERS' CULTURE CO.，LTD.

All rights reserved.

图书在版编目(CIP)数据

微物之神/(印)阿兰达蒂·洛伊著;吴美真译

. —北京：人民文学出版社，2020(2025.9 重印)

ISBN 978-7-02-013479-3

Ⅰ. ①微…　Ⅱ. ①阿… ②吴…　Ⅲ. ①长篇小说-印度-现代　Ⅳ. ①I351.45

中国版本图书馆 CIP 数据核字(2017)第 259459 号

责任编辑　卜艳冰
特约策划　邱小群　刘佳俊
封面设计　钱　珺

出版发行　人民文学出版社
社　　址　北京市朝内大街 166 号
邮政编码　100705

印　　刷　上海盛通时代印刷有限公司
经　　销　全国新华书店等

字　　数　270 千字
开　　本　890 毫米×1240 毫米　1/32
印　　张　10.125
版　　次　2006 年 4 月北京第 1 版
印　　次　2025 年 9 月第 6 次印刷

书　　号　978-7-02-013479-3
定　　价　69.00 元

如有印装质量问题，请与本社图书销售中心调换。电话:010－65233595

目 录

1　天堂果菜腌制厂

阿耶门连的五月是一个炎热、阴沉沉的月份。白日长而潮湿，河流缩小。黑乌鸦贪婪地吃着静止的、布满灰尘的绿色芒果树上那些鲜艳的果实。红白蕉成熟了，菠萝蜜胀裂开来。放浪形骸的青蝇在溢满果香的空气中空茫茫地嗡嗡鸣叫着，然后撞在明亮的窗玻璃上，一命呜呼，肥胖的身体在阳光下显得不知所措。

夜，澄澈无云，但弥漫着懒散的情绪和沉重的期待。

但是到六月，西南季风吹来了。有三个月，风刮着，雨下着，偶尔刺眼、闪烁的太阳才露一下脸，而兴奋的孩子则趁机大玩一番。乡间一片恣肆的绿，当插在地上作为篱笆的木薯枝干生根开花时，界限变模糊了。砖墙出现绿苔，胡椒的藤蔓蜿蜒爬上电线杆，野生爬藤植物迸出铝红土岸，爬过淹水的道路，船在市集来回穿梭，而小鱼儿出现在公共工程部于公路上制造的坑洞积水里。

当瑞海儿回到阿耶门连时，天正下着雨，银绳般斜斜的雨猛击着松散的地面，像炮弹似的将泥土翻起。山上老房子陡斜的屋顶低垂下来，像是一顶拉得低低的帽子。布满苔痕的墙已经松动了，而且因地面往上渗出的湿气而微微膨胀。荒芜、长满野草的花园里，充满了小生命的耳语和疾行。矮树丛中，一只蛇鼠靠在一块闪亮的石头上摩擦身子。满怀希望的黄色牛蛙在多浮渣的水塘巡行，想寻找配偶。一只湿淋淋的猫鼬掠过散布着树叶的车道。

房子本身看起来空荡荡的，门和窗都上了锁。前阳台光秃秃的，没有任何装设，但是那辆有镀铬尾翼的天蓝色普利茅斯仍停在外面；而在屋内，宝宝克加玛^①仍然活着。

她是瑞海儿的姑婆，她外公的妹妹。她的真名是娜华蜜——娜华蜜·伊培，但是每个人都叫她宝宝，长到够当姑妈的年纪时，她变成了宝宝克加玛。然而，瑞海儿不是来看她的，孙侄女和姑婆都不曾对这件事怀任何幻想。瑞海儿是来看她的哥哥艾斯沙的。他们是异卵双胞胎，医生称他们为"双胚子"，这是由两个分开但同时受精的卵生成的。艾斯沙——艾斯沙本^②，比瑞海儿早十八分钟出生。

艾斯沙和瑞海儿不甚相像，向来都是如此。即使当他们还是手臂细瘦、胸部扁平、饱受寄生虫折磨、梳着猫王式飞机头的孩子时，带着夸张微笑的亲戚，或经常来到阿耶门连房子请求捐款的叙利亚正教主教，都不曾像询问其他双胞胎那样地追问他们"谁是谁"，或"哪个是哪个"。

混淆藏在更深入、更隐秘的地方。

在早先那未定形的几年，当记忆才刚刚开启，当生命充满了开始，没有结束，而一切都是永恒时，艾斯沙本和瑞海儿认为：在一起时，他们是"我"；分开时，他们是"我们"。仿佛他们是罕见的一对暹罗双胞胎^③，身体分开，但本性却相连。

现在，在这些年后，瑞海儿仍记得，她曾在一个晚上醒来，因艾斯沙的一个滑稽的梦而吃吃地笑着。

她甚至有其他她无权拥有的记忆。

例如，虽然她没有在场，但是她记得在阿布希拉什戏院里，卖橘子

---

① 克加玛（kochamma）的原意是"小母亲"，但可用来指英文里的姑妈、姨妈、舅妈等。
② 艾斯沙是简称，艾斯沙本是全名。
③ 出生于暹罗（泰国）的华侨双胞胎（1811—1874），两人胸部有一条粗韧带将他们连接。

和柠檬饮料的人对艾斯沙做了些什么。她记得在前往马德拉斯的马德拉斯邮车上，艾斯沙所吃的番茄三明治的味道。

而这些只是琐屑的事情。

不管怎样，现在她认为艾斯沙和瑞海儿是"他们"，因为分开时，这两个人不再是以前的"他们"，或他们曾经想象过的"他们"。

曾经。

现在，他们的生命有了一个尺寸和形式。艾斯沙有他自己的尺寸和形式，瑞海儿也有她自己的尺寸和形式。

边缘、边界、分界线和界限就像一群侏儒，在他们俩各自的脑中出现，有着长长的影子的小矮人，在"模糊的末端"巡视。柔和的半月形眼袋在他们俩的眼下形成了，现在他们和阿慕①死时一样大。三十一岁。

不算老。

也不算年轻。

一个可以活着，也可以死去的年龄。

他们差点在公车上出生，艾斯沙和瑞海儿。他们的父亲开车载他们的母亲阿慕到西隆的医院生产，但这辆车子在阿萨姆一条蜿蜒的茶庄道路上发生故障了。他们丢下那辆车子，挥旗让一辆拥挤的州交通部的公车停下来。坐在车上的乘客带着一种穷人对于较富裕的人所怀有的奇怪怜悯让位给他们，或者，他们这样做只是因为看到阿慕奇大的肚子。在剩下的旅程中，艾斯沙和瑞海儿的父亲必须抱住他们母亲的肚子（以及

---

① 女子名，艾斯沙和瑞海儿的母亲。由于 Ammu 和马拉亚拉姆语（作者使用的印度方言）的 Amma（妈妈）发音近似，故本书中，艾斯沙和瑞海儿直接称他们的母亲"阿慕"。

肚子里的他们)，以免肚子摇摇晃晃。这是在他们离婚以及阿慕回到喀拉拉居住之前。

艾斯沙认为，倘使他们在公车上出生，那么他们这一生将可免费搭公车。不知他们从哪里得知这类事情，或者如何得知这类事情。但是有几年时间，这对双胞胎对他们的父母怀着一种隐约的不满，因为父母毁掉了他们终生免费搭公车的权利。

他们也相信，倘使他们在过斑马线时被车子撞死了，那么政府会负担他们的葬礼费用。他们十分肯定地认为，斑马线就是为了此目的而存在的。免费的葬礼。当然了，阿耶门连没有这种可以让人被车撞死的斑马线，甚至果塔延——离此最近的一个镇——也没有。但是当他们坐两个小时的车子去科钦时，他们曾在途中，从车窗看到了一些这样的斑马线。

政府从来没有负担苏菲默尔①的葬礼费用，因为她不是在斑马线上被撞死的。她的葬礼是在阿耶门连一间刚上漆的老教堂举行的。她是艾斯沙和瑞海儿的表姐，也就是恰克舅舅的女儿。她从英国来拜访他们。她死时，艾斯沙和瑞海儿七岁，而苏菲默尔快九岁了。她躺在一个孩子专用的小棺材里。

有缎子衬里。

黄铜把手闪闪发光。

她穿着克林普兰②黄色喇叭裤，发上系着缎带，手里拿着她喜爱的英国制时髦帅气的袋子。她的面孔苍白，而且布满皱纹，就像洗衣者在水里泡了太久的拇指。教友们聚集在棺材四周，漆成黄色的教堂因忧伤的歌唱声而像喉咙那样膨胀着。留着卷曲胡须的神父摇动着挂在链子上的乳香钵，而且没有像一般星期日那样对着婴儿微笑。

① 默尔（Mol）的意思是"小女儿"或"小女孩"，常放在女子名后。
② 克林普兰（Crimplene），商标名，一种不会起褶皱的人造物质。

祭坛上的长蜡烛弯曲了，但短蜡烛没有弯曲。

葬礼上有一个佯称是远房亲戚的老妇人，没有人认识她，但她常常于葬礼中出现在尸体旁。一个对葬礼上了瘾的妇人？一个潜在的恋尸癖者？她将古龙水倒在一小块生棉之上，然后带着虔诚的模样和温和的挑战神情，拿这块生棉轻拭苏菲默尔的额头。苏菲默尔闻到了古龙水和棺木的味道。

玛格丽特克加玛（苏菲默尔的英国籍母亲）不让苏菲的生父——恰克——将手臂搭在她身上安慰她。

这一家人挤成一团站着。玛格丽特克加玛、恰克、宝宝克加玛，宝宝克加玛旁边是她的嫂嫂玛玛奇①——艾斯沙、瑞海儿以及苏菲默尔的祖母。玛玛奇几乎看不见了，到屋外时，总是戴着墨镜。她的眼泪从镜片后滴下来，沿着她的颚部抖动着，就像屋顶边的雨滴。她穿着那件干爽、白里透灰的纱丽，显得瘦小而病恹恹的。恰克是玛玛奇的独生子，她自己的悲伤令她难过，而他的悲伤则将她击垮了。

虽然他们容许阿慕、艾斯沙和瑞海儿参加葬礼，但是，他们叫这三人站在一旁，不能和其他家人在一起。没有人看他们。

教堂里非常热，白星马蹄莲的白色边缘起皱、卷曲。一只蜜蜂死在棺材里的一朵花中。阿慕的手颤抖着，手中的赞美诗集也跟着颤抖。她的皮肤是冰冷的，艾斯沙靠着她站，几乎还在睡梦中，疼痛的眼睛闪烁如玻璃，燃烧的脸颊贴在阿慕拿着赞美诗集的颤抖、赤裸的手臂上。

但是瑞海儿却十分清醒，保持高度的警觉，因为正和"真实的生命"战斗而变得筋疲力尽和脆弱不堪。

她注意到苏菲默尔醒来参加她自己的葬礼。她让瑞海儿看两样

---

① 马拉亚拉姆语的"祖母"是"阿玛玛"（Ammamma），为了表示敬意，一般会在"阿玛玛"后加个"奇"（chi）字。这里的"玛玛奇"是孩童对于"阿玛玛奇"的昵称。

东西。

第一样东西是黄色教堂刚刚上漆的高圆顶，瑞海儿以前不曾从里面观看过它。它被漆成蓝色，像天堂那样，有飘浮的云朵和飕飕作响、白烟尾巴与云朵交叉的小喷射机。的确（我们必须说），躺在棺材里往上看，比站在教堂座席中，被忧伤的臀部和赞美诗集包围，更容易注意到这些东西。

瑞海儿想到有人费力地拿着刷子、稀释剂和一罐罐的油漆爬到那儿，白色的油漆用来画云，蓝色的油漆用来画天堂，银色的油漆用来画飞机。她想象某个像维鲁沙的男人爬到那儿，光着身子，闪闪发光，他坐在一块木板上，悬吊在教堂高圆顶中的鹰架上，在蓝色的教堂天空画银色的喷射机。

她在想，如果绳子断裂了会发生什么事情。她想象他像一颗黑色的星星那般，从他自己创造的天空掉落下来，支离破碎地躺在发烫的教堂地板上，黑色的血从头颅流出来，如同一个秘密。

那时，艾斯沙本和瑞海儿已经知道这个世界有将人击碎的其他方式。他们已经熟悉那气味，令人恶心的香味，就像微风中即将凋谢的玫瑰的味道。

苏菲默尔让瑞海儿看的第二样东西，是那只蝙蝠宝宝。

在追悼仪式中，瑞海儿看着一只黑色的小蝙蝠用它那温柔紧贴的卷爪，爬上宝宝克加玛那件葬礼上穿的昂贵纱丽。当它爬到她的纱丽和上衣之间、爬上她那团似有愁容的脂肪、爬上她赤裸的腰身时，她大声尖叫，拿她的赞美诗集击打空气。教堂内的人停止歌唱，纷纷问："什么事？怎么了？"然后蝙蝠飕飕地旋飞，纱丽啪哒啪哒地翻动。

神色忧伤的神父用戴金戒的手指将卷曲的胡须清理干净，仿佛几只隐秘的蜘蛛突然在那儿结了网。

小蝙蝠往上飞入天空，变成一架喷射机，一架白烟尾巴没有和云交叉的喷射机。

　　只有瑞海儿注意到苏菲默尔在棺材里秘密地翻筋斗。

　　忧伤的歌唱声又响起了，他们将那首忧伤的诗歌唱了两遍，而黄色的教堂再次像喉咙般因歌声而膨胀着。

　　当他们将苏菲默尔的棺材放入教堂后小墓园的地里时，瑞海儿知道她还没有死去。她替苏菲默尔聆听红泥轻柔的声音，以及橘色铝红土将闪亮的棺材洋漆糟蹋的重击声。她透过光亮的棺木，透过棺材的缎子衬里，听到单调的砰砰声。神父那神色忧伤的声音因泥土和棺木的阻隔而变得模糊。

　　　　我们将这个离去孩子的灵魂
　　　　交在你手里，最慈爱的天父。
　　　　我们将她的身体交给土地，
　　　　土归于土，灰归于灰，尘归于尘。

　　在地里，苏菲默尔尖叫着，并用牙齿将缎子衬里咬碎。但是你无法透过泥土和石头听到这些尖叫声。

　　苏菲默尔死了，因为她不能呼吸。

　　她被自己的葬礼杀死。尘归于尘归于尘归于尘。她的墓碑上写着："赐给我们的一道稍纵即逝的阳光。"

　　阿慕后来解释说："稍纵即逝"就是"太短暂"的意思。

　　葬礼后，阿慕带着双胞胎回到果塔延警察局。他们很熟悉这个地方。前一天，他们在那儿度过很长的一段时间。他们料到弥漫在墙上和家具上的那股呛人的尿骚味会扑鼻而来，所以事先将鼻子捏紧。

　　阿慕要求见警察局的警官。当她被带到他的办公室时，她告诉他说，他们犯了一个严重的错误，所以她要做一个供述。她要求见维鲁沙。

巡官汤姆斯·马修的髭须十分茂密杂乱，就像印度航空公司的印度大君像的髭须。但是，他的眼神狡猾而贪婪。

他说："你不认为现在做这些都嫌太迟了吗？"他说的是果塔延一地所用的粗糙的马拉亚拉姆语。当他说话时，眼睛瞪视着阿慕的胸部。他说警方该知道的事，他们都知道，还说果塔延的警察不接受"维绪亚斯"（妓女）或其私生子的供述。阿慕说她会追究这件事。巡官汤姆斯·马修绕过桌子，带着警棍走向阿慕。

"如果我是你，"他说，"我会安安静静地回家。"然后，他以警棍轻拍阿慕的胸部，温柔地拍一拍，仿佛正从篮子里指出哪几颗芒果要人包起来送去给他。巡官汤姆斯·马修似乎知道可以找谁的麻烦和不可以找谁的麻烦。警察具有这种直觉。

在他后面，一个红蓝相间的布告板上写着：

礼貌

服务

忠诚

智慧

谦恭

效率

当他们离开警察局时，阿慕哭泣着，因此艾斯沙和瑞海儿没有问她"维绪亚斯"是什么意思，或者"私生子"是什么意思。那是他们第一次看见他们的母亲哭。她并没有啜泣，她的脸像石头般一动也不动，但是眼泪从她眼中涌出来，流下她僵硬的脸颊。这使得双胞胎因害怕而难受。阿慕的眼泪使得目前一切似乎不真实的事物变真实了。他们搭公车回阿耶门连，售票员是一个穿着卡其衣服的瘦削男人，他拉着公车的扶手朝他们滑行过来，然后让他骨瘦如柴的臀部靠着椅背，并拿出打孔机对着阿慕做"咔嚓"在车票上打孔的动作。"去哪里？"咔嚓声是有含义的。瑞海儿可以闻到一叠公车车票的味道以及售票员手上钢制公车扶手的酸味。

"他死了，"阿慕轻声对他说，"我杀死了他。"

"阿耶门连。"艾斯沙赶紧说，免得售票员动怒。

他从阿慕的皮包里拿出钱。售票员把车票给他们。艾斯沙小心翼翼地将车票折叠起来，放在口袋里。然后，他伸出细小的手臂抱住他僵硬、流泪的母亲。

两星期后，艾斯沙被送走了。阿慕被迫将他送回到他父亲那儿，他的父亲当时已辞去了阿萨姆茶园的寂寥工作，搬到加尔各答为一个制造炭黑的公司工作。他已再婚，几乎戒了酒，偶尔才会旧疾复发。

自那时起，艾斯沙和瑞海儿便没有再见面了。

现在，二十三年后，他们的父亲又将艾斯沙送回来了。他将他和一只行李箱及一封信一起送回到阿耶门连。宝宝克加玛让瑞海儿看那封信。信上的字迹是歪斜的、女性化的，像出自一位教会学校的女学生之手，但下面却有他们父亲的签名，或者至少名字是他的。瑞海儿认不出那签名。信上说，他（他们的父亲）已经从制造炭黑的公司退休，而且正要移居澳洲，他已在那儿找到了一份在砖瓦工厂当警卫长的工作，但无法带着艾斯沙和他一起去。他向阿耶门连的每一个人献上他最大的祝福，并说如果他回到印度，他会来探望艾斯沙。但是他也说，他不太可能再回来了。

宝宝克加玛告诉瑞海儿，她可以保存那封信。瑞海儿把信放回信封里，信纸已经变软了，像一块布那样地被折起来。

她已经忘了阿耶门连的季风空气是多么潮湿。膨胀的橱子"咯吱咯吱"作响，锁起的窗胀裂开来，书页在封皮之间变软、成波状。不曾见过的昆虫像意念般出现在黄昏里，然后在宝宝克加玛那昏暗的四十瓦灯泡上将自己烧死。白天，它们酥脆的、被焚化的尸体散布在地板和窗台上，在克朱玛莉亚①将它们扫到塑胶畚斗之前，空气中散发着东西被烧的气味。

仍然没有变，那六月的雨。

天门敞开了，水往下敲打，使不情愿的老井苏醒过来，让没有猪的猪舍长出绿苔，对着静止的茶色水坑做地毯式的轰炸，就像记忆对静止的茶色心智进行轰炸那样。草看起来温润、翠绿而满足，快乐的紫色蚯蚓在泥泞中嬉戏，绿色的荨麻点点头，树木弯下腰。

在更远的地方，在风雨中，在河岸上，在白日突来的雷电交作的黑暗中，艾斯沙走着。他穿着一件接近浊红色的粉红圆领汗衫，经雨水润湿后，汗衫的颜色变得更暗。他知道瑞海儿已经来了。

艾斯沙向来是个安静的孩子，因此，没有人可以准确地指出他是从何时开始不再说话的（哪月、哪日或哪一年）。这是指完全停止说话。事实上，这件事不是发生在某个"明确的时候"，而是一种渐渐封闭的过程，一种几乎没有人注意到的渐渐变安静的过程，就仿佛他只是把话说完了，以后再也没有话可说了。然而，艾斯沙的静默从来不是笨拙的，从来不干扰人，也从来不吵闹。与其说那是一种控告性、抗议性的沉默，不如说那是一种夏眠、一种冬眠，那种心理等同于肺鱼借以度过干季的方法；只是在艾斯沙的情况中，干季似乎将永远持续下去。

他渐渐获得一种能力：融入任何他所在之处的背景中。他融入书架、花园、窗帘、门口和街道，显得没有生气，使得未经训练的眼睛几乎看不到他的存在。陌生人和他同在一个房间里，往往必须经过一段时间后才会注意到他，而且必须经过更长一段时间后，才注意到他不曾开口说话。有些人则根本没有注意到这些。

---

① 克朱（kochu）是"小"的意思，克朱玛莉亚即"小玛莉亚"。

艾斯沙只占据这个世界一个很小的地方。

苏菲默尔的葬礼结束后，艾斯沙被送回到他父亲那儿，而后者将他送到加尔各答一所男子学校就读。他不是一个出类拔萃的学生，但也并非落在众人之后，而且没有哪一方面表现得特别差劲。在他的学年进度报告上，老师给他的评语一般是——"中等学生"或者"表现尚令人满意"。"没有参加团体活动"是另一个常见的抱怨，虽然他们不曾说明"团体活动"究竟是指什么。

艾斯沙以中等成绩自中学毕业，但他拒绝上大学。他做了一件起初令他父亲和继母感到非常困窘的事：开始做家事。他仿佛要以自己的方式尝试谋生，他扫地、拖地、洗所有的衣物，并学会烹调和买蔬菜。坐在上了油、闪闪发光、堆成金字塔形蔬菜后的市集小贩，渐渐认识他了，而且会在其他叫嚣的顾客当中特别照顾他的需要。他们给他生锈的锡箔罐，让他装选中的蔬菜。他从不讨价还价，因为他们从不占他便宜。当蔬菜称过了，他也付了钱，他们会将这些蔬菜放到他红色的塑胶购物袋里（洋葱在底下，印度茄子和番茄在上面）。此外，他们会免费送他一枝胡荽和一把红番椒。艾斯沙搭拥挤的电车将这些东西带回家。他如同一个漂浮在噪声之海的安静泡沫。

用餐时，如果想要某样东西，他会站起来自己去拿。

安静一旦降临，便停留在艾斯沙身上，在那儿扩散。它从他的头伸展开来，用它潮湿的手臂拥抱他；它摇动他，带他进入一种古老的、胎儿心跳的节奏；它让他偷偷摸摸地长出吸根的触毛，沿着头颅的内部逐渐移动，吸去他记忆的小山和小溪谷，驱逐旧的语句，将它们自他的舌尖掸走；它剥除他用来描述思想的话语，使得这些思想变得赤裸、麻木、说不出口。因此，对于一个观察者而言，他几乎是不存在的。在几年之间，艾斯沙慢慢地退出这个世界。他已经对住在他里面的那只对过往时光喷出漆黑镇定剂的不安的章鱼习惯了。渐渐地，他沉默的理由被隐藏起来，被埋在这个事实的安慰人心的折层深处。

库布强是他所爱的一只瞎眼、秃头、患失禁症的十七岁杂种狗。当它决定要上演一出凄惨、拖得长长的死亡戏剧时，艾斯沙在它最后的受苦阶段一直照顾它，仿佛他自己的生命正以某种方式倚赖这件事情。库布强有最好的意图，却有最不可靠的膀胱。在它生命的最后几个月，它会拖着身子走到建造在通往后花园那扇门下面、顶端装有铰链的狗吊门那儿，将头从吊门伸出去，在屋里摇摇晃晃地排出鲜黄色的尿液。然后，它会带着空了的膀胱和无愧的良心抬头看艾斯沙，它那不透明的绿眼睛在灰色的头颅中，就像满是浮渣的水池。然后，它会迂回地回到潮湿的软垫上，在地板上留下湿足印。当库布强奄奄一息地躺在软垫上时，艾斯沙可以看到它光滑的紫色眼球反映着卧室的窗，以及窗外的天空。有一次甚至反映出从那儿飞过的一只鸟。艾斯沙经常沉浸于即将凋萎的玫瑰气味中，且思忖着关于一个受伤男人的记忆。因此对他而言，一个如此脆弱、如此不堪一击的东西竟能存活下来，且竟被容许活下来，真是一个奇迹。一只飞鸟映在一只老狗的眼球里，这使得他大笑出声。

库布强死后，艾斯沙开始他的漫步。他连续走好几个小时。起初，他只在邻近一带巡行，但是渐渐地，他愈走愈远。

人们已经习惯在路上看到他，一个穿着体面的男人安静地走着。他的脸变黑了，布满野外留下的痕迹，显得粗糙，且被太阳晒出皱纹。他开始显现出比实际年龄更有智慧的模样，就像城市里的一个渔夫，怀着海洋的奥秘。

由于又被送回来了，所以艾斯沙走遍了阿耶门连每个地方。

有些日子，他沿着河岸走，那里散发着粪便和用世界银行的贷款买来的杀虫剂的味道。大多数的鱼都死了，存活的鱼都患了腐鳍症，而且长了疔。

其他日子里，他在路上走，经过那些以波斯湾国家的钱①盖起来的，如刚烤好的、加了糖衣的蛋糕似的新房子，屋主是那些卖力而不快乐地在远方工作的护士、石工、电线工人和银行职员。他也经过那些满怀不满、因嫉妒而变绿、瑟缩在私有橡胶树之间的私有车道上的老房子。每一栋房子都是一个摇摇欲坠的采邑，有自己的史诗。

他经过他的曾祖父为贱民阶级的孩子所盖的村庄学校。

经过苏菲默尔的黄色教堂，经过阿耶门连的青年功夫俱乐部，经过为非贱民设的蓓蕾育幼院，经过卖米、糖和一串串从屋顶悬垂下来的黄香蕉配给商店。关于虚构的南印度性爱妖魔的廉价软性色情杂志，被晒衣用的衣夹夹在自天花板垂下的绳子上。它们在温暖的微风中懒洋洋地旋转着，以躺卧在假血池中的成熟、赤裸的女人，诱惑着配给商店的诚实顾客。

有时候，艾斯沙会经过幸运印刷厂——老皮莱同志的印刷厂。以前这是共产党在阿耶门连的办公室，党员在这儿举行半夜的读书会，那些振奋人心的马克思主义党党歌的歌词也在这儿印制和散发。屋顶上飘扬的旗子已经老旧了，显得无精打采，那是一面因失血而变暗淡的红旗。

每天早晨，皮莱同志穿着一件变灰的艾尔泰克斯汗衫走出来，柔软、白色的芒杜②显露出睾丸的轮廓，他以加了胡椒粉的温暖椰子油涂抹自己，搓揉他如口香糖般欣然自骨头延伸出来的老而松弛的肉。现在他是独居的，他的妻子卡莉安已死于卵巢癌，儿子列文则已搬到德里，成为外国大使馆的设施承包商。

如果艾斯沙经过时，皮莱同志正在屋外为自己抹油，他必定会向艾斯沙打招呼。

---

① 许多印度人到波斯湾国家赚钱。
② 芒杜（mundu），印度南部居民的裹身布。

"艾斯沙芒恩①！早安，你又像每日一样出来散步吗？"他以高扬、尖锐的声音呼叫。但是现在，那声音已经破损、变细了，就像被削去皮的甘蔗。

艾斯沙会走过去，不粗鲁，也不彬彬有礼，只是不发一语。

皮莱同志会用手拍打全身，以促进血液循环。经过这些年，他不知道艾斯沙是否仍认得自己，但他也不特别在意这一点。虽然皮莱同志在整件事情中扮演着一个不算小的角色，但是他不认为自己必须为发生的事情负任何个人责任。他将整个事件斥为不可避免之政治的一个不可避免的结果，一个"打破了蛋就煎蛋卷"②之类的古老事件。但是基本上，当时的皮莱同志是一个政治人物，一个专业的煎蛋卷人，像一只变色龙那样在这世界穿梭，从不揭露自己，也从不显示出隐藏自己的样子，毫发未损地自混乱局势中脱身而出。

他是全阿耶门连第一个听到瑞海儿归来的人。这个消息只引发他的好奇心，没有干扰他。对于皮莱同志而言，艾斯沙几乎是一个全然的陌生人，他是在极其突然而唐突的情况下被逐出阿耶门连的，而且是许久之前的事情。但是皮莱同志认识瑞海儿，他看着她长大。他不知是什么原因让她在这些年后回来。

在瑞海儿到来之前，艾斯沙的脑海里一直十分平静。但是现在，她带来了经过的火车所发出的轰隆声，带来了坐在靠窗位时，落在身上的更迭的光线和暗影。被锁在外面多年的世界突然涌进来了，现在，在噪声之中，在火车、交通和音乐声中，艾斯沙听不到自己。一座水坝迸开来，凶猛的水席卷了一切。彗星、小提琴、阅兵场、寂寞、云朵、胡

---

① 芒恩（Mon），是"默尔"的相对语，原意思是"小儿子"或"小男孩"，放在男子名后。
② 比喻一种"手边有什么，就做什么"的乐观态度。

须、偏执者、名单、旗子、地震和失望，都被卷入混乱的旋涡中。

而走在河岸上的艾斯沙感觉不到雨的潮湿，感觉不到那只暂时跟着他，在他身边行走的发冷小狗突来的哆嗦。他经过那棵古老的山竹果树，爬到一块伸入河流的铝红土凸出地的边缘，然后蹲下来，在雨中摇摆身体。他鞋下的湿泥制造出一种刺耳的吸吮的声音。发冷的小狗颤抖着，观看着。

当艾斯沙再度被送回来时，阿耶门连的房子只剩下宝宝克加玛和克朱玛莉亚——一个刻薄、坏脾气、矮小的厨子。他们的祖母玛玛奇已经死了，而恰克现在住在加拿大，经营一个不赚钱的古董生意。

而瑞海儿呢？

阿慕最后一次回到阿耶门连时，她的身体因使用可的松而肿胀，她的胸腔嘎扎作响，仿佛一个远处之人的叫喊。之后，阿慕死了。而在她死后，瑞海儿便开始漂流了，从一所学校漂流到另一所学校。她在阿耶门连度过假日。恰克和玛玛奇因悲伤而变得优柔寡断，在丧亲之痛中萎靡不振，像热甜酒酒吧里的一对醉汉。大半时候，他们忽略了瑞海儿；大半时候，瑞海儿也忽略了宝宝克加玛。恰克和玛玛奇试着养育瑞海儿，但却力不从心。他们照顾她（提供食物、衣服和各种费用），但并不关心她。

苏菲默尔的死亡阴影轻轻地在阿耶门连的房子四周走动，就像一个穿着袜子的安静的东西。它隐藏在书本和食物里，隐藏在玛玛奇的小提琴盒子里，隐藏在恰克那经常令他担心的小腿疮口的痂里，隐藏在他松垮的像女人一样的腿里。

说来令人不解，有时候，关于死亡的记忆比关于死亡所盗取的生命的记忆持续得更久。苏菲默尔是小智慧的追求者——年老的鸟儿在哪里死去？为什么死去的鸟儿没有像石头那样从天空掉落下来？苏菲默尔是残酷事实的预报者——你们两人是不折不扣的黑皮肤外国人，我则是半个外国人。苏菲默尔也是使伤口凝血的宗教师——我看到一个在车祸中丧生的男人，他的眼球悬在一根筋的末端，就像一个溜溜球。然而，在这几年期间，关于苏菲默尔的记忆渐渐褪逝了，但是失去苏菲默尔这件事却变得鲜明而活生生，而且总是在那儿，像正值盛产季节的水果，每一季都盛产，像一份政府里的工作一样长久。它带领瑞海儿从童年时期（从一所学校到另一所学校再到另一所学校）进入成人时期。

在十一岁时，瑞海儿第一次被列在那萨勒修院的黑名单上，因为有人看到她在女舍监的花园门外用小花装饰一堆新鲜的牛粪。隔天早晨的朝会上，校方要她查牛津字典中"堕落"的定义，并将之大声读出来。"败坏的素质或情况"，瑞海儿念着。一排表情严肃的修女坐在她后面，在她前面则是一大群低声窃笑的女学生的面孔。"被导入邪途；道德上的反常；原罪导致的人性天生之败坏；上帝的选民和非上帝的选民来到世上时，都处于一种完全的堕落状况，和上帝疏离，而且除了犯罪之外，自己不能做什么。F.H.布兰特。"

六个月后，由于高年级女孩的不断抱怨，瑞海儿被开除了。她被控藏在门后，然后故意和她的学姐相撞（这并不是一项诬告）。当校长以哄骗、鞭打和让她挨饿的方式要她解释她的行为时，她终于承认，她这样做是想知道胸部会不会疼痛。在那所天主教学校里，胸部是不被认知的，它们不应该存在。（而如果它们不存在，那么它们会疼痛吗？）

她被开除过三次，这是她第一次被开除。第二次被开除是因为抽烟，第三次被开除是因为放火烧女舍监的假发髻，而且瑞海儿被迫承认她偷了那假发髻。

在她所读过的每一所学校里，老师都注意到她——

（1）是一个非常有礼貌的孩子。

（2）没有朋友。

　　这似乎是一种文明的、孤独的堕落形式。因为这个理由，他们都认为这是一种更严重的堕落（他们品尝以老师身份表示的非难，用舌头碰触它、吸吮它，像吸吮一颗糖果）。

　　他们交头接耳地说，她似乎不知如何当一个女孩子。

　　他们的看法并非太离谱。

　　说来奇怪，忽略似乎导致了一种意外的精神的释放。

　　瑞海儿是在没人引导的情况下长大的。没有人为她安排婚姻，没有人为她办嫁妆，因而也没有一个必然会有的丈夫出现在她的地平线上。

　　因此，只要她对此保持安静，她便可以自由地去进行自己的探查：探查乳房，以及它们的疼痛程度；探查假发髻，以及它们燃烧得多么迅速；探查生命，以及应该如何生活。

　　中学毕业后，她得到德里一所普通建筑学院的入学许可。这并不是因为她对建筑有任何真正的兴趣，甚至也不是她对建筑有一种表面的兴趣，她只是碰巧参加入学考试，碰巧通过这项考试罢了。招生委员注意到她静物木炭素描的尺寸（极大），并不是因为她画画技巧。轻率的、鲁莽的线条被误认为是艺术上的自信心，虽然事实上，它们的创造者根本不是艺术家。

　　她在建筑学院待了八年，但没有修完五年的大学课程，所以也没有拿到学位。求学的费用非常低，勉强过活并不难，住在宿舍里，吃有津贴的学生餐食。她很少去上课，在幽暗的建筑公司当制图员，他们剥削廉价学生劳力来画展示图，事情出差错时，便责怪他们。瑞海儿的任性和强烈的缺乏野心令其他学生（特别是男孩子）感到受威胁。他们不去干扰她，从来没有邀请她到他们漂亮的家，或参加他们热闹的派对。甚至她的教授也有点提防她，提防她那画在便宜棕色纸张上的古怪、不切实际的建筑设计图，以及她对于他们热心的批评所表示的漠不关心。

偶尔她会写信给恰克和玛玛奇，但她从来没有回阿耶门连。玛玛奇死去时，她没有回去；恰克移民加拿大时，她也没有回去。

就在她就读于建筑学院时，她遇到了赖瑞·麦卡斯林，当时他正在德里为他的博士论文——《地方建筑的能源效率》搜集资料。最初他在学校的图书馆注意到瑞海儿，几天后，他又在卡恩市场遇见她。她穿着一条牛仔裤和一件白色的圆领汗衫，一块用小碎布缝缀的旧床罩，被她剪下一部分扣在她颈上，而且像披肩般地垂在她身后。她将蓬乱的头发扎在后面，想让它们看起来平直，但是并没有获得这个效果。一粒小钻石在一个鼻翼上闪烁着。她有荒谬而美丽的锁骨，以及一副美好的运动员身材。

"那儿有一首爵士乐曲。"赖瑞·麦卡斯林心里想，然后跟着她进入了一家书店。在那儿，他们两人都无心看书。

瑞海儿漫不经心地走入婚姻里，就像机场候机室的一名旅客走向一张没有人坐的椅子，有一种坐下来的感觉。她跟着他回到波士顿。

当赖瑞以手臂抱住他的妻子，而她的脸颊贴着他的心脏时，他的身高使他可以看到她的头顶，她那乱蓬蓬的头发。当他把手指放在她的唇角旁，他可以感觉到一种细微的律动。他爱那唇角的位置，以及她皮肤下面那种微弱的、不确定的跳动。他会触摸它，会用他的眼睛倾听，像一个即将为人父的男人感觉他未出生的孩子在母亲肚子里的踢动。

他拥抱她，就像拥抱一份礼物，一份爱的礼物，某种安静而小的东西，珍贵得令人无法忍受。

但是，当他们做爱时，她的眼睛冒犯了他。那双眼睛仿佛属于别人，属于某个正在观看的人，正在观看窗外的海，或者河流中的一艘船，或者雾中一个戴帽子的过路人。

他被激怒了，因为他不知道那种眼神是什么意思。他认为那是一种介于冷漠和失望之间的眼神。他不知道在某些地方（例如瑞海儿的国家），各种不同的失望彼此竞争，想得到主导权，而且个人的失望再怎么猛烈也不致过分。他不知道当个人的骚动在路旁偶遇国家那种庞大、暴烈、盘旋、驱策、荒谬、疯狂和无用的公开骚动时，某些事情便发生了。他不知道大神咆哮如一阵热风，并且要求服从，然后小神（轻松而自若，隐秘而有限）离开了，失去了感觉，麻木地嘲笑着自己的鲁莽。由于习惯于自己的一切被证实为不相干、不足取，他变得无所谓，变得真正的冷漠。一切都无关紧要，一切都不甚紧要，而且愈显得无关紧要，就愈变得无关紧要。没有一件事情具有足够的重要性，因为最糟的已经发生了。在她那永远在战争恐惧与和平的恐怖之间摇摆不定的国家里，最糟的事情不断地发生。

因此，小神发出一个空洞的笑声，然后便快活地、蹦蹦跳跳地走开了，像一个穿着短裤的富有人家的男孩，吹口哨、踢石头。他这种脆弱的兴高采烈来自一个事实，相形之下，他的不幸显得十分渺小。他爬入人们的眼里，变成一种令人恼怒的眼神。

赖瑞在瑞海儿眼中所看到的根本不是失望，而是一种强迫性的乐观，一种艾斯沙未用话语填满的空洞。他不可能了解这一点。他不可能了解这对双胞胎中，一人的空虚只是另一人安静的翻版；他不了解这两件事情接合起来，像叠在一起的汤匙，像熟悉的爱人的身体。

他们离婚后，有几个月的时间，瑞海儿在纽约一家印度餐厅当女侍。然后，有几年的时间，她在华盛顿外一家加油站的防弹室里当夜间职员。在那儿，醉汉偶尔会朝着柜台的抽屉呕吐，而拉皮条的人会建议她去做利润较高的工作。有两次，她看到子弹穿透车窗，射死了车内的人。有一次，一个被刺死的男人从一辆行进中的车子里被抛出来，背上插着一把刀。

然后宝宝克加玛写信告诉她，艾斯沙又被送回来了。瑞海儿放弃加油站的工作，欣然离开美国，回到阿耶门连，奔向雨中的艾斯沙。

山上的老房子里，宝宝克加玛坐在餐桌旁搓揉一条老黄瓜，想去掉它那带有浓烈苦味的泡沫。她穿着一条柔软、有方格图案的棉织布睡袍，袖子蓬起，有黄色郁金根粉末的污迹。她在桌下摇晃着修过指甲的小脚，像坐在高椅上的小孩。那双脚因水肿而膨胀起来，像脚状的小气垫。以前，每当有人来到阿耶门连拜访时，宝宝克加玛一定会让客人注意他们的大脚丫子。她会要求试穿他们的拖鞋，并且说："看！在我脚上，这些鞋子看起来可真大！"然后，她会穿着这些拖鞋在屋内四处走动，微微提起她的纱丽，好让每个人赞叹她的小脚。

她以一种难以掩藏的胜利神情搓那黄瓜。她觉得很高兴，因为艾斯沙没有和瑞海儿说话。他看着她，然后走过去，走入雨中，就像他对其他人那样。

她八十三岁，眼睛像奶油般在厚厚的眼镜镜片后扩展开来。

"我告诉过你了，不是吗？"她对瑞海儿说，"你期望什么？特别待遇？他疯了。我告诉你，他再也认不出人，你认为怎么样？"

瑞海儿没有说什么。

她可以感觉到艾斯沙摆动的节奏，以及他皮肤上湿湿的雨水。她可以听到他脑海里那个刺耳的、混乱的世界。

宝宝克加玛不安地抬头看瑞海儿。她已经后悔写信告诉她艾斯沙回来了。但是，她还能做什么？以她的余生来照顾他？为什么她要这么做？他不是她的责任。

难道他是？

沉默坐在侄孙女和姑婆之间，就像是第三人，一个陌生人。膨胀的、有害的沉默。宝宝克加玛提醒自己，晚上要将她卧室的门锁起来。她试着找出一些话说。

"你喜欢我的短发吗？"

她用拿着黄瓜的手摸她刚剪的头发，留下一个引人注意的苦黄瓜泡沫。

瑞海儿想不出该说什么。她看着宝宝克加玛为黄瓜削皮，黄色的黄瓜皮细片为她的腹部饰上斑纹。她那被染成漆黑的头发披在头皮上，就像从线轴放出的线。染剂将她前额的皮肤染成淡灰色，使她有了模糊的第二条发际线。瑞海儿注意到她已开始使用化妆品了——唇膏、眼影、狡猾地抹上的腮红。由于屋子被锁着，而且十分幽暗；由于她只相信四十瓦的灯泡，所以她的唇膏微微地涂到了嘴唇之外。

她的脸和肩膀变瘦削了，使得她的体型从浑圆变成圆锥形。但是当她坐在餐桌旁，巨大的臀部被隐藏起来时，她几乎让自己看起来十分脆弱。餐室昏暗的灯光除去了她脸上的皱纹，使她的脸显得奇异而消瘦，并且较年轻。她戴了许多珠宝，瑞海儿死去的祖母的珠宝，全部的珠宝——闪烁的戒指、钻石耳环、金手镯、一条手工精巧的扁平金项链。她时时抚摸这条金项链，以确定它在那儿，而且属于她，就像一个不相信自己好运的年轻新娘。

她是倒着活回去的，瑞海儿心里想。

那是一个奇怪但贴切的看法。宝宝克加玛已倒着活回去了。在她年轻时，她放弃了物质世界；现在，年老时，她似乎在拥抱这个世界。她抱住它，而它也回抱她。

十八岁时，宝宝克加玛爱上了从爱尔兰来的年轻、英俊的慕利冈神父。当时，位于马德拉斯的神学院派他来喀拉拉待一年。他正在研究印度教的经文，希望能够循智性的途径来反驳它们。

每个星期四早上，慕利冈神父会到阿耶门连拜访宝宝克加玛的父亲约翰·伊培神父，他是圣多马教会的神职人员。在信仰基督教的团体中，许多人都知道伊培神父曾亲自接受过安提阿总主教（叙利亚正教教会的最高领袖）的祝福。这个事件已经成为阿耶门连民间传说的一部分。

一八七六年，当宝宝克加玛的父亲七岁时，他的父亲带他去见总主教，当时总主教正在拜访喀拉拉的叙利亚正教教徒。总主教在科钦的卡列尼会馆最西边的阳台上，对着一群人演讲，而他们发现自己就在这群人的前面。他父亲抓住这个机会对着他的小儿子耳语，催促小家伙走上前。这位未来的神父脚跟滑行到前面，身体因而变得僵硬。他把受惊吓的嘴唇贴在总主教中指的戒指上，唾沫弄湿了戒指。总主教拿袖子擦拭戒指，并祝福小男孩。在他长大并成为神父后许久，人们仍继续称他为"普尼安昆如"，即"受祝福的小孩"。人们带着孩子大老远从阿勒皮和俄那库兰乘船而来，想领受他的祝福。

虽然慕利冈神父比伊培神父年轻许多，虽然他们属于教会的不同教派（它们唯一的共同点就是彼此不满），但是这两人喜欢在一起，而且伊培神父常常邀请慕利冈神父留下来吃午餐。在这两人当中，唯有一人看出在这位纤细的女孩身体里面拥有如潮水般涌起的性兴奋。午餐收拾好后，她总是继续徘徊在餐桌旁，久久不去。

起初，宝宝克加玛试图以每周一次的慈善行为表演，来引诱慕利冈神父。每个星期四早晨，当慕利冈神父即将抵达时，宝宝克加玛会在井旁强迫性地为一个村里的穷小孩洗澡，手里拿着一块会弄伤孩子突出肋骨的坚硬红肥皂。

"早安，神父！"当宝宝克加玛看到他时，她会这样呼叫。她唇上挂着微笑，但手里却虎头钳般握紧细瘦小孩那被肥皂涂得滑溜溜的手臂，两个动作显得完全格格不入。

"早安，宝宝！"慕利冈神父会这样说，并且停下来折他的雨伞。

"我想问你一些问题，神父，"宝宝克加玛会说，"哥林多前书第十章第二十三节说：'凡事都可行，但不都有益处。'神父，为什么凡事都可行呢？我是说，如果经文说某些事是可行的，我可以了解，但是……"

年轻、迷人的女孩站在慕利冈神父面前，她有着颤抖、令人想亲吻的嘴唇，以及燃烧的漆黑眼睛。慕利冈神父在她内里激发的情感不只令他感到得意而已，因为他也很年轻，而且或许并非完全不明白一件事——他为了除去她虚假的圣经疑问所作的严肃解释，完全和他明亮的翡翠眼睛所发出的令人兴奋的应许不协调。

　　每个星期四，他们会站在井旁，没有因中午毒辣辣的太阳而退缩。年轻的女孩和无畏的神父，两人都因基督徒不应有的热情而心颤魂摇，便用圣经作为接近彼此的计谋。

　　当他们谈话时，那位被迫洗澡、全身涂着肥皂的不幸孩子必然会偷偷溜走，而慕利冈神父会突然恢复意识，说："噢！我们最好赶快抓住他，免得他感冒。"

　　然后，他会重新打开伞，穿着咖啡色的袍子和舒适的凉鞋走开，就像一只迈开大步，要去赴约会的骆驼。他已经用皮带将宝宝克加玛渴慕的心拴住，她跟在他后面跌跌撞撞，在树叶和小石头上踉跄前进，全身布满瘀伤和擦伤，而且几乎粉身碎骨。

　　一整年的星期四过去了，慕利冈神父终于必须回到马德拉斯了。由于慈善行为并没有制造任何明显的结果，因此，心烦意乱、年轻的宝宝克加玛将全部的希望投注于信仰上。

　　宝宝克加玛展现出一种顽固的一意孤行（在那时，人们认为女孩子的这种特质和肉体上的畸形——兔唇或内翻足，一样糟糕）。她违抗父亲的意愿，成为一个罗马天主教徒。梵蒂冈发布一张特赦状，她发了誓，进入马德拉斯的一所修道院，成为一个见习修女。她希望此举会让她得到和慕利冈神父相处的正当机会。她想象他们在一起，在挂着厚沉沉天鹅绒窗帘的幽暗、阴沉的房间讨论神学。那就是她想要的，就是她敢于期待的。只是接近他，近得可以闻到他胡须的味道，可以看见他法衣上粗糙的针脚。她只想以注视他来爱他。

　　很快地，她就明白这种努力是一种徒然。她发现资深修女以更复杂的圣经问题独占了神父和主教的时间，而她或许必须等上好几年，才能接近慕利冈神父。她在修道院里变得焦躁不安，变得不快乐。由于经常抓头巾，她的头皮长出过敏性的疹子。她觉得自己的英语说得比别人好，而这使她更加地感到寂寞。

在她进入修道院的一年之内，她的父亲开始在信箱中收到一些令人困惑不解的信。我最亲爱的爸爸，我快乐而不安地服侍圣母马利亚。但是科—伊—努儿似乎并不快乐，而且很想家。我最亲爱的爸爸，今天科—伊—努儿午餐后呕吐，而且发烧。我最亲爱的爸爸，修道院的食物似乎不合科—伊—努儿的胃口，虽然我很喜欢这里的食物。我最亲爱的爸爸，科—伊—努儿心里很烦，因为她的家人似乎不了解什么对她是好的，而且也不在乎……

"科—伊—努儿"除了是世界上最大的钻石的名字（在当时）之外，约翰·伊培神父不知道还有任何人或任何东西叫"科—伊—努儿"。他不明白为什么一个取了伊斯兰教名字的女孩子会进入一所天主教的修道院。

最后，宝宝克加玛的母亲明白"科—伊—努儿"就是宝宝克加玛本人。她记得许久以前，她曾让宝宝克加玛看她父亲（宝宝克加玛的外公）的遗嘱副本。在遗嘱里，他在描述他的孙子孙女时，曾说："我有七颗宝石，其中一颗是我的科—伊—努儿。"接下来，他给每一个孙子孙女留下一些钱和珠宝，但并没有说明哪一位是他的"科—伊—努儿"。宝宝克加玛的母亲明白，宝宝克加玛因为某个她想不出的理由，而认为外公所说的科—伊—努儿就是她。在这些年后，在修道院中，由于她知道信在寄出之前会先被修道院院长读过一遍，因此，她重新挖出科—伊—努儿这个名字，以便向她的家人说明她的困难。

伊培神父到马德拉斯去，将她的女儿从修道院带回来。她乐于离开，但坚持不愿重新皈依旧教。因此，在往后的日子里，她一直是一个罗马天主教徒。伊培神父明白他的女儿在那时已经"成名"了，而且似乎不可能找到一个丈夫。他认为既然她不可能找到一个丈夫，那么让她接受教育应该是无妨的。因此，他安排她在美国的罗切斯特大学修一门课程。

两年后，宝宝克加玛带着一个观赏园艺方面的文凭从罗切斯特回来了，但是比以往更爱着慕利冈神父。现在，她身上再也没有往日那个纤细、迷人的女孩的痕迹了。宝宝克加玛待在罗切斯特的那两年里，她的块头大了许多，事实上，我们可以说她变得非常肥胖。即使是春干桥那位胆怯而矮小的切拉本裁缝师，也坚持要以超大号衬衫的价码，来索取缝制她的纱丽上衣的费用。

为了让宝宝克加玛免于闷闷不乐，她的父亲让她管理阿耶门连房子的前花园。她将她的暴烈情绪和痛苦都转到那座花园的营造上去了。人们大老远从果塔延跑来观看花园。

那是一块圆形的、成斜坡的地，四周是一条陡峭的碎石车道。宝宝克加玛将这块地变成一个由矮树林、岩石和承溜口构成的青葱翠绿的迷宫。她最喜爱的花是火鹤花，她搜集了许多火鹤花，还有鹿子百合、蜜月花和许多日本的变种。它们单一的多水分大花苞呈斑驳的黑色、血红色，或闪亮的橘色。它们突出而有斑点的肉穗花序则皆是黄色。在宝宝克加玛的花园中间，一个大理石雕成的可爱男童被昙花和草夹竹桃的花床围绕着，男童的"小鸟儿"源源不断地喷出一道银色的弧形水柱，水柱落入一个浅水池里，池里绽开着一朵蓝色的莲花。水池的每一个角落都有一个懒洋洋地倚靠在那儿的粉红色熟石膏精灵，它们面颊红润，头上戴着有帽檐的红帽。

宝宝克加玛在她的花园度过下午。她穿着纱丽和橡靴，手戴鲜橙色花园手套，挥动着一把修剪树篱专用的大剪刀。像驯狮人那样，她驯服了扭曲藤蔓，培育多刺的仙人掌，节制盆栽植物的成长，但纵容珍贵的兰花。她和天气作战，试图种植薄雪草和中国番石榴。

每天晚上，她以真正的乳脂涂抹她的脚，并将脚趾甲根部的外皮推进去。

而现在，在忍受了半世纪多的无情、吹毛求疵的注意之后，宝宝克加玛放弃了观赏性的花园，让它自生自灭。结果花园变得纷乱而荒芜，像一个表演动物已忘了把戏的马戏团。被人称为"帕恰"① 的野草，压

_____

① 帕恰（Patcha）的意思是"绿色的杂草"。

制了较具异国色彩的植物。只有藤蔓继续生长着，像一具尸体上的脚趾甲，穿过粉红色熟石膏精灵的鼻孔，在它们中空的头部开出花来，赋予它们一种半惊讶、半欲打喷嚏的表情。

促使宝宝克加玛突然而随意地抛弃园艺的原因，是她有了一个新欢。她已在阿耶门连的房子装置了碟形天线。在客厅里，她以看卫星电视节目来统辖世界。这件事在宝宝克加玛心里激发出不可思议的兴奋之情，是不难理解的。它不是渐渐发生，而是在一夜之间发生的。金发女郎、战争、饥荒、橄榄球、性、音乐、军事政变……它们都搭着同一列车到来，一起解开行李，待在同一家旅馆里。在以前的阿耶门连，最大的声音是巴士的音乐喇叭；现在，整个战争、饥荒、逼真的屠杀以及克林顿，都可以像仆人那样被召唤出来。因此，当宝宝克加玛的观赏性花园枯萎而死时，她正追随着美国 NBA 篮球联赛、一日赛程的板球赛，以及所有的大满贯网球赛。平日，她看"大胆和美丽"，以及"圣塔·芭芭拉"。在这些节目中，涂着唇膏，头发因喷上发胶而变僵硬的易怒金发女郎，诱惑了机器人般的男人，并且捍卫了她们的性帝国。宝宝克加玛爱她们鲜艳明亮的衣服，以及聪明、爱恶意取笑人的应答。在白天，这些节目的一些没有连贯的片段会回到她的脑海，让她咯咯地笑出来。

厨子克朱玛莉亚仍然带着那对已经使她的耳垂永久变了形的厚重金耳环。她喜欢看 WWF 频道的"摔跤狂"节目，节目里有脖子比头粗的胡克·霍肯和"完美先生"，他们穿着贴上亮片的莱卡弹性纤维纱绑腿，彼此凶暴地互殴。克朱玛莉亚的笑声隐约有一种小孩有时会有的残酷特质。

一整天，她们坐在客厅里，宝宝克加玛坐在有长扶手的藤椅或者躺椅上（视她双脚的情况而定），而克朱玛莉亚则坐在她旁边的地板上（可随时转台）。两人一起封锁在吵闹的电视机所制造的寂静中，一人的头发已经雪白，另一人的头发被染成漆黑。她们参加所有比赛，利用所有广告中的折扣，有两次还赢了奖，得到一件 T 恤衫和一个热水瓶。宝宝克加玛将后者锁在她的食橱里。

宝宝克加玛爱阿耶门连的房子，珍惜她凭借活得比别人久而继承来的家具。玛玛奇的小提琴和小提琴架、欧帝食橱、塑胶篮状椅、德里的床、来自维也纳的梳妆台（象牙把手已破裂），以及维鲁沙所做的黄檀木餐桌。

她在转台时看到的 BBC 饥荒报道和战争新闻令她震惊。电视里对于愈来愈多绝望和无依无靠者的新焦虑，重新点燃她对革命所怀有的恐惧。她把种族净化、饥荒和集体大屠杀视为她的家具所面临的直接威胁。

除非她正在使用门窗，否则她会将门窗锁起来。她为了特别的目的使用窗子——为了吸一口新鲜的空气，为了付牛奶的钱，为了放出一只被诱捕住的胡蜂（宝宝克加玛叫克朱玛莉亚拿一条毛巾在屋内追逐它）。

她甚至锁住她那可悲的、油漆剥落的冰箱，冰箱里有克朱玛莉亚从果塔延的"上等面包店"买回来供一周使用的奶油小圆面包，以及两瓶她用来取代一般饮用水的米水。在作为隔板用的浅盘下的架子上，她存放着玛玛奇那套有椰树图案的晚餐餐具剩下的部分。

她将瑞海儿带来给她的十二瓶左右的胰岛素，放在储存奶油和芝士的小隔间里。她怀疑近来即使是天真无邪、眼睛又大又圆之人，也可能是偷陶器的盗贼，或者奶油小圆面包的觊觎者，或者巡视阿耶门连、想寻找进口胰岛素的糖尿病小偷。

她甚至不相信那对双胞胎，认为他们什么事都做得出来，认为他们甚至会把自己所送的礼物偷回去。然后，她心痛地明白，在经过这些年之后，才不久的工夫，她又将他们视为一个单一体了。她决定不让过去在不知不觉中降临在她身上，所以立即更改了想法：她，是"她"可能将她自己所送的礼物偷回去。

她看着瑞海儿站在餐桌旁，也注意到艾斯沙似乎十分熟练的那种怪异的鬼祟，那种保持极端安静的能力。瑞海儿的安静使宝宝克加玛有种微微受到威胁的感觉。

"那么，"她说，她的声音尖锐而带着迟疑，"你有什么打算？你要待多久？做出决定了吗？"

瑞海儿试着说话，但声音却变得刺耳、粗糙，像一片马口铁。她走到窗边，打开窗——为了吸一口新鲜的空气。

"离开时记得将窗子关上。"宝宝克加玛说，然后将她的脸封闭起来，像关上一个橱子。

你再也无法从窗口看到那条河流。

在玛玛奇以阿耶门连的第一扇折叠式滑门将后阳台封闭起来之前，你可以从这扇窗看到那条河流。约翰·伊培神父和阿莉玉蒂阿玛奇 ① （艾斯沙和瑞海儿的曾祖父母）的油画像被人从后阳台拿下来，然后挂在前阳台上。

现在，这两幅画像就挂在那儿，"受祝福的小孩"和他的妻子，挂在架设起来的野牛头标本的两边。

伊培神父对着道路（而不是河流）摆出他那充满自信的祖先的微笑。

阿莉玉蒂阿玛奇看起来较迟疑不决，仿佛想转身，但却不能。或许对她而言，放弃河流不是一件轻易之事。她的眼睛望向丈夫注视的方向，但是心却望向另一个方向。她那沉重、晦暗、戴在耳朵上的大金耳环（"受祝福的小孩"象征）拉长了她的耳垂，且垂到她的肩膀。经由她的耳洞，你可以看到散发热气的河流、那些弯入河流的幽暗的树，以

---

　① "阿玛奇"是一种对母亲的尊称。

及坐在船上的渔夫，还有鱼。

虽然你再也无法从这栋房子看到河流，但是，就像贝壳总是带着海洋的感觉那样，阿耶门连的房子仍然带着一种河流的感觉。

一种汹涌、翻滚、鱼儿游动的感觉。

当瑞海儿站在餐室的窗旁，而风吹动着她的头发时，她可以看到雨咚咚地打在玛玛奇以前的腌果菜工厂生锈的马口铁屋顶上。

天堂果菜腌制厂。

坐落在这栋房子和河流之间。

以前，他们常常做腌果菜、果汁汽水、果酱、咖啡粉和凤梨罐头。他们也曾（非法地）做过香蕉酱，但是后来食品协会将它查禁了，因为根据他们的说明书，那既不是果酱，也不是果冻。他们说，那东西太稀了，所以不是果冻；太稠了，所以不是果酱。一种模棱两可、无法归类的浓度。

根据他们的说明书。

现在回想起来，瑞海儿觉得他们家族中这种分类上的困难，似乎不只局限在果酱和果冻的问题而已。

或许阿慕、艾斯沙和她都是最糟糕的逾越者。但不只是他们，其他人也是如此。他们都打破了规则，都闯入禁区，都擅改了那些规定谁应该被爱、如何被爱，以及得到多少爱的律法，那些使祖母成为祖母、舅舅成为舅舅、母亲成为母亲、表姐成为表姐、果酱成为果酱、果冻成为果冻的律法。

在那个时候，舅舅变成父亲，母亲变成他人的爱人，而表姐死了，葬礼也举行了。

在那个时候，无法想象之事变成可以想象之事，而不可能发生之事真的发生了。

甚至在苏菲默尔的葬礼之前，警方便发现了维鲁沙。

当手铐碰到他的皮肤时，他的手臂生起了鸡皮疙瘩。散发酸金属味道的冰冷手铐，就像公车的钢制扶手，和售票员握过那扶手的手所散发的气味。

这一切结束后，宝宝克加玛说："种瓜得瓜，种豆得豆。"仿佛她与"种"和"得"无关似的。她用她的小脚走回十字绣那儿。她的小脚趾不曾碰到地板。将艾斯沙送回到他父亲那儿是她的主意。

玛格丽特克加玛的丧女之痛盘绕在她心里，像一个愤怒的弹簧。她什么话也没说，但是在她回英国之前的那几天，只要能够，她便赏艾斯沙一个巴掌。

瑞海儿看着阿慕收拾艾斯沙的小行李箱。

"或许他们是对的，"阿慕轻声说，"或许男孩子需要一个爸爸。"瑞海儿看到她的眼睛变红，而且没有任何生气。

他们向海德拉巴的一位双胞胎专家请教。他在回信中说，将一对异卵双胞胎分开是不智之举，但是异卵双胞胎和一般的兄弟姐妹没有两样，虽然他们当然会经历家庭破碎的孩子所经历的一切烦恼，但事情不过如此。不会有任何反常之处。

因此，艾斯沙被送走了，坐在火车上，带着他的马口铁行李箱，那双灰褐色的尖头鞋被包在卡其大袋子里。头等车厢，在前往马德拉斯的马德拉斯邮车上过一夜，然后和他父亲的一个朋友从马德拉斯前往加尔各答。他有一个放着番茄三明治的午餐盒，以及一个有老鹰图案的"老鹰"牌热水瓶。他的脑海中出现可怕的景象。

雨，奔涌的漆黑河水，以及一种味道，一种令人觉得恶心的香味，像微风中即将凋谢的玫瑰的味道。

但最糟的是，他的脑海里有一个长着老人嘴巴的年轻人的记忆，有一张肿胀的脸和一个破碎的、上下颠倒的微笑的记忆，有一摊不断在扩张，并映出一只赤裸灯泡的清澈液体的记忆，有一只张开的、转动的盯住他的血红眼睛的记忆。而艾斯沙做了什么？他注视那张他所爱的脸，然后说：是的。

是的，是他。

艾斯沙的章鱼无法抓到的话语：是的。用真空吸尘器吸也吸不出来。那话语待在那里，深入某个折层或沟畦，就像臼齿之间的一根芒果丝，无法以忧虑让它松落。

纯粹从实际的观点来看，我们或许可以正确地说，这一切都是在苏菲默尔来到阿耶门连的时候开始的。或许事情的确可以在一日之内发生变化，而数十个小时的确可以影响人一生的结局。当这件事情发生时，那数十个小时就像从被火烧过的屋子救出的残骸一样，就像被烧焦的时钟、燃烧过的相片，或焦黑的家具一样，必须从废墟中挖掘出来，然后让人仔细检查；必须保存起来，并且让人来解释。

琐屑的事件，平常的事物，被砸碎了，然后被重建起来，并赋予新的意义。突然间，它们变成故事中发白的真相。

然而，认为这一切都开始于苏菲默尔来到阿耶门连那日，只不过是看待这件事情的方法之一。

同样地，我们也可以说，事实上这件事开始于数千年前；开始于马克思主义论者到来之前；开始于英军攻下马拉巴尔之前；开始于荷兰人往北推进之前；开始于瓦斯科·达·伽马抵达之前；开始于马拉巴尔的扎莫林①征服卡利卡特之前；开始于被葡萄牙人谋杀的三位穿紫袍的叙利亚正教主教，被人发现浮在海上之前——盘绕的海蛇骑在他们的胸腔上，牡蛎和他们纠结的胡须缠绕在一起。我们甚至可以说，这件事开始于基督教乘船到来，并且像茶包中的茶那样渗入喀拉拉之前。

---

① "扎莫林"是古代马拉巴尔之王的称号。

　　我们也可以说，事实上，这件事开始于爱的律法被订立之时——那种规定谁应该被爱，和如何被爱的律法。

　　那种规定人可以得到多少爱的律法。

2　帕帕奇的蛾

那是一九六九年十二月的一个天空蔚蓝的日子。那时，在一个家庭的生活中，某件事情发生了，轻轻地将其隐藏的道德推离其休憩处，让它涌到表面上，并且飘浮一段时间。它就在清楚可见的地方，每个人都看得见。

一辆天蓝色的普利茅斯快速通过年轻的稻田和古老的橡胶树林，前往科钦，阳光照耀在它的尾翼上。再往东，在一个有着相似风景（丛林、河流和稻田）的小乡村，许多炸弹被投下来了，使得整块地被六英寸的钢铁覆盖着。然而在这儿，此刻却是平静的，所以普利茅斯车里的那一家人在行进时，没有任何畏惧或预感。

以前，这辆普利茅斯属于帕帕奇 ①，即瑞海儿和艾斯沙的外祖父。他死后，它便归玛玛奇（他们的外祖母）所有，而瑞海儿和艾斯沙正要去科钦看第三遍的《音乐之声》，他们知道这部电影里的所有插曲。

看完电影后，他们都将住在散发着旧食物味道的海后旅馆。房间已经订了。隔天一大早，他们将去科钦机场接恰克的前妻——他们的英籍舅妈玛格丽特克加玛，以及他们的表姐苏菲默尔。他们将从伦敦来阿耶门连过圣诞节。那一年稍早，玛格丽特的第二任丈夫乔，在车祸中丧生了。恰克听到车祸的消息后，便邀请她们来阿耶门连。他说当他想到她们将在英国充满回忆的屋子度过一个寂寞、凄凉的圣诞节时，他便觉得

---

① "帕帕奇"是"玛玛奇"的相对语，是祖父的尊称。

受不了。

阿慕说，恰克从来没有停止过爱玛格丽特克加玛。玛玛奇不同意这个说法，她喜欢相信他从来就没有爱过她。

瑞海儿和艾斯沙不曾见过苏菲默尔，但是在前一个星期，他们听到许多关于她的事情。从宝宝克加玛那儿，从克朱玛莉亚那儿，甚至从玛玛奇那儿。她们都不曾见过她，但是却表现出一副已经认识她的样子。那一周，他们心里、口里只有一件事情：苏菲默尔会怎么想？

那一整周，宝宝克加玛毫不留情地偷听这对双胞胎的私下谈话。每次听到他们用马拉亚拉姆语交谈时，她便罚他们一小笔钱，这钱是从他们的零用钱扣来的。她罚他们写"我要永远说英文，我要永远说英文"（她说这是"当作惩罚的功课"），每人写一百遍。他们写完后，她用红笔将那些句子划掉，以确定下次惩罚他们时，他们不会用这些旧句子来应付她。

她让他们练习一首接机回来时要在车内唱的英文歌。他们必须正确地吐出那些字，而且必须特别留意发音。

> 永远在主里喜乐，
> 我再说一次，要喜乐，
> 喜乐，
> 喜乐，
> 我再说一次，要喜乐。

艾斯沙的全名是艾斯沙本·亚克，瑞海儿的全名就是瑞海儿。他们暂时没有姓，因为阿慕正在考虑恢复婚前的姓，虽然她说当一个女人必须在丈夫的姓和父亲的姓之间做选择时，她实在没有多少选择的余地。

艾斯沙穿着他那双灰褐色的尖头皮鞋，梳着猫王的飞机头，他特别为外出梳的飞机头。他最喜欢的猫王歌曲是《派对》。"有些人喜欢摇，有些人喜欢滚。"没有人看他时，他会边轻轻哼着，边胡乱地弹奏一把羽毛球拍，并且像猫王那样撇着嘴。"但是哀叹和呻吟都不能满足我的灵魂，让我们开个派对吧……"

艾斯沙有一双倾斜而似昏昏欲睡的眼睛，前面新牙的末端仍然参差不齐。瑞海儿的新牙齿正在牙床内等待着，就像字在笔里等待着。每个人都不懂，为什么十八分钟出生时间的差异，会让他们前排牙齿长出的时间如此不一样。

瑞海儿大半的头发都像喷泉般立在头顶上，被"东京之爱"束在一起。"东京之爱"是一条两头有珠子的橡皮圈，和"爱"或"东京"无关。在喀拉拉，"东京之爱"已熬过了时间的考验，即使在今日，如果你向任何体面的第一流女士商店问起它，这就是他们会拿给你的东西，一条有两颗珠子的橡皮圈。

瑞海儿玩具手表上的时间是画上去的。一点五十分。她的野心之一，就是拥有一个可以随意改变时间的手表（根据她的说法，那就是起初时间所具有的作用）。她那黄框的红色塑胶太阳眼镜使得她眼中的世界变成红色。阿慕说，那对她的眼睛不好，并劝她尽量少戴。

她那件去机场穿的连身衣裙在阿慕的手提箱里，有一条特别的灯笼裤和它搭配。

恰克在开车。他比阿慕大四岁。瑞海儿和艾斯沙不能叫他"恰全"（小舅舅），因为他们这样叫他时，他便叫他们"切坦"（哥哥）和"切杜第"（姐姐）。如果他们叫他"阿马文"（大舅舅），他便叫他们"阿波伊"（姑丈）和"阿迈"（姑姑）。如果他们叫他舅舅，他便叫他们"阿姨"，这在公开场合是很令人难为情的。因此，他们叫他"恰克"。

在恰克的房间里，书从地板堆到天花板。这些书全被他读过了，而且他会不知所以然地引用这些书里长长的片段，或者至少别人不知他为何引用这些片段。例如，那天早上，当他们驱车从大门出去，并向阳台上的玛玛奇道别时，恰克突然说："最后，盖茨比安然无恙。那就是令盖茨比烦恼的东西，就是那浮在他的梦后面的肮脏灰尘，它们暂时封闭我对于无结果的忧愁，和人类短暂的得意所产生的兴趣。"

大家都很习惯这种情形了，所以不会彼此用肘推一推，或互瞥一眼。恰克在牛津大学就读时曾获得罗德学者奖学金，他们容许他做出过分古怪、反常的行为，这是别人所没有的权利。

他宣称正在写家族传记，而他的家族必须付钱给他，才能打消他出版这本传记的念头。阿慕说，家族中只有一个人会被人以传记来进行勒索，而这个人就是恰克自己。

当然了，那是在当时。在"恐怖"发生之前。

在普利茅斯里面，阿慕坐在前面，旁边是恰克。那一年她二十七岁，在她的心窝里，她明白一件冷酷的事情——对于她而言，生命已经被活过了。她有过一个机会，但是她犯了一个错，她嫁错了人。

阿慕自学校毕业的同一年，她的父亲从德里退休，并搬到阿耶门连。帕帕奇坚持说，让一个女孩子上大学是一项不必要的开销，因此阿慕别无选择，只能离开德里，和他们一起搬到阿耶门连。在那儿，除了边帮母亲做家事，边等人来提亲之外，一个女孩子能做的事是少之又少。然而，由于她的父亲没有足够的钱为她置办一份适当的嫁妆，因此没有人来向阿慕提亲。两年过去了，她的十八岁生日到了，然后过了。在没有人注意的情况下，或者至少在她的父母没有注意的情况下，她变得绝望了。一整天，她梦想着逃离阿耶门连，逃离她那脾气暴烈的父亲以及心怀怨恨、长期受苦的母亲的掌握。她策划了几个笨拙的小计谋，最后，一个计谋奏效了。帕帕奇同意让她和一位住在加尔各答的远房姑妈度过夏天。

在那儿，阿慕在某人的喜宴上，遇见了她未来的丈夫。

他在阿萨姆的一个茶庄当助理，当时他正在度假。他的家人曾经是非常富有的地主，他们在印度和巴基斯坦分裂后，从东孟加拉移居到了加尔各答。

他个子矮小，却非常结实，看起来十分讨人喜爱。他戴着旧式眼镜，这使他看起来非常严肃，而且完全掩饰了他从容优哉的魅力，以及稚气但亲切十足的幽默感。他二十五岁，已经在那个茶庄工作了六年，不曾上过大学。这一点解释了他那学童式的幽默。他们相遇后第五天，他便向阿慕求婚了。阿慕没有假装爱上他，她只是衡量可能性，然后接受。她认为任何事情、与任何人在一起，都会比回到阿耶门连好。她写信给她的父母，把她的决定告诉他们。他们没有回信。

阿慕有一个讲究的加尔各答婚礼。后来，在回顾那一天时，阿慕明白，新郎眼中那种略显狂热的光亮并不是爱，甚至也不是即将享受肉体欢愉的兴奋感；那只是八大杯威士忌的效果。不掺水的威士忌，纯威士忌。

阿慕的公公是铁路理事会的主席，而且有一枚剑桥大学拳击选手的蓝徽章。他是孟加拉业余拳击协会的秘书。他给这对年轻夫妇一辆依其要求漆成粉红色的菲亚特汽车作为礼物。但是在婚礼结束后，他自己开着这辆车子跑了，带着别人送给他们的所有珠宝，和大多数其他的礼物。在双胞胎出生前，他便死了——死在手术台上，医生正在割掉他的胆囊。孟加拉所有的拳击手都来参加他的火葬礼，一群脸颊消瘦、鼻子破裂的哀悼者。

当阿慕和她的丈夫搬到阿萨姆时，美丽、年轻、厚脸皮的阿慕变成了园主俱乐部出了名的美人。她穿无背的纱丽上衣，拿一个以银线织成、有链子的钱包，抽有银色烟嘴的长香烟，而且学会了吹出完美的烟圈。她发现她的丈夫不只是一个豪饮者，也是一个带着所有酗酒者的偏差和悲剧魅力的十足酒鬼。他的某些问题是阿慕永远无法了解的，即使她已经离开他许久了。她不曾停止思考为什么在不需要说谎时，他却那样可恶地撒大谎，特别是在不需要说谎时。和朋友交谈时，他会说他多么爱熏鲑鱼，而阿慕知道他讨厌熏鲑鱼；从俱乐部回家时，他会告诉阿慕他看了《在圣路易和我相会》，虽然事实上，他们放映的是《青铜牛仔》。当她就这些问题和他对质时，他从来不解释或道歉，只是傻笑，让阿慕的怒气上升到她自己意想不到的程度。

印度和中国之间爆发边境战争时，阿慕已怀有八个月的身孕。那是一九六二年十月，农园主人的妻子和孩子已经自阿萨姆撤离。阿慕大腹便便，不能旅行，只得继续留在茶庄。十一月，他们搭上了一辆令人毛骨悚然、颠簸不堪的公车到西隆。然后，在中国即将占领印度，而印度军即将撤退的谣言中，艾斯沙和瑞海儿出生了；在一所窗子被涂黑的医院里，借着烛光被生出来。他们干净利落地从阿慕的肚子里出来，相隔十八分钟。两个小婴儿，而不是一个大婴儿。两只双胞胎海豹，因裹着母亲的液体而滑溜溜，因努力从她的肚子里出来而布满皱纹。阿慕在闭上眼睛睡觉之前，检查他们是否畸形。她数出四只眼睛、四个耳朵、两张嘴、两个鼻子、二十只手指，以及二十只完美的脚趾头。

她没有注意到单一的暹罗双胞胎的灵魂。她很高兴拥有他们。他们的父亲摊开身体，躺在医院走廊的一张硬长椅上，喝得醉醺醺。

当双胞胎两岁时，寂寞的茶庄生活使他们父亲的酗酒情形更加恶化，以至于陷入了酒精中毒的昏迷当中。连续数天，他只是躺在床上，没有去工作。最后，他的英籍经理霍立克先生唤他到他的平房，要和他进行一番"严肃的谈话"。

阿慕在她家的阳台上，焦急地等待丈夫归来。她确定霍立克先生想见他的唯一理由，就是要将他解雇。因此，当他带着沮丧但没有被击垮的神情回来时，她觉得十分惊讶。他告诉阿慕，霍立克先生提出一些他必须和她讨论的事情。开始时，他有些胆怯，不敢正视她，但是渐渐地，他鼓起了勇气。他说，从实际来看，他的提议对于他们两人终究是有利的，事实上，对于大家都有利——如果他们考虑孩子的教育问题。

霍立克先生对他的年轻助理直言不讳。他告诉他，他听到工人和其他助理的抱怨。

"我想我恐怕没有其他选择，"他说，"我只能请你辞职。"

他容许沉默去伤害他，容许这个坐在桌子对面的可怜男人开始颤抖，开始哭泣。然后，霍立克先生又说话了。

"嗯，事实上我们可能有另一个选择……或许我们可以想出一个办法。'思想要积极'是我常挂在嘴边的一句话。看看你多有福气。"霍立克先生停下，叫了一壶黑咖啡。

"你知道，你是一个非常幸运的男人，你有一个很棒的家庭，有漂亮的孩子，以及一个如此迷人的妻子……"他点了一根香烟，且让火柴一直燃烧，直至无法握住它，"一个极端迷人的妻子……"

哭泣停止了。困惑的棕色眼睛注视着炯炯有神、布满血丝的绿色眼睛。霍立克先生边啜饮咖啡，边提议说，爸爸应该离开一阵子，去度个假，或许该去一家诊所接受治疗，离开愈久愈好。然后，霍立克先生又建议，在他离开的这段时间，阿慕应被送到他的平房，接受他的"照顾"。

在茶庄上已经有许多衣衫褴褛、肤色较白的小孩，那是霍立克先生留给他看上的采茶妇女的东西。这是他第一次侵入管理圈子。

阿慕看着丈夫的嘴唇动着，形成话语，她不发一语。他变得不自在，然后被她的沉默激怒。突然之间，他冲撞她，抓住她的头发，对她拳打脚踢，之后便因为用力过度而昏了过去。阿慕拿出她在书架上找到的最重的一本书——《读者文摘世界地图集》，然后使出全力打他。打他的头、打他的腿、打他的背、打他的肩膀。意识恢复时，他不明白为什么自己的身上布满瘀伤。他为他的暴力卑躬屈膝地道歉，但立即开始吵着要她在调动一事上助他一臂之力。这件事落入一个模式。先是酗酒时的暴力，接着便是清醒后的争吵。阿慕厌恶从他皮肤渗出来的走味的酒精药味，厌恶每天早上他嘴巴外面结着的那一块变干、变硬、派一般的呕吐物。当他的暴力开始导向孩子，而印度和巴基斯坦之间爆发战争时，阿慕离开了她的丈夫。然后在不受欢迎的情况下，投奔她在阿耶门连的父母，回到她在几年前逃离的一切中去。但是现在，她已经有了两个小孩，而且再也没有梦想。

帕帕奇不相信她的故事，这并不是因为他对她丈夫有好感，而是因为他不相信一个英国人（或任何英国人）会垂涎别人的妻子。

阿慕爱她的孩子（当然），但是他们那种带着天真的脆弱，以及愿意爱那些并不真正爱他们的人的倾向，使她感到恼怒，使她有时想要伤害他们——只是作为一种教育，一种保护手段。

这就仿佛他们的父亲从一扇窗子消失了，但他们却让那扇窗子敞开着，等待任何人从那儿进来，然后欢迎那些人。

对阿慕而言，她的双胞胎似乎就像一对困惑的小青蛙，热衷于彼此为伴，手牵手、摇摇晃晃地走在一条满是横冲直撞的车子的公路上，完全没有注意到卡车会对青蛙造成什么伤害。阿慕紧紧看守着他们，这种警戒使她变得异常紧张，全身绷得紧紧的。她动不动就责骂她的孩子，但是更容易为他们动怒。

至于她自己，她知道她再也不会有机会了。现在她只有阿耶门连，只有一个前阳台，一个后阳台，只有一条散发热气的河流，和一个果菜腌制厂。

而在背景中的，是当地人那些持续不断的、激烈的、非难的哀号。

回娘家后的最初几个月内，阿慕迅速地学会了辨识丑陋的带有同情心的面孔，并且轻视这些面孔。刚长出鬓毛、有数个摇晃下巴的年老女性亲属，连夜旅行来到阿耶门连，为了要对她的离婚一事表示怜悯。她们握紧她的膝盖，然后幸灾乐祸地看着她。她努力抑制自己赏她们一巴掌，或者用螺旋钳玩弄她们乳头的冲动，就像"摩登时代"里的卓别林。

当阿慕看着结婚照片中的自己时，她觉得那位回看她的女人是别人，一个珠光宝气的笨女人。她那夕阳颜色的丝绸纱丽闪现着金黄色，她的每一根手指都戴着戒指，而弧形的眉毛上则有白色圆点状的檀香膏。当阿慕这样注视自己时，她柔软的嘴巴会对这个回忆扭成一个小小的、痛苦的微笑——并不是因为她想到了那场婚礼，而是因为她想到，她竟然容许自己在被带往绞架之前，还如此大费周章地装扮自己。这件事似乎是如此荒谬，如此徒然。

就像将柴薪擦亮。

她去到村里的金匠那儿，叫他将沉甸甸的结婚戒指熔化，做成一个有蛇头的细手镯。她将这只手镯收藏起来，要留给瑞海儿。

阿慕知道婚礼这东西是不能完全避免的，至少就实际而言是如此。但在她以后的日子里，她一直提倡穿普通衣服，举行小型的婚礼。她想，这会使得婚礼显得不那么残酷。

偶尔，当阿慕在收音机上听到她喜爱的歌曲时，某种东西会在她身体里面搅动。一种流动的疼痛在她皮肤上扩散开来，而她像一个女巫那般走出这个世界，走到一个更好、更快乐的地方。在这样的日子里，她身上总有某种焦躁不安、不受驾驭的东西，仿佛她暂时抛开了为人母亲和离婚妇女的道德。甚至当她走路时，一种更狂野的步态取代了原先那种安全的母亲的步态。她在头上插花，眼里带着神奇的秘密，而且不跟任何人说话。她在河岸待上数小时，带着她那架橘形的小型塑胶电晶体收音机。她抽烟，而且在半夜游泳。

是什么东西让阿慕变得如此危险，如此不可预测？那是在她内心与她战斗的东西，一种不能混合的混合——母性的无限温柔和人体炸弹式的不顾一切的愤怒。就是这种东西在她身体里面生成，且最终带领她在夜晚去爱那个她的孩子在白天所爱的男人，带领她在晚上使用那艘她的孩子在白天使用的船，那艘被艾斯沙坐在上面、被瑞海儿发现的船。

在收音机播放阿慕喜爱的歌曲的日子里，每个人都有点儿提防她。他们感觉她住在两个世界之间的半阴影里，那是他们的力量所不能及的。他们感觉，由于这个被他们诅咒的女人已经没有什么可失去了，所以她可能变得十分危险。因此，在收音机播放阿慕喜爱的歌曲的日子里，人们避开她，多走几步绕过她，因为每个人都认为最好"不要管她"。

在其他日子里，当她微笑时，她脸上有深深的酒窝。

她的脸细致而轮廓鲜明，黑色的眉毛弯曲如飞翔中的海鸥翅膀，鼻子小而直，皮肤富于光泽且呈栗色。在十二月那个天蓝色的日子里，她那狂野、卷曲的头发在车风中一绺绺地散开来。她那无袖的纱丽上衣露出的肩膀闪闪发亮，仿佛曾被许多肩膀光泽剂擦亮过。有时候，她是艾斯沙和瑞海儿所见过最美丽的女人。但有时候，她不是。

在普利茅斯的后座，艾斯沙和瑞海儿之间坐着宝宝克加玛。以前她是修女，现在她是他们的宝宝姑婆。由于不幸者有时不喜欢同为不幸的人，所以宝宝克加玛不喜欢双胞胎，因为她认为他们是命运已被决定、没有父亲的流浪儿。更糟的是，他们是半个印度教徒，是杂种，没有一个有自尊的叙利亚正教教徒愿意和他们结婚。她迫切希望他们明白，他们（和她一样）是靠着别人的宽容才能够住在阿耶门连的房子，他们外祖母的房子，因为他们实在没有权利住在那儿。宝宝克加玛讨厌阿慕，因为她看到阿慕和一个她（宝宝克加玛）已优雅地接受的命运争吵，一个没有男人的女人的命运，没有慕利冈神父的可悲宝宝克加玛的命运。这几年，她已经让自己相信，她对于慕利冈神父的恋情之所以没有结果，完全是因为她的要做正确的事的决心和自制。

她完全同意一个一般人所持的看法——一个嫁出去的女儿在其父母的家里是没有地位的。至于一个离过婚的女儿，按照宝宝克加玛的观点，她在哪里都没有地位。至于一个从爱的婚姻中离婚的女儿，啊！话语不能描述宝宝克加玛对她的愤怒。至于一个因爱而和属于不同社会的男人结婚，但后来又离了婚的女儿，宝宝克加玛对于这个主题气得全身发抖，说不出话来。

双胞胎兄妹年纪太小了，无法了解这一切，因此，宝宝克加玛不愿看到他们拥有兴高采烈的时刻。例如，他们捕到的一只蜻蜓以它的脚挟走他们手掌中的一粒小石子，或者他们被允许为猪洗澡，或者他们看到母鸡刚下的一颗温暖的蛋。但是，她尤其不愿看到他们从对方那儿得到安慰。她希望能够从他们身上看到不快乐的征兆。至少是这样。

在自机场回家的途中，玛格丽特克加玛将和恰克坐在前面，因为她是他的前妻。苏菲默尔将坐在他们中间，而阿慕将移到后座。

车上有两个水瓶。装开水的水瓶是给玛格丽特克加玛和苏菲默尔的，装有自来水的是给其他人的。

行李将放在行李箱里。

瑞海儿认为 boot（行李箱）是一个可爱的字。无论如何，它比 Sturdy（健壮、结实）这个字好多了。Sturdy 是一个可怕的字，像一个侏儒的名字。斯特第·考希·欧曼（Sturdy Koshy Oommen）是一个愉快、敬畏上帝的中产阶级侏儒，有低低的膝盖和侧分的头发。

普利茅斯的车顶金属架上，有一个以马口铁作衬里的四面三夹板广告牌，这四个面皆以精巧的字体写着"天堂果菜腌制厂"，这些字下面画着几罐综合果酱。浸在食用油中的辣味腌莱姆，罐上标签用精巧的字体写着"天堂果菜腌制厂"。罐子旁边是所有"天堂"产品的目录，以及一个跳卡沙卡里舞的舞者，其裙子正在旋转，而后者有一张绿色的脸。在他呈 S 形旋转、涌动的裙子下面，有被写成 S 形的"品位王国的帝王"——这是皮莱同志自己印上去的。这几个字是 Ruchi Iokathinde Rajavu 的直译，原文听起来不像译文那样滑稽。但是，由于皮莱同志已经将这句话印出来了，没有人敢要求他重印。因此，很不幸地，"品位王国的帝王"变成了"天堂果菜腌制厂"标签上永久的象征。

阿慕说，那个卡沙卡里舞者是一条红鲱鱼，和任何事物皆不相干。恰克说，它让产品具有一种地方风味，有助于让产品进入海外市场。

阿慕说，广告板使他们看起来很滑稽，就像一个旅行的马戏团。一个有尾翼的马戏团。

　　帕帕奇自德里的政府机关退休，并搬到阿耶门连后不久，玛玛奇便开始商业化地制造腌果菜了。果塔延的圣经协会要举办一个市集，他们请玛玛奇做一些拿手的香蕉果酱和柔嫩的腌芒果。这些东西很快就卖出去了，玛玛奇发现她应付不了那些蜂拥而至的订单。这次成功让她十分兴奋，因此她决定继续做腌果菜和果酱，而且很快地就发现自己一年到头忙得不可开交。至于帕帕奇，他很难应付退休这个可耻的事实。他比玛玛奇大十七岁，所以当他明白自己是一个老头子，而妻子却仍然处于盛年时，他感到十分震惊。

　　虽然玛玛奇长了圆锥形的眼角膜，而且实际上已经瞎了，但是帕帕奇不愿帮她做腌果菜，因为他认为一个前任高级政府官员不适合做这种工作。他向来是一个善于嫉妒的人，因此他非常憎恶他的妻子突然获得的注意力。他穿着那套裁缝师完美无缺地裁制出来的西装，垂头丧气地在园地内四处走动，闷闷不乐地绕着那一堆堆红番椒和刚被磨成粉的黄色郁金根走动，看着玛玛奇监督莱姆果和柔嫩芒果的收购、称重、加盐和晒干的工作。每天晚上，他拿一只黄铜花瓶殴打她。殴打并不是以前未有的事，以前未有的事是这种殴打经常发生。一天晚上，帕帕奇弄断了玛玛奇的小提琴琴弓，并将它丢到河里。

　　然后，恰克从牛津大学回家过暑假了。他已经长成一个高大的男人，而且因成为贝利欧学院的划船选手而变得十分健壮。回家后一星期，他发现帕帕奇在书房殴打玛玛奇。恰克大步走入房间，抓住帕帕奇拿着花瓶的手，将它扭到背后。

　　"我绝不要再看到这件事情发生，"他告诉他的父亲，"绝不。"

　　那一天的其余时间里，帕帕奇坐在阳台上，面无表情地瞪视着外面的观赏性植物园，不理睬克朱玛莉亚为他端来的一盘食物。夜深时，他走入书房，拿出那张他喜爱的桃花心木摇椅，将它放在车道中间，然后用一把铅笔工人的活扳手将它击成碎片。他将椅子留在那儿，留在月光下，一堆上了洋漆的柳条和碎裂的木头。之后，他再也没有碰玛玛奇了，但是在往后的日子里，他也不再和她说话。需要任何东西时，他便用克朱玛莉亚或宝宝克加玛当他的媒介。

晚上，知道访客会来时，他会坐在阳台上，缝他衬衫上并未掉落的纽扣，要让人觉得玛玛奇忽略他。他的确使得阿耶门连的人们对于他工作的妻子略微产生更加负面的看法。

他从一个住在木纳尔的老英国人那儿买下那辆天蓝色的普利茅斯。之后，他变成阿耶门连一个熟悉的景观。他坐在那辆宽敞的车内，神气活现地滑下狭窄的道路，外表显得从容优雅，但羊毛西装下却大量地冒汗。他不允许玛玛奇或家里其他任何人使用那辆车，甚至不允许他们坐在车里。普利茅斯是帕帕奇的复仇手段。

帕帕奇曾是普萨学院的一位大英帝国昆虫学家。印度独立后，当英国人离去时，他的头衔由大英帝国昆虫学专家变成了动物学研究院的副院长。退休那一年，他已经爬到相当于院长的地位。

他生命中最大的挫败就是——他所发现的蛾没有以他的名字命名。

一天晚上，在田野度过漫长的一天后，他坐在休息处的阳台休息，而就在这时，那只蛾掉入他的酒里。将蛾取出后，他注意到蛾背部的簇毛不寻常的浓密。更加仔细端详一番后，他带着愈来愈兴奋的心情将它制成标本，并做了测量。隔天早晨，他将它放在太阳下晒数个小时，让酒精蒸发，然后搭第一班火车回到德里，想引起分类学界的注意，也希望借此获得一些名气。经过六个月难熬的焦虑等待后，帕帕奇大失所望了，因为他被告知，他的蛾最后被确认是为人熟知、属于热带舞蛾科某个种的略微不寻常的变种。

真正的打击发生在十二年后。那时，在经过一次分类上的彻底更动之后，鳞翅类学者认为，帕帕奇的蛾事实上是在此之前科学界所不知的另一种和另一属的昆虫。但是在那时，帕帕奇当然已经退休，并且搬到阿耶门连了，不能及时宣称那是他的发现。他的蛾已经以昆虫与研究院的代理院长之名命名，而此人是帕帕奇向来憎恶的一位资浅的官员。

以后那几年，尽管帕帕奇在发现那只蛾之前许久便已变得暴躁和易怒，但那只蛾仍是他后来郁郁寡欢和突然发怒的原因。它恶性的鬼魂——灰色、多毛、背部有特别密的簇毛，纠缠着他住过的每一栋屋子。它折磨他，折磨他的孩子，以及他孩子的孩子。

在帕帕奇死前，即使是在阿耶门连令人窒息的闷热中，他仍然天天穿着那套三件式的西装，戴着他的金怀表。在他的梳妆台上，他在古龙水和银梳子旁边贴了一张他年轻时的照片，照片中的他有一头油亮的头发，那是他在维也纳的一间相馆拍的，当时他正在维也纳上六个月的文凭课程，以便取得申请大英帝国昆虫学家之职的资格。就在他待在维也纳的那几个月里，玛玛奇开始上小提琴课。但是后来她的课突然中断了，因为玛玛奇的老师隆斯基·第芬萨尔犯了一个错误——告诉帕帕奇他的妻子具有不寻常的天赋，有成为演奏家的潜能。

在家庭相簿上，玛玛奇贴着报道帕帕奇之死的《印度快报》的剪报。剪报上说：

> 著名的昆虫学家斯里·班南·约翰·伊培（已故阿耶门连约翰·伊培神父——一般被称为"普尼安昆如"——之子）昨晚心脏病发，于果塔延综合医院逝世。他大约于凌晨一点零五分胸部发痛，随后急速被送往医院，并于两点四十五分不治。在过去六个月，斯里·伊培的健康状况一直不佳。他留下了妻子索莎玛和两个孩子。

在帕帕奇的葬礼上，玛玛奇哭了，隐形眼镜在她的眼里滑来滑去。阿慕告诉双胞胎，玛玛奇之所以哭，是因为她已经习惯帕帕奇了，而不是因为她爱他。她已经习惯看到帕帕奇在果菜腌制厂垂头丧气地走来走去，习惯于常常被他殴打。阿慕说，人类是习惯的动物，而能够让他们习惯的事物是很令人惊奇的。阿慕说，你只需看看四周，就会发觉，拿黄铜花瓶打人是这类事物当中，最不会令人大惊小怪的一种。

葬礼过后，玛玛奇要瑞海儿帮她拿橘色小吸量管，找出并取出她的隐形眼镜（吸量管有它自己的盒子）。瑞海儿问玛玛奇，玛玛奇死后，她是否可以继承这根吸量管。阿慕将她带出屋子，啪的一声朝她打下去。

“我再也不要听见你和别人讨论他们的死亡。”她说。

艾斯沙说，瑞海儿被打是活该的，因为她的感觉太迟钝了。

帕帕奇那张在维也纳拍的相片，那张他梳着油亮的头发所照的相片，被装上新框，放在客厅里。

他是一个很上镜头的人，矮小矫健，仔细地装扮自己，有一个对于矮个子而言显得颇大的头。他刚刚长出第二个下巴，低头看或点头时，这个下巴会变得很明显。在照片中，他刻意将头抬高，以隐藏双下巴，然而还不至于显出高傲的样子。他淡褐色的眼睛显得斯文有礼，但却流露着邪恶，仿佛他正边努力向摄影师表示礼貌，边计划谋杀他的妻子。他的上嘴唇中间有一个小肉瘤，并以一种女性化的噘嘴模样垂到他的下嘴唇——那种孩童吸吮拇指造成的肉瘤。他的下巴有一个拉长的酒窝，而这酒窝只强调了一种潜在的疯狂和暴力的威胁，一种冷静的残酷。他穿卡其骑马裤，虽然他一生从不曾骑过马。他的马靴反映着相馆的灯光，一条有象牙把手的马鞭整齐地横卧在他的膝上。

照片中有一种戒备性的安静，这使得悬挂它的温暖房间，有了一股隐约的寒意。

帕帕奇死后留下了几个装满昂贵成套西装的大皮箱，以及一个装满袖扣的巧克力盒子。恰克将这些袖扣分给果塔延的计程车司机，他们将之分开来，做成戒指和耳环，作为他们未出嫁女儿的嫁妆。

双胞胎问这些袖扣有什么用途，阿慕告诉他们：“将袖口连接起来。”这令他们感到十分兴奋，因为他们在到目前为止似乎没有逻辑的语言中，发现这一丁点儿逻辑。袖子＋扣子＝袖扣。对于他们而言，这足以比拟数学的精确和逻辑。"袖扣"给他们一种格外（和夸大）的满足感，也让他们真正地爱上了英文。

阿慕说，帕帕奇是一个无药可救的英国CCP。CCP是chhi-chhi poach的缩写，在北印度语里意味着"马屁精"。恰克说，形容帕帕奇这类人的正确词语是Anglophile（亲英派）。他叫瑞海儿和艾斯沙查《读者文摘大辞典》里的Anglophile的定义。根据字典，此字的意思是Person well disposed to the English（对英国人有好感者）。然后，艾斯沙和瑞海儿必须查出dispose的意思。

根据字典，此字的含义包括：

（1）排列、配置。

（2）使倾向于，使想要。

（3）处理、摆脱、收拾、毁坏、用尽、解决、吃光（食物）、杀、出售。

恰克说，在帕帕奇的情况中，dispose是指第二个定义：使倾向于，使想要。恰克说，帕帕奇的心总是倾向于喜欢英国人。

恰克告诉双胞胎，虽然他不喜欢承认，但他们都是亲英派，他们是一个亲英家庭，朝错误的方向前进，在自己的历史之外被困住了，而且由于足迹已经被抹除，所以无法追溯原先的脚步。他向他们解释，历史就像夜晚中的一栋老房子，一栋灯火通明的老房子，而老祖先在屋里呢喃。

"想要了解历史，"恰克说，"我们必须走进去，倾听他们说的话，必须看看书及墙上的画，必须闻一闻味道。"

艾斯沙和瑞海儿完全相信，恰克所说的房子是河对岸，位于他们不曾去过的荒废橡胶园中间的那栋屋子；卡利赛普——"黑萨依"①——

---

① "卡利赛普"的意思即是下面的"黑萨依"。萨依（Sahib）是印度人对英国人之称呼，意思是先生、绅士或大人；而此英国人之所以被称为"黑萨依"，是因为他已本土化了，像黑皮肤的印度人。

的房子。"黑萨依"是一位"本土化"的英国人，说马拉亚拉姆语，穿芒杜，是阿耶门连的库尔兹 ①，而阿耶门连就是他个人的"黑暗之心"。十年前，当他年轻恋人（一个男孩）的父母从他身边带走他，并送他去学校时，他朝自己的脑袋开枪了。他自杀后，卡利赛普的厨子和他的秘书为了他的地产不断地对簿公堂。房子荒废了好几年，很少有人看到过它，但是双胞胎可以想象它的模样。

历史之屋。

有冰冷的石地板、幽暗的墙和涌动的船形阴影。肥胖、半透明的蜥蜴住在古老的图画后面，而在图画中，脚趾甲坚硬、呼吸散发着泛黄地图的苍白、龟裂的祖先，正以纸质的耳语闲聊着。

"但是我们不能进去，"恰克解释，"因为我们被锁在外面。当我们透过窗子往里面观看时，我们只看到影子；当我们尝试聆听时，我们只听到一种呢喃。但我们不能了解那种呢喃，因为我们的心智被一场战争侵入了，一场我们打赢了，然后又输掉的战争；一场最恶劣的战争；一场捕住梦，然后将这些梦再做一次的战争；一场让我们崇拜征服者，并轻视自己的战争。"

"更贴切的说法是，和我们的征服者结婚。"阿慕面无表情地暗指玛格丽特克加玛。恰克不理会她，他叫双胞胎查字典里的"轻视"。字典的解释是"瞧不起，带着轻蔑的态度看；嘲笑或鄙视"。

恰克说，在他所谈的战争（梦的战争）的背景里，"轻视"有这一切含义。

"我们是战争的俘虏，"恰克说，"我们的梦想被篡改过了。我们不属于任何地方，在汹涌的大海里航行，找不到停泊之处。或许我们永远不会被允许靠岸。我们的悲愁将永远不够悲愁，我们的喜悦将永远不

---

① 库尔兹（Kurt），是波兰籍小说家康拉德（Joseph Conrad）所著的《黑暗之心》里的人物。

够喜悦，我们的梦想将永远不够远大，我们的生命将永远没有足够的重要性。"

然后，为了给艾斯沙和瑞海儿一种历史展望（虽然"展望"正是恰克在接下来几周严重缺乏的东西），他告诉他们有关大地之母的故事。他让他们想象地球（四十六亿岁）是一个四十六岁的女人，和教他们马拉亚拉姆语的那位住在阿列亚玛的老师一样老。大地之母以她一生的时间创造出地球今日的样子——分开海洋，让山耸起。恰克说，当第一个单细胞有机体出现时，大地之母是十一岁；当最先的动物——虫和水母之类的生物出现时，她四十岁；当恐龙在地球漫游时，她已过了四十五岁（只是八个月前的事）。

恰克告诉双胞胎："就大地之母的生命来看，我们所知道的整个人类文明，是在两个小时之前才开始的，就像我们开车从阿耶门连到科钦那么久。"

恰克说，想到整个当代历史、世界大战、梦想之战、登陆月球、科学、文学、哲学、知识和追求，等等，都只不过发生在大地之母的一眨眼之间，我们不禁心生敬畏，不禁觉得谦卑。（瑞海儿心里想，"谦卑"是一个好的词语。在这世上谦卑地前进，无忧无虑。）

"而亲爱的，我们，我们现在的情况以及以后的一切情况，都发生在她一眨眼之间。"恰克躺在床上，瞪视着天花板，神色庄严地说。

陷入这种心情时，恰克会使用他朗诵的声音来说话。他的房间有一种教堂的气氛，而他也不在乎别人是否聆听。如果他们聆听，他也不在乎他们是否听得懂。阿慕称他的这种心情为他的"牛津情绪"。

后来，从发生的一切事情来看，"眨眼"似乎完全无法形容大地之母眼睛的表情。"眨眼"这两个字令人想到眼睛因欢喜地闪动而起皱。

虽然大地之母带给双胞胎难以磨灭的印象，但是，真正令他们着迷的是那栋历史之屋；它近多了。他们经常想到它，那栋在河流对岸的屋子。

隐约出现于"黑暗之心"。

一栋他们无法进入的屋子，充满他们无法了解的呢喃。

他们不知道不久之后，他们会进去；他们不知道他们将渡过河流，去到他们不该去的地方，和一个他们不该爱的人在一起；他们不知道他们将会以睁大的眼睛看着历史在后阳台将自己揭露。

当和他们一样大的孩子正在学习其他事物时，艾斯沙和瑞海儿正在学习历史如何议定它的条件，并向那些违反其规则者征收它的应得之物。他们听到它令人作呕的沉重脚步声，闻到它的味道，而且永生难忘。

历史的味道。

就像微风中即将凋谢的玫瑰的味道。

那味道将永远潜伏在日常事物之中，潜伏在挂外套的钩子上，潜伏在番茄里，在路上的焦油中，在某些颜色里，潜伏在餐厅的盘子上，在没有话语的静寂中，潜伏在空茫的眼睛里。

在成长的过程中，他们将设法寻找和发生之事共存的方法。他们将试着告诉自己，从地质时间来看，那是一个无关紧要的事情，只不过是大地之母眨了一下眼睛。他们将试着告诉自己，最恶劣的事情已经发生了；他们将告诉自己，最恶劣的事情继续在发生。但是这种想法不会带给他们任何安慰。

恰克说，去看《音乐之声》是"亲英"的一个延伸行为。

阿慕说："噢！算了吧！全世界都去看《音乐之声》，那是一部轰动全世界的电影。"

"尽管如此，亲爱的，这仍然是一种亲英行为，"恰克以他那种朗诵的声音说，"仍然是。"

玛玛奇常说，恰克无疑是印度最聪明的人之一。"谁这样说？"阿慕会问，"凭什么这样说？"玛玛奇喜欢说一个故事（恰克的故事）：牛津大学的一个研究员曾说，在他看来，恰克是很优秀的，是块做首相的料子。

关于这点，阿慕总是像喜剧片中的人物那样"哈！哈！哈！"地叫着。她说：

（1）上牛津大学不一定会让一个人变聪明。

（2）聪明不一定会让一个人成为好首相。

（3）如果一个人尚且无法经营一个赚钱的果菜腌制厂，那么，他将如何管理整个国家？

而最重要的是：

（4）所有的印度母亲都为自己的儿子着迷，无法正确地评估他们的能力。

恰克说：

（1）你不是**上牛津大学**；你是在牛津大学**读书**。

而

（2）在牛津大学**读书**之后，你跌下来了。

"你是说，跌到现实之中？"阿慕会问，"你才是这样，就像你搞的那些远近驰名的飞机。"

阿慕说，那些飞机不幸但完全可以预测的命运，是衡量恰克有多少能力的一个公平的标准。

每月有一次（季风季节除外），一个包裹会以"收到付钱"的方式寄来给恰克，包裹里总有制造飞机模型的成套白塞木器材。通常恰克需要花八至十天，才能将有小油箱和机动推进器的飞机拼装起来。飞机拼装好后，他会带着艾斯沙和瑞海儿到那塔科姆的稻田里，要他们帮他让飞机飞起来，而飞机飞行的时间不曾超过一分钟。月复一月，恰克小心翼翼地建造的飞机会撞在泥泞的绿色稻田上，而艾斯沙和瑞海儿会像训练有素的猎犬那样，冲入稻田里抢救残骸。

一个机尾，一个油箱，一个机翼。

一个受损的机器。

恰克的房间杂乱地堆着摔碎的木造飞机。而每个月，另一套器材会抵达。恰克不曾因飞机坠毁而怪罪这些器材。

在帕帕奇死后，恰克才辞去马德拉斯基督教学院的讲师职位，带着他牛津贝利欧学院的船桨和腌果菜男爵的梦来到阿耶门连。他将他的年金和备用基金折算了，用来买一架巴拉特封罐机器。他的桨（上面刻着划船队队友金色的名字）被挂在工厂墙壁的铁箍上。

恰克到达时，工厂的生意虽然规模小，却能赚钱。玛玛奇只是以管理一个大厨房的方式来管理它。恰克将它登记成一个股份有限公司，并告诉玛玛奇，她是匿名股东。他投资设备——装罐机器、敞口大锅、炊具，并扩充劳力——财务状况几乎立即走下坡。但是恰克将阿耶门连房子四周的家族稻田抵押给银行，大笔的抵押借款表面性地支撑了工厂财政。虽然阿慕为工厂所做的事不少于恰克，但每当他和食品检验员或卫生技术员交涉时，他总说那是"我的"工厂、"我的"凤梨、"我的"腌果菜。就法律而言，情况的确是如此，因为身为女儿的阿慕无权拥有财产。

恰克告诉瑞海儿和艾斯沙，阿慕没有"法律地位"。

"这都要归因于我们这个不可思议的男性沙文主义社会。"阿慕说。

恰克说："你的就是我的，我的仍然是我的。"

对于一个这般身量和这般肥胖的人而言，他的笑声算是非常尖锐。笑的时候，他全身颤抖，但却没有显出抖动的样子。

在恰克来到阿耶门连之前，玛玛奇的工厂没有名称。每个人在提到她的腌果菜和果酱时，只是说那是索莎的嫩芒果，或者是索莎的香蕉酱。索莎是玛玛奇的名字，索莎玛的简称。

恰克为这个工厂取名为"天堂果菜腌制厂"，并让皮莱同志的印刷厂设计和印制标签。起初他想将工厂叫作"宙斯果菜腌制厂",但是这个主意遭到否决,因为每个人都说,"宙斯"的含义太模糊不清,而且和当地没有任何关联,但"天堂"却不是这样。(皮莱同志提议的"帕拉舒兰果菜腌制厂"[1]同样遭到否决,但这是为了相反的理由:和当地太息息相关了。)

将一个画好的广告板安装在普利茅斯的车顶金属架上,这是恰克的主意。

现在,在前往科钦的途中,这块广告板嘎嘎作响,制造出像是有东西倒下来的噪声。

接近维科姆时,他们必须停下来买一条绳索,将它绑得更稳些。这使他们多耽搁了二十分钟。瑞海儿开始担心他们会赶不上《音乐之声》。

然后,当他们接近科钦的外围时,铁路和公路交叉处红白相间的栅门被放了下来。瑞海儿知道这件事之所以发生,是因为她一直希望这件事不会发生。

她尚未学会控制她的希望。艾斯沙说那是一个不好的征兆。

所以现在,他们将错过电影开始的部分了。他们将看不到朱莉·安德鲁斯先是像一个小点般出现在山丘上,然后愈变愈大,直至她冷泉般的声音和薄荷般的呼吸突然在银幕上涌现。

红白相间的栅门上有一个红色的告示牌,牌上写着"停止"。

瑞海儿将它读成"止停"。

一个黄色的广告板上写着红色字样的"做印度人,买印度货"。

艾斯沙将它读成"货度印买,人度印做"。

双胞胎有早熟的阅读能力。他们以极快的速度读完了《老狗汤姆,珍妮特和约翰》,做完了《罗纳尔德·里德特练习册》。晚上,阿慕给他

---

① 帕拉舒兰是一个神的化身,据说曾让喀拉拉一地从海里升起。

们读吉卜林的《森林王子》：

> 现在，鸢鸟吉尔将夜晚带回家，
> 而蝙蝠曼恩则将夜晚释放——

　　他们手臂上的软毛会竖立起来，在墙边灯光的照射下变成金黄色。阅读时，阿慕可以让声音变沙哑，像希尔·卡恩的声音；或者也可以发出哀切的鼻声，像塔巴奇^①的声音。

　　你选择，然而你并没有选择？这个关于选择的谈话是什么谈话？凭着我所杀的公牛发誓，我是否要站着用鼻子探索你的狗穴，寻找属于我的好东西？说话的人是我，希尔·卡恩！

　　"而回答的人是我，拉克夏，"双胞胎会以尖锐的声音叫喊，不是同时，但几乎同时，"这个人类的孩子是我的，朗格里——属于我！他不会被杀。他会活着和一群狼奔跑，和他们一起打猎；到了最后，留意些，你这个赤裸幼兽的猎捕者，你这个吃蛙者、杀鱼者，他会来猎捕你！"

　　宝宝克加玛负起让他们接受正式教育的责任。她给他们读查尔斯·兰姆和玛丽·兰姆所改写的《暴风雨》节缩版。"蜜蜂在哪儿吸花蜜，我也在哪儿吸花蜜，"艾斯沙和瑞海儿会边四处走动边说，"我躺在野樱草的钟形花朵里。"

　　宝宝克加玛有一位澳洲来的传教士朋友——密顿小姐。当她来到阿耶门连拜访时，她送给艾斯沙和瑞海儿一本幼儿书——《松鼠苏西奇遇记》，作为礼物。这本书当然使他们大为不悦，他们先是照着顺序读。然后，他们大声对她倒着读，密顿小姐感到有些失望。

---

　　① 希尔·卡恩和塔巴奇都是《森林王子》里的动物角色。

记遇奇西苏鼠松。

来过醒西苏鼠松，晨早的天春个一。

他们让密顿小姐看看他们可以顺着或倒着念"Malayalam"（马拉亚拉姆语），及"Madam I'm Adam"（夫人我是亚当）。她觉得很不高兴，最后他们终于知道，她甚至不知道 Malayalam 是什么。他们告诉她，那是所有喀拉拉一地的人所说的语言。她说她以为喀拉拉的语言应该叫作喀拉拉语。艾斯沙当时非常讨厌密顿小姐，他告诉她，在他看来，那是一个极其愚蠢的想法。

密顿小姐向宝宝克加玛抱怨艾斯沙的粗鲁和他们倒着念书的行为。她告诉宝宝克加玛，她在他们眼中看到了撒旦。旦撒了到看中眼们他在。

他们被罚写——日后我们不会再倒着念，日后我们不会再倒着念。一百遍，不准倒写。

几个月后，密顿小姐在霍巴特被一辆牛奶车撞死了，就在隔一条路和板球场相对的地方，当时牛奶车正在倒退。因此，对于这一对双胞胎而言，这个事实隐含着一种公正。

越来越多的车辆等待在铁路的两边。一辆写着"圣心医院"的救护车，满载了正要去参加婚礼的一群人。新娘从车尾的窗子往外凝视，她的脸有一部分被剥落中的巨大红十字油漆遮住。

公车都取了女孩子的名字。露西库第 ①、朱莉库第、宾娜默尔。在马拉亚拉姆语里，"默尔"是指小女孩，"芒恩"则是指小男孩。宾娜默

_____

① 库第（kutty）的意思是"小"，露西库第即是"小露西"。

尔这辆公车上满载着在第鲁巴提剃了头的朝圣客。瑞海儿可以看到车窗旁，在间隔平均的呕吐痕迹之上，有一排光头。她对于呕吐十分好奇，因为她自己从来不曾呕吐，一次也没有，但艾斯沙曾呕吐过。当他呕吐时，他的皮肤变热，而且闪闪发光，眼睛则显得无助而美丽，阿慕比往常更爱他。恰克说，艾斯沙和瑞海儿健康得不像话。苏菲默尔也是如此。他说这是因为他们不像大多数叙利亚正教徒和拜火教徒那样，因近亲交配的缘故而生出一大堆毛病。

玛玛奇说她的孙子女所受的罪比近亲交配更糟。她指的是拥有离了婚的父母，仿佛人们只有两个选择：近亲交配或离婚。

瑞海儿不确定她受的罪是什么，但是偶尔，她会对着镜子练习摆出忧伤的面孔，或者练习叹息。

"我所做的这件事比我曾经做过的事好太多太多了。"她会这样忧伤地自言自语。因为她正在扮演即将上断头台的那位假装是查尔斯·达尼的悉尼·卡尔顿。这是她从狄更斯著名的小说《双城记》漫画版里学来的。

她在想，是什么原因让那些光头朝圣客如此一致地呕吐？他们是否以良好的搭配一起呕吐（或许配合着音乐，配合着巴士的祈祷歌），或者分开来，一次一个人呕吐？

起初，当栅门刚刚放下时，空气中充满了不耐烦的引擎空转声。但是当操作栅门的人用他向后弯曲的腿从棚子里走出来，并以瘫软、摇摆的步伐走向卖茶摊子，示意他们将等许久时，司机都关掉引擎，出来绕来绕去地走，伸伸他们的腿。

交叉道之神断断续续地点着他那颗觉得无聊、昏昏欲睡的头，借此招来裹着绷带的乞丐，以及拿着盘子叫卖的小贩——卖新鲜椰子片、放在香蕉叶上的炸扁豆饼，冷饮有可口可乐、芬达汽水和玫瑰奶①。

---

① 加了玫瑰精的牛奶。

一个裹着肮脏绷带的麻风病人在车窗外乞讨。

"真像水银红药水。"阿慕指着乞丐格外鲜红的血说。

"恭喜,"恰克说,"你说话的语气就像一个真正的中产阶级。"

阿慕微笑了,然后他们握握手,仿佛她因为是个道地的、真正的中产阶级,而被颁发一张"功勋证书"。像这样的时刻是双胞胎兄妹珍惜的,他们将它像贵重的珠子那样串成一条(略显稀疏的)项链。

瑞海儿和艾斯沙将鼻子压在普利茅斯后面那扇小车窗上,渴慕尝一尝小贩卖的软糖,但是,他们后面有同样垂涎于软糖的朦胧不清的孩子。阿慕以坚定和确信的语气说了一声"不行"。

恰克点了一根夏米娜牌香烟,深深地吸了一口,然后移走留在舌头上的一小片烟草。

在普利茅斯内,瑞海儿很难看到艾斯沙,因为宝宝克加玛像一座山似的挡在他们中间。阿慕坚持要他们分开坐,免得他们打架。当艾斯沙和瑞海儿打架时,艾斯沙叫瑞海儿"难民竹节虫",而瑞海儿则叫艾斯沙"骨盆猫王"[1],并跳一种会惹恼艾斯沙的扭曲、滑稽的舞。当他们之间爆发严重的肢体冲突时,他们可谓势均力敌,以致战斗可以永远持续下去。而他们拿得到的东西——桌灯、烟灰缸和水瓶,全会被砸得粉碎,或者被破坏到无法修补的地步。

宝宝克加玛的手紧紧抓着前座的背部。车子移动时,她手臂上的脂肪摇摇晃晃,就像洗好挂在风中晾干的衣服。现在,这些脂肪像屏障般地垂下来,形成艾斯沙和瑞海儿之间的阻隔。

在艾斯沙这边的路上有一间简陋的小茶店,店里卖着茶,用肮脏的、有苍蝇的玻璃盒子装起来的走了味的葡萄糖饼干,以及装在厚瓶子里的柠檬苏打,瓶口有蓝色大理石瓶塞堵住这种发泡饮料。此外,店里还有一个红色的冰箱,上面黯淡地写着:"有了可口可乐,一切都更

---

[1] 猫王被赋予的绰号,他在摇晃头脑、放低重心的同时可以扭动骨盆。

如意"。

疯子慕利达南叉着腿，以完美的平衡坐在一个里标上，睾丸和阴茎垂下来，指向一个标志，标志上写着：

科钦

二十五公里

除了头上被人套上一个高高的塑胶袋之外，慕利达南可说是赤裸的。塑胶袋就像透明的餐厅主厨的帽子，人们可以透过它看到风景延续下去——变模糊成主厨帽子形的风景，但不曾中断。即使想要，他也无法拿走那顶帽子，因为他没有手臂。他的手臂于一九四二年在新加坡被炸断了，那是在他离家加入印度国家军队作战队伍的第一个星期内发生的。独立后，他将自己登记为第一级自由战士，而且享有终生免费坐火车头等厢的权利。但是他把这个权利搞丢了（连同他的理智），因此，他再也无法住在火车上，或者火车站的餐厅里。慕利达南没有家，没有供他上锁的门，但是他小心翼翼地将旧钥匙系在腰间一串闪闪发亮的钥匙上。他的脑海里满是橱子，杂乱地堆着秘密欢愉的橱子。

一个闹钟，一辆有音乐喇叭的红色车子，一个浴室用的红色马克杯，一个戴钻石的妻子，一个装着重要文件的公事包，一个从办公室回家的过程。一句"抱歉，沙巴帕赛上校，但我已说了我该说的话"。还有给孩子吃的酥脆炸香蕉片。

他看着火车来来去去，他数他的钥匙。

他看着政府起起落落，他数他的钥匙。

他看着车窗旁那些朦胧不清、鼻子渴慕软糖的孩子。

无家可归者、无助者、病人、走失的小孩，全都从他的灵魂之窗鱼贯经过，而他仍然数着他的钥匙。

他不曾确定自己必须打开哪个橱子，或者何时必须打开橱子。他坐在发烫的里标上，头发蓬乱，两眼如窗，而且很喜欢偶尔能够望向别处，很高兴能够数他的钥匙，很高兴能够把它们再数一遍。

数字是很好的。

麻木是不错的。

数钥匙时，慕利达南动着嘴巴，并吐出清楚的字。

欧纳

郎德

慕纳 ①

艾斯沙注意到他的头发卷曲而灰白，他无臂的腋窝里，迎风的毛发又稀又黑，而胯下的毛发则是黑而富于弹性。一个有三种毛发的人。艾斯沙心想这怎么可能。他试着想该去问谁。

等待让瑞海儿觉得十分不耐烦，直至她觉得要爆炸开来。她看着表，一点五十分。她想到朱莉·安德鲁斯和克里斯托弗·普拉莫头歪向一边接吻，使鼻子不致相互碰撞。她在想，人们是否总是先将头歪向一边，再接吻。她试着想去问谁。

然后，一阵嗡嗡声从远处逼近停滞的车辆，并像一件披风似的盖住它们。下车伸伸腿的司机回到车里，然后"砰"的一声将车门关上。乞丐和小贩消失了。在几分钟之内，路上便杳无人烟，只有慕利达南还在那儿，屁股坐在发烫的里标上，丝毫不受干扰，而且怀有些许的好奇。

一阵杂沓、忙乱的声音，以及警察的吹哨声传来了。

在等待启动的车辆长队后面，一个纵队的人出现了。摇着红色的旗子，发出愈来愈响亮的嘈杂声。

"摇起窗子，"恰克说，"保持冷静，他们不会伤害我们。"

"同志，何不加入他们？"阿慕对恰克说，"我会开车。"

恰克不发一语，下巴上的肌肉在脂肪下绷得紧紧的。他扔掉香烟，将车窗摇起来。

_____

①　欧纳、郎德和慕纳，即一、二、三。

恰克自称是一个马克思主义的信徒。他会唤在他工厂工作的漂亮女人来到他的房间，以向她们讲授劳工权利和工会法为借口，大胆而无礼地向她们调情。他会称她们"同志"，并且坚持要她们同样称他"同志"（这让她们吃吃地笑出来）。他还强迫她们和他一起坐在桌边喝茶，这让她们觉得很困窘，也让玛玛奇觉得十分不安。

有一次，他甚至带领一群工厂的女人到阿勒皮上工会课程。她们搭公车去，然后坐船回来。回来时，她们高高兴兴的，手上戴着玻璃手镯，发上插着花。

阿慕说这一切都是无聊之事，不过是一个被宠坏的小王子玩着"同志！同志！"的游戏，不过是古老印度地主心态的牛津化身——一个地主硬要倚赖他过活的妇女接受他的殷勤。

游行队伍接近时，阿慕将车窗关上。艾斯沙关上他身边的车窗，瑞海儿也关上她身边的车窗（费了一番力气，因为把手上的黑色小球已经掉了）。

突然之间，天蓝色的普利茅斯在狭窄、多凹痕的路上显得肥胖得可笑，就像一个臃肿的女人挤身在一条狭窄的走廊上，就像教堂里正要去领圣餐的宝宝克加玛。

当游行队伍的前几排走近车子时，宝宝克加玛说："低头！避免目光和他们接触，那会激怒他们。"

她脖子一侧的脉搏"咚咚"地响。

几分钟之内，道路便被数千名游行者淹没了。人群像一条河流，而汽车像河流中的岛。当游行者在平交道栅门下俯身，如红色波浪般涌过铁路时，空气因起伏不定的旗子而变红。

一千个声音在冻结的车辆上面扩展开来，像一把噪声之伞。

"革命万岁！"他们叫喊，"世界工人联盟万岁！"

　　即便是恰克也无法完全解释，为什么喀拉拉的共产党比印度其他地方（或许西孟加拉除外）的共产党成功许多。

　　当时有好几种理论。其中一个理论是：这和这个州众多的基督徒人口有关。喀拉拉百分之二十的人口是叙利亚正教徒。他们相信使徒圣多马在耶稣复活后旅行去了东方，让一百个属于婆罗门阶级的人皈依基督教，而他们即是这一百个人的后裔。另一方面，印度教徒在接受马克思主义时，必须做更复杂的调整。

　　这个理论的一个问题是：在喀拉拉，叙利亚正教徒大多是富有、拥有资产（经营果菜腌制厂）的封建诸侯。他们总是投票给国民大会党。

　　第二种理论宣称，这件事和此州相对较高的识字率有关。或许吧，只是这个较高的识字率主要是共产党运动导致的结果。

　　虽然恰克并不是一个正式的共产党员，但他很早就改信共产党了，而且共产党经历各种困难的期间，他一直是忠诚的支持者。

　　在充满安乐感的一九五七年，他是德里大学的学生，那时，共产党员赢得州议会的选举，因此尼赫鲁邀请他们共组一个政府。恰克的英雄，南布迪里巴德同志，变成世界上第一个以民主方式选出的共产党政府的行政首长。突然之间，共产党员发现他们处于一个不寻常（评论家说是荒谬）的处境中，必须同时管理人民和推动革命。南布迪里巴德同志发展出自己的一套应付这种局势的理论。恰克带着青少年专注的勤奋和热情崇拜者不加质疑的认同，来研究他的论文——《和平演变到共产主义》。这篇论文详细陈述南布迪里巴德的政府如何计划实施土地改革，如何使警察保持中立，如何推翻司法制度，以及"制止中央的反动和反人民的国大政府之手"。

　　很不幸地，在那一年结束之前，和平演变的和平部分已告终结。

　　每天早上吃早餐时，那位大英帝国昆虫学家会读出报上关于暴动、罢工以及使喀拉拉动荡不安的警察暴力事件的报道，借此嘲弄他那位信奉马克思主义、好评论的儿子。

当恰克来到餐桌旁，帕帕奇会嘲笑着说："啊！现在我们将如何处理这些沾满血腥的学生？那些蠢货正蠢蠢欲动，要推翻我们的人民政府。我们是否该消灭他们？学生是否当然不再是人民？"

在以后两年，国民大会党和教会所煽动的政治纷争陷入了混乱状态。恰克得到学士学位并前往牛津大学修另一个学士学位的课程时，喀拉拉已经即将爆发内战。尼赫鲁解散了共产党政府，并宣布重新选举。国民大会党重新掌权。

直至一九六七年（几乎是共产党首次掌权后十年），南布迪里巴德同志的党才举行改选。这一次，他的党成为两个个别政党联盟的一部分——印度的共产党 CPI，和印度（马克思主义）的共产党 CPI（M）。

那时帕帕奇已经死了，恰克已经离婚了，而天堂果菜腌制厂七岁了。

喀拉拉在饥荒和没有来的季风余波中摇摇欲坠，人民处在死亡边缘，任何政府都必须将饥荒列为最紧急的优先处理事项。

在南布迪里巴德同志的第二任期里，他努力以更严肃的态度去推行和平演变。这使得他招来了另一些国家共产党的不满。他们指责他的"议会性痴呆症"，并控告他"让人民喘一口气，因而使其意识迟钝，偏离革命之路"。

另一些国家的共产党转而支持 CPI（M）中一个最新、最具战斗精神的派系——纳萨尔派。后者已经在孟加拉的纳萨尔巴里村发动了一次武装暴动。他们将农民组成作战干部，夺取土地，驱逐地主，建立人民法庭来审判阶级敌人。纳萨尔派的运动扩展到整个国家，让所有的资产阶级心惊肉跳。

在喀拉拉，他们将一道兴奋和惧怕的烟柱，吹入已经惊惧的空气中。那年五月，报纸上有一张巴尔卡德一个地主的模糊照片，照片中的地主被绑在一根路灯柱上，头已经被砍下，侧立在离他身体一段距离外的一个幽暗的坑洞上，坑里的东西可能是水，也可能是血。黑白照片里只有一片黎明前的火光，很难道出真相。

南布迪里巴德同志驱逐了党里的纳萨尔派分子，并且继续为了议会的目的利用人民的愤怒。

在那个十二月的天蓝色日子里，在天蓝色的普利茅斯周围涌动的游行队伍，便是那个过程的一部分。这是由特拉凡科尔——科钦马克思主义工会所策划的。他们在特里得琅的同志将行进到秘书处那儿，把《人民要求宣言》呈给南布迪里巴德同志。管弦乐团向其指挥请愿。他们的要求是：被迫一天在稻田工作十一个小时半（从早上七点到下午六点半）的稻田工作者，应被允许在中午午餐时间休息一个小时。妇女的工资从一天一个卢比二十五个派士增加为三个卢比；而男人的工资则从一天两个卢比五十个派士，增加为四个卢比五十个派士。他们还要求不要再以种姓名称来称呼贱民，要求不要再称他们为"培拉亚阿楚"、"帕拉凡基兰"或"普拉亚库坦"①，只要称他们为"阿楚"、"基兰"或"库坦"就行了。

"小豆蔻王"、"咖啡伯爵"和"橡胶男爵"，昔日寄宿学校的伙伴从他们寂寞的、辽阔的庄园出来，在"航行俱乐部"啜饮冰冷的啤酒。他们举起玻璃杯，说："被唤作任何其他名字的玫瑰……"并以窃笑来隐藏他们逐渐加剧的惊惶情绪。

那一天的游行者是工人、学生和劳工，有非贱民和贱民。他们的肩膀上扛着一小桶被最近的导火线引燃的古老愤怒，而刺激这个愤怒的就

---

① 培拉亚、帕拉凡和普拉亚都是贱民的名称，其中培拉亚是指做不洁净之事的杂工（如搬运尸体者、清扫厕所者）；帕拉凡是指摘椰子者（喀拉拉之原意即"椰子之乡"）；而普拉亚是指稻田的工作者。维鲁沙即是一名帕拉凡。

是纳萨尔派分子，一个新的刺激。

透过普利茅斯的车窗，瑞海儿可以听到他们所说的最响亮的字就是Zindabad（万岁），当他们说这个字时，他们脖子上的血管凸出，而握着旗子的手骨节凸起而粗硬。

普利茅斯之内是安静而闷热的。

宝宝克加玛的恐惧卷成一团，躺在车子的地板上，像一根湿黏的方头雪茄烟，这只是她恐惧的开端。以后几年，她的恐惧不断增长，以致要吞噬她，让她将门窗锁起来，让她生出两条发际线和两个嘴巴。而她的恐惧也是一种古老的、年代久远的恐惧，那种担心被剥夺的恐惧。

她试着数念珠上的绿色珠子，但却无法集中精神。一双张开的手击打着车窗。

一个形成球状的拳头"砰砰"地敲打着热腾腾的天蓝色车盖。车盖弹开了。普利茅斯看起来像动物园里一只要求喂食的笨拙蓝色动物。它想要：

一个小圆面包。

一根香蕉。

另一个形成球状的拳头朝车盖打下去，车盖合起来了。恰克将车窗放下来，向做这件事的人呼叫。

"谢了，盖特 ①，"他说，"瓦拉利 ② 谢谢！"

"别这么想讨好他，同志，"阿慕说，"那是一个意外，他无意要帮你忙。他怎么可能知道在这辆老爷车里，跳动着一颗真正信仰马克思主义的心？"

"阿慕，"恰克说，他的声音沉稳，而且故意显得漫不经心，"你可否不要让你那无用的讥讽将一切事情完全扭曲？"

---

① 盖特（keto），意思是"听着"。
② 瓦拉利（Valavey），意思是"非常"。

沉默充斥在车里，就像一块被浸透的棉。"无用"像一把刀，切穿了一个柔软的东西。太阳带着颤抖的叹息照耀着。这就是家人带来的苦恼，和惹人厌的医生一样，他们知道疼痛的位置。

就在那时，瑞海儿看到维鲁沙，维里亚巴本①的儿子维鲁沙，她最亲爱的朋友维鲁沙。维鲁沙拿着一面红旗行进着，穿着白衬衫和芒杜，脖子上有愤怒的血管。他通常是不穿衬衫的。

瑞海儿即刻将车窗摇下。"维鲁沙！维鲁沙！"她呼叫他。

有一会儿，他停止不动，拿着旗子倾听。他在一个最陌生的环境中听到一个熟悉的声音。站在车座上的瑞海儿已经把身子伸出普利茅斯的窗，像一只车子形状的食草动物的一只松动的、挥舞的角，角上有一道系着"东京之爱"的喷泉，和黄框的红色塑胶太阳眼镜。

"维鲁沙！这儿！维鲁沙！"她脖子上的血管也凸出来了。

他走向一边，敏捷地消失在周围的愤怒情绪中。

在车内，阿慕转过身来，眼中流露着怒气。

她"啪"的一声朝瑞海儿的小腿打下去。这是她唯一留在车内供人拍打的部位；小腿和穿着巴塔凉鞋的棕色的脚。

"规矩点！"阿慕说。

宝宝克加玛将瑞海儿拉下来，瑞海儿以一个吃惊的重击声落到座位上。她以为那是一个误会。

"那是维鲁沙！"她带着微笑解释，"他拿着一面旗子！"

在她看来，旗子是最令人印象深刻的一项装备，一个朋友应该具备的东西。

"你这个愚蠢的傻里傻气的小女孩！"阿慕说。

她突然爆发的怒气让瑞海儿在座位上不敢动弹。瑞海儿觉得十分困

---

① 维里亚（vellya）的意思是"大"，维里亚巴本即"大巴本"。

惑，为什么阿慕这么生气？气些什么？

"但那是他！"瑞海儿说。

"闭嘴！"阿慕说。

瑞海儿看到阿慕的额头和上嘴唇有薄薄的一层汗水，看到她的眼睛坚硬如弹珠，就像帕帕奇那张摄于维也纳相馆的照片里的眼睛。（帕帕奇的蛾在他子女的血管中低语！）

宝宝克加玛将靠近瑞海儿的车窗摇起来。

几年后，在纽约州北部一个干爽的秋日早晨，在一列从中央车站驶向克罗顿·哈蒙的周日火车上，瑞海儿突然想起这件事情。阿慕脸上的那种表情像拼图中无法拼上去的一块，像一个在书页之间飘浮、不曾在句子的结尾落定的问号。

阿慕眼中那种坚硬如弹珠的眼神，她上嘴唇闪耀的汗水，以及那个突来的受伤的沉默所隐含的寒意。

这一切都意味着什么？

星期日的火车几乎是空的。隔着走道和瑞海儿相对的女人有一张粗糙的脸和髭须。她咳出痰后，从大腿上的一叠报纸撕下一片纸，将痰包起来，再扭成一团。她将这一小团一小团的东西整齐排列在她面前的空座位上，仿佛她正在设立一个卖痰的摊位。这样做时，她以一种愉悦、抚慰人心的声音自言自语。

记忆就是火车上的那个女人。她是神志不清的，因为她谨慎地检查柜子里阴暗的东西，然后带着最不可能的东西露面，一个稍纵即逝的神色，一种感觉。烟的味道，挡风玻璃的自动雨刷，一个母亲弹珠似的眼睛。然而，记忆也是神志清醒的，因为她让大片大片的黑暗被遮盖住、被遗忘。

那位乘客的疯狂使瑞海儿感到安慰，更使她进入纽约州错乱的子宫里，使她远离其他纠缠她的更可怕的事物。

一种酸金属的味道，像公车钢制扶手的味道，像售票员握过那种扶手的手所散发的味道。一个长着老人嘴巴的年轻人。

火车外，哈德逊河微微闪烁发光，树叶已变成秋日的红棕色，有些冷。

"空中有一个乳头。"赖瑞·麦卡斯林对瑞海儿说，并且让他的手掌温柔地贴着从她棉布圆领汗衫突出来、暗示着抗议的冰冷乳头。他在想，为什么她没有微笑。

她在想，为什么当她想到家时，她总是想到幽暗、上了油的船木的颜色，以及在黄铜灯上闪烁的火舌的空核心。

那是维鲁沙。

瑞海儿十分确定是他。她看到他了，他也看到她了。她在任何地方、任何时候都认得他。如果他没有穿衬衫，她可以从他的背后认出他。她知道他的背，他曾将她背在背上，而且数不清有多少次了。他的背上有一个淡棕色的胎记，形状像一枚尖尖的干叶子。他说那是一枚"幸运之叶"，它使季风准时吹来。黑色背部上的一枚棕色叶子，一枚夜晚时的秋叶。

一枚不够幸运的幸运之叶。

维鲁沙不应该成为一个木匠。

他之所以被唤作维鲁沙（在马拉亚拉姆语里意味着"白色"），是因为他的肤色太黑了。他的父亲——维里亚巴本，是一个帕拉凡，一个采椰子者。他有一只玻璃假眼，因为当他拿铁锤敲打一块花岗岩时，一块碎片飞入他的左眼，直直地戳入了眼里。

还是一个男孩时，维鲁沙会和维里亚巴本来到阿耶门连房子的后门，送来他们自园地内椰子树采摘的椰子。帕帕奇不容许帕拉凡进入屋内。没有人会这样做。他们被禁止触摸任何非贱民（印度教徒和基督徒）触摸的东西。玛玛奇告诉艾斯沙和瑞海儿，她记得当她还是一个小女孩时，帕拉凡必须拿着扫帚倒着爬，将他们的脚印扫除，如此，属婆罗门阶级的人或叙利亚正教徒就不会意外踩上他们的脚印，而玷污自己。在玛玛奇的那个时代，帕拉凡和其他贱民一样，被禁止走在公共道路上，被禁止用衣物遮盖上半身，被禁止携带雨伞。说话时，他们必须用手遮住嘴，不让他们被污染的气息喷向与他们说话的人。

英国人来到马拉巴时，许多帕拉凡、培拉亚和普拉亚（包括维鲁沙的祖父基兰）皈依了基督教，加入英国国教，以逃避贱民身份的灾难。然而，另有一个诱因促使他们这样做：他们可以得到一些食物和钱。因此，他们被称为米饭基督徒。但是不久之后，他们明白自己的处境是每况愈下。他们被迫上不同的教堂，参加不同的礼拜，拥有不同的牧师，他们甚至得到一个特别的恩惠：拥有自己的贱民主教。印度独立后，他们发现自己无权拥有工作保留权或低利率银行贷款之类的政府津贴，因为在形式上或理论上，他们是基督徒，因而不属于任何一个阶级。这有点像是在没有扫帚的情况下扫除脚印，或者更糟的，根本不容许留下脚印。

离开德里来度假的玛玛奇和那位大英帝国昆虫学家首先发现，小维鲁沙的那双手非常灵巧。维鲁沙当时十一岁，约比阿慕小三岁。他就像一个小魔术师，能够制造结构复杂的玩具——小风车、会嘎嘎作响的东西、以干棕榈叶做成的珠宝盒。他可以用木薯的茎雕出完美的船，在腰果上雕小人像。他会将这些东西带来给阿慕，将它们放在掌心，再伸出手（照别人教导他的方式），如此阿慕拿这些东西时，就不必碰到他。虽然他比她年轻，他却称她阿慕库第——小阿慕。玛玛奇说服维里亚巴本将他送到她岳父"普尼安昆如"（受祝福的小孩）所创办的贱民学校就读。

维鲁沙十四岁那一年，约翰·克莱恩——一个来自巴伐利亚木匠公会的德国木匠，来到果塔延，在基督教传教会待了三年，和当地的木匠主持一个研究会。每天下午放学后，维鲁沙搭公车到果塔延，在那儿跟克莱恩学习，直到黄昏。到了十六岁，维鲁沙已经完成中学教育，而且是一个精通木工的木匠。他有自己的一套木匠工具，以及明显的德国式设计感。他为玛玛奇造了一张包豪斯式的餐桌、十二张花梨木餐椅，以及一张用较轻的木波罗做成的传统巴伐利亚式躺椅。他为宝宝克加玛一年一度的耶稣诞生戏剧表演做了许多以铁丝为框的翅膀，这些翅膀套在孩子的背上，像背包。此外，他也用厚纸板做云朵，让天使加百利出现在其间，以及一个供基督诞生的马槽。当她花园里的男童像不知为何喷不出拱形的银色水柱时，是维鲁沙医生为她修理它的膀胱的。

除了木工技艺之外，维鲁沙对于机器也很有一套。玛玛奇（有着看不透的"非贱民"逻辑思考）常常说，如果维鲁沙不是一个帕拉凡，那么他可能成为一个工程师。他修理收音机、钟、水泵，并照顾屋子里的铅管和所有的电器装置。

当玛玛奇决定将后阳台围起来时，是维鲁沙设计并建造了后来在阿耶门连风靡一时的折叠式滑门。

维鲁沙比工厂里的任何人都更懂得那些机器。

当恰克辞掉马德拉斯的工作，带着一架巴拉特封罐机回到阿耶门连时，是维鲁沙将它重新装配起来，让它可以运作；是维鲁沙保养新的装罐机器，以及自动切凤梨机；是维鲁沙为汲水的水泵及小柴油发电机上油；是维鲁沙建造有铝薄板衬里、容易清洗的切板，以及一楼煮水果用的火炉。

然而维鲁沙的父亲维里亚巴本却是一个旧世界的帕拉凡，曾经历过"倒着爬"的日子，而且对于玛玛奇及她的家人为他所做的事，怀着一种如泛滥河水那般深而广的感激之情。花岗岩碎片弄瞎他的眼睛时，玛玛奇负担了他的玻璃眼睛的费用。他尚未还清这个债务。虽然他知道没有人期望他还清，而且自己也没有能力还清，但他觉得他的眼睛不是自己的。他的感激扩大了他的微笑，弄弯了他的腰。

维里亚巴本为他的小儿子担心。也不知道是什么使他感到害怕，不是他所说的话或所做的事。不是他所说的话，而是他说话的方式；不是他所做的事，而是他做事的方式。

或许那只是一种缺乏犹豫和迟疑，一种不正当的确信。这种确信显露在他走路的神态之中，显露在他的头部姿势之中，显露在他没有被问及便提供建议，或他不理会别人的建议，但也没有明白表示的安静作风之中。

虽然这些特质在非贱民身上是完全可以接受的，或者甚至是可取的，但维里亚巴本认为，在帕拉凡身上，它们可能（而且会，或者应该）被诠释成一种傲慢。

维里亚巴本试着警告维鲁沙。但由于他无法明确指出究竟是什么困扰他，因此维鲁沙误解了他含糊的忧虑。在他看来，他的父亲似乎不认为他应该拥有那为期短暂的训练和他天生的技术。维里亚巴本的善意很快就退化成唠叨和争吵，以及父子之间那种常见的不愉快气氛。令维鲁沙的母亲大感不安的是，他开始不回家。他工作到很晚，在河里捕鱼，在外面生火煮捕来的鱼，在外面睡觉，睡在河岸上。

然后有一天，他消失了。有四年的时间，没有人知道他在哪里。一个谣言说，他在特里凡得琅的一个建筑地，为福利和房屋局工作。最近，一个无可避免的谣言传开来了：他已变成一个纳萨尔派分子，而且曾入过狱。有人说，他们曾在西隆见过他。

他的母亲雪拉死于肺结核时，没有人可以联络上他。然后他的哥哥库塔本从一棵椰子树上摔下来，弄伤了脊椎骨，瘫痪了，不能工作了。维鲁沙在这件意外发生后一整年，才听到消息。

他回到阿耶门连已经五个月了，但不曾谈到他去过什么地方，或做过什么事。

玛玛奇重新雇用维鲁沙为工厂的木匠，并让他负责一般的维修工作。这在其他非贱民阶级的工厂工人之间造成许多不满。因为在他们看来，帕拉凡不应该成为木匠，尤其帕拉凡浪子不应重新被雇用。

为了让其他人高兴，而且也由于玛玛奇知道没有人会雇用维鲁沙，她付给维鲁沙的工资比她付给非贱民木匠的工资低，但是比她会付给一个帕拉凡的工资高。玛玛奇没有鼓励他进到屋内（除了需要他修理或安装某样东西时之外）。她认为他应该心存感激了，因为她让他待在工厂，也让他触摸非贱民触摸的东西。她说对于一个帕拉凡而言，那是往前迈进一大步。

当维鲁沙在离家数年后回到阿耶门连时，他仍然像往常那样敏捷、那样笃定。而现在，维里亚巴本比往常更为他担心。但是这一次，他保持缄默，不发一语。

至少，直至恐惧攫住他之后，他才打破沉默——直至他看到夜复一夜，一艘小船划过河；直至他看到船在黎明时又划回去；直至他看到他的儿子已经碰了那"不能碰"①的，而且不只碰了，还——

进入了。

爱了。

当恐惧攫住维里亚巴本时，他去到玛玛奇那儿。他以那只抵押来的眼睛直视玛玛奇，但用自己的那只眼睛哭泣，一边的脸颊闪烁着泪水，另一边的脸颊却是干的。他不断地摇头，而且全身颤抖，像一个疟疾患者，直到玛玛奇叫他停下来。玛玛奇命令他停下来，但是他停不下来，因为你不能对恐惧发号施令，即使那是一个帕拉凡的恐惧。维里亚巴本把他所见的告诉玛玛奇。他祈求上帝原谅他生出一个怪物，他说他愿意徒手杀死他的儿子，愿意摧毁他的创造物。

在隔壁房间，宝宝克加玛听到了吵闹声，走出来看看发生了什么事情。她看到"悲愁"和"麻烦"在前头，而且私底下感到很高兴。

她说："她怎么受得了那气味？你们没有注意到吗？那些帕拉凡有

①　双关语，贱民的意思即"不能碰之人"。

一种特别的气味?"

　　她戏剧化地颤抖,仿佛一个被强迫吃下菠菜的小孩。她喜欢一个爱尔兰耶稣会神父的气味远远胜过一个帕拉凡的气味。

　　远远,远远胜于。

　　维鲁沙、维里亚巴本和库塔本住在一间铝红土盖成的简陋小屋里,那是在阿耶门连房子往下游去的地方。艾斯沙和瑞海儿只要在椰子树之间跑三分钟,便可到达他们的家。在他们刚刚和阿慕来到阿耶门连时,他们年纪太小了,不久维鲁沙便离开了,他们并不记得他。但是在他回来后的几个月,三人变成了最好的朋友。大人不准他们去他家,但是他们去了,和他蹲坐好几个小时(在一坑刨花中留下标点符号般隆起的痕迹),心里想着,为什么他似乎总是知道木材里有什么光滑的形状正等着他。他们喜欢看到木材仿佛在维鲁沙的手里变软,变得和代用黏土一样伸屈自如。他教他们使用刨床。他的屋子(天气好时)散发着新鲜刨花和太阳的味道,散发着用黑罗望子烹煮的咖喱红鳟的味道。在艾斯沙看来,那是世界上最棒的咖喱鱼。

　　是维鲁沙,为瑞海儿制造她那根最幸运的渔竿,并且教她和艾斯沙钓鱼。

　　而在十二月那个天蓝色的日子里,她透过红色的太阳眼镜看到了他,看到他在科钦外的一处铁道旁持着一面红旗游行。

　　尖锐刺耳的警察吹哨声在"噪声之伞"中戳穿了几个洞。经由被戳开的洞,瑞海儿可以看到几片红色的天空,而在红色的天空里,刺目的红鸢旋飞着寻找老鼠。在他们半闭的黄色眼睛里有一条道路和行进的红旗,以及一件套在长有胎记的黑背外的白衬衫。

　　行进着。

　　恐惧、汗水和扑粉已经融合成宝宝克加玛成圈的颈部脂肪之间的淡紫色糊状物。唾液在她的嘴角凝成小块。她想象自己在游行队伍中，看见一个人很像报纸照片中一个叫拉贾的纳萨尔派分子。据说他已从帕尔加特往南迁移。她想象他直视着她。

一个手持红旗，面孔像打着结的男人打开瑞海儿旁边的车门，因为那门没有上锁。车门口站满了停下来注视的人。

"觉得很热吗？宝贝！"面孔像打着结的男人以马拉亚拉姆语亲切地问她。

然后，他以粗鲁的语气说："叫你的爸爸给你买冷气机！"说完，他对自己的机智和时间的掌握开心地叫嚣。瑞海儿也对他微笑，心里很高兴别人把恰克当成她父亲，就仿佛他们是一个正常的家庭。

"不要回答！"宝宝克加玛以嘶哑的声音轻轻说，"看下面！只要看下面！"

拿着旗子的男人将注意力转向她。她正低头看着车子的地板，就像一个嫁给陌生人的害羞、受惊的新娘子。

"哈啰！姐妹，"那人以英语谨慎地说，"请问你叫什么名字？"

宝宝克加玛没有回答，所以那人回头看一位和他同一伙的诘问者。

"她没有名字。"

"那么就叫作莫达拉里·玛莉亚库第如何？"有人吃笑着提示。在马拉亚拉姆语里，"莫达拉里"的意思是"地主"。

"A、B、C、D、X、Y、Z。"另一个人不相干地说着。

更多的学生聚集过来。为了阻挡太阳，他们头上都包着手帕，或孟买染厂生产的手巾，使他们看起来像是从马拉亚拉姆版的《辛巴达：最后之航》的布景中走失的临时演员。

面孔像打着结的男人送给宝宝克加玛一面旗子，当作礼物。

"这个，"他说，"拿着吧！"

宝宝克加玛拿着那面旗子，眼睛仍然没有看他。

"摇动它。"他命令。

她必须挥动那面旗子，别无选择。那面旗子散发着新布和商店的味道，干爽而多灰尘。

她试着仿佛没有挥动似的挥那面旗子。

"现在说'Inquilab Zindabad（革命万岁）'！"

"Inquilab Zindabad。"宝宝克加玛轻轻地说。

"好女孩。"

群众哄然大笑。

一个尖锐刺耳的哨声响起了。

"好了，"那人用英语对宝宝克加玛说，仿佛他们已成功地完成了一项交易，"再见！"

他"砰"的一声将天蓝色的车门关上。宝宝克加玛摇晃着，车子周围的群众散开来，继续他们的游行。

宝宝克加玛将那面红旗卷起来，放在后座后面的突出部分上，然后将念珠放回到上衣里，和她形如甜瓜的胸部在一起。她忙这忙那，试图挽回一些尊严。

游行的人都走过后，恰克说现在可以摇下车窗了。

"你确定是他吗？"恰克问瑞海儿。

"谁？"瑞海儿问，且突然变得谨慎起来。

"你确定那是维鲁沙吗？"

"嗯……"瑞海儿说。她拖延时间，试图解出恰克狂乱的思想信号。

"我是说，你确定你看到的那人是维鲁沙吗？"恰克说第三次。

"嗯……这个……这个……几乎……"瑞海儿说。

"几乎可以确定？"恰克说。

"不……那几乎是他，"瑞海儿说，"那人看起来几乎像他……"

"所以你并不确定？"

"几乎不确定。"瑞海儿偷偷看了艾斯沙一眼，想寻求他的赞同。

"那必定是他，"宝宝克加玛说，"特里凡得琅将他变成这个样子。

他们都去那儿，回来时就认为自己是某个伟大的政治家。"

这个看法似乎没有特别打动任何人。

"我们应该留意他，"宝宝克加玛说，"万一他在工厂搞这种工会的玩意儿……我已经注意到一些迹象了，一些粗鲁无礼、忘恩负义的迹象。前几天我请他帮忙搬石头造我的石床，而他——"

"我们离开之前，我看到维鲁沙在家，"艾斯沙聪明地说，"所以，那怎么可能是他?"

"为了他自己，"宝宝克加玛阴沉地说，"我希望那不是他，还有，艾斯沙本，下一次不要插嘴。"

由于没有人问她什么是石床，所以她感到很气愤。

在以后那几天，宝宝克加玛将她因公开受辱而生的怒气全集中在维鲁沙身上。她削尖这个怒气，像削尖铅笔那样。在她心里，他变成那个游行队伍的代表；他代表那个逼她挥舞旗子的男人，代表那位称她"莫达拉里·玛莉亚库第"的男人，代表所有嘲笑她的人。

她开始恨他。

从阿慕头部的姿势来看，瑞海儿知道，她仍然在生气。瑞海儿看看表，一点五十分，火车仍然没有来。她将下巴放在窗台上，而且可以感觉到垫在窗玻璃上的毛毯的灰色条状凸出物压入她下巴的皮肤里。她拿掉太阳眼镜，好更清楚地观看那只在路上被压烂的死青蛙。它毫无生命气息，而且被压得十分扁平，以致看起来像是路上一个青蛙形的污渍，而不像一只青蛙。瑞海儿心里想，密顿小姐是否也被那辆撞死她的牛奶车碾成一个密顿小姐形的污渍。

维里亚巴本以一个深信不疑的肯定口吻，让这对双胞胎相信世上没有黑猫这样的东西，他说宇宙中只有黑色、猫形的洞。

路上有这么多污渍。

宇宙中被压扁的密顿小姐形的污渍。

宇宙中被压扁的青蛙形的污渍。

试图吃宇宙中被压扁的青蛙形污渍的被压扁的乌鸦。

吃宇宙中被压扁的乌鸦形污渍的被压扁的狗。

羽毛，芒果，唾液。

从阿耶门连一直到科钦。

阳光透过普利茅斯的车窗直射瑞海儿，她闭起眼睛，回射它。即使在她的眼睑后面，阳光仍然是明亮而炽热的。天空是橘色的，椰子树是伸出触须的海葵，希望诱捕并吃掉一朵没有起疑心的云。一条舌头分叉、透明而有斑点的蛇飘过天空，然后是一个透明的罗马兵骑在一匹白斑点的马上。在瑞海儿看来，漫画中的罗马士兵有一个不可思议的现象：他们花了许多工夫穿上甲胄，戴上头盔，却让双腿赤裸着。这根本没有道理，不管是不是从天气的角度来看。

阿慕告诉他们恺撒的故事，告诉他们他如何在参议院被他最好的朋友布鲁图斯刺杀，如何背上插着刀倒在地上，说："也有你吗？布鲁图斯？——那么倒下吧！恺撒！"

"这只是要告诉你们，"阿慕说，"不要相信任何人，不管是母亲、父亲、兄弟、丈夫还是最好的朋友，不要相信任何人。"

至于小孩，她说（当他们问她这个问题时），那要再看看。她说，例如艾斯沙很可能长成一只男性沙文主义的猪。

夜晚时，艾斯沙会站在床上，用被单裹着身体，说："也有你吗？布鲁图斯？——那么倒下吧！恺撒！"然后，他会不弯曲膝盖就倒在床上，像一具被刺死的尸体。睡在地板一张席子上的克朱玛莉亚说，她要向玛玛奇抱怨。

"叫你妈妈把你带到你爸爸家里，"她说，"在那儿，你爱弄坏多少张床，就可以弄坏多少张床。这些床不是你的，这栋房子也不是你的。"

艾斯沙会复活，站在床上，说："也有你吗？克朱玛莉亚？——那么倒下吧！艾斯沙！"然后又死一次。

克朱玛莉亚相信"也有你吗"在英文里是一种猥亵话,所以她一等到适当的机会,就要向玛玛奇抱怨艾斯沙的恶行。

旁边那辆车子里的女人嘴上有饼干碎屑。她的丈夫在吃完饼干后点了一根弯曲的香烟,然后从鼻孔吐出两根长牙般的烟。有一瞬间,他看起来就像头野猪。野猪太太以一种婴儿般的声音问瑞海儿的名字。

瑞海儿不理会她,只是漫不经心地吹出一个唾沫。

阿慕讨厌他们吹唾沫,她说这让她想起"爸爸",他们的父亲。她说他以前常常吹唾沫,常常抖腿。根据她的看法,贵族是不会那样做的,只有低级的职员才会那样做。

贵族就是不吹唾沫、不抖腿、不咯咯叫的人。

虽然爸爸不是一个低级职员,但阿慕说他常常做那些事情。

当艾斯沙和瑞海儿单独在一起时,他们有时会假装自己是低级职员。他们会吹唾沫、抖腿,并像火鸡那样咯咯叫。他们记得他们在战争之间所认识的父亲。有一次他让他们抽他的香烟,但是当他们吸吮,并以唾沫弄湿滤嘴时,他生气了。

"这又不是红糖果!"他说,而且真的动怒了。

他们记得他如何动怒,也记得阿慕如何动怒。他们记得自己曾在一个房间里被推来推去,从阿慕那儿被推到爸爸那儿,从爸爸那儿被推到阿慕那儿,就像撞球那样。阿慕将艾斯沙推开。"你留一个,我无法照顾他们两人。"后来,当艾斯沙向阿慕问起这件事情时,她拥抱他,说他不可胡思乱想。

阿慕有一次容许他们看一张他们父亲的照片,这是他们看过的唯一一张他的照片。照片里,他穿一件白衬衫,戴一副眼镜,看起来就像一个英俊、用心的板球选手。他用一只手臂将艾斯沙抓在肩膀上,艾斯沙微笑着,下巴放在他父亲的头上。瑞海儿被他用另一只手臂抱在身上,她看起来乖戾而爱发脾气,两条婴儿腿晃动着。有人在他们的脸颊画上玫瑰色圆点。

阿慕说，他只是为了照相才抱住他们，而且即使在那时，他也喝得醉醺醺，以致她害怕他会摔下来。阿慕说，她就站在一旁，准备在他们摔下来时接住他们。虽然如此，除了脸颊之外，艾斯沙和瑞海儿认为那是一张好照片。

"请你停止好吗？"阿慕大声说，以致跳下里标、向普利茅斯里面睽视的慕利达南往后退，残肢惊慌地扭动着。

"停止什么？"瑞海儿问，但立即就知道了答案。她的唾沫。

"抱歉，阿慕。"瑞海儿说。

"抱歉不会使死人复活。"艾斯沙说。

"噢！算了吧！"恰克说，"你不能命令她如何处理自己的唾沫！"

"管好你自己的事吧。"阿慕厉声地说。

"它唤起回忆。"艾斯沙以他的智慧向恰克解释。

瑞海儿戴上太阳眼镜，世界变成愤怒的色彩。

"拿掉这副可笑的眼镜。"阿慕说。

瑞海儿拿掉她那副可笑的眼镜。

"你这样对待他们是法西斯主义的做法，"恰克说，"看在上帝的分上，即使孩子也有一些权利。"

"别妄用上帝之名。"宝宝克加玛说。

"我没有妄用上帝之名，"恰克说，"我为了一个很好的理由使用上帝之名。"

"别自以为是这些孩子的'伟大救主'！"阿慕说，"触及实际问题时，你根本不在乎他们，也不在乎我。"

"我应该在乎他们吗？"恰克说，"他们是我的责任吗？"

他说阿慕、艾斯沙和瑞海儿是套在他脖子上的石磨。

瑞海儿的脚背变湿了、出汗了，皮肤在车座的泡泡皮革椅垫上滑动。她和艾斯沙知道什么是石磨。在《叛舰喋血记》这部电影里，当人们在海上死去时，船上的人用白色被单将尸体裹起来，并在尸体的脖子

套上石磨，再将其丢入海里，如此，尸体就不会浮起来。艾斯沙不知道
他们在出航之前，如何决定要带多少石磨到海上。

艾斯沙将头埋在膝盖里。

他的飞机头变了形。

遥远的火车轰隆声从染着青蛙污迹的路上向上渗出来。铁路两旁的
山芋叶子开始点头，仿佛个个都在表示赞同。是的是的是的是的是的。

"宾娜默尔"号公车内的光头朝圣者开始唱另一首祈祷歌。

"我告诉你们，"宝宝克加玛真诚地说，"这些印度教徒没有隐私的
观念。"

"他们头上有角，皮肤有鳞片，"恰克嘲讽地说，"而且我听说，他
们的婴儿是从蛋里孵出来的。"

瑞海儿的前额有两个隆块，艾斯沙说它们会长成角，至少其中一个
会长成角，因为她是半个印度教徒。她反应不够快，所以没有问他，是
否他也会长出角，因为不管她长出什么，他也会长出什么。

火车在一柱浓密的黑烟下轰隆轰隆地驶过，有三十二节车厢，车门
口挤满了理盔形发型的年轻人。他们正前往世界的边缘，想看看自那儿
掉下来的人会发生什么事情。那些为了观看而脖子伸得太长的人，自己
从世界边缘掉下去了，手不断拍打着掉入黑暗之中，发型都翻转过来。

火车一下子就驶过去了，他们很难想象大伙儿竟然为了这一瞬间等
了这么久。火车过去后许久，山芋叶仍然继续点头，仿佛它们完全赞同
火车，没有丝毫疑问。

一层薄薄的煤屑飘落下来，像一个肮脏的祝福，温和地笼罩着车辆。

恰克发动普利茅斯。宝宝克加玛试着显出愉快的样子。她开始唱一
首歌。

　　　大厅的时钟

和尖塔上的铃

发出忧伤的叮当声。

在育儿室里

一只可笑的

小小鸟

突然跳出来说——

　　她望着艾斯沙和瑞海儿，等着他们说"咕咕"，但是他们没有说。

　　微风吹来。车窗外，绿树和电线杆飞逝。静止的鸟儿在晃动的电线上滑过，像机场上没人认领的行李。

　　一轮苍白而巨大的白日之月悬在空中，他们到哪儿，它也跟着到哪，和爱喝啤酒者的肚子一样大。

3 大人物是拉尔田，小人物是蒙巴提

污物包围阿耶门连的房子，像中古时期的军队攻入一座敌人的城堡。它们凝固在每一个缝隙中，附着在每一扇窗玻璃上。

小虫在茶壶里"飕飕"作响，死昆虫躺在空的花瓶里。

地板黏糊糊的，白色的墙已经变成一片不均匀的灰色。黄铜铰链和门把手黯淡无光，摸在手上油腻腻的。污垢堵住不常使用的插座上的孔，灯泡上面有薄薄的一层油，而唯一闪闪发光的是巨大的蟑螂，它们四处疾行，像电影拍摄现场里打扮光鲜的打杂小弟。

宝宝克加玛许久之前就不再留意这些事情了，而留意到这些事的克朱玛莉亚也已经不再在意了。

宝宝克加玛使用的躺椅椅垫已开始腐烂，缝隙里塞着压碎的花生壳。

女主人和女仆以电视强加于她们处境中的不自觉的民主姿势，盲目地在同一碗花生里翻寻。克朱玛莉亚将花生丢入口中，宝宝克加玛则端庄地将它们放入口中。

在"唐纳休精华秀"里，摄影棚的观众看着一部影片的片段，里面有一个黑人街头音乐家在地铁站唱《在彩虹那一边》。他唱得真情流露，仿佛真的相信歌词的内容。宝宝克加玛跟着他唱，她原本单薄、颤抖的声音因花生糊而变厚了。当歌词在她的记忆中重现时，她微笑了。克朱玛莉亚注视她，觉得她疯了，手里则抓过一把超出她应得分量的花生。唱到高音（"somewhere"的"where"）时，那位街头音乐家仰起头，他粉红色的上颚充满整个电视荧幕。他和摇滚歌星一样不修边幅，但是缺损的牙齿和不健康的苍白肤色清楚地道出他生活的穷困和沮丧。每一次地铁到达或离去时，他必须停下歌唱，而地铁又经常地来来去去。

然后，摄影棚的灯亮起来了，唐纳休介绍那位街头音乐家。在事先安排好的提示下，他从因火车到来而停止的地方接着唱下去，巧妙而成功地演绎了一首令人感动的"地铁之歌"。

街头音乐家下一次被打断歌唱，是因为费尔·唐纳休用手臂抱住他，对他说："谢谢你，非常感谢你。"

被费尔·唐纳休打断当然完全异于被地铁的轰隆声打断。那是一种荣幸，一种荣誉。

摄影棚的观众鼓起掌，似乎充满了同情。

街头音乐家脸上洋溢着黄金时段的音乐光彩，有那么一会儿，穷困变得不重要了。他说在"唐纳休秀"唱歌一直是他的梦想，但他没意识到刚刚也被剥夺了那个梦想。

人有宏大的梦想，也有渺小的梦想。

年复一年，艾斯沙学校组织的旅游团必然会在火车站遇见一个年老的苦力，这人在谈到梦想时曾说："大人物是拉尔田阁下，小人物是蒙巴提 ①。"

大人物是灯笼，小人物是油烛。

他忘了说，大人物是闪光灯，小人物是地铁站。

教师和那位苦力讨价还价时，后者会带着学童的行李走在教师后面，他原本弯曲的腿更加弯曲，而残酷的学童模仿他的步态，他们经常叫他"托着的睾丸"。

他拿到的报酬不及他要求的二分之一，也不及他应得报酬的十分之一，当他拿着这一丁点儿钱摇摇晃晃地走开时，他完全忘了提及：最渺

---

① 拉尔田（Laltain）是"灯笼"之意；蒙巴提（Mombatti）是"油烛"之意。

小的人物是有静脉曲张者。

外面，雨已经停了，灰色的天空凝结在一起，云变成一小团一小团，像劣质的床垫填塞物。

艾斯沙出现在厨房门口，湿淋淋的（看起来比真正的他更聪明）。在他后面，长茎草闪闪发光，小狗站在他身旁的台阶上，雨滴滑过屋顶边缘生锈而弯曲的檐槽，像西洋珠串上闪亮的珠子。

宝宝克加玛的目光从电视往上移。

"他来了，"她向瑞海儿宣布，而且没有特地将声音放低，"现在看着，他会直接走入他的房间，不发一语。看着！"

小狗趁机试着和艾斯沙一起进来。克朱玛莉亚用手掌猛击地板，说："嘿嗬，走开，小狗！"

因此小狗明智地打消了念头。它似乎非常熟悉这套惯常的程序。

"看！"宝宝克加玛说，她似乎非常兴奋，"他会直接走入他的房间洗衣服，他太爱干净了……他不会说一句话！"

她的样子就像是指出草地中一只动物的猎场管理员；能够预测动物的行动，能够比别人更了解其习惯和偏好，这令她感到非常骄傲。

艾斯沙的头发一团团地贴在头上，像一朵花。头发没有覆盖的白色头皮闪耀着，雨水流下他的脸和脖子。

他走入他的房间。一种窃喜的光环出现在宝宝克加玛的头部四周。"看到了吧？"她说。

克朱玛莉亚利用这个机会换电视台，看一会儿"完美的身体"。

瑞海儿跟着艾斯沙进入他的房间。以前，那是阿慕的房间。

房间守着他的秘密，什么也没泄露。零乱的皱着的床单是如此，一只被踢开的脏鞋子是如此，挂在椅背上的湿毛巾以及一本被读了一半的书也是如此。那就像是一间护士刚刚来过的病房，地板是干净的，墙是白的，橱子关闭着，鞋子被排列起来，垃圾桶是空的。

房间里那种过度的干净是艾斯沙唯一正面性的意志信号，是暗示他对生命具有某种计划的唯一微弱的信号，只是一种表示不愿接受别人废弃之物过活的轻声低语。在靠窗的墙边，一个熨斗立在烫衣板上。一堆折好的、起皱的衣服等着被熨烫。

寂静悬在空中，如同秘密的失落。

让人不能忘怀却又感到恐惧的玩具的魂灵都聚集在吊扇的扇叶上。一个弹弓，一只纽扣眼松开的澳航纪念考拉（密顿小姐送的），一只充气鹅（已经被一个警察的香烟烧破了），两支笔杆里面有寂静的街景和在街上上下浮动的红色伦敦公车的圆珠笔。

艾斯沙扭开水龙头，水哗啦哗啦流入一只塑胶桶里。他在闪烁发光的浴室里脱衣服，先扯下那条湿透的牛仔裤；深蓝色的牛仔裤僵硬、不易脱下。他将那件浊红色的T恤衫从头部拉出来，光滑、细长、肌肉发达的臂膀在他的身前交叉。他没有听到他的妹妹站在门口。

当那件湿T恤衫被剥离他那潮湿的蜜色皮肤时，瑞海儿看到他紧收的腹部和隆起的胸膛。他的面孔、颈部以及喉咙末端的倒三角形比其他部位更黑。他的手臂也有两种颜色，衬衫袖子以下较暗。一个穿着淡蜜色衣服的深棕色人，掺着咖啡的巧克力。高颧骨，搜寻的眼神，他像白瓷砖浴室里的一个渔夫，眼里有海洋的秘密。

他是否看见她？他是否真的发疯了？是否知道她在那儿？他们从来不曾避开对方的身体，但是他们不曾（一起）长到可以知道害羞的年纪。

现在他们的年纪够大了，够大了。

年纪大了。

一个可以活着，也可以死去的年纪。

瑞海儿心里想，"老"是一个多么滑稽的字；然后，她对自己说:"老。"

在浴室门口的瑞海儿。臀部窄瘦,(当她和丈夫在加油站等人找零钱时,一个喝醉的妇科医生曾对她的丈夫说:"告诉她,以后她需要剖腹产。")她褪色的 T 恤衫上画着一幅地图,地图上画着一只蜥蜴;染成深红褐色的长而蓬乱的头发闪着光,那无规则的光亮一小缕一小缕地延伸到她的背部。她鼻翼上的钻石时而闪烁,时而无光。她腕上的一只细细的黄金蛇头手镯闪闪发亮,像一圈橘色的光。细瘦的蛇交头接耳地低语,那是她母亲熔化了的结婚戒指。细毛柔化了她过于醒目的细瘦、嶙峋的手臂线条。

乍看之下,她似乎是和她的母亲同一个模子刻出来的,高颧骨,微笑时有深深的酒窝。但她比阿慕更高挑、更结实、更扁平、更瘦削。对于喜欢浑圆、柔软女人的人而言,或许她没有那么可爱。但是大家都认为她的眼睛比较美丽。赖瑞·麦卡斯林曾说,那对眼睛大而明亮,会让人溺毙,而他的这个发现让他吃了一番苦头。

瑞海儿从她哥哥赤裸的身体上搜寻自己的痕迹。她注视他膝盖的形状、他脚背的弧度、他肩膀的坡度、他的肘和手臂其余部分形成的角度、他的脚趾甲往上翘的样子、他绷紧的臀部两边形状美好的凹处,像结实的李子——男人的臀部永远不会长大。就像学生的书包一样,它们立即唤起童年的回忆。他臂上的两个种痘疤痕闪耀如两枚硬币;她的种痘疤痕在大腿上。

阿慕以前常说,女孩子的种痘疤痕总是在大腿上。

瑞海儿好奇地看着艾斯沙,像母亲好奇地看着孩子,像妹妹好奇地看着哥哥,女人好奇地看着男人,像双胞胎中的一人看着另一人。

她同时进行着几种试探。

他是她在偶然的机会里遇见的赤裸陌生人。他是她在生命开始之前便已认识的人，他曾带领她游出他们可爱的母亲的阴道。

两种令人无法忍受的对立的事，两种不能和解、相隔甚远的事。

一滴雨滴在艾斯沙的耳垂末端闪烁着，厚厚的雨滴在光的照耀下变成银色，像一颗厚重的水银珠。她伸出手，触摸它，拿走它。

艾斯沙没有看她。他退入寂静的更深处，仿佛他的身体可以将他的感觉拉到里面（结成蛋形），使之离开皮肤表面，进入某个更深邃、更难以接近的隐蔽处。

寂静拉起它的裙子，像蜘蛛女 ① 一样，爬上滑溜溜的浴室的墙。

艾斯沙将他的湿衣服放在桶里，开始用即将碎裂的鲜蓝色肥皂洗它们。

---

① 印度漫画中的一个角色。

4　阿布希拉什戏院

在广告中，阿布希拉什戏院被宣传成喀拉拉第一个拥有七十毫米宽银幕的电影院，但说得更确切些，应是戏院的正面被设计成一个弧形宽银幕的水泥复制品，装设在霓虹灯顶端的是用水泥写成的英文和马拉亚拉姆文：阿布希拉什戏院。

洗手间被分成"男洗手间"和"女洗手间"。阿慕、瑞海儿和宝宝克加玛上"女洗手间"，艾斯沙独自一人上"男洗手间"，因为恰克已经去海后旅馆查看订房间的事情。

"你还好吗？"阿慕担心地问。

艾斯沙点点头。

瑞海儿跟着阿慕和宝宝克加玛进入女洗手间，在红色塑胶门慢慢地自行关上前，海瑞儿转过身来，隔着滑溜溜的大理石地板向独自一人、拿着梳子、穿着灰褐色尖头鞋的艾斯沙挥手。艾斯沙站在那间只有寂寞的镜子的肮脏大理石休息厅里，直至那扇红门将他的妹妹带走。然后，他转过身，慢慢走向男洗手间。

在女洗手间，阿慕叫瑞海儿半蹲着小便。她说公共马桶十分肮脏，像钱一样，你永远不知道谁曾碰过它。或许是麻风病人，或许是屠夫，或许是汽车技工。脓，血，油脂。

有一回，克朱玛莉亚带瑞海儿去肉铺，瑞海儿注意到，肉贩找给她们的那张五卢比的绿钞票有一小点红肉。克朱玛莉亚以拇指拭去那一小点红肉，肉汁留下了一个红色的污迹。她将钱放入紧身上衣，一张有肉味和血迹的钱。

瑞海儿太矮了，无法半蹲在马桶上，因此阿慕和宝宝克加玛扶住她，她的腿勾在她们的手臂上，她那双穿着巴塔凉鞋的脚向内弯。她高高悬在半空中，灯笼裤被拉了下来。有那么一会儿，什么事也没发生，瑞海儿抬头望着她的母亲和宝宝姑婆，眼里带着淘气的问号。（现在该怎么办？）

"快点，"阿慕说，"嘶——"

"嘶——"代表小便的声音，"嗯——"代表大便的声音。瑞海儿吃吃地笑，阿慕吃吃地笑，宝宝克加玛也吃吃地笑。当尿液开始涓涓流下时，她们调整她在空中的位置。瑞海儿并不感到难为情。她办完了事，阿慕拿出卫生纸给她。

"你上还是我上？"宝宝克加玛对阿慕说。

"都可以，"阿慕说，"你先上吧！"

瑞海儿拿着她的手提包，宝宝克加玛提起她起皱的纱丽，瑞海儿审视她姑婆那两条肥硕的腿。（几年后在学校，在班上同学正读着一段历史课文"巴布尔王的面孔呈麦色，大腿像柱子"时，这个场景会闪现在她面前：宝宝克加玛像一只大鸟，半蹲在一个公共马桶上。蓝色血管像多结的织物，爬上她半透明的小腿，肥胖的膝盖有凹洞和毛发。她那双可怜的小脚必须支撑这样一个重担！）宝宝克加玛等了一会儿，头往前栽，脸上带着愚蠢的微笑，腹部低垂，上衣内有甜瓜般的乳房，臀部上下起伏。当那汩汩声出现时，她以眼睛倾听。一条黄色小溪从山间一条通道潺潺流出。

瑞海儿喜欢这一切。拿着手提袋，每一个人都在大家面前小解，像朋友那样。她当时不知道这是一种多么珍贵的感觉——像朋友那样。她们再也不会像这样在一起，阿慕、宝宝克加玛和她。

宝宝克加玛办完事时，瑞海儿看着她的表。

"你花了这么久的时间，宝宝克加玛，"她说，"现在是一点五十分。"

> 拉-巴-达布-达布（瑞海儿心里想），
> 三个女人在浴缸里，
> "慢吞吞"说：多待一会儿……

她把"慢吞吞"想成是一个人。慢吞吞库里安、慢吞吞库第、慢吞吞默尔、慢吞吞克加玛。

慢吞吞的库第、敏捷的维吉斯以及库利亚寇斯。三个有头皮屑的兄弟。

阿慕轻声地办事，尿在马桶的侧面，所以听不到声音。她的眼睛不再像她父亲的眼睛那样冷硬了。所以它们又是阿慕的眼睛了。她微笑时有深深的酒窝，似乎不再生气了，不再为维鲁沙或唾液泡沫生气了。

那是一个好的信号。

独自一人在男洗手间的艾斯沙必须对着便器里的臭樟脑丸和烟蒂小解。在马桶小解是一种失败之举，但是他太矮了，无法使用便器。他需要增高，所以他搜寻增高器。在男洗手间的一角，他找着了这些东西，一把脏兮兮的扫帚、一个果汁汽水瓶（半装着有黑色漂浮物的乳状液体——石碳酸）、一把瘫软的地板拖把，以及两个生锈的空锡罐。那些罐子可能是天堂果菜腌制厂的产品，或许里面曾装着浸在糖浆里的凤梨厚块，或者凤梨薄片。他祖母的罐头挽回了他的自尊心。独自一人的艾斯沙将生锈的空罐排在便器前面，然后站上去，两脚各站在一个罐头上，小心翼翼地小解，并且尽可能不摇晃，像一个男人那样。本来微湿的烟蒂现在已全湿了，而且形成涡状，很难再被点燃。办完事后，艾斯沙将罐子移到镜前的水槽旁，开始洗手，并将头发弄湿。阿慕那把对他而言过于巨大的梳子使他觉得自己很渺小，他小心翼翼地拿着它重新塑造猫王的飞机头。先往后梳整齐，再往前推，末端向旁边旋转。他将梳子放回口袋，步下罐头，将它们放回那堆瓶子、拖把和扫帚当中。他向所有的东西鞠躬，所有的东西——瓶子、扫帚、空罐头和瘫软的拖把。

"鞠躬。"他说，并且微笑。当他年纪更小时，他一直以为人在鞠躬时必须说"鞠躬"，以为人们必须说"鞠躬"，才能鞠躬。

"鞠躬，艾斯沙。"他们会说。而他会鞠躬，并且说"鞠躬"。他们会对望，然后大笑，而他会担心。

独自一人、牙齿不整齐的艾斯沙。

在外面，他等着母亲、妹妹和宝宝姑婆。当她们出来时，阿慕说："还好吧？艾斯沙本！"

艾斯沙说："还好。"并小心翼翼地晃头，以保住他的飞机头。

还好吧？还好！他将梳子放回她的手提袋。阿慕对于这个含蓄、有尊严、穿着灰褐色尖头鞋的小儿子突然产生一股爱，他刚刚才完成了他的第一项成人性的指定任务。她以充满爱意的手指抚弄他的头发，使他的飞机头走了样。

拿着钢制"常备"牌手电筒的人说，电影已经开始了，因此，快入座吧！他们必须快速爬上铺了红色旧地毯的红色楼梯，在红色角落有红色唾沫痕迹的红色楼梯。拿手电筒的男人拉起他的芒杜，用左手将它塞到腿中间。爬楼梯时，他的小腿肌肉在皮肤下变硬，就像长了毛发的炮弹。他用右手握住手电筒，以心智催促。

"电影早就开始了。"他说。

所以他们错过了开头部分，没有看到成簇的黄穗之间带灯泡的波状天鹅绒幕被拉起，缓缓被拉起，没有听到接下来的《哈泰利》[①]的插曲——《小象走路》，或者《波盖上校的行进》。

阿慕拉着艾斯沙的手，而喘着气爬上楼梯的宝宝克加玛拉着瑞海儿的手。被甜瓜般的乳房重重压住的宝宝克加玛不愿承认自己期望看这部

[①]　一部关于野生动物的印度电影。

电影。她喜欢装作只是为了孩子的缘故才来。她的心里仔细而有系统地记录着她为别人做的事情，以及别人没有为她做的事情。

她最喜欢前面描述修女的部分，所以她希望他们没有错过这些部分。阿慕向艾斯沙和瑞海儿解释说，人们总是爱他们最能认同的事物。瑞海儿认为她最能认同扮演凡·特拉普男爵的克里斯托弗·普鲁默。恰克一点也不能认同他，而且还称他为凡·克拉普-特拉普男爵①。

瑞海儿就像一只打头阵的兴奋的蚊子，飞啊飞，几乎没有重量。她往上爬两级，倒退两级，再往上爬一级。宝宝克加玛爬了一级红色楼梯时，她已经爬了五级。

> 我是大力水手波派　嘟——嘟——
> 我住在一辆篷车里　嘟——嘟——
> 我打开门
> 然后倒在地板上
> 我是大力水手波派　嘟——嘟——

往上爬两级，倒退两级，再往上爬一级。跳，跳。

"瑞海儿，"阿慕说，"你还没有学到教训，是不是？"

瑞海儿学到了：兴奋之后总是会哭泣。嘟——嘟——

他们来到"圆圈公主厅"，经过卖点心的柜台，在那儿，橘子饮料正等待着他们，柠檬饮料也正等待着他们。橘子饮料的颜色太橘红了，柠檬饮料的颜色太淡黄了，而巧克力太软了。

持手电筒的男人打开沉重的"圆圈公主厅"的门，进入电风扇旋转着、花生咔嚓作响的黑暗之中。那儿散发着人们呼吸和发油的气味，以

---

① 即爱耍噱头的男爵。

及旧地毯的气味，一种瑞海儿记得且珍惜的《音乐之声》的神奇气味。和音乐一样，气味留住记忆。她深深吸了一口气，并且将气息装在瓶子里，要留给子孙后代。

艾斯沙拿着入场券。小男孩。住在一辆篷车里。嘟——嘟——

持手电筒的男人让亮光照在粉红色的入场券上。J排十七、十八、十九和二十号——艾斯沙、阿慕、瑞海儿和宝宝克加玛。他们挤过不耐烦的观众，后者往这边或那边移动腿，让他们通过。座位的椅子必须被翻下来。当瑞海儿爬到椅子上时，宝宝克加玛将她的座位按下。她不够重，因此椅子夹住了她，使她像三明治中间的食物，她便从两个膝盖之间望向银幕，两个膝盖和喷泉般的头发。比较自重的艾斯沙则坐在椅子的边缘。

风扇的影子落在没有影像的银幕两边。

手电筒熄了，轰动全世界的影片开演了。

摄影机往上拍摄着天蓝色（汽车的颜色）的奥地利天空，而教堂里传出清亮、忧伤的钟声。

往下拍，圆石在修女庭院的地面上闪闪发光。修女走过庭院，像慢慢燃烧的雪茄。安静的修女安静地聚集在从来不看她们的信件的修女院院长身边，像蚂蚁聚集在一块吐司屑周围，或者像众雪茄聚在一个雪茄皇后周围。她们的膝盖没有毛发，宽大的衣服里面没有甜瓜，而气息就像薄荷一般。她们要向院长抱怨，用甜蜜歌声来抱怨，抱怨朱莉·安德鲁斯，她仍然在山丘上唱着"音乐声让山丘洋溢生机"，而且她又赶不上弥撒了。

她爬上一棵树，刮伤了膝盖。

修女们用音乐打小报告。

她的衣服有一个裂缝，

> 她跳着华尔兹去参加弥撒，
>
> 而且边爬楼梯边吹口哨……

> 观众转过身来。
>
> "嘘！"他们说。
>
> 嘘！嘘！嘘！

> 而在头巾下，
>
> 她留着卷发。

银幕之外有一个声音，清澈而真实，穿过充满风扇的旋转声和花生的咔嚓作响声的黑暗。观众当中有一个"修女"。人们的头像瓶盖般扭转过来，长着黑头发的后脑变成一张张有嘴巴和髭须的面孔，一张张发出嘘声、有着鲨鱼般牙齿的嘴巴，许多嘴巴，像一张卡片上的贴纸。

"嘘——"他们齐声说。是艾斯沙在唱歌，一个有猫王飞机头的修女，一个"骨盆猫王"修女。他无法制止自己。

观众们发现他时，都说："叫他滚出去！"

"住口"或"滚出去"。"滚出去"或"住口"。

观众是大人物，艾斯沙是小人物，一个有入场券的小人物。

"看在老天的分上，住口吧！艾斯沙！"阿慕低声但凶狠地说。

因此，艾斯沙闭嘴了。那些嘴巴和髭须转开了，但是后来，那歌声又突然响起了，艾斯沙欲罢不能。

"阿慕，我可以到外面唱吗？"艾斯沙（在阿慕"啪"一声朝他打下去之前）说，"唱完后再回来？"

"别想我会再带你出来，"阿慕说，"你让我们大家觉得难堪。"

但艾斯沙无法制止自己，他站起来要走出去，经过发怒的阿慕，经过从两个膝盖之间聚精会神看着银幕的瑞海儿，经过宝宝克加玛，经过必须再次朝这边或那边移动腿的观众。门上有红色的告示牌，牌上用红色的灯光注明"出口"。艾斯沙走出去。

在休息厅里，橘子饮料等待着，柠檬饮料等待着，融化的巧克力等待着，蓝色的泡沫皮革汽车电沙发等待着，写着"即将上映"的海报等待着。

独自一人的艾斯沙，坐在蓝色泡沫皮革汽车电沙发上，在阿布希拉什戏院的圆圈公主厅里唱歌，用修女的声音，清澈如流水的声音。

　　但是你如何让她乖乖待着
　　听你所说的话？

零食柜台后的那个人原本在一排凳子上睡觉，等待中场休息时间的到来；但是现在，他醒来了，带着眼屎的眼睛看到了艾斯沙。他独自一人，穿着灰褐色的尖头鞋，梳着走了样的飞机头。那人用一条污黑的破布擦拭大理石柜台，他等待着，边擦拭边等着，边等待边擦拭，并看着艾斯沙唱歌。

　　你如何将一朵浪花留在沙滩上？
　　啊！你如何解决一个麻烦的玛莉亚的问题？

"喂！男孩，"卖橘子饮料和柠檬饮料的男人以沙哑而充满睡意的声音说，"你以为你在做什么？"

　　你如何将月光握在手中？

艾斯沙继续唱着。

"嘿！"卖橘子饮料和柠檬饮料的男人说，"听着，这是我的休息时间，我很快就必须醒来工作，所以不能让你在这儿唱英文歌。闭嘴吧！"

他前臂上的卷毛几乎遮住他的金手表，而他的胸毛则几乎遮住他的金项链。他白色的涤棉衬衫从肚皮开始隆起的地方就没有扣上纽扣了。从外表看来，他像是一只戴着珠宝的不友善的熊。在他后面有镜子，人们来买冷饮或点心时，可以照照自己，可以重新整理飞机头和弄妥发鬌。那些镜子注视着艾斯沙。

"我可以提出一个书面控诉，"那人对艾斯沙说，"你觉得怎么样？一个书面控诉？"

艾斯沙停止歌唱，站起来想走回去。

"既然我醒来了，"卖橘子饮料和柠檬饮料的男人说，"既然你把我从休息时间中吵醒了，既然你打扰了我了，至少过来买一些饮料吧！至少你可以这样做！"

他有一张胡子未刮、喉部有赘肉的脸，他那些黄色钢琴琴键般的牙齿望着小"骨盆猫王"。

"不，谢谢！"猫王彬彬有礼地说，"我的家人正在等我，而且我的零用钱也花光了。"

"零用钱？"卖橘子饮料和柠檬饮料的男人说，他的牙齿仍然注视着，"先是英文歌，现在是零用钱，你住哪儿？住在月亮上？"

艾斯沙转身，想走开。

"等一下！"卖橘子饮料和柠檬饮料的男人尖叫着。"等一会儿！"他又说，这一回语气较温和，"我刚刚问你一个问题。"

他那一口黄牙是磁铁；它们看、它们笑、它们唱、它们闻、它们动，它们催眠。

"我问你住哪儿？"他说，并且像蜘蛛一样，织着他那张可憎的网。

"阿耶门连，"艾斯沙说，"我住在阿耶门连，我的祖母经营'天堂果菜腌制厂'。她是匿名合伙人。"

"是吗？现在也是？"卖橘子饮料和柠檬饮料的人说，"那么她和谁睡觉①？"

他发出一阵艾斯沙不明白的令人作呕的笑声。"算了吧！你听不懂的。"

"来喝一些东西吧！"他说，"免费的冷饮，来，过来这儿，把你祖母的事情告诉我。"

艾斯沙走过去，那一口黄牙吸引着他。

"来这儿，来柜台后面。"卖橘子饮料和柠檬饮料的男人说。他的声音降低成一种耳语，稍停片刻后，他又补充："我们必须把这件事当成一个秘密，因为在休息时间之前喝饮料是被禁止的，是违反戏院规矩的，是一种可以审理的罪行。"

艾斯沙来到零食柜台后喝他免费的冷饮。他看到三张高高的凳子被排成一排，让卖橘子饮料和柠檬饮料的男人可以躺下来睡觉。这些木凳因他长久坐在上面而被磨得闪闪发光。

"现在，如果你肯帮我握住这个，"卖橘子饮料和柠檬饮料的男人边说边从他柔软的白色棉质腰布里，拿出他的阴茎给艾斯沙，"我就给你饮料。橘子还是柠檬？"

艾斯沙握住他的阴茎，因为他必须这么做。

"橘子还是柠檬？"那人说，"还是柠檬橘子？"

"请给我柠檬。"艾斯沙有礼地说。

他得到一瓶冰凉的饮料和一根吸管。因此，他一手握住那瓶饮料，一手握着一个阴茎；握着一个坚硬、发烫，多纹理的阴茎，不是握着朱莉·安德鲁斯的月光。

卖橘子饮料和柠檬饮料的男人以手罩住艾斯沙的手，他的拇指指甲和女人的拇指指甲一样长。他上下移动艾斯沙的手，先是慢慢地，然后

---

① 匿名合伙人的英文是 sleeping partner。卖饮料男人说的是一句双关语：Who does she sleep with？（她和谁睡觉？她和谁合伙？）

变快。

柠檬饮料冰凉而甜蜜，阴茎火热而坚硬。

钢琴琴键般的牙齿注视着。

"你说你祖母经营一个工厂？"卖橘子饮料和柠檬饮料的男人问，"是什么样的工厂？"

"有许多产品，"艾斯沙说，但并没有看他，口里吸着那根吸管，"果汁汽水、腌果菜、果酱、咖喱粉、凤梨片。"

"很好，"卖橘子饮料和柠檬饮料的男人说，"太棒了。"

他的手将艾斯沙的手握得更加紧，紧而出汗，而且移动得更快。

　　　愈来愈快，

　　　绝不让它休息，

　　　直至快的变得更快，

　　　而更快变得更更快。

经由湿透的纸吸管（几乎因唾液和恐惧而变扁平），甜甜的柠檬水往上升。当另一只手在移动时，艾斯沙吹着吸管，在瓶中吹出许多泡沫，饮料的又黏又甜的泡沫，他不能喝的泡沫。在脑海中，他列出他祖母的产品。

腌果菜	果汁汽水	果酱
芒果	橘子	香蕉
青辣椒	葡萄	什果
苦瓜	凤梨	有果粒的葡萄柚酱
大蒜	芒果	
盐腌宜母子		

　　然后，那张粗糙的面孔扭曲变形了，艾斯沙的手又湿又热又黏，而且上面有蛋白，白色的蛋白，四分之一熟的蛋白。

　　柠檬饮料又冰凉又甜蜜，阴茎柔软，而且缩皱如一只空的零钱皮包。那人用那条污黑的破布抹艾斯沙的另一只手。

　　"把饮料喝完。"他说，并且亲昵地捏一捏艾斯沙一边的屁股。窄裤里如李子般绷紧的屁股，下面有灰褐色尖头鞋。"你不可以浪费，"他说，"想想所有那些没有东西可吃或可喝的穷人。你是一个幸运的富家子弟，有零用钱，可以继承祖母的工厂，你应感谢上帝，因为你无忧无虑。现在，把饮料喝完吧！"

　　因此，在零食柜台后面，在阿布希拉什戏院的圆圈公主厅里，在拥有喀拉拉第一个七十毫米宽银幕的电影院里，艾斯沙·亚科喝完了他那瓶免费的嘶嘶起泡、有柠檬味的恐惧。那柠檬饮料太淡黄、太冰凉、太甜了。泡沫冲上他的鼻子，也许很快他又会得到一瓶（免费的、嘶嘶起泡的恐惧）。但是他还不知道。他让他的另一只湿黏黏的手远离自己的身体。

　　它不应该触摸任何东西。

　　艾斯沙喝完饮料时，卖橘子饮料和柠檬饮料的男人说："喝完了吗？乖孩子。"

　　他拿走空瓶和变成扁平的吸管，然后将艾斯沙送回到《音乐之声》。

　　进入散发发油气味的黑暗之中时，艾斯沙小心翼翼地举着他的另一只手（朝上，仿佛正握着一个想象中的橘子）。他悄悄从观众前面经过（他们的腿往这边或那边移动），从宝宝克加玛前面经过，从仍然往后倾的瑞海儿前面经过，从仍然在生气的阿慕前面经过。艾斯沙坐下来，手里仍握着他那只湿黏黏的橘子。

　　银幕里是凡·克拉普－特拉普男爵。克里斯托弗·普鲁默傲慢、心肠硬，嘴巴像自动贩卖机的投币口，还有一个尖锐刺耳的警哨。一个有七个孩子的上校，洁净的孩子，就像一束薄荷。他假装不爱他们，但其实非常爱他们。他爱她（朱莉·安德鲁斯），她也爱他，他们爱孩子，孩子爱他们。他们都彼此相爱。他们是洁白的孩子，他们的床是柔软的棉凫绒毛床。

他们所住的房子有湖和花园，有一个很宽的楼梯，有白色的门和窗，窗帘上有花的图案。

那些洁白的孩子，即使是那些大孩子，都害怕雷声。为了安慰他们，朱莉·安德鲁斯将他们全部放在她洁净的床上，并且对他们唱了一首洁净的歌，一首关于她喜爱的一些事物的歌。以下就是她喜爱的一些事物：

（1）穿蓝缎子饰带装饰的白衣裳的女孩。

（2）顶着月亮飞翔的野雁。

（3）闪亮的钢茶壶。

（4）门铃、雪车铃、炸猪排加面。

（5）以及其他。

然后，阿布希拉什戏院观众中的一对双胞胎在心里提出了几个必须回答的问题：

（1）凡·克拉普－特拉普男爵会抖腿吗？

不会。

（2）凡·克拉普－特拉普男爵吹唾沫吗？

想必没有。

（3）他会像火鸡那样咯咯叫吗？

不会。

啊！凡·特拉普男爵！凡·特拉普男爵！你可能会爱臭气熏天的电影厅里那个握着橘子的小家伙吗？

他的手刚刚握过卖橘子饮料和柠檬饮料的男人的"小鸟儿"，但是你仍然可能爱他吗？

而他的双胞胎妹妹呢？她的身体翘起来，头发像系着"东京之爱"的喷泉。你也可能爱她吗？

凡·特拉普男爵自己有一些问题：

（1）他们是洁白的小孩吗？

不是。（但苏菲默尔是。）

（2）他们吹唾沫吗？

是的。（但苏菲默尔不吹。）

（3）他们像低级职员那样抖腿吗？

是的。（但苏菲默尔不抖腿。）

（4）他们（其中一人或两人）曾握过陌生人的"小鸟儿"吗？

不……是的。（但苏菲默尔不曾。）

"那么，非常抱歉，"凡·克拉普–特拉普男爵说，"这是不可能的，我不可能爱他们，我不可能当他们的爸爸。噢！不！"

凡·克拉普–特拉普男爵不能爱他们。

艾斯沙将头放在大腿上。

"怎么了？"阿慕说，"如果你再闹别扭，我马上带你回家。坐正，看电影，你被带来这儿就是为了这个。"

喝完饮料。

看电影。

想想所有的穷人。

有零用钱、无忧无虑的幸运富家子弟。

艾斯沙坐正看电影。他的胃发胀，有一种绿色波浪般、浊水般、结块的、海草般、漂浮的、上下起伏的感觉。

"阿慕。"他说。

"现在又怎么了？"这个"怎么了"是一种怒喝、吼叫和啐声。

"我想吐。"艾斯沙说。

"只是觉得想吐，还是真的想吐？"阿慕的声音变焦虑了。

"不知道。"

"我们要不要去试试？"阿慕说，"那会让你觉得舒服些。"

"好吧！"艾斯沙说。

好吗？好吧！

"你们要上哪儿？"宝宝克加玛想知道。

"艾斯沙要试试能不能呕吐。"阿慕说。

"你们要上哪儿？"瑞海儿问。

"我想吐。"艾斯沙说。

"我可以去看吗？"

"不可以。"阿慕说。

又经过观众了（腿这边那边移动），上一次是去唱歌，这一次是去试着呕吐。从"出口"出去，在外面的大理石休息厅里，卖橘子饮料和柠檬饮料的男人正在吃一颗糖果，脸颊因移动的糖果而鼓起。他发出轻柔吸吮声，就像水从水池里流出来的声音。柜台上有一张派瑞牌糖果的包装纸。这个人可以免费吃糖果，他有一排装着免费糖果的模糊瓶子。他用那双毛茸茸、戴着表的手拿着那条污黑的破布擦拭大理石柜台。当他看到那位明艳照人、肩膀光亮的妇人和那位小男孩时，一个阴影滑过他的脸。然后，他微笑了，露出他那如便携式钢琴的牙齿。

"这么快又出来了？"他说。

艾斯沙已经在干呕了。阿慕如在月球上走路那般和他走到圆圈公主厅的洗手间。女洗手间。

他被架起来，卡在肮脏的水槽和阿慕的身体之间，腿晃来晃去。水槽有钢制的水龙头、锈斑，以及棕色的网状毛细裂纹，就像个复杂大城市的公路地图。

艾斯沙开始痉挛，但什么也没吐出来，除了一些思绪，一些飘出来、又飘回去的思绪，阿慕看不到。它们就像暴风雪那样笼罩着水槽城市，但水槽内的男女仍然忙着他们日常的水槽事情。水槽里的轿车和公车仍然四处嗖嗖奔驰。水槽生活继续着。

"吐不出来？"阿慕说。

"吐不出来。"艾斯沙说。

吐不出来？吐不出来。

"那么，把脸洗一洗吧！"阿慕说，"水总是有用的，把脸洗一洗，然后我们去喝一些嘶嘶冒泡的柠檬饮料。"

艾斯沙洗了脸，然后洗手，然后又洗脸，再洗手。他的眼睫毛是湿的，而且簇拥在一起。

卖橘子饮料和柠檬饮料的男人折起绿色的糖果纸，然后用他涂上颜色的拇指甲将它固定住。他用一本卷起来的杂志击昏一只苍蝇，然后以优雅的动作轻轻将它从柜台边缘丢到地板上。它卧着，挥动虚弱的腿。

"他是个好男孩，"他对阿慕说，"歌唱得很好。"

"他是我儿子。"阿慕说。

"真的吗？"卖橘子饮料和柠檬饮料的男人说，并且用他的牙齿注视着阿慕。"真的吗？你看起来没有那么老。"

"他觉得不舒服，"阿慕说，"我想一瓶冷饮会让他好过些。"

"当然，"那人说，"当然当然，橘子还是柠檬？柠檬还是橘子？"可怕、可怕的问题。

"不，谢谢。"艾斯沙看着阿慕。绿色的海浪、海草、上下起伏的感觉。

"那你呢？"卖橘子饮料和柠檬饮料的男人问阿慕，"可口可乐或芬达汽水？冰激凌或玫瑰乳？"

"不，我不要。"阿慕说。她是一个酒窝很深、明艳照人的女人。

"这个，"那人说，手里抓着一把糖果，像一个慷慨的空中小姐，"这些糖果给你的小芒恩。"

"不，谢谢你。"艾斯沙说，并看着阿慕。

"收下，艾斯沙，"阿慕说，"不要无礼。"

艾斯沙收下糖果。

"说谢谢。"阿慕说。

"谢谢。"艾斯沙说。（谢谢他的糖果，谢谢他白色的蛋白。）

"别客气。"卖橘子饮料和柠檬饮料的男人以英文说。

"芒恩说你们来自阿耶门连？"他问。

"是的。"阿慕说。

"我经常上那儿，"卖橘子饮料和柠檬饮料的男人说，"我太太的娘家住在阿耶门连，我知道你们的工厂，天堂果菜腌制厂，是不是？他告诉我的，你的芒恩。"

他知道上哪儿找艾斯沙，这就是他想说的。这是一个警告。

阿慕看到他儿子因发热而睁圆的明亮眼睛。

"我们得走了，"她说，"不可冒发烧的险。他们的表姐明天要来。"她向"叔叔"解释，然后漫不经心地补充："从伦敦来。"

"从伦敦来？""叔叔"的目光流露出一种新的敬重神情，因为这是一个有亲戚住在伦敦的家庭。

"艾斯沙，你和叔叔待在这儿，我去带宝宝克加玛和瑞海儿过来。"阿慕说。

"过来，""叔叔"说，"过来和我坐在高凳子上。"

"不！阿慕！不！阿慕！不！我要和你一起去！"

看到她向来安静乖巧的儿子如此不寻常地厉声坚持着，阿慕觉得很诧异。她向卖橘子饮料和柠檬饮料的"叔叔"道歉。

"他平常不是这个样子的。来吧，艾斯沙。"

放映厅里面的味道、电风扇的影子、后脑、脖子、领子、头发、发髻、辫子、马尾。

系着"东京之爱"的喷泉。一个小女孩和一个还俗的修女。

凡·特拉普男爵的七个薄荷般的孩子洗了薄荷浴，排成一排，如一排薄荷，头发整齐而光滑，用顺从的薄荷声音向差一点就嫁给男爵的女人唱歌，那位闪耀如钻石的金发男爵夫人。

　　音乐声让山丘洋溢生机。

"我们得走了。"阿慕对宝宝克加玛和瑞海儿说。

"但是阿慕！"瑞海儿说，"我们还没有看到重要的部分！他还没有吻她！他还没有撕裂纳粹的旗子！他们甚至还没有被邮差洛夫出卖！"

"艾斯沙病了，"阿慕说，"赶快！"

"纳粹士兵还没有来！"

"赶快，"阿慕说，"起来！"

"他们甚至还没有唱'高高的山上住着一个牧羊人'！"

"苏菲默尔就要来了，艾斯沙必须好好的，不是吗？"宝宝克加玛说。

"不是。"瑞海儿说，但主要是对自己说。

"你说什么？"宝宝克加玛说。她明白大意，但没有听清楚她真正说的话。

"没说什么。"瑞海儿回答。

“我听见了。”宝宝克加玛说。

在外面，“叔叔”正重新排置那些模糊的玻璃瓶，并且用那条污黑的破布擦拭他们留在大理石零食柜台上的环形水渍，他在为休息时间做准备。他是一个爱干净的卖橘子饮料和柠檬饮料的“叔叔”，有一副空中小姐的心肠，但被困在熊的身体里。

“要走了吗？”他问。

“是的，”阿慕说，“我们可以在哪儿叫到一部计程车？”

“出了大门，走到路上，在你们左手边，”他说，并看着瑞海儿，“你没有告诉我你也有一个小默尔。”他递出另一颗糖果：“这个给你，默尔。”

“我的给你！”艾斯沙立即说。他不要瑞海儿靠近那男人。

但是瑞海儿已经开始走向他了。当她靠近他时，他对她微笑，但那便携式钢琴的微笑里的某样东西，那攫住她的沉稳目光里的某样东西，使她退缩了。是她所见过最可憎的东西。她转过身来看着艾斯沙。

她往后退，避开那个毛茸茸的男人。

艾斯沙将他的派瑞糖果放到瑞海儿手中，瑞海儿感觉到他发烫的手指和死亡一样冰冷的指尖。

“再见了，芒恩，”“叔叔”对艾斯沙说，“哪天我会去阿耶门连看你。”

因此，他们又在红色的楼梯上了。这一次瑞海儿落在后面。不，我不想走。被套在皮带上的一吨的砖。

“真是个好人，那个卖橘子饮料和柠檬饮料的家伙。”阿慕说。

“啐！”宝宝克加玛说。

“他看起来不像好人，但是他对艾斯沙出奇的好。”阿慕说。

“那么你何不嫁给他？”瑞海儿暴躁地说。

时间停滞在红色的楼梯上。艾斯沙停下来，宝宝克加玛停下来。

"瑞海儿!"阿慕说。

瑞海儿僵住了。她为自己所说的话感到十分懊悔,不知道那些话是从哪儿来的,不知道脑子里怎么会有那些话,但是现在这些话出来了,不会再回去了。他们待在红色的楼梯上,像政府办公室里的职员,有些人站着,有些人坐着并且抖着腿。

"瑞海儿,"阿慕说,"你知道你刚刚做了些什么?"

害怕的眼睛和一道喷泉回看着阿慕。

"没关系,不要害怕,"阿慕说,"只要回答我,你知道吗?"

"知道什么?"瑞海儿用她最轻微的声音说。

"知道你刚刚做了些什么吗?"阿慕说。

害怕的眼睛和一道喷泉回看着阿慕。

"你知道当你伤害人的时候,会发生什么事情?"阿慕说,"当你伤害人的时候,他们开始不再那么爱你,那就是无心之话导致的结果,那些话会使人少爱你一些。"

一只背部簇毛出奇浓密的冰冷之蛾,轻轻地栖在瑞海儿心上。它冰冷的脚触摸到她的地方起了鸡皮疙瘩。她粗率大意的心有六个鸡皮疙瘩。

她的阿慕会少爱她一些。

因此,出了大门,走到路上。在左手边,计程车站。一个受伤的母亲、一个还俗的修女、一个发烫的小孩和一个冰冷的小孩。六个鸡皮疙瘩和一只蛾。

计程车散发着睡眠的味道,散发着被卷成一团的旧衣服的味道,散发着潮湿的毛巾和腋窝的味道。毕竟那是计程车司机的家,他住在里面,那是他唯一可以储存自己气味的地方。座位被破坏了,被撕裂了,后座上一长条肮脏的黄色海绵裸露出来,并颤动着,像一个黄疸病患者巨大的肝。司机有小啮齿动物那种搜索性的机警,有一只罗马鹰钩鼻,和"小理查"的髭须。由于个子小，所以他透过方向盘看路；对于经过的车辆而言，那看起来就像一辆有乘客、但没有司机的计程车。他开得又快又猛，冲入空位，将其他车子逼离车道，遇到斑马线时加速，还闯红灯。

"为什么不用个坐垫、枕头或其他东西？"宝宝克加玛以友善的语气提议，"这样你可以看得更清楚。"

"何必多管闲事？大姐。"司机以不友善的语气回答。

经过如墨水的大海时，艾斯沙将头伸出车窗。他可以尝到热而咸的微风的味道，也可以感觉那风抓起他的头发。他知道，如果阿慕发现他和卖橘子饮料和柠檬饮料的男人所做的事情，那么她也会少爱他，少爱他许多。他感觉胃里有令人觉得羞耻的搅拌、起伏和旋转的恶心感觉。他渴望到河流那儿，因为水总是有助益的。

黏黏的霓虹夜晚快速掠过计程车的车窗，计程车内很热，而且很静。宝宝克加玛看起来得意而兴奋，没有成为不快的原因使她觉得很高兴。每次有野狗跑到路上时，司机便费一番工夫将它碾死。

瑞海儿心中的那只蛾张开天鹅绒的翅膀，寒意爬入她的骨头里。

在海后旅馆的汽车停车场，天蓝色的普利茅斯和其他较小的车子闲聊着。斯利普，斯利普，斯努——斯纳，一个高大的女士处在一群矮个儿女士的派对中。尾翼震动着。

"三一三和三二三号房，"服务台的男人说，"没有空调，双人床，电梯关闭待修。"

带他们上楼的"铃童"（旅馆服务生），既不是一个男童，也没有铃。他的两眼黯淡无光，磨损的栗色外套掉了两颗纽扣，变灰的内衣显露出来。他必须歪斜地戴着他那顶愚蠢的服务生帽子，绷紧的塑胶系带陷入他松弛的喉部垂肉里。让一个老人如此歪斜地戴着帽子，并任意重新规定年纪在他下巴下的表现方式，这似乎是一种没有必要的残忍。

他们必须爬更多红色的楼梯。和电影院里一模一样的红地毯四处跟着他们。魔术飞毯。

恰克在他的房间里，他们逮到他正在大吃大喝。烤鸡、炸薯条、甜玉米、鸡汤、两个麦饼，以及淋上巧克力酱的香草冰激凌，后者装在一个船形容器里。恰克经常说，他的野心就是死于暴饮暴食。玛玛奇说那是被压抑的不快乐的一个可靠信号。恰克说没有这回事，他说那完全是一种贪婪。

看到大家这么早回来，恰克十分不解，但他并没有露出困惑的神情。他继续吃。

按照原先的安排，艾斯沙将和恰克睡，而瑞海儿将和阿慕及宝宝克加玛睡。但是由于艾斯沙病了，所以"爱"必须重新分配（阿慕少爱海瑞儿一些），瑞海儿将必须和恰克睡，而艾斯沙将和阿慕及宝宝克加玛睡。

阿慕从手提箱里拿出瑞海儿的睡衣和牙刷，将它们放在床上。

"在这儿。"阿慕说。

喀嗒两声，手提箱关上了。

喀嗒，喀嗒。

"阿慕，"瑞海儿说，"我是不是应该不吃晚餐以作为对自己的惩罚？"

她渴望交换惩罚。以不吃晚餐来交换阿慕的爱她如昔。

"随便你，"阿慕说，"但是如果你想长大，我劝你吃。也许你可以吃一些恰克的鸡。"

"也许可以，也许不可以。"恰克说。

"但是我的惩罚呢？"瑞海儿说，"你没有惩罚我！"

"有些事情本身就带着惩罚。"宝宝克加玛说，仿佛她正在解释一个瑞海儿不懂的算术题。

有些事情本身就带着惩罚，就像卧室和嵌入的衣橱。他们很快都会学到更多关于惩罚的功课。他们将明白，惩罚有各种不同的大小，而有些惩罚大得像嵌入卧室的衣橱，你可以一辈子耗在那里面，一辈子在幽暗的架子之间徘徊。

宝宝克加玛的晚安之吻在瑞海儿的脸颊上留下一小点唾沫。她用肩膀抹掉它。

"晚安，上帝祝福你。"阿慕说，但她是用背说的。她已经走了。

"晚安。"艾斯沙说。他病得太重了，以至于无法爱他的妹妹。

独自一人的瑞海儿看着他们走入旅馆的走廊，如沉默但有实体的鬼魂。两个大人，一个穿着灰褐色尖头鞋的小孩。红地毯带走了他们的脚步声。

瑞海儿站在旅馆房间的门口，充满忧愁。

令她感到忧愁的是苏菲默尔即将到来，阿慕会少爱她一些，以及卖橘子饮料和柠檬饮料的男人在阿布希拉什戏院对艾斯沙所做的事情。

一阵刺人的风吹过她干涩而疼痛的眼睛。

恰克将一只鸡腿和几根炸薯条放在一个小盘子里，要给瑞海儿。"不，谢谢。"瑞海儿说，心里希望如果她以某种方式惩罚自己，那么阿慕会撤销对她的惩罚。

"那么来一点淋上巧克力的冰激凌如何？"恰克问。

"不，谢谢。"瑞海儿说。

"很好，"恰克说，"但是你不知道你错过了什么。"

他吃完整只鸡，然后吃完了所有的冰激凌。

瑞海儿换上睡衣。

"请不要告诉我你为什么要受惩罚，"恰克说，"我受不了听到那些事情。"他正用一块麦饼抹船形容器里最后的一些巧克力酱，他那令人厌恶的甜点之后的甜点。"你为什么被惩罚？抓蚊子的咬痕，直到流出血？没有对计程车司机说'谢谢'？"

"比那个还糟。"瑞海儿说，她对阿慕忠心耿耿。

"别告诉我，"恰克说，"我不想知道。"

他按铃叫房间服务。一个疲惫的服务生过来了，将盘子和骨头带走。恰克试图捕捉晚餐的气味，但是那些气味逃走了，爬入瘫软的棕色旅馆窗帘里。

一个没有吃晚餐的外甥女和她饱餐后的舅舅一起在海后旅馆的浴室刷牙，她，一个孤零零、身材矮胖的罪人，穿着条纹睡衣，以"东京之爱"系住她喷泉般的头发。他，穿着棉布内衣和内裤，内衣在圆圆的肚子上紧紧地伸展开来，像第二层皮肤，但是在下陷的肚脐之上就变松弛了。

当瑞海儿握住起泡沫的牙刷，改让牙齿移动时，他并没有说不可以这样做。

他不是一个法西斯主义者。

他们轮流吐牙膏泡沫。当瑞海儿的白色毕纳卡牙膏泡沫沿着水槽侧面滴下时，她仔细检查那些泡沫，想看看能够看到什么。

什么颜色、什么奇怪的动物会从她牙齿之间的缝隙被赶出来？

今晚没有，没什么不寻常的，只有毕纳卡的泡沫。

恰克关掉大灯。

上了床之后，瑞海儿拿下"东京之爱"，将它放在太阳眼镜旁。她的喷泉陷下一些，但仍然立着。

恰克躺在床上，床头的一束灯光照着他，一个幽暗舞台上的肥胖男人。他伸手去摸床脚下皱成一堆的衬衫，从口袋里拿出皮夹，然后注视着玛格丽特克加玛两年前寄给他的苏菲默尔的照片。

瑞海儿看着他。然后，她冰冷的蛾又张开翅膀了，慢慢地张开，慢慢地合拢，像一只掠食动物慵懒地眨眼睛。

床单非常粗糙，但还算干净。

恰克合上皮夹，关掉灯。进入黑夜之后，他点了一根夏米纳牌香烟，心想他的女儿现在该是什么样子。已经九岁了。最后一次看见她时，她红通通，皱巴巴，几乎不像一个人。三个星期后，他的妻子玛格丽特，他唯一的爱，哭着告诉他关于乔的事情。

玛格丽特告诉恰克，她不能再和他住在一起了。她告诉他，她需要自己的空间，仿佛恰克一直将他的衣服放在她的架子上。然而认识他的人都知道，他很可能那样做了。

她要求离婚。

在离开她之前的最后几个痛苦的夜晚，恰克会溜下床，拿着手电筒去看他睡梦中的女儿，去认识她，去将她印在他的记忆中，去确定当他想到她时，他所唤起的孩子就是她。他默记她柔软头壳上的棕色柔毛、她噘起且经常在动的嘴的形状、她脚趾间的缝隙，以及一颗痣的暗示。然后，他发现自己正不经意地在搜寻乔的痕迹。当他拿着手电筒进行他疯狂的、断续的、嫉妒的检查时，婴儿抓住他的手指。她的肚脐从光泽如缎的饱胀的腹部凸出来，就像山上一个有圆顶的纪念性建筑物。恰克将耳朵贴在上面，惊讶地倾听里面传来的隆隆声。信息从这儿或那儿传来，新的器官在彼此习惯，一个新政府正在建立它的系统，正在编制分工，决定何者该做何事。

她散发着牛奶和尿的味道。恰克讶异于这么小和未定形的东西，这个说不上像谁的东西，竟能完全占据一个成年男人的注意力、爱和神志。

离开时，他觉得某种东西已经从他身上被撕裂下来了，某种巨大的东西。

但是现在乔死了，在车祸中丧生了，和门把手一样没有生命，变成宇宙中一个形状像乔的洞。

在恰克的相片里，苏菲默尔是七岁。白皮肤、蓝眼睛，嘴唇像玫瑰，而且完全没有叙利亚正教徒的痕迹，虽然玛玛奇在仔细地看了相片之后，坚称她有一个帕帕奇的鼻子。

"恰克?"瑞海儿从她变暗的床上说,"我可以问你一个问题吗?"

"你可以问我两个问题。"恰克说。

"恰克,在这世上,你是否最爱苏菲默尔?"

"她是我的女儿。"恰克说。

瑞海儿思考他的话。

"恰克,人是否必须最爱他们自己的孩子?"

"这是没有规则的,"恰克说,"但是一般而言,人都是这样。"

"恰克,打个比方,"瑞海儿说,"只是打个比方,阿慕是否可能爱苏菲默尔更甚于爱我?或者你是否可能爱我更甚于爱苏菲默尔?"

"在人性中,任何事情都是可能的。"恰克以他朗诵的声音说。现在,他对着黑暗说话,突然忽略了他那头发如喷泉的外甥女。"爱,疯狂,希望,无尽的喜悦。"

在"可能"存在于人性的那四样东西当中,瑞海儿认为"无尽的喜悦"听起来最可悲。或许那是恰克说它的方式使然。

"无尽的喜悦",以教堂里的音调说出,像一条全身长满鳍的忧伤的鱼。

一只冰冷的蛾举起一只冰冷的脚。

香烟的烟雾袅袅升入黑夜,肥胖的男人和小女孩就这样清醒而沉默地躺着。

隔着几个房间,当艾斯沙的姑婆打着鼾时,艾斯沙却醒着。

阿慕睡着了,房间的蓝色玻璃窗外有栅栏,从玻璃窗流泻进来的有条纹的街灯灯光照耀着她,使她显得十分美丽。她的脸上露出一种梦见海豚般的睡梦微笑和带有条纹的深邃碧蓝;那微笑丝毫没有显示出她是一颗等待爆炸的炸弹。

独自一人的艾斯沙迂回走入浴室,吐出一种清澈、味苦、带着柠檬味、起泡沫、发出嘶嘶声的液体,那种小男孩第一次遇见恐惧后产生的苦辣余味。嘟——嘟——

他觉得好过些了。然后，他穿上鞋子，走出房间，拖着鞋带，走下走廊，静静地站在瑞海儿的门外。

瑞海儿站在一张椅子上，将门闩推开，让他进来。

恰克没有费心去想她如何知道艾斯沙在门外。他已经习惯于他们时或有之的不可思议的行为。

他躺在狭窄的旅馆床上，像一条搁浅的鲸鱼，漫不经心地想着瑞海儿是否真的看见了维鲁沙。他认为那是不可能的。维鲁沙有许多事情等着他去做，他是一个有前途的帕拉凡。他在想，维鲁沙是否已经变成一名正式的共产党员，以及他最近是否曾去见皮莱同志。

那一年稍早，皮莱同志的政治野心得到一个意外的鼓励，两个当地的党员——卡都卡南同志和古汉·门依同志——由于被怀疑是纳萨尔派分子，而被逐出党；而他们预测其中一人——古汉·门依同志将被党指派为三月参加州议会议员补选的果塔延候选人。他被逐出党后便留下一个空缺，所以许多满怀希望的党员都在运用手段，想填补这个空缺，而其中一人就是皮莱同志。

皮莱同志已开始以一种足球赛候补选手的热心，观望天堂果菜腌制厂的情况。他希望这个地区成为他未来的选区，而为这个地区带来一个新工会，将是进入州议会的一个绝佳起步。

在那之前，在天堂果菜腌制厂，"同志！同志！"（如阿慕所说）只是工人在工作时间之外所玩的一种无害的游戏。但是如果危险性增高，而恰克的指挥棒被夺走，那么每个人（恰克除外）都知道已经负债累累的工厂将会有麻烦。

由于财政状况不佳，所以工人所得的工资比工会所规定的最低工资还低。当然了，这是恰克自己向他们指出的事实，他答应一旦状况好转，他将重新调整他们的工资。他相信他们信任他，知道他总是为他们的最佳利益着想。

　　但是有人不这么想。晚上，在工厂的轮班工作时间结束后，皮莱同志在路上拦住天堂果菜腌制厂的工人，带领他们去了他的印刷厂。他以细而尖锐的声音催促他们进行革命。在他的演说中，他聪明地混合了相关的当地问题和堂皇的左翼辩术，而他使用的马拉亚拉姆语使他的辩术显得更堂皇。

　　"这世界的人民，"他会这样煽动性地说，"勇敢些，要敢于战斗，反抗困境，一波接一波地前进，然后整个世界将属于人民。各种妖魔鬼怪将被斩除，你们必须要求原本就属于你们的东西——年度的红利、预备基金、意外保险。"

　　由于这些演说部分是一种预演（因为当上当地的议会议员之后，皮莱同志将对数百万名民众演说），因此说话的音调和抑扬顿挫显得有些怪异。他的声音充满绿色的稻田和成弧形横越蓝天的红旗，而不是一间热乎乎的小房间，和印刷工人的油墨气味。

　　皮莱同志不曾公开抨击过恰克，每当在演说中提到恰克时，他总是谨慎地剥除他的人性，将他当成某个较庞大的体制中的一个抽象性职员，一个理论上的建造者，一个试图颠覆革命的巨大、可怖的资产阶级阴谋的爪牙。但皮莱同志从不提及他的名字，只说他是"资方"，仿佛恰克是一个许多人组成的集合体。这种分离人和其工作的做法不只是一种正确的策略，也使皮莱同志对于他和恰克的私人生意立场可以保持问心无愧。他印制天堂果菜腌制厂标签的合约带给他迫切需要的收入。他告诉自己，身为客户的恰克和身为资方的恰克是两个不一样的人，而且当然有异于身为同志的恰克。

　　皮莱同志计划中唯一意想不到的障碍是维鲁沙。在所有天堂果菜腌制厂的工人当中，他是唯一正式的党员，这使得皮莱同志有了一个他宁愿不要的盟友。他知道，工厂中所有非贱民工人都为了自己古老的理由而憎恶维鲁沙。皮莱同志小心翼翼地绕开这个褶皱，等适当的时机到来时再将它熨平。

他经常和工人保持联络，而且主动负起了解工厂正发生什么事的责任。他嘲笑其他工人，因为他们在"自由的"政府（人民政府）掌握之时，仍然接受他们所得到的工资。

每天早上，会计普纳全会读报纸给玛玛奇听。当他告诉玛玛奇，工人们正在谈论提高工资这事时，玛玛奇非常愤怒。"叫他们去看报纸，外面正在闹饥荒，没有工作，人们要饿死了，他们有工作可做就应该感激。"

每当工厂发生任何严重的事情时，人们总是将消息带到玛玛奇那里，而不是恰克那儿，或许这正是因为玛玛奇能够恰当地配合传统的体系。她是老板，她扮演她的角色。她的回应（不管多么刺耳）是直接的，可以预测的；另一方面，虽然恰克是"一家之主"，虽然他口口声声说"我的腌果菜、我的果酱、我的咖喱粉"，但是他过于忙着试穿不同的服装，以致模糊了战线。

玛玛奇试着警告恰克。他听她把话说完，但并没有真正听进她的话。因此，尽管天堂果菜腌制厂很早就传出不满的隆隆声，但恰克仍继续玩着"同志！同志！"的游戏，做着革命的预备。

那一晚，在狭窄的旅馆床上，他在昏昏欲睡中想着如何先皮莱同志一步将他的工人们组织成一个私人工会。他将为他们举行选举，让他们投票，他们可以借着选举轮流成为代表。他带着微笑想着和苏玛提同志，或者更好，和露西库第同志（有一头较迷人的秀发），举行圆桌会议。

他的思绪回到玛格丽特克加玛和苏菲默尔。猛烈的爱的箍条紧紧箍住他的胸腔，直至他几乎不能呼吸。他清醒地躺在床上，数着还有几个小时就可以前往机场。

在隔壁那张床上，他的外甥和外甥女相拥而眠。一个火热，一个冰冷；他和她；"我们"。不知怎么地，他们并非完全没有察觉到毁灭的征兆，以及所有等待他们的事物的征兆。

他们梦着他们的河流。

梦着椰子树，梦着它们弯入河里，用椰子眼睛观看。轻轻滑过水面的船只，早晨逆流而上，傍晚顺流而下。也梦着船夫的竹竿敲击在发黑、上了油的船木时，发出的单调而沉重的声音。

那是温暖的。那河水，灰绿色，像有波纹的丝绸。

里面有鱼。

有天空和树。

晚上，有破碎的黄色月亮。

当他们厌倦了等待时，晚餐的气味爬出窗帘，从海后旅馆的窗子飘出去，在充满晚餐气味的海上飘荡，直至夜尽天明。

时间是一点五十分。

5　神的家乡

几年后，当瑞海儿回到那条河流时，它以一个鬼魅的骷髅的微笑迎接她，没有牙齿，只剩了窟窿；以一只从医院病床举起的瘫软的手迎接她。

两件事情发生了。

河流缩小了，而她长大了。

在下游，为了获得具有影响力的稻农游说集团的支持票，一个咸水堰坝被建造起来了。阿拉伯海淤水处的咸水会流入这条河流，堰坝调节着咸水的流入。因此，他们现在一年可以收成两次，而不是一次，得到了更多稻米，但牺牲了河流。

尽管是六月，而且下着雨，但现在的河流不过是一条膨胀的排水沟，一条细细的浊水缎带。水疲惫地舔着两边的泥岸，偶尔会看到一条银色的死鱼点缀其中，而河水被一种多汁液的杂草阻塞了。覆有柔毛的棕色草根波动着，如同水面下的微细触毛，青铜色翅膀的水雉走过河流，八字脚，小心翼翼。

河流曾经具有唤起恐惧和改变生命的力量。但是现在，它的牙齿被拔去了，它的精神耗尽了，它只是一条将恶臭的垃圾送往大海的迟钝、多泥的绿色带状草地。鲜艳的塑胶袋被风吹起，吹过它湿而黏、多杂草的表面，像飞起来的亚热带花朵。

曾带领沐浴者进入水里、曾带领渔夫去捕鱼的石级已经完全暴露出来了，无法再带领任何人去到任何地方，就像一座没有纪念任何事物的纪念碑，一座用承材支撑的愚蠢的纪念碑。羊齿植物从裂缝中伸展出来。

在河流对岸，陡峭的泥岸骤然变成了简陋小屋的矮泥墙，孩子们蹲在墙边缘，直接将排泄物排到暴露的河床上那些吱喳作响、具吸吮力的泥巴中。较小的孩子让他们滴下的芥末条去寻找通往下面的路径。最后，到了晚上，河流会醒来，接受白日的奉献，带着泥泞流向海洋，在后面留下厚厚的白色浮渣构成的波状线。在上游，干净的母亲以纯粹的工厂废水洗衣服和壶罐。人们在那儿沐浴，被水切断的躯干擦着肥皂，像稀薄、摇摆的带状草地上的黑色半身像。

在微热的日子里，粪味自河面上升，像一顶帽子般地笼罩着阿耶门连。

在离开河流更远，但仍然在对岸的地方，一间连锁经营的五星级旅馆买下了"黑暗之心"。

人们再也无法从河流接近"历史之屋"（在那儿，脚趾甲坚硬、有地图气息的祖先喃喃低语着）。现在，它已背弃了阿耶门连。旅馆的客人直接从科钦搭渡船渡过淤水处，他们乘快艇抵达，在水中画出 V 形泡沫，留下薄薄的一层七彩汽油。

从旅馆看出去的景色十分美丽，但是在此，水亦是混浊而有毒的。有人已经在那儿竖立了一个告示牌，牌片上以独具风格的字体写着：不准游泳。他们建造一道高墙，挡住贫民区，阻止他人侵入卡利赛普的地产，至于那恶臭，他们却束手无策。

但是他们有一个可以游泳的游泳池，而他们的菜单上有新鲜的唐杜里 ① 鲳鱼，以及薄烙饼。

树仍然是绿的，天仍然是蓝的，这解释了某些事情。因此，他们继续去宣传这个臭气呛鼻的乐园——在广告小册子里，他们称它为"神的

---

① 唐杜里（tandoori），是一种烹饪法，使用泥炉和木炭。

地方"。这些聪明的旅馆业者知道，这臭气就像他人的贫穷一样，仅仅是一个逐渐习惯的问题，一个关于纪律、关于艰苦和空调的问题。如此而已。

卡利赛普的房子已经修缮过，上了新漆，成了装饰复杂的综合体建筑的中心。它和人工运河及连接两地的桥梁交叉，小船在水上浮动。它是殖民地时代的老平房，有深入的阳台和多利斯式圆柱，它被较小、较古老的木屋包围着。这些木屋是老祖先传下来的，连锁旅馆从古老的家族手中买下它们，并将它们移植到"黑暗之心"。这些古老的房子是供富有的观光客玩赏的历史，以顺从的姿势被放置在"历史之屋"周围，像约瑟梦中的稻束，像一群急切地向英国行政首长请愿的本地居民。旅馆被叫作"遗产"。

旅馆业者喜欢告诉他们的客人，最古老的木屋有一间密闭的嵌板储藏室，它所储的米是一支军队一年的口粮，而且它是南布迪里巴德同志祖先的家。他们向不知者解释："南布迪里巴德是喀拉拉的伟大人物。"和房子一起买来的家具和小饰物被展示着。一把芦苇伞、一张柳条长椅、一个木制嫁妆箱。这些东西被贴上教育性的告示牌："传统喀拉拉雨伞"和"传统新娘嫁妆"。

因此，历史和文学被商业征召了，库尔兹和卡尔·马克思手牵手迎接步出船的富有观光客。

南布迪里巴德同志的老房子被当作旅馆的餐厅。在此，穿着泳衣、被太阳晒得半黑的观光客啜饮着装在贝壳里的嫩椰子汁，而老共产党员现在是穿着鲜艳的民族服装、善于摇尾乞怜的服务生，微弯着腰站在饮料盘后面。

晚上，为了见识当地的文化特色，观光客被带去观赏缩短的卡沙卡里舞表演。（旅馆人员向舞者解释说："观光客无法长时间专注于他们的表演。"）因此，古老的故事瓦解了，被锯手截足了，六个小时的古典舞剧被砍成二十分钟的精彩小品。

表演的地点是在游泳池畔。当鼓手打着鼓，而舞者跳着舞时，旅馆的观光客和他们的孩子在水里嬉戏。当康帝在河畔向卡那泄露她的秘密时，恋爱中的男女相互涂抹防晒油。当父亲和他及笄的十几岁女儿玩升华的性游戏时，普莎娜以她有毒的乳房哺育小克利希那，而毕玛将杜夏沙那剖腹取肠，并且以他的血洗涤德洛帕蒂的头发。①

在"历史之屋"的后阳台，一队"非贱民"警察曾在那儿聚集，而一只充气鹅曾在那儿爆裂开来。然而现在，这里已经被围起来，变成十分通风的旅馆厨房。现在，这里所发生的最糟的事莫过于他们的烤肉串和焦糖乳蛋糕。"恐怖"已经过去了，被食物的气味征服了，因厨子的营营声而静寂了：愉快地切姜和大蒜的声音、杀小型哺乳动物（猪和山羊）的声音、将肉切成小方块的声音，以及刮鱼鳞的声音。

某种东西被埋在地里，被埋在草下，被埋在二十三年的六月之雨下。

一个渺小、被遗忘的东西。

这个世界不会怀念的东西。

一只画上时间的塑胶儿童表。

表上的时间是一点五十分。

一群孩子跟着瑞海儿漫步。

"哈啰！嬉皮！"他们说，时间晚了二十五年，"你叫什么名字？"

然后有人向她丢一小块石头，于是，她的童年逃跑了，不断挥动它细瘦的臂膀。

在回家的路上，绕着阿耶门连房子的瑞海儿出现在大路上。这儿，

① 这些故事皆出自印度两大史诗之一——《摩诃婆罗多》(The Mahabharate)。

房子同样急遽增加，如雨后春笋；而阿耶门连之所以具有安静乡间的外貌，是因为那些屋子依偎在树下，而自大路岔出或通往大路的狭窄小径不适合汽车行驶。事实上，阿耶门连的人口已经膨胀到小镇的规模。在绿树脆弱的外表后面，住着可以在瞬间聚集起来的一群人；他们可以打死一个粗心大意的公车司机，可以击碎一辆敢在反对党总罢工日外出的汽车的挡风玻璃，可以偷宝宝克加玛的进口胰岛素和大老远从果塔延的"上等面包店"买来的奶油小圆面包。

在"幸运印刷厂"外面，皮莱同志站在界墙旁边，和墙另一边的人谈话。皮莱同志的臂膀交叉在胸前，手充满占有欲地抓住自己的腋窝，仿佛有人向他借东西，而他刚刚才拒绝。墙另一边的男人翻阅着塑胶袋里的一叠照片，勉强装出兴致勃勃的神情。那些大部分都是皮莱同志的儿子列文的照片。他住在德里，在那儿工作，负责荷兰和德国大使馆的油漆、水管和电方面的工作。

瑞海儿试图在不引起注意的情况下经过那儿，然而，如果她认为可以那样做，那么她就太愚蠢了。

"哎哟，瑞海儿·默尔！"皮莱同志说。他立即就认出她。"欧库尼利[①]？叔叔同志？"

"乌维尔[②]。"瑞海儿说。

她记得他吗？她记得。

这些问题和回答只不过是礼貌性的交谈开场白。她和他都知道，有些事情可以被遗忘，有些事情不能被遗忘，后者坐在布满灰尘的架子上，像目光邪恶的斜视的鸟类标本。

"我以为你目前在美国。"皮莱同志说。

"不是，"瑞海儿说，"我在这儿。"

---

① 欧库尼利（Orkunnilley）为"你记得我吗"之意。
② 乌维尔（Oower）为"是的"之意。

"是的，是的，"他似乎有些不耐烦，"但是我想，如果你没有在这儿，你会在美国，不是吗？"皮莱同志将交叉的手臂放下来。他的乳头从界墙顶端注视着瑞海儿，像一只忧伤的圣伯纳犬的眼睛。

"认得吗？"皮莱同志问那位拿着照片的男人，并且以下巴指着瑞海儿。

那人不认得。

"天堂果菜腌制厂的老克加玛的外孙女。"皮莱同志说。

那人看起来一脸困惑，显然是一个陌生人，而且不吃腌果菜。皮莱同志尝试另一种策略。

"普尼安昆如？"他问。安提阿的主教短暂地出现在天空中，并且挥动他枯萎的手。

拿着照片的男人开始明白了，并且猛烈地点头。

"普尼安昆如的儿子？班南·约翰·伊培？他曾住在德里？"皮莱同志说。

"乌维尔，乌维尔，乌维尔。"那人说。

"这是他的孙女儿，现在住在美国。"

当点头者理出瑞海儿的祖先系谱时，他又点头了。

"乌维尔，乌维尔，乌维尔，现在住在美国，不是吗？"那不是一个问题，而是一种纯粹的羡慕之情。

他隐约记得一个丑闻，细节已被遗忘，他只知涉及性和死亡。报纸曾报道这件事。在一阵短暂的沉默和另一连串微微点头之后，那人将那袋相片交给皮莱同志。

"好了，同志，我要走了。"

他必须去赶搭一辆公车。

"那么！"当皮莱同志将注意力像探照灯那样完全转向瑞海儿时，他的微笑变大了，他的牙龈呈现一种惊人的粉红色，那是他一生不妥协的素食主义的奖赏。你很难想象他这样的人曾是一个男孩，或曾是一个婴儿。他似乎一生下来就是一个中年人，发际线愈来愈往后退。

"默尔的丈夫呢？"他想知道。

"没有来。"

"有照片吗？"

"没有。"

"叫什么名字？"

"赖瑞·劳伦斯。"

"乌维尔，劳伦斯。"皮莱同志点头，仿佛表示同意，仿佛如果可以选择，那么赖瑞就是他会挑选的人。

"有孩子吗？"

"没有。"瑞海儿说。

"我猜仍在计划阶段，或者快生了？"

"都不是。"

"至少一定要有一个孩子，男孩或女孩都可以，"皮莱同志说，"但是两个当然是你的选择。"

"我们离婚了。"瑞海儿希望他惊吓得说不出话来。

"离——婚？"他把声调提得很高，使它在问号的地方破裂开来。

"那是最不幸的，"他在恢复过来之后说，而且为了某种理由，使用了非他特有的文绉绉的语言，"最不幸的。"

皮莱同志想到，这一代的人或许正在为他们祖先的资产阶级堕落付出代价。

一个发疯了，另一个离婚了，而且很可能不孕。

或许这是真正的革命。基督徒中产阶级已经开始自我毁灭了。

皮莱同志降低音量，仿佛有人在听，虽然周围并没有其他人。

"芒恩呢？"他以秘密的语气低声说，"他好吗？"

"很好，"瑞海儿说，"他很好。"

他很好，身材扁平，皮肤呈蜜色，用即将碎裂的肥皂洗衣服。

"艾唷帕凡^①，"皮莱同志轻声说，乳头在虚张的不安中垂下来，"可怜的家伙。"

瑞海儿心里想，他这样详细盘问她，却又完全忽视她的回答，究竟能够得到什么。显然他并不想从她那儿得知事实的真相，但是为什么他不至少表现出希望如此？

"列文现在在德里，"皮莱同志终于说出他想说的话，而且无法掩住他的骄傲，"在外国大使馆工作！"

他把玻璃纸袋递给瑞海儿。那些照片里的人物大部分是列文和他的家人。他的妻子、他的孩子，和他的新巴加伊速克达机车。在一张照片里，列文正和一个穿着体面、肤色粉红的男人握手。

"德国第一书记。"皮莱同志说。

在照片中，他们——列文和他的妻子——看起来神情愉快，仿佛他们的客厅里有一台新的冰箱，而且他们已经付了一间德里社区发展局的公寓的头期款。

瑞海儿记得是什么事件使她和艾斯沙将列文视为一个真正的人，而不只是他母亲纱丽上的另一个褶。那时她和艾斯沙五岁，而列文大约三四岁。他们在维吉斯·维吉斯医生^②的诊所碰面。维吉斯·维吉斯医生是果塔延首屈一指的小儿科医生，经常对孩童的母亲毛手毛脚。瑞海儿和阿慕及艾斯沙在一起（艾斯沙坚持要一起去），列文和她的母亲卡莉安在一起。瑞海儿和列文都在抱怨同一件事情——塞在他们鼻孔中的那个外来物。现在看起来这件事像是一个不寻常的巧合，但是在当时并非如此。政治，甚至潜伏在孩童选择的塞鼻物中，这真是奇怪。她，大英帝国昆虫学家的孙女儿；他，来自乡村的马克思主义党工人的儿子。

---

① 艾唷帕凡（aiyyo paavam），即后面的"可怜的家伙"。
② 维吉斯（Verghese）相当于英文的"乔治"（George）。

因此，她鼻子里的东西是一颗玻璃珠，而他鼻子里的东西则是一粒绿色的埃及豆。

候诊室里挤满了人。

在医生的帘幕后面，不祥的声音低语着，然后被受到伤害的孩童的号叫声打断。有玻璃击打在金属上所发出的叮声，以及沸水的呢喃和起泡声。一个小男孩正玩弄着墙上"医生在／医生不在"的告示木牌，让黄铜镜板滑上滑下。一个发烧的婴儿在母亲的胸膛里打嗝。转动缓慢的天花板电风扇将混浊、受到惊吓的空气切成一个无止境的涡状物，后者缓缓旋转到地板上，像一个无止境的被削掉的马铃薯皮。

没有人看杂志。

直接通往街道的门上挂着一个薄薄的门帘，门帘下面传来拖鞋的劈啪声，但不见人脚。那些因没有鼻子堵塞物者的喧嚣而无忧无虑的世界。

阿慕和卡莉安交换孩子。她们将孩子的鼻子往上推，让他们往后仰，并转向灯光，想看看是否一个母亲可以看到另一个母亲没有看到的东西。当她们没发现什么时，穿着像一部计程车的列文——黄色衬衫，黑色紧身短裤——重新回到他母亲穿着尼龙袜的大腿上（也重新拿起那包契克力兹糖果）。他坐在纱丽的花形图案上，从那个无法攻取的坚固位置不动情感地纵览四周的情况。他将左手食指深深插入他那尚未被占领的鼻孔里，然后吵闹地以嘴巴呼吸。他的头发整齐地侧分，并以阿尤维迪克油梳得油亮光滑。在医生看见他之前，他可以握着他的糖果，之后，他可以吃掉它。样样事情都将顺心如意。或许他年纪太小了些，无法知道候诊室的气氛加上帘幕后的尖叫，这些应该让他对于维吉斯·维吉斯医生产生一种健康的畏惧。

一只肩膀长有刚毛的老鼠在医生的诊疗室和候诊室橱子底部之间，做了几趟忙碌的来回穿梭。

一个护士在医生那扇挂着破烂门帘的门前出现了，然后又消失了。

她挥舞着奇怪的武器：一个小玻璃瓶，一块沾着血的长方形玻璃，一支装着起泡沫、后面被光照亮的尿液试管，一个装着煮过的针头的不锈钢盘。她的腿毛像缠绕的铁丝，被压在半透明的白色长袜里，那易坏的白色凉鞋的方形鞋底从内侧磨损，使一只脚朝另一只脚倾斜。她闪亮的黑发夹就像伸直身体的蛇那样，将浆过的护士帽夹在抹了发油的头上。

她的眼镜仿佛有老鼠过滤器，即使肩膀长有刚毛的老鼠从她脚边疾行而过，她也似乎没有看见。她以深沉如男人的声音叫出名字：尼南……库苏马拉沙……罗希尼……阿姆巴迪。她没有注意到惊慌的、成涡状旋转的空气。

艾斯沙的眼睛是受到惊吓的碟子。他被"医生在／医生不在"的告示牌催眠了。

瑞海儿心里涌起一阵惊慌。"阿慕，我们再试一次。"

阿慕以一手握住瑞海儿的后脑，以包着手帕的拇指堵住没有珠子的鼻孔。候诊室的每一双眼睛都注视着瑞海儿，那将是她一生中最精彩的表演。艾斯沙做出准备擤鼻涕的表情：前额起皱，深呼吸。

瑞海儿使出全部的力量。上帝，请你让它出来。她从脚底、从心底将鼻孔内的东西擤入她母亲的手帕里。

在急速喷出的鼻涕和轻松的感觉中，它出现了，一摊闪亮的黏液当中，有一粒淡紫色的小珠子，和珍珠贝里的一粒珍珠一样骄傲的小珠子。孩子们聚拢过来赞赏它。正在玩弄告示牌的男孩流露出轻蔑的神色。

"我可以轻而易举做那件事！"他宣布。

"试试看，你就会明白我要怎样赏你一巴掌。"他的母亲说。

"瑞海儿小姐！"护士大叫，并四下张望。

"出来了！"阿慕对护士说，"那东西出来了。"她举起皱巴巴的手帕。

护士不明白她的意思。

"没事了，我们要走了，"阿慕说，"珠子出来了。"

"下一位，"护士说，并且闭起那副装有老鼠过滤器的眼镜后的眼睛，（她告诉自己："一样米养百样人。"）"克鲁普！"

当面露轻蔑的男孩被他的母亲推入医生的诊疗室时，他发出一阵号叫。

瑞海儿和艾斯沙得意扬扬地离开诊所。小列文留在后面，等着维吉斯·维吉斯医生以冰冷的钢制器具来探索他的鼻孔，也等着他以其他较柔软的器具来探索他的母亲。

那是当时的列文。

现在他有一栋房子，一辆巴加伊速克达机车、一个妻子和一个孩子。

瑞海儿把那袋相片递还给皮莱同志，然后试图离开。"等一会儿。"皮莱同志说。他就像树篱里的一个暴露狂，以他的乳头来诱骗人，然后强迫人看他儿子的照片。他匆匆翻阅那些照片（"列文生活一分钟速展"的相片指南），直至最后一张。

"记得吗？"

那是一张旧黑白照片，是恰克用玛格丽特克加玛送给他作为圣诞节礼物的禄莱相机拍摄的。他们四个人都在里面。列文、艾斯沙、苏菲默尔和她自己，他们站在阿耶门连房子的前阳台上。在他们后面，宝宝克加玛的圣诞节饰物从天花板呈环状悬垂下来。一个硬纸板做成的星星被系在灯泡上。列文、瑞海儿和艾斯沙看起来就像在车灯之前受到惊吓的动物。膝盖挤在一起，微笑冻结在脸上，手臂紧紧贴住腹侧，胸膛旋转过来，好面对摄影师，仿佛身体转向一边站着是一种罪。

只有带着第一世界的自信和光彩的苏菲默尔，已经为她亲生父亲的相机准备好了一张面孔。她将眼睑翻转过来，使她的眼睛看起来像有粉红色脉络的肉花瓣（在黑白相片里变成灰色）。她戴着从甜莱姆的黄皮切割来的突出假牙，舌头从陷阱般的牙齿之间伸出来，而且末端装上了玛玛奇的顶针（她到达的那一天便将这顶针抢夺过来，并发誓，她在这个假期中都要戴着它喝东西）。她的双手各举出一支点燃的蜡烛，丁尼布喇叭裤的一脚往上卷，露出画着一张脸的雪白、瘦削的膝盖。照相前的几分钟，她才耐心地向艾斯沙和瑞海儿解释完他们很可能是私生子，以及私生子的真正意义（他们力图抗辩，反驳任何证据——相片、记忆）。这件事引发了一个关于性的描述，一个复杂、但不甚正确的描述。"明白了吗？他们所做的就是……"

这是在她死前数天才发生的事。

苏菲默尔。

　　用顶针喝东西的女孩。

　　在棺材里翻筋斗的女孩。

她搭乘孟买飞科钦的班机抵达，戴着帽子，穿着喇叭裤，而且从一开始就被大家所爱。

6　科钦的袋鼠

在科钦机场，瑞海儿的新灯笼裤有圆点花样，而且仍然十分干爽。他们已做了排练，今日好戏就要上演了，一整个星期的"苏菲默尔会怎么想"将进入高潮。

早晨在海后旅馆，前一晚曾梦着海豚和深邃碧海的阿慕，帮瑞海儿穿上她赴机场穿的那件起泡沫般的连身衣裙。在挑选瑞海儿的衣服时，阿慕的品位令人不解地越出常轨。一团僵硬的黄色花边，其上有银色的圆形小亮片，两边肩膀各有一个蝴蝶结，而加上饰边的裙子以硬粗布支撑着，使它能够向外展开。瑞海儿并不担心这件衣服和她的太阳眼镜实际上并不搭配。

阿慕拿出搭配的干爽灯笼裤给她。瑞海儿将手放在阿慕的肩膀上，爬入她的新灯笼裤里（先左脚，再右脚），然后，她在阿慕的两个酒窝上各亲吻一下（先左颊，再右颊）。裤子的松紧带"啪哒"一声轻轻弹在腹部上。

"谢谢，阿慕。"瑞海儿说。

"谢谢？"阿慕问。

"谢谢你送给我这一件新的连身衣裙和灯笼裤。"瑞海儿说。

阿慕笑了。

"不客气，甜心。"她说，但神色忧伤。

不客气，甜心。

　　瑞海儿心里的那只蛾举起一只多软毛的腿，然后又收回去，那只细小的腿是冰冷的。她的母亲少爱她一些了。

　　海后旅馆的房间散发着蛋和过滤咖啡的味道。

　　在去坐车子的途中，瑞海儿拿着装了自来水的老鹰牌真空热水瓶。老鹰牌真空热水瓶上有"真空老鹰"，它们的翅膀展开，爪上有一个地球。双胞胎相信，"真空老鹰"在白天看守着地球，在晚上则绕着热水瓶飞行。飞行时，它们安静如枭，翅膀顶着月亮。

　　艾斯沙穿着一件尖领的长袖红衬衫，以及一条黑色的紧身长裤。他的飞机头看起来十分利落，而且似乎流露着惊讶的表情，像被仔细搅拌过的蛋白。

　　艾斯沙说，瑞海儿穿上那件去机场穿的连身衣裙显得很愚蠢（我们必须承认，他的看法是有一些根据的）。瑞海儿打了他一巴掌，他也回打她。

　　他们在机场没有说话。

　　平常穿着芒杜的恰克现在穿着一套可笑的紧身西装，脸上挂着一个灿烂的微笑。阿慕拉直他那条不对劲、歪向一边的领带。它看起来像是已经吃了早餐，而且感到心满意足的样子。

　　阿慕说："我们的'大众之人'突然碰上什么事情了？"

　　但她说话的时候露出酒窝，因为恰克是那样兴高采烈，那样快乐。

　　恰克没有打她一巴掌。

　　所以她没有回打他。

　　恰克在海后的花店买了两朵红玫瑰，而且小心翼翼地握着那两朵花。

　　用他肥胖的手握住它们。

　　温柔地握住它们。

由喀拉拉观光发展公会所经营的机场商店里，挤满了印度航空公司大君像（大、中、小号）、檀香木刻成的大象（大、中、小号），卡沙卡里舞者的混凝纸面具（大、中、小号）。令人生腻的檀香气味和细绒圈布下的腋窝（大、中、小号）的气味悬浮在空中。

下机旅客休息厅里有四个和实物一样大的水泥袋鼠，袋鼠身上有写着"使用我"的水泥腹袋，腹袋里的东西不是小袋鼠，而是烟蒂、火柴棒、瓶塞、花生壳、压绉的纸杯和蟑螂。

槟榔汁溅在袋鼠的腹部，像新的伤口。

机场的袋鼠以红嘴巴微笑。

它们的耳朵有粉红色的边。

如果你按它们，或许它们会以空洞的电池声叫"妈妈"。

当苏菲默尔的飞机出现在孟买至科钦航线的天蓝色天空时，群众挤向铁栏，要更清楚地观看这一切。

下机旅客休息厅里充满了爱和急切的心情，因为所有自国外返乡者都搭乘了孟买飞科钦的班机。

他们的家人来接他们，从喀拉拉各地，搭长途巴士。从兰尼、从库米利、从维吉尼安姆、从乌沙富尔。其中一些人在机场搭帐篷过夜，而且自己带来食物，回程则吃炸木薯条和菠萝蜜布丁。

他们全都在那儿——耳聋的老奶奶、患关节炎的坏脾气老祖父、日益憔悴的妻子、诡计多端的叔伯、拉肚子的孩童、将重新被评估的未婚妻、仍然在等待沙特阿拉伯签证的教师的丈夫、等待嫁妆的教师的丈夫的妹妹、电线工人的怀孕的妻子。

"大半是清洁工阶级①。"宝宝克加玛绷着脸说，并且望向别处，因为一个母亲由于不肯放弃铁栏旁边的"好位置"，所以让她婴儿的"小

———————

① 指打扫排水沟、厕所等的贱民。

鸟儿"伸入一个空瓶里，而婴儿微笑着，并且向周围的人挥手。

"嘶——"他的母亲催他小便，先是循循善诱，然后就变得粗声粗气了。但是她的孩子以为自己是教皇。他微笑、挥手、微笑、挥手，而他的"小鸟儿"在一个瓶子里。

"别忘了你们是印度的大使，"宝宝克加玛告诉瑞海儿和艾斯沙，"他们对于这个国家的第一个印象来自你们。"

异卵双胞胎大使。"骨盆"大使和"竹节虫"大使阁下。

僵硬的花边连身衣裙和系着"东京之爱"的喷泉，使瑞海儿看起来像是品位极差的机场仙女。她被潮湿的臀部包围（像她在黄色教堂举行的葬礼中那样），也被狰狞的渴慕情结包围。她祖父的那只蛾在她心上。她转过身，不再面对天蓝色天空中那只载着她表姐的尖叫的铁鸟。然而她所能看到的就是：摆出鲜红微笑的红嘴袋鼠，带着它们的水泥身体走过机场的地板。

　　先脚跟再脚趾。
　　先脚跟再脚趾。

长长的扁平足。

机场的垃圾在它们的婴儿袋里。

最小的一只伸长脖子，像英国电影里的人物在下班后松开领带时那样。身高中等的那一只在腹袋中搜索一根可以抽的长烟蒂，但是在一个模糊的塑胶袋里找到一个老腰果，然后像啮齿动物那样，用前排牙齿啃那腰果。大的那一只摇动写着"喀拉拉观光发展公会欢迎你"的直立式告示牌，牌上有一个正在做合十礼的卡沙卡里舞者。另一个没有被袋鼠摇动的告示写着："岸海料香的度印到来迎欢。"

瑞海儿大使急切地穿过人群，来到她哥哥及大使同事那儿。

艾斯沙，看！看！艾斯沙，看！

艾斯沙大使不愿看，不想看。他看着飞机颠簸地着陆，他的身上挂着装有自来水的老鹰牌热水瓶，心里则仍然是那种上下起伏的感觉：卖橘子饮料和柠檬饮料的男人知道上哪儿找他。阿耶门连的工厂，在米那夏尔河的河岸。

阿慕带着她的手提包观看着。

恰克带着他的玫瑰花观看着。

宝宝克加玛带着她脖子上凸出的痣观看着。

然后，孟买至科钦班机的乘客出来了。从凉凉的空气中出来，进入热热的空气里。仪容不整的人在前往下机旅客休息厅的途中整理仪容。

他们来了，那些返国者，穿着免烫的套服，戴着红色的太阳眼镜，充满贵族气派的旅行箱将结束恼人的贫困；以稻草作屋顶的屋子将有水泥屋顶，父母的浴室将有热水器。他们带来下水道系统和污水净化槽，带来马克西斯和高跟鞋，带来蓬蓬袖和唇膏，带来密克西牌研磨机和相机的自动闪光装置。他们将有钥匙可以数，有橱子可以锁，将吃到渴望了许久不曾品尝的木薯和加椰子的煮鱼。他们心中将涌起一股爱，以及些许羞耻，因为他们看到来接他们的家人竟然如此……如此……粗俗笨拙。看看他们的穿着！当然他们有更像样的接机衣服！为什么说马拉亚拉姆语的人有这么糟的牙齿？

而机场本身！说它是当地的公共汽车站还更恰当，建筑物上有鸟屎！噢！袋鼠身上有唾液痕迹！

啊！印度！真是潦倒落魄。

当搭长途巴士来到机场，并在那儿过夜的人遇上那股爱和那些许羞耻时，小小的裂痕便出现了。然后，那裂痕愈变愈大，在察觉之前，归国者已被困在"历史之屋"外面了，并且重新做着他们的梦。

然后，在那儿，在免烫的套服和闪亮的行李箱当中，苏菲默尔出现了。

以顶针喝东西的女孩。

在棺材里翻筋斗的女孩。

她走在跑道中，发间散发着伦敦的气息，黄色喇叭裤的底端在足踝周围往后翻动，长发自草帽下流泻出来，一只手在她母亲手里，另一只手则像士兵的手那样摆动着（左，左，左右左）。

> 有一个
> 小女孩，
> 她个儿高
> 纤细
> 而美丽。
> 她的头发，
> 她的头发
> 有细致的
> 赤黄色泽（左左，右）
> 有一个
> 小女孩——

玛格丽特克加玛叫她停止那样摆动。

所以她停止摆动。

阿慕说："你可以看到她吗？瑞海儿。"

她转过头来，发现她穿着干爽灯笼裤的女儿正和水泥袋鼠做心灵沟通。她走过去，边责骂她边带她过来。恰克说，他不能让瑞海儿坐在他的肩膀，因为他手里已经有东西了。两朵红玫瑰。

他以肥胖的手握着它们。

他温柔地握着它们。

当苏菲默尔走入下机旅客休息厅时，被兴奋和愤怒击垮的瑞海儿紧紧掐着艾斯沙，他的皮肤在她的指甲之间。艾斯沙用他的双手以各种不同的方式拧她手腕上的皮肤。她的皮肤出现一圈红痕，而且很疼，像一个中国式手镯。以舌头舔那些条痕时，她尝到了咸味。她手腕上的唾液是冰凉的、令人觉得舒服的。

阿慕没有注意到。

在隔开接机者和下机者，迎接者和被迎者的高铁栏的另一边，喜形于色的恰克挣开西装和歪向一边的领带的束缚，向他的新女儿及前妻鞠躬。

艾斯沙在心里说："鞠躬。"

"哈啰，女士们，"恰克用他朗诵的声音说（昨晚他用这声音说"爱、疯狂、希望、无尽的喜悦"），"旅途还愉快吧？"

空气中充满了思绪和欲说之言。但是在这样的时刻，他们只会说一些琐屑的话，把重要的话藏在心里，不说出来。

"说'哈啰'和'你们好吗'。"玛格丽特克加玛对苏菲默尔说。

"哈啰，你们好吗？"苏菲默尔隔着铁栏，特地对每个人说道。

"一朵给你，一朵给你。"恰克拿着玫瑰花说。

"谢谢？"玛格丽特克加玛对苏菲默尔说。

"谢谢？"苏菲默尔对恰克说，模仿她母亲的疑问语气。玛格丽特克加玛因她的无礼而微微摇动她的身子。

"不客气，"恰克说，"现在让我介绍大家。"他这样做主要是为了旁观者和窃听者，因为玛格丽特其实并不需要介绍："我的妻子，玛格丽特。"

玛格丽特微笑着，并且朝恰克挥动她的玫瑰。前妻，恰克！她做出那几个词的唇形，但没有说出声来。

任何人都可以看出，恰克是一个骄傲而快乐的男人，因为他有一个像玛格丽特这样的妻子，一个白人，穿着一件有花形图案的印染布洋装，下面露出腿，背部有棕色的背斑，手臂有臂斑。

然而，她周围的气氛却是忧伤的。在她眼中的笑意后面，忧伤是一种鲜明而闪亮的蓝，而造成这忧伤的原因，是一场不幸的车祸，宇宙中一个形状如乔的洞。

"哈啰，你们大家，"她说，"我觉得我已认识你们许多年了。"

哈啰，墙壁。

"我的女儿苏菲。"恰克说，并且发出一阵轻微的、紧张的、显示忧虑的笑声，因为玛格丽特克加玛可能会说："前任女儿。"但是她并没有这样说。那是一种易懂的笑声，不像卖橘子饮料和柠檬饮料的男人所发出的笑声，那种艾斯沙无法了解的笑声。

"哈啰。"苏菲默尔说。

她比艾斯沙高，块头也比他大。她的眼睛是那种接近蓝色的灰蓝色，苍白的皮肤则是海边沙子的颜色，但是她戴着帽子的头发是美丽的、暗红棕色的。而且，是的（啊！是的！），她的鼻子将长成帕帕奇的鼻子，一个大英帝国昆虫学家的鼻子，一个爱蛾者的鼻子。她带着她喜爱的英国制的时髦袋子。

"阿慕，我的妹妹。"恰克说。

阿慕向玛格丽特克加玛说了句成人式的"哈啰"，向苏菲默尔说了个孩童式的"哈—啰"。瑞海儿以锐利的目光注视着，试图评估阿慕有多么爱苏菲默尔，但是她评估不出。

笑声在下机旅客休息厅里此起彼落，像一阵微风，阿杜尔·巴西——马拉亚拉姆语电影中最受欢迎、最为人喜爱的喜剧演员——刚刚到达了（同样搭乘孟买飞科钦的班机）。由于他带着许多不知如何处理的小包裹，而大众又不怕难为情地奉承他，所以他觉得必须做一番表演。他不断地丢下包裹，并且说："我的天，这些东西！"

艾斯沙发出一阵响亮、愉快的笑声。

"阿慕，看！阿杜尔·巴西正在丢东西！"艾斯沙说，"他甚至带不动他那些东西！”

"他是故意那样做的，"宝宝克加玛以一种奇怪的新英国口音说，"别管他！"

"他是一个电影演员（filmactor）。"她向玛格丽特克加玛和苏菲默尔解释，使阿杜尔·巴西听起来像是一个偶尔做 fil 的 mactor①。

"只是想引人注目。"宝宝克加玛说，并且断然拒绝分心。

但是宝宝克加玛错了。阿杜尔·巴西不是在试图引人注目，只是在试图理所当然地接受他已吸引来的注意力。

"我的姑妈，宝宝。"恰克说。

苏菲默尔觉得很困惑，以充满兴趣的晶亮眼睛注视着宝宝克加玛。她知道牛宝宝、狗宝宝、熊宝宝……是的。（很快地她就会向瑞海儿指出一只蝙蝠宝宝。）但是"姑妈宝宝"令她百思不解。

宝宝克加玛说"哈啰，玛格丽特"，以及"哈啰，苏菲默尔"。她说苏菲默尔美丽得令她想起一个森林小精灵，令她想起艾莉儿。

"你知道艾莉儿是谁吗？"宝宝克加玛问苏菲默尔，"《暴风雨》中的艾莉儿？"

苏菲默尔说她不知道。

"'蜜蜂在哪儿吸花蜜，我也在哪儿吸花蜜'？"宝宝克加玛说。

苏菲默尔说她不知道那是什么。

"'我躺在野樱草的钟形花朵里'？"

苏菲默尔说她不知道那是什么。

"莎士比亚的《暴风雨》？"宝宝克加玛继续问。

当然这一切主要是为了向玛格丽特克加玛宣告她自己的身份，为了

---

①　在马拉亚拉姆语里，前一字的尾音常常和后一字的首音合在一起，在此，宝宝克加玛在说 filmactor（电影演员）这个字时，依说马拉亚拉姆语的习惯将 film-actor 说成 fil-mactor。

区分她自己和"清洁工阶级"。

"她在炫耀自己。""骨盆"大使向"竹节虫"大使耳语。瑞海儿大使的吃吃笑声变成一个蓝绿色泡沫逃逸了，然后在机场的热空气中爆炸。"啪嗒"就是它所制造的声音。

宝宝克加玛看见了，而且也知道是艾斯沙惹起的。

"现在我来介绍大人物，"恰克说（仍然使用他的朗诵声音），"我的外甥，艾斯沙本。"

"猫王艾尔维斯·普雷斯利，"宝宝克加玛报复性地说，"我想我们这儿的人恐怕有些落后。"每个人都看着艾斯沙，然后哈哈笑。

一种愤怒的情绪从艾斯沙大使的灰褐色尖头鞋鞋底涌上来，然后停留在他的心脏四周。

"你好，艾斯沙本。"玛格丽特克加玛说。

"很好，谢谢你。"艾斯沙的声音带着愠怒。

"艾斯沙，"阿慕怜爱地说，"当别人对你说'你好'，你应该回答'你好'，而不是'很好，谢谢你'，现在，赶快说'你好'。"

艾斯沙大使看着阿慕。

"说呀！"阿慕对艾斯沙说，"说'你好'！"

艾斯沙困倦的眼睛是顽固的。

阿慕以马拉亚拉姆语说："你听见我说的话吗？"

艾斯沙大使感觉一双接近蓝色的灰蓝色眼睛正注视着他，感觉一个大英帝国昆虫学家的鼻子正对准他。他身体里面没有"你好"这个东西。

"艾斯沙本！"阿慕说，一种愤怒的情绪从她里面涌上来，然后停留在她的心脏四周，一种远远超越实际所需的愤怒。她觉得这种在她管辖权范围内所发生的公然反抗使她受到屈辱。她希望她的孩子表现得体、没有瑕疵，希望他们在印度对英国的举止竞赛中获胜。

恰克以马拉亚拉姆语对阿慕说："拜托，稍后，不要现在。"

而阿慕那双注视着艾斯沙的愤怒眼睛说："好，稍后。"

于是"稍后"变成一个骇人的、具威胁性的、令人起鸡皮疙瘩的话。

稍——后。

就像一个响声深沉的铃在一口布满苔藓的井里，颤抖着。它覆有柔毛、就像蛾的脚。

一场出了差错的表演，就像多雨水的季风时节里的腌果菜。

"而这是我的外甥女，"恰克说，"瑞海儿在哪儿?"他四下张望，但是看不到她。由于无法应付生命中反复无常的变化，瑞海儿大使将自己像一条香肠般地缠在肮脏的机场窗帘里，而且不愿解开纠缠。一条穿着巴塔凉鞋的香肠。

"别管她，"阿慕说，"她只是想引人注意。"

阿慕也错了。瑞海儿正试图不要吸引她应得的注意力。

"哈啰，瑞海儿。"玛格丽特克加玛对着肮脏的机场窗帘说。

"你好。"肮脏的窗帘嗫嚅着说。

"你不出来说'哈啰'吗?"玛格丽特克加玛以学校老师的亲切声音说。（像密顿小姐在看到他们眼中有撒旦之前的声音。）

瑞海儿大使不愿从窗帘里出来，因为她不能出来，而她不能出来是因为她无能为力，因为一切事情都不对劲，而且很快地，她和艾斯沙就必须面对"稍后"了。

全是长着软毛的蛾和冰冷的蝴蝶。还有响声深沉的铃，以及苔藓。

以及一只枭。

肮脏的机场窗帘是一个很好的慰藉，是黑暗和盾牌。

"别理她。"阿慕说，并且绷着嘴巴微笑。

瑞海儿的心里充满了石磨，有接近蓝色的灰蓝色眼睛的石磨。

现在阿慕更加不爱她了，而且恰克必须面对实际问题了。

"行李来了！"恰克快活地说，很高兴能够走开，"来吧！小苏菲，我们去拿行李吧！"

小苏菲。

艾斯沙看着他们沿扶手走去，看着他们从闪开的群众当中穿过去，恰克的西装、歪向一边的领带和他具爆发性的举止使他们觉得受威胁，而他的大肚皮则使他看起来仿佛一直在爬坡，仿佛一直以乐观积极的态度爬着陡峭而滑溜溜的生命斜坡。他走在扶手的这一边，玛格丽特克加玛和苏菲默尔走在另一边。

小苏菲。

戴着帽子和佩戴肩章的看守员也受到恰克的西装和歪斜领带的威胁，容许他进入行李认领区。

当他们之间的扶手消失时，恰克吻玛格丽特克加玛，然后抱起苏菲默尔。

"我上一次这样做时，你把我的衬衫尿湿了。"恰克说，并且笑了。他不断地拥抱她，吻她那双接近蓝色的灰蓝色眼睛，吻她那只昆虫学家的鼻子，吻她那戴着帽子的红棕色头发。

然后苏菲默尔对恰克说："嗯……对不起？你认为现在可以放我下来了吗？我，嗯……我不习惯被人抱。"

因此恰克将她放下来。

艾斯沙（以他顽固的眼睛）看到恰克的西装突然变松了，不像要爆裂开来了。

当恰克拿了行李时，在挂着肮脏窗帘的窗边，"稍后"变成了"现在"。

艾斯沙看到宝宝克加玛颈上的痣如何舐着它周围的肉，并且因预料到有趣的事即将发生而跳动着。得儿—嘟，得儿—嘟。它不断变化着颜色，像一只变色龙。得儿—绿色，得儿—蓝黑色，得儿—芥末黄。

将拿双胞胎
来换茶。

"好了，"阿慕说，"够了，你们两个。出来，瑞海儿！"

在窗帘里面，瑞海儿闭起眼睛，想着绿色的河流，想着在河水深处安静游动的鱼，想到阳光下蜻蜓薄纱般的翅膀（它们可以看到翅膀后的事物）。她想到维鲁沙为她做的那根最幸运的渔竿，有一个浮子的黄色竹竿。每一次，一条愚蠢的鱼来探询时，浮子总是会沉入水里。她想到维鲁沙，并且希望和他在一起。

然后，艾斯沙解开她。水泥袋鼠观看着。

阿慕注视他们，除了宝宝克加玛颈痣的跳动声之外，空气是安静的。

"那么？"阿慕说。

而那的确是一个问话。那么？

但是没有人回答。

艾斯沙大使低下头，看到他的鞋是灰褐色的，而且是尖头的（愤怒从那儿涌上来）。瑞海儿大使低下头，看到她巴塔凉鞋内的脚趾正试图离开脚，它们抽动着，想去加入别人的脚，而她无法阻止它们。很快地她就会失去脚趾了，而且会被绑上绷带，像铁道旁那位麻风病患者。

"如果你们，"阿慕说，"我是当真的，如果你们再公开反抗我，我一定会把你们送到一个可以'好好地'学习规矩的地方。听清楚了没？"

当阿慕真的生气时，她总是说"好好地"。"好好地"是一口深井，里面有哈哈大笑的死人。

"听清楚了没?"阿慕又说一次。

害怕的眼睛和一道喷泉回看着阿慕。

困倦的眼睛和吃惊的飞机头回看着阿慕。

两个头点了三次。

是的,听清楚了。

但是宝宝克加玛感到非常不满意,因为一个如此大有可为的情势竟然这般草草收场。她仰起头。

"好像他们明白了似的!"

好像!

阿慕转向她,而她的转头代表一个疑问。

"那是没有用的,"宝宝克加玛说,"他们狡猾、粗野、爱骗人,而且愈来愈无法无天,你管不了他们。"

阿慕又转向艾斯沙和瑞海儿,她的眼睛是两颗模糊不清的宝石。

"每个人都说孩子需要爸爸,我说不需要,我的孩子不需要爸爸,你们知道为什么吗?"

两个头点了一下。

"那么,告诉我吧!"阿慕说。

艾斯沙本和瑞海儿说(不是同时,但几乎是同时):

"因为你是我们的阿慕和爸爸,你以双重的爱爱我们。"

"不只是双重,"阿慕说,"所以,记得我告诉你们的话,人的感情是很珍贵的,当你们公开反抗我时,每个人都会留下错误的印象。"

"你们是多么罕见的大使啊!"宝宝克加玛说。

骨盆大使和竹节虫大使垂下头。

"还有一件事情,瑞海儿,"阿慕说,"我想这正是你该学习分辨'干净'和'肮脏'的时候,特别是在这个国家。"

瑞海儿大使低下头。

"你的衣服很'干净'——原本很干净,"阿幕说,"但是窗帘是'肮脏'的，那些袋鼠是'肮脏'的，你的手是'肮脏'的。"

阿慕那么大声地说出"干净"和"肮脏"，仿佛她正在对聋子说话，使瑞海儿感到害怕。

"现在，我要你们规规矩矩地去说'哈啰'，"阿慕说，"你们去不去？"

两个头点了两次。

艾斯沙大使和瑞海儿大使走向苏菲默尔。

"你想人们被送到什么地方去'好好地'学习规矩？"艾斯沙轻声问瑞海儿。

"被送到政府那儿。"瑞海儿轻声回答，因为她知道。

"你好。"艾斯沙大声对苏菲默尔说，好让阿慕能够听见。

"就像一个佩士可以买两颗的糖果。"苏菲默尔轻声对艾斯沙说。这是她从学校一个巴基斯坦同学那儿学来的。

艾斯沙看着阿慕。

阿慕的表情说，只要你做对了，就不必管她。

在走过机场停车场时，炎热的天气爬入他们的衣服里，弄湿了干爽的灯笼裤，孩子们落在后面，在停着的汽车和计程车之间穿梭前进。

"你们的妈妈打你们吗？"苏菲默尔问。

由于不确定这句话的动机何在，所以瑞海儿和艾斯沙没有说什么。

"我妈妈打我，"苏菲默尔带着诱惑的语气说，"她甚至打我耳光。"

"我们的妈妈不会那样做。"艾斯沙说。他对阿慕忠心耿耿。

"真幸运。"苏菲默尔说。

幸运的富家子弟，有零用钱，有祖母的工厂可以继承，无忧无虑。

他们经过正在进行象征性一日绝食罢工的第三等机场工人工会的成员，经过正在观看第三等机场工人工会的成员进行象征性一日绝食罢工的人们。

也经过正在观看那些正在观看罢工者的人们。

一棵大榕树上有一个小马口铁告示牌，牌上写着："性病患者或有性问题者，请洽万事如意医生。"

"这世上你最爱谁？"瑞海儿问苏菲默尔。

"乔，"苏菲默尔毫不犹豫地说，"我的爸爸。他在两个月前死了，我们来这儿是想从这个打击中恢复过来。"

"但是恰克是你的爸爸。"艾斯沙说。

"他只是生了我，"苏菲默尔说，"乔是我的爸爸，他从来不打我，几乎不曾打我。"

"他死了怎能再打人？"艾斯沙合理地问。

"你们的爸爸在哪儿？"苏菲默尔想要知道。

"他在……"瑞海儿看着艾斯沙，要向他求救。

"他不在这儿。"艾斯沙说。

"要不要我告诉你我所爱之人的'名单'？"瑞海儿问苏菲默尔。

"如果你愿意的话。"苏菲默尔说。

瑞海儿的"名单"是一种在混沌中寻找秩序的尝试，她经常做修改，永远在爱和责任之间左右为难，因此，这个名单绝非她的情感的真正评断标准。

"首先是阿慕和恰克，"瑞海儿说，"然后是玛玛奇——"

"我们的外祖母。"艾斯沙说明。

"你爱她胜过爱你哥哥？"苏菲默尔问。

"我们没把他算在内，"瑞海儿说，"而且阿慕说，无论如何，他可能会改变。"

"你是什么意思？他会变成什么？"苏菲默尔问。

"变成一只男性沙文主义的猪。"瑞海儿说。

"不太可能。"艾斯沙说。

"不管怎样,在玛玛奇和维鲁沙之后就是——"

"维鲁沙是谁?"苏菲默尔想知道。

"我们喜爱的一个人,"瑞海儿说,"维鲁沙之后就是你。"

"我?你为什么爱我?"苏菲默尔问。

"因为你是我的表姐,所以我必须爱你。"瑞海儿恭敬地说。

"但是你甚至不认识我,"苏菲默尔说,"而且不管怎样,我并不爱你。"

"但是当你认识我之后,你就会爱我。"瑞海儿自信满满地说。

"我很怀疑。"艾斯沙说。

"为什么?"苏菲默尔说。

"因为,"艾斯沙说,"不管怎样,她极可能会变成一个侏儒。"

仿佛爱一个侏儒是完全不可能的事。

"我不会变成侏儒。"瑞海儿说。

"你会。"艾斯沙说。

"我不会。"

"你会。"

"我不会。"

"你会。我们是双胞胎,"艾斯沙向苏菲默尔解释,"但是你看看她比我矮多少。"

瑞海儿急切地深呼吸、挺胸,和艾斯沙背对背站在机场的停车场上,要让苏菲默尔看看她比艾斯沙矮多少。

"或许你会变成一个小矮人,"苏菲默尔提示,"小矮人比侏儒高,但是比……比人类矮。"

接下来的沉默是对这种妥协的不确定。

在下机旅客休息厅的门口,一个幽暗的、红嘴的、形状像袋鼠的侧面影像对着瑞海儿挥舞一只水泥爪，而且只对着她挥舞。水泥之吻飕飕地穿过空气，像小直升机。

"你们知道如何大摇大摆地走路吗？"苏菲默尔问。

"不知道，在印度，人们不会大摇大摆地走路。"艾斯沙大使说。

"嗯，我们在英国会那样走路，"苏菲默尔说，"所有的模特儿都那样走路，在电视上。看——简单得很。"

于是，在苏菲默尔的带领下，他们三个人大摇大摆地走过机场的停车场，左摇右晃，像时装模特儿，老鹰牌热水瓶和英国制的时髦袋子碰撞着他们的屁股。被汗浸湿的侏儒装成高个儿走路。

阴影跟在他们身后。蓝色教堂天空中的喷射机，像一束光里的蛾。

有尾翼的天蓝色普利茅斯对苏菲默尔摆出一个微笑，一个镀铬保险杠的鲨鱼的微笑。

一个天堂果菜腌制厂的车子的微笑。

当玛格丽特克加玛看到画着腌果菜瓶和列着天堂产品的车顶金属架时，她说："噢，天啊！我觉得自己好像上了广告！"她说许多次"噢，天啊"！

噢，天啊！噢，天啊噢天啊！

"我不知道你们做凤梨片！"她说，"苏菲默尔喜欢凤梨，是不是？苏菲？"

"有时喜欢，"苏菲说，"有时不喜欢。"

玛格丽特爬入广告车里，她有棕色的背斑和臂斑，穿着一件有花形图案的洋装，洋装下露出她的腿。

苏菲默尔坐在前面，在恰克和玛格丽特克加玛之间，只有她的帽子从车座上露出来。因为她是他们的女儿。

瑞海儿和艾斯沙坐在后面。

行李放在行李箱里。

Boot（行李箱）是一个可爱的字，Sturdy（健壮、结实）是一个可怕的字。

在艾杜玛努附近，他们经过一头死去的寺庙大象。它是被一条落到路上的高压线电死的。一个来自市政府的工程师正在督导大象尸体的处理工作。他们必须谨慎，因为他们的决定将作为未来政府处理所有厚皮动物尸体的一个先例——不是一件可以掉以轻心的事情。他们看到一辆消防车，以及几个慌乱的消防队员。市政府的官员拿着一个文件夹，而且时常吼叫。他们也看到一辆卖"喜乐冰激凌"的手拉车，以及一个以狭窄的圆锥形纸容器卖花生的男人，那纸容器是一项聪明的设计，顶多只能容纳八九粒花生。

苏菲默尔说："看，一头死大象。"

恰克停下来，问那头大象是否碰巧是"克朱松邦"（小长牙）——一个月来一次阿耶门连的房子吃一粒椰子的阿耶门连寺庙大象。他们说不是。

听到那是一头陌生的象，不是他们认识的象，他们都放心了，于是又继续驱车前进。

"谢谢上帝。"艾斯沙说，但是他以错误的发音说"谢谢"。

宝宝克加玛纠正他。

在途中，苏菲默尔学会辨认未经处理的橡胶飘来的第一阵恶臭，也学会捏紧鼻子，直至载运那些橡胶的卡车经过。

宝宝克加玛提议在车上唱歌。

艾斯沙和瑞海儿必须以顺服的声音唱英文歌，必须轻松而愉快地唱，仿佛他们没有被迫排练了一整个星期。骨盆大使和竹节虫大使。

永远在主里喜乐。

我再说一遍，喜乐。

他们的发音是完美的。

普利茅斯快速地冲过正午的绿色热气，推销着车顶上的腌果菜，以及尾翼上的天蓝色的天空。

就在阿耶门连外面，他们撞上了一只深绿色的蝴蝶（或者它撞上了他们）。

7 益智练习簿

在帕帕奇的书房里，裱装起来的蝴蝶和蛾已化成一小堆一小堆撒在玻璃展示盒底部的红色灰烬，让原本插住它们的大头针赤裸裸地留在那儿。真残忍。房间因菌类的存在和长久未被使用而散发着臭味。一个霓虹绿的旧呼啦圈挂在墙上的木钩上，像一个被遗弃的巨大圣人的光环。一行闪闪发亮的黑蚁爬过窗台，尾部往上翘，像巴斯比·伯克利歌舞剧中一排装模作样的歌舞女郎。在阳光下显出轮廓，光亮而美丽。

瑞海儿站在桌上的一张凳子上，在一个书橱里搜寻，书橱的玻璃片模糊而肮脏。地板的灰尘上有她清楚的赤脚脚印。这些脚印从房门延伸到桌子（被拖到书橱那儿），再延伸到凳子（被拖到桌子那儿，再被举到桌子上）。她在寻找一样东西。现在，她的生命有一个尺寸和形式。她的眼睛下面有半月，她的脑子里有一群侏儒。

在最上面的架子上有帕帕奇的那套《印度的昆虫财富》，书的皮革封面已经翘起来，卷曲如波状石棉。蠹鱼在书页中挖隧道，任意地从书中一种昆虫掘到另一种昆虫，将有系统的知识变成黄色的蕾丝。

瑞海儿在成排的书后面搜寻，然后找出她藏着的东西。

一个光滑的贝壳和一个尖头贝壳。

一个装隐形眼镜的塑胶盒子，一根橘色的吸量管。

一串有银色十字架的珠子——宝宝克加玛的念珠。

她将它对着阳光拿起来，每一粒贪婪的珠子都攫住它自己的那一份阳光。

一个阴影落下来，横跨在被阳光照亮的一块长方形书房地板上。瑞海儿带着她那串阳光转向门。

"想象一下，这东西仍然在这儿，我偷了它，在你被送走之后。"

这些话轻易地脱口而出。"被送走"。仿佛双胞胎生来就是要被借来和被送走的。像图书馆的书。

艾斯沙不愿抬头看，他的脑海里尽是火车。他挡住从门那儿照进来的光线。宇宙中一个艾斯沙形的洞。

在书后面，瑞海儿困惑的手指碰见了某样别的东西。另一个爱收集零碎东西者，也有相同的想法。她将它拿出来，用她衬衫的袖子拭去灰尘。那是一个用明净的塑胶套包起来，且以透明胶带粘住的扁平包裹，里面的一小张白纸上写着"艾斯沙本和瑞海儿"。那是阿慕的笔迹。

包裹里面有四本破烂的笔记本。笔记本的封面写着"益智练习簿"，也有供他们注明姓名、学校／学院、班级和科目的地方。两本笔记本上有她的名字，另两本则有艾斯沙的名字。

在一本笔记本的封底里有孩童的笔迹写出的东西。每一个费力写成的生硬字母，以及字和字之间不规则的空间，都充满了试图控制一支容易误入歧途的任性铅笔时所做的挣扎。然而那些字表达的想法却是清楚的。我恨密顿小姐，我想她的灯笼裤破了。

在笔记本前面，艾斯沙用口水涂掉他的姓，结果连带撕下了半张纸。在乱七八糟的纸上，他用铅笔写着"不详"——艾斯沙本·不详。（他暂时没有写下他的姓，因为阿慕正在她丈夫的姓和她父亲的姓之间做选择。）接下来的班级栏上写着"六年级"，接下来的科目栏上写着"写故事"。

瑞海儿叉着腿坐着（在桌上的凳子上）。

"艾斯沙本。"她说。她打开笔记本，大声读出来：

　　当尤耶西斯①回家时他的儿子来到他那儿说父亲我以为你不会回来了。许多王公贵族来到这里，而且每一个都想娶彼罗普②。但是彼罗普说能够将箭从十二个圆圈中射过去的人就可以娶我。每个人都失败了，然后穿着像乞丐的尤耶西斯来到王宫，他问是否可以让他试一试。每个人都嘲笑他，说如果我们做不到，你也做不到。尤耶西斯的儿子制止他们，说让他试一试，于是他拿起弓，将箭从十二个圆圈中射过去。

下面是前一个功课的纠正：
Ferus Learned Neither Carriage Bridge Bearer Fastened
Ferus Learned Neither Carriage Bridge Bearer Fastened
Ferus Learned Neither
Ferus Learned Neither

瑞海儿的声音末端卷曲成笑意。
"安全第一。"她宣布。阿慕以一支红笔在纸上由上而下画一条波状线，并且写上："空白边？还有，以后请用连笔书写。"

　　当我们走在镇子的路上时（讲求谨慎的艾斯沙写着），我们应该走在人行道上。如果你走在人行道上，没有车子会来撞你，但是在大路上有许多危险的车子，它们很容易会将你撞倒，让你失去知觉，或者变成一个跛子。如果你摔破了头或弄断了脊椎骨，那么你真是非常不幸。警察可以指挥交通，如此就不会有太多病人去医院。我们应该在告诉过售票员后才下车，否则我们会受伤，让医生

---

① 应该是"尤利西斯"，艾斯沙将 Ulysses 误拼成 Ulyesses。
② 应该是潘尼洛普，艾斯沙将 Penelope 误写成 Pen Lope。

们忙得不可开交。司机的工作是非常<u>要命的</u>他的家人想必非常担忧，因为司机很容易就死翘翘。

"病态的孩子。"瑞海儿对艾斯沙说。当她翻到下一页时，某种东西进入她的喉咙，拔出她的声音，将它摇落，然后再将它送回去，但它已失去末端的笑意了。艾斯沙的下一个故事是"小阿慕"。

使用连笔书写的 Y's 和 G's 的尾巴都卷起来，而且绕成圈。门口的影子静静地立着。

　　星期六，我们到果塔延的一家书店买一个礼物送给阿慕，因为她的生日是十一月十七日。我们给她买了一个日记本。我们将它藏在衣橱里，然后天色开始变黑了。然后我们说你想不想看看你的礼物她说是的我想看看我的礼物。我们在一张纸上写着：向小阿慕献上我们的爱。艾斯沙和瑞海儿敬上。我们把礼物给了阿慕，她说那真是一个可爱的礼物正是我想要的，然后我们谈了一会儿，我们谈论着日记然后我们给她一个吻，就上床睡觉了。

　　我们谈着话，然后就睡着了。我们做了一个小小的梦。过了一会儿，我起来，觉得很渴，就去阿慕的房间，说我很渴。阿慕给我水，我就要回到床上时，阿慕叫住我，说过来，跟我睡。因此我躺在阿慕的背后，和阿慕说话，然后就睡着了。过了一会儿，我又起来，于是我们又谈话，后来我们享受了一顿半夜的盛宴。我们吃橘子香蕉，喝咖啡。后来瑞海儿来了，我们又吃了两根香蕉，然后我们亲了阿慕一下，因为那是她的生日后来我们唱了生日快乐歌。隔天早上，阿慕送给我们新衣服，当作回礼。瑞海儿穿起来像一个大君之妻，而我穿起来像一个小尼赫鲁。

阿慕纠正了拼错的字，并且在文章下面写着：当我和别人谈话时，你只有在情况紧急时才可以打断我。当你这样做时，请说"对不起"。如果你违背这些教训，我会重重地惩罚你。请完成你的订正。

小阿慕。

她从来没有完成"她的"订正。

她必须收拾行李，然后离开，因为她没有"法律地位"，因为恰克说她已经造成了足够的伤害。

她带着哮喘和嘎嘎作响的胸腔回到阿耶门连，那声音听起来像远方一个人的叫喊。

艾斯沙从来没有看过她像那样。

狂暴、病魔缠身、忧伤。

阿慕最后一次回到阿耶门连时，瑞海儿刚刚被那萨勒修道院开除（因为她为牛粪装饰，并且冲撞她的学姐）。阿慕换过许多工作，现在她丢掉了最近的工作——一家便宜旅馆的接待员。这是因为她病了，许多天没有去上班。他们告诉她，旅馆无法负担这种情形，他们需要一个较健康的接待员。

在阿慕最后一次回到阿耶门连时，她和瑞海儿在她的房间共度那个上午。她以最后一次领来的微薄薪水为她的女儿买了小礼物，礼物以贴着心形彩色纸的棕色纸包起来。一包香烟形糖果、一个锡制的"幽灵"铅笔盒，以及《保罗·班扬》——一本给幼童看的经典漫画书。这些东西是给七岁孩子的礼物，而瑞海儿快十一岁了，阿慕仿佛相信，如果她拒绝承认时间的流逝，如果她凭着意志力让时间在她双胞胎的生命中停滞不前，那么时间真的可以停滞不前。仿佛纯粹的意志力就足以使她孩子的童年停止前进，直至她有能力让他们和她住在一起，然后，他们可以从停止的地方重新开始，从七岁开始。阿慕告诉瑞海儿，她也为艾斯沙买了漫画书，但是她将那本漫画书收起来，等到她找到另一份工作，并且能够赚足够的钱租一间供他们三人住在一起的房间，等到她去加尔各答将艾斯沙带回来，艾斯沙就可以拥有那本漫画书了。阿慕说，那一天并不是遥远无期，它随时会到来。很快房租就不成问题了。她说她已申请了一个联合国的工作，他们都将住在海牙，一个荷兰的"阿亚"（女仆）会照顾他们。或者，阿慕说，她可能会继续留在印度，做她一直在计划的事——创办一所学校。她说，在一个教育事业和一份联合国的工作之间做选择，并不是一件容易的事，但是他们该记得，她能够做一个选择就是一项很大的特权。

但是她说，在她做决定之前，她会暂时将艾斯沙的礼物收起来。

一整个早上，阿慕不停地说着。她问瑞海儿问题，但从来不让她回答。如果瑞海儿试着说话，阿慕会以一个新的想法或问题打断她。她似乎害怕她的女儿会说出什么成人的话来，让冻结的时间解冻。恐惧让她喋喋不休。她以她的饶舌制止它接近。

她因使用可的松而全身臃肿，脸变圆，不再是瑞海儿所认识的那个苗条的母亲了。在她肿起的脸颊上伸展开来的皮肤，就像遮住旧种痘疤的闪亮的疤痕组织。当她微笑时，她的酒窝看起来像是受了伤。她的鬈发已经失去了光泽，从她的肿脸垂下来，像晦暗的窗帘。她以她破手提包里的一个玻璃人工呼吸器呼吸——布朗发生器，每吸一口气就像战胜了一只试图从她的肺中挤出空气的钢铁拳头。瑞海儿看着她的母亲呼吸，每一次吸气时，她锁骨附近的凹处会变深，并且充满暗影。

阿慕将一团痰咳入她的手帕里，然后拿给瑞海儿看。"每一次吐痰，你都得检查。"阿慕以嘶哑的声音轻轻地说，仿佛痰是一张算术答案卷，而在交卷之前，她必须再检查一番。"如果痰是白的，这表示它还没有成熟；如果是黄的，它会有一种腐臭的气味，表示它已成熟了，准备被咳出来了。痰就像水果一样，有成熟的，有未成熟的。你必须能够分辨。"

吃完午餐时，她像卡车司机那样打嗝，并且以一种深沉、不自然的声音说："对不起。"瑞海儿注意到她的眉毛有新而浓密的毛发，长的毛发——像触须。当阿慕将干帝王鱼的肉自骨头拿起来时，她对餐桌四周的沉默微笑。她说她觉得自己就像一个被鸟拉了屎的路标，她眼中有一种怪异的、发热的光亮。

玛玛奇问她是否一直在酗酒，并且要她尽量少来看瑞海儿。

阿慕从桌旁站起来，不发一语地离开了，甚至没有道再见。"去送她。"恰克对瑞海儿说。

瑞海儿假装没有听见，继续吃鱼。她想到痰，这让她几乎要干呕。那时她恨她的母亲。恨她。

她再也没有看到过她。

阿慕死在阿勒皮的巴拉特旅馆的一间肮脏房间里。她去阿勒皮是为了要应征一份秘书工作。她孤零零地死去，只有一个吵闹的天花板电风扇与她为伴，没有艾斯沙躺在背后和她说话。那时她三十一岁，不老，也不年轻，一个可以活着，也可以死去的年龄。

她在半夜醒来，想逃出一个熟悉的、反复出现的梦：警察拿着咔嗒作响的剪刀向她走来，想剪掉她的头发。在果塔延，他们会那样对待在市集中逮到的妓女；在她们身上印上烙印，让人人都知道她们的身份——维绪亚斯（妓女）。如此，新来的警察在执行巡逻任务时，就可以轻易辨出该找谁的麻烦。阿慕经常在市场注意到她们，眼神空洞、强行被剃发的女人。在这个国家，只有规规矩矩的女人才能拥有一头抹了油的长发。

那天晚上在旅馆里，阿慕在一个陌生城镇的一个陌生房间的一张陌生的床上坐起来。她不知身在何处，不认得周围的一切，只有她的恐惧是她所熟悉的。她里面那个遥远的男人开始叫喊。这一次，握紧的钢铁拳头不曾放松，阴影像蝙蝠般，聚集在她锁骨旁深深的凹洞里。

清洁工在隔天早上发现她。他关掉电风扇。

她的一只眼睛下面有一个肿得像气泡的深蓝色囊，仿佛她的眼睛曾试图做她的肺所做不到的事情。接近半夜时，住在她胸腔里的遥远的男人已停止叫喊了。一排蚂蚁扛着一只死蟑螂肃静地穿过门，示范了尸体的处理方式。

　　教堂拒绝埋葬阿慕，因她犯了几项罪。因此恰克雇了一辆有盖的卡车将尸体运到电火葬场。他叫人用一条肮脏的被单将她裹住，然后让她躺在一张担架上。瑞海儿觉得她看起来像一个罗马元老院议员。是你吗？阿慕。她这样想着，然后就微笑了，她想起艾斯沙。

　　一辆地板上躺着一个死罗马元老院议员的有盖卡车行驶过明亮、忙碌的街道，这是怪异的，这样的景象使得蓝天变得更蓝了。在车窗外面，人们像剪出的纸傀儡，继续他们纸傀儡般的生活。真实的生命在卡车里，在有真实死亡的地方。在路上起伏不定的隆起和坑洞之上，阿慕的尸体轻微摇动，然后滑出担架，她的头撞到地板上的铁栓，但她并没有退避或者醒来。瑞海儿的脑中有一种嗡嗡声，在那日其余的时间里，恰克必须对她吼叫，她才能听见。

　　火葬场有火车站那种腐臭、破败的气味，只不过前者是荒凉的，没有火车，没有人群，除了死去的乞丐、被遗弃者和受警察监护者之外，没有人会在这儿被火葬；那些死前没有人躺在背后和他们说话的人。轮到阿慕时，恰克紧紧握住瑞海儿的手，但她不要别人握住她的手，她利用在火葬场流出的汗滑出他的手。没有其他家人在那儿。

　　火葬炉的钢门上升，永恒之火低沉的嗡嗡声变成了一阵红色的怒吼。热气向他们冲过来，像一只饿呼呼的兽。然后，瑞海儿的阿慕被它吞噬了，她的头发，她的皮肤，她的微笑，她的声音，她在孩子睡觉前用音乐猴来爱他们的样子（我们流着一样的血，你和我），她的晚安之吻，她以一手握住他们的脸（被压挤的脸，鱼嘴般的嘴），以另一手为他们分开头发和梳理头发的样子，她拉开灯笼裤让瑞海儿穿上的样子（先左腿，再右腿）。这一切都被那只兽吞噬了，而它感到十分饱足。

　　她是他们的阿慕和他们的爸爸，她以双重的爱来爱他们。

　　火葬炉的门"当啷"一声被关起来了。没有眼泪。

　　火葬场的"管理人"走到路上去喝一杯茶，二十分钟后才回来。恰克和瑞海儿必须等这么久，才可以拿到让他们拾阿慕遗骸的粉红收条。她的骨灰、她的骨头的硬渣、她微笑的牙齿、她的一切都被塞入一个小陶罐里，收条号码Q498673。

瑞海儿问恰克，火葬场的管理人如何知道哪些骨灰是属于哪些人的。恰克说他们必然有一套系统。

如果艾斯沙和他们在一起，他必然会留着那张收条。他是"记录的保管人"，是公车票、银行收据、现金记录单、支票簿存根的天生保管人。

但是艾斯沙没有和他们在一起。每个人都认为这是最适当的做法。他们写信告诉他。玛玛奇说，瑞海儿也应该写信给他。写什么？亲爱的艾斯沙，你好吗？我很好，阿慕昨天死了。

瑞海儿不曾写信给他。有些事情是你不能做的——就像写信给你的一部分，写信给你的脚或头发，或心脏。

在帕帕奇的书房里，脚上沾着地板灰尘的瑞海儿（不老，也不年轻）从益智练习簿上抬起目光，看到"艾斯沙本·不详"已经离去了。

她爬下来（爬下凳子，再爬下桌子），走到外面的阳台。

她看到艾斯沙的背从大门消失。

早晨已过了一半，又要下雨了。在那奇异的、炙热的阵雨前最后的阳光下，草木洋溢着猛烈的绿意。

一只公鸡在远处啼叫，它的声音分成两部分，就像鞋底从一只旧鞋脱落了一样。

瑞海儿拿着破烂的益智练习簿站在那儿，站在一栋老屋子的前阳台上，站在有一双纽扣眼的野牛头下。几年前，在苏菲默尔到来的那一天，一出戏——"欢迎回家，我们的苏菲默尔"——在那儿上演着。

事情可以在一天之内改变。

8　欢迎回家，我们的苏菲默尔

阿耶门连的房子是一栋堂皇的老房子，但是显得很冷漠，仿佛它和住在屋里的人没有关联。就像一个老人以带着黏液的眼睛看着孩子游戏，只看到他们短暂的兴高采烈和全心全意地投入生命。

用瓦铺成的陡峭屋顶已经因年岁和雨水而变得污黑，且长出了苔藓。镶在山形墙里的三角形木框有复杂的雕刻，从木框里斜射进来的形成图案、落在地板上的阳光，充满了秘密。狼、花、鬣蜥蜴，随着太阳在天空中的移动而改变着形状，在黄昏时准时消逝。

那些门有四个柚木镶板做成的遮板，而不是两个，因此，在以前，女士们可以让屁股半裸着，将手肘倚在遮板上缘，和来兜售的小贩讨价还价，而不让小贩看到她们腰部以下的部位。就技术而言，她们可以在遮盖胸部、裸露臀部的情况下买地毯或手镯。就技术而言。

九个陡峭的台阶将人从车道带往上面的前阳台。这种高度赋予前阳台一种舞台的威严，而发生在那儿的一切都带着表演的气氛和意味。前阳台俯瞰宝宝克加玛的观赏植物园，碎石车道环绕着它，向下倾斜着通向这栋房子，房子坐落在小山的山脚下。

那是一个十分深入的阳台，即使中午太阳最灼热时阳台上仍然是凉爽的。

当红色的水泥地被铺好时，几乎有九百个鸡蛋的蛋白被倒在上面，将它磨得亮晶晶。

在制成标本的纽扣眼野牛头下面，玛玛奇坐在一张短柳条椅上，两边有她的公公和婆婆的画像，而柳条椅旁边有一张柳条桌，桌上有一个绿色的玻璃瓶，一根开着紫色兰花的花梗从瓶上弯曲而出。

下午是安静的、炎热的。空气正等待着。

玛玛奇将一把闪闪发光的小提琴放在下巴下。她那副不透明的太阳眼镜是黑色的、眼尾朝上的，而且镜框的角落有莱茵石。她的纱丽被浆过了，也被喷上了香水，是灰白色和金色相间的。她的钻石耳环在耳朵上闪耀，像枝形小吊灯，她的红宝石戒指松松地戴在手上，而她苍白、细致的皮肤布满皱纹，如同变冷的牛奶上的乳脂，点缀着小小的红痣。她美丽、年老、不寻常、有气派。

拉小提琴的瞎眼寡妇母亲。

较年轻时，玛玛奇以她的先见之明和聪明的处理技巧，将她所有掉落的头发收集在梳妆台上一个小刺绣钱包里。收集了足够的头发后，她将这些头发做成一个覆上发网的发髻，然后将它和珠宝一起藏在一个收藏柜里。数年前，当她的头发愈来愈稀薄，并开始变成银白色时，为使头发更有实质，她将漆黑的发髻固定在她银色的小头之上。在她眼中，这是完全可以接受的，因为那些都是她的头发。夜晚时，当她取下发髻，她会让她的孙子和孙女将她剩下的头发编成一条紧密的、抹了油的灰色老鼠尾巴，并以橡皮圈绑住末端。一个编她的头发，另一个数她脸上数不清的痣。他们轮流做这些事情。

在头皮上，玛玛奇以稀疏的头发小心翼翼地遮盖隆起的新月形脊纹。以前的婚姻留下的旧的殴打伤痕，那是黄铜花瓶留在她头上的伤痕。

她拉着亨德尔的《水上音乐》D/G 调组曲中的一个乐章。在她倾斜的太阳眼镜后面，她看不见的眼睛闭着，但是她可以看到音乐离开小提琴，烟雾般地升起，浸透到这下午的时光。

她的脑海里就像一间用暗色窗帘遮住明亮白日的房间。

当她拉琴时，她的心思往后漫游，回到她在许多年前以专业的方法做出的第一批腌水果上。那些腌水果看起来是多么美丽！装了罐，密封起来，立在她床头旁边的一张桌子上，因此，早晨醒来时，她最先摸到的就是这些东西。那天晚上，她早早上床睡觉，但是半夜过后不久就醒来了。她摸索那些腌水果，焦虑的手指沾上了一层油。腌水果罐立在一池油当中，到处都是油，她的热水瓶和圣经下有一个油圈，她床旁的桌上满是油。腌芒果吸收了油，然后膨胀，油从罐里漏出来。

玛玛奇参考恰克买给她的书——《家庭果菜腌制法》，但是找不到解决之道。然后，她口授一封信给阿南玛·强第的妹婿，他是孟买的帕德玛果菜腌制厂的区域经理。他建议她增加防腐剂和盐的比例。情况有了改善，但问题并没有完全解决。即使现在，在经过了这许多年，天堂果菜腌制厂的罐子仍然会漏一些油，人们察觉不出，但仍然会漏。在长途旅行时，罐子的标签浸了油，变得透明，而腌果菜本身仍然有点咸。

玛玛奇心里想，她的果菜腌制术是否可以达到炉火纯青的地步，而苏菲默尔是否会想喝一些冰葡萄汁，一些装在玻璃杯里的冰凉紫色果汁。

然后她想到玛格丽特克加玛，于是，亨德尔的那些没有生气的、流动的音符便变得尖锐而愤怒了。

玛玛奇不曾见过玛格丽特克加玛，但是不管怎样，她轻视她。在她心中，她一直将玛格丽特克加玛视为"店员的女儿"。玛玛奇的世界是这样排列起来的。如果她被邀请去参加果塔延的一场婚礼，她会将所有的时间耗在向同行之人窃窃私语：新娘的外祖父是我父亲的木匠。他叫昆如库第伊本？他的曾祖母的妹妹只是特里凡得琅的一名助产妇。我丈夫的家族曾经拥有这整座山。

当然了，即使玛格丽特克加玛是英国王位的继承人，玛玛奇同样会轻视她。玛玛奇不只憎恶她的劳工阶级背景，也憎恶玛格丽特成为恰克的妻子。她因玛格丽特离开恰克而憎恶她，但是如果她没有离开恰克，她会更憎恶她。

恰克制止帕帕奇打玛玛奇，而帕帕奇转而摔破一张椅子的那一天，玛玛奇收拾好她为人妻的心情，将它交由恰克照顾。从那时起，他变成她所有情感的贮藏所，变成她的男人，她唯一的爱。

她明白他和工厂女人的放荡关系，而且这件事不会再伤害到她了。当宝宝克加玛提起这件事时，玛玛奇很紧张，将嘴巴绷得很紧。

"他有男人的需要，这是他无法控制的。"她一本正经地说。

令人惊讶的是，宝宝克加玛接受这个解释，而"男人的需要"这个谜一般、私下令人心魂动荡的观念，在阿耶门连的房子里得到一种默许。玛玛奇和宝宝克加玛看不出恰克的马克思主义思想和封建式的原欲之间，有任何矛盾之处。他们只担心纳萨尔派分子，据说这些人会强迫"好家庭出身"的男人娶被他们弄大肚子的女仆。当然了，他们完全没有想到，一个飞弹会自一个完全意想不到的角落里发射出来，且永久地摧毁了这个家族的好名声。

玛玛奇叫人为恰克的房间建造一个独立的入口，其位置在房子的东侧，如此，"需要"的对象就不必拖着懒散的步伐通过屋子。她秘密地塞给她们钱，让她们快乐。她们收下钱，因为她们需要钱，因为她们有年幼的孩子和年老的父母，或者因为她们的丈夫会将她们赚来的钱全都花在卖热甜酒的酒吧里。这个安排令玛玛奇觉得很满意，因为她认为赏金可以理清事情，将性和爱、需要和感情分开。

然而，玛格丽特克加玛完全是另一回事。由于玛玛奇没有办法查知真相（虽然她曾试着让克朱玛莉亚检查床单是否被玷污），所以她只能希望玛格丽特克加玛并不打算和恰克重拾性关系。当玛格丽特待在阿耶门连时，玛玛奇偷偷将钱塞入她丢在洗衣篮的洋装口袋里，希望借此来处理她难以驾驭的情绪。玛格丽特不曾将钱还给她，因为她不曾发现那些钱。她的口袋被掏空了，这是洗衣工阿尼安的日常工作之一。玛玛奇知道这一点，但是她宁愿将玛格丽特克加玛的沉默解释成她帮了她儿子的忙，所以心照不宣地接受了钱。

因此，玛玛奇满足于将玛格丽特克加玛视为另一个妓女，洗衣工阿尼安则因每日收到外快而兴高采烈，而玛格丽特克加玛仍然不知道这个安排，沉浸在无知的幸福中。

一只仪容不整的褐翅鸦鹃从它在井上的栖息处"呼卟—呼卟"地啼叫着，并且不断挥动红褐色的翅膀。

一只乌鸦偷了一些在它嘴里起泡沫的肥皂。

在幽暗、被熏黑的厨房里，矮小的克朱玛莉亚为高高的双层"欢迎回家，我们的苏菲默尔"蛋糕上糖衣。虽然在那时，大多数的女叙利亚正教徒都已开始穿纱丽了，但是克朱玛莉亚仍然穿着她一尘不染的 V 字领、半袖式白色上衣和白色的芒杜，后者在她的臀部上折成一个干爽的布扇。克朱玛莉亚的布扇多少被有饰边、显得极为不协调的蓝白格女侍围裙遮住，这是玛玛奇坚持要她在屋内时穿上的。

她的前臂短而粗，手指像鸡尾酒会中的香肠，宽而多肉的鼻子有成喇叭状的鼻孔。深刻的皮肤折层连接她的鼻子和下巴的两边，并且像猪的口鼻部那样，隔开了脸的那一部分和其余的部分。就她的身体而言，她的头显得过大了，以致她看起来像生物实验室里自甲醛罐里逃出来，且随着年纪增长而变光滑和粗壮的瓶装胎儿。

她将潮湿的现金存放在她的紧身上衣里，将它们紧紧地系在她的胸部周围，使她有违基督教精神的乳房变平。她戴在耳朵上的方形大耳环是黄金打造成的，很厚重。她的耳垂已经扩大成被重物拉扯的环状物，在她脖子周围摇摇晃晃，而她的耳环坐在这环状物里，像坐在旋转木马上（但无法绕圈子）的快乐儿童。她的右耳垂曾经裂开，但又被维吉斯·维吉斯医生缝合起来。克朱玛莉亚不曾拿掉她戴在耳朵上的方形大耳环，因为如果她拿掉了，别人怎么知道尽管她是一个卑微的厨子（一个月赚七十五个卢比），她却是一个叙利亚正教徒，一个圣多马教会的教徒；不是一个培拉亚、普拉亚或一个帕拉凡，而是一个非贱民，一个上等阶级的基督徒（基督教义像茶包里的茶那样渗入他们）。将破裂的耳垂缝合是一个好多了的选择。

那时克朱玛莉亚尚未认识潜伏在她体内的那位电视迷，那位胡克·霍肯迷；她从未见过电视机，也不相信有这种东西。如果有人说这种东西是存在的，克朱玛莉亚会认为此人是在侮辱她的智力。克朱玛莉亚对于别人所描述的外在世界抱持非常谨慎的态度，她经常认为那是对于她的缺乏教育和易受骗（以前）的一种刻意的侮辱。她下定决心要扭转她的天性，所以现在，她采取一种策略：几乎不再相信任何人所说的任何话。几个月前，在七月，当瑞海儿告诉她，一个叫尼尔·阿姆斯特朗的美国太空人已经在月球上漫步了，她嘲弄地哈哈大笑，然后说，一个说马拉亚拉姆语、叫作慕沙全的特技表演者已准备在太阳上翻筋斗了，鼻子上还顶着铅笔。她已经准备承认美国人的存在，虽然她不曾见过美国人。她甚至也准备要相信尼尔·阿姆斯特朗可能是一种可笑的名字。但是在月球上漫步？门儿都没有。她也不相信出现在她看不懂的《马拉亚拉·玛诺拉玛报》上的模糊、灰色的照片。

她一直相信当艾斯沙说"你呢？克朱玛莉亚"是在用英文侮辱她。她相信那些话的意思是：克朱玛莉亚，你这个又丑又黑的侏儒。她等待着适当的时机，等待一个可以向玛玛奇抱怨他的适当机会。

她为高高的蛋糕上了糖衣后，头往后仰，将剩下的糖衣挤到舌头上，一圈又一圈的巧克力牙膏被挤到克朱玛莉亚粉红色的舌头上。当玛玛奇从阳台叫她："克朱玛莉亚，我听到车声了！"她嘴里塞满了糖衣，无法回答。吃完后，她让舌头在牙齿上移动，然后用舌头顶住上颚制造出一连串急促的咂唇声，仿佛刚刚吃了某种酸溜溜的东西。

遥远的天蓝色车子的声音经过公车站，经过学校，经过黄色的教堂，驶进两旁有橡胶树的崎岖不平的红色道路，然后在阴暗、被煤烟熏黑的天堂果菜腌制厂内制造了一阵耳语。

工人都停止腌制的工作（停止压榨、切片、煮沸、搅拌、磨碎、加盐、晾干、称重和封瓶）。

"恰克先生来了。"移动的耳语说。切蔬菜的刀子放下来了，切了一半的蔬菜被丢在大钢盘里——孤寂的苦瓜、残缺不全的凤梨。彩色的橡胶护指套（颜色鲜艳，像快活的厚保险套）被取下来了，腌渍过的手洗了，并且用深蓝色的围裙擦拭了。溜出来的发绺被重新抓到白头巾里。塞在围裙里的芒杜放下来了。工厂的金属网门的铰链转动了，又吵闹地自动关起来了。

在车道的一边，在井旁及罗望子树荫下，一群穿着蓝色围裙的沉默群众正聚集在绿色的热气中观看。

蓝色的围裙、白色的帽子，就像一团别致的蓝白旗子。

阿竹、荷西、亚科、阿尼安、伊雷扬、库坦、维强、瓦华、乔伊、苏玛西、阿玛尔、阿娜玛、卡娜卡玛、拉沙、苏西拉、维加雅玛、荞莉库第、茉莉库第、露西库第、宾娜默尔（有公车名字的女孩）。先前不满的咕噜声隐藏在一层厚厚的忠诚外皮之下。

天蓝色的普利茅斯在大门口转进来，"嘎喳嘎喳"地行过碎石车道，压碎了小贝壳，辗散了红色和黄色的小圆石。孩子们翻滚似的从车里出来。

溃散的喷泉。

变平的飞机头。

起皱的黄色喇叭裤和一个心爱的时髦手提袋，因时差之故而疲惫不堪，而且几乎尚未自睡梦中醒来。然后是足踝肿胀的大人，因坐了太久的车子而行动迟缓。

"你们到了吗？"玛玛奇问，并将她倾斜的墨镜转向刚听到的声音：关车门的声音，出来的声音。她放下小提琴。

"玛玛奇！"瑞海儿对她美丽、瞎眼的外祖母说，"艾斯沙吐了！在《音乐之声》演到一半时！而且……"

阿慕温柔地摸摸她的女儿，摸摸她的肩膀，而她的触摸意味着"嘘……"瑞海儿环顾四周，明白她是在一出戏当中，但是她只是戏中的一个小角色。

她只是风景。也许是一朵花，也许是一棵树。

也许是群众中的一张脸，一个镇民。

没有人对瑞海儿说哈啰，甚至绿色热气中的那群蓝色的群众也没有向她打招呼。

"她在哪儿？"玛玛奇朝车声问，"我的苏菲默尔在哪儿？过来这儿，让我看看你。"

当她说话时，"等待的旋律"崩溃了，如灰尘般温柔地落在四周，她那如闪烁的寺庙大象的伞那样笼罩她的旋律。

恰克的那套西装问着："我们的大众之人怎么了？"而他的那条领带则显示出他的营养充足。他穿着这套西装，系着这条领带，得意扬扬地带着玛格丽特克加玛和苏菲默尔爬上九个红色的台阶，如带着他最近赢来的一对网球奖杯。

再一次地，他们只谈着琐屑的事情，重要的事情隐藏在心里，没有说出来。

"哈啰，玛玛奇，"玛格丽特克加玛以她亲切的教师（有时会赏人耳光）的声音说，"谢谢你让我来这儿，我们迫切需要离开那一切。"

玛玛奇闻到一阵掺杂飞机上汗酸味的廉价香水味（她自己有一瓶以柔软的绿色小皮袋装起来的"迪奥"，她将它锁在保险柜里）。

玛格丽特克加玛抓住玛玛奇的手。手指是柔软的，红宝石戒指是坚硬的。

"哈啰，玛格丽特，"玛玛奇说（不很粗鲁，也不十分有礼，而且仍然戴着她的墨镜），"欢迎来到阿耶门连，很遗憾我看不到你，你一定知道我几乎瞎了。"她以一种缓慢而慎重的方式说。

"噢！那不要紧，"玛格丽特克加玛说，"反正我相信自己看起来很糟。"她犹豫地说，不确定她的回答是否妥当。

"才不。"恰克说。他转向玛玛奇，露出一个他的母亲看不见的骄傲微笑。"她和以前一样迷人。"

"听到……乔的事情让我感到很难过。"玛玛奇说。但她听起来只略微感到难过，没有很难过。

接下来，因为为乔难过，所以他们沉默了一会儿。

"我的苏菲默尔在哪儿？"玛玛奇说，"过来这儿，让你的奶奶看看你。"

苏菲默尔被带到玛玛奇那儿，玛玛奇将她的墨镜往上推入头发里，任它们像歪斜的猫眼那样看着上面发霉的野牛头。发霉的野牛以发霉的野牛语言说："不，绝不。"

即使做了眼角膜移植手术，玛玛奇仍然只能看见光和阴影。如果有人站在门口，她可以看出有人站在那儿，但不知道那人是谁。支票、收据或钞票只有在贴近眼睫毛时，她才可以看清这些东西。她会抓稳这些东西，让她的眼睛沿着它们移动，从一个字移到另一个字。

"镇民"（穿着仙女的连身衣裙）看到玛玛奇将苏菲默尔拉近，好端详她，像看一张支票那样地看她，像检查一张钞票那样地检查她。玛玛奇（以她较好的那只眼睛）看到红棕色的头发（不……几乎是金色的），长着雀斑的胖嘟嘟双颊（不……几乎是玫瑰色的），以及接近蓝色的灰蓝色眼睛。

"帕帕奇的鼻子。"玛玛奇说。"告诉我，你是一个漂亮的女孩吗？"她问苏菲默尔。

"是的。"苏菲默尔说。

"你很高吗？"

"就我的年纪而言，我很高。"苏菲默尔说。

"是很高，"宝宝克加玛说，"比艾斯沙高多了。"

"她比艾斯沙大。"阿慕说。

"但是……"宝宝克加玛说。

在不远的地方，维鲁沙走上橡胶树之间的一条近路，光着上身，一圈有绝缘体的电线套在一边的肩膀上，膝盖上松散地缠绕着深蓝色和黑色相间的印花布芒杜。他的背上是那片来自胎记之树的幸运叶子（会使季风准时到来）。他那夜晚的秋叶。

在他从橡胶树林出来，并走上车道之前，瑞海儿看见了他，从"戏"中溜出去，奔向他。

阿慕看到她离开。

她看到他们在舞台下表演复杂的"正式问候礼"。维鲁沙照着别人的教导屈膝鞠躬，芒杜像裙子般扩展开来，使他看起来像《国王的早餐》里那位挤牛奶的英国女孩。瑞海儿鞠躬（并且说"鞠躬"）。然后，他们互勾小指头，并且像会议中的银行业者那样郑重其事地握手。

在穿过深绿色树叶的斑斓阳光下，阿慕看到维鲁沙不费吹灰之力便将她的女儿举起来，仿佛她是一个充气娃娃，仿佛她是由空气做成的。当他将她抛起来，而她降落到他的怀里时，阿慕在瑞海儿的脸上看到在空中飞行的孩子所拥有的兴高采烈。

她看到维鲁沙腹部的脊状肌肉在皮肤下绷紧并升起，像一片巧克力的小分块。她在想，他的身体起了多么大的变化——如此悄悄地从一个肌肉不发达的男孩身体变成一个男人身体。轮廓分明、强壮结实，一个泳者的身体，一个泳者和木匠的身体，一个以许多身体光亮剂擦亮的身体。

他有高高的颧骨和一个突如其来的、露出白牙的微笑。

他的微笑使阿慕想到小时候的维鲁沙。那时他帮着维里亚巴本数椰子，把为她做的小礼物平平放在手掌上，然后伸出手，如此，她就可以在不必碰到他的情况下拿那些礼物——船、盒子、小风车。他叫她阿慕库第，小阿慕，虽然她个子比他大许多。现在注视他时，她不禁想到，他变成的这个男人和以前的那个男孩是多么不一样。他的微笑是他从男孩阶段带到男人阶段的唯一的东西。

　　突然之间，阿慕希望瑞海儿在游行队伍中看到的人就是他。她希望是他愤怒地举起旗子和骨节突起的臂膀，希望在他谨慎穿上的愉快外衣下，藏着一种活生生、有气息的愤怒，一种对于这个同样令她愤慨的自满而井井有条的世界所生的愤怒。

　　她希望那是他。

　　她讶异于她的女儿和他在一起时，是多么从容自在，讶异于她的女儿似乎有一个完全将她排除在外的次世界，一个可以触知的、充满微笑和欢笑的世界，一个她无法参与的世界。阿慕隐约看出她的思绪掺杂了一种微妙的、紫色的嫉妒。她不容许自己去思考她所嫉妒的是谁，是那男人或是她的孩子，或者只是他们勾着的手指和骤然微笑的世界。

　　那男人抱着她的女儿站在橡胶树荫下，背上有跃动的圆点阳光。他抬头看，目光和阿慕的目光交会。数个世纪缩短成一个易逝的短暂时刻，历史乱了脚步，在疏忽时被乘虚而入，如旧蛇皮般脱落。那来自古老战争和倒退的日子的记号、疤痕和伤口都消逝了，当它不在时，它留下一种气氛，一种可以触知的闪光，如河流的水或天上的太阳那般清楚可见，如大热天的热气或鱼在紧绷的钓丝上扯动那般清楚可知，是那般明显，以致没有人注意到。

　　在那短暂的时刻，维鲁沙抬头看，见到了他以前不曾见过的事物，见到了至当时为止一直被禁止进入的事物，被历史的护目镜弄模糊的事物。

　　简单的事物。

　　例如，他看到瑞海儿的母亲是一个女人。

　　他看到她微笑时有深深的酒窝，看到在微笑自她眼中消失后许久，那酒窝依然停留在那儿。他看到她棕色的臂膀是浑圆的、坚实的、完美的，看到她的肩膀闪闪发光，但是她的目光却望向别处。他看出在送她礼物时，他不必再将礼物平平放在手掌上，好让她不必碰他。他的船和盒子，他小小的风车。他也看出他不一定是唯一送礼物的人，因为她也有礼物要送给他。

这种领悟干净利落地滑入他心里，就像刀子的利刃，既冰冷又炙热，而且只用去片刻的工夫。

阿慕看到他看见的事物。她将目光移开，他也将目光移开。历史的恶魔回来要回他们，重新将他们裹在它古老的、布满疤痕的毛皮里，将他们拖回他们真正生活的所在。在那儿，爱的律法决定了谁应该被爱，如何被爱，以及得到多少爱。

阿慕走上阳台，走向戏里，颤抖着。

维鲁沙低头看着他怀中的竹节虫大使，然后将她放下来。他同样颤抖着。

"看看你！"他说，眼睛注视着她那件起泡沫般的可笑连身衣裙，"这么漂亮！要嫁人了吗？"

瑞海儿冲向他的胳肢窝，毫不留情地向他呵痒。伊克力—伊克力—伊克力！

"我昨天看到你。"她说。

"在哪儿？"维鲁沙提高声音，显出讶异的样子。

"你骗人，"瑞海儿说，"你骗人，你装神弄鬼。我的确看到你了。你是一个共产党员，你穿着一件衬衫，拿着一面旗子，而且你没有理我。"

"哎哟，真令人伤心，"维鲁沙说，"我会那样做吗？你告诉我，维鲁沙会那样做吗？那必定是我那位失散已久的双胞胎兄弟。"

"哪位失散已久的双胞胎兄弟？"

"乌伦邦，傻孩子，住在科奇的那位。"

"谁是乌伦邦？"然后她看到他眨眼睛，"你骗人！你根本没有双胞胎兄弟！那不是乌伦邦，那是你！"

维鲁沙笑了，露出一个真诚的可爱笑容。

"那不是我，"他说，"我昨天生病了，躺在床上。"

"瞧！你在微笑！"瑞海儿说，"这表示那人就是你，微笑表示'那就是你'。"

"只有在英文里是这样！"维鲁沙说，"我的老师总是说，在马拉亚拉姆语里，微笑表示'那不是我'。"

瑞海儿花了好一会儿的工夫才搞清楚他的话。她又冲向他。伊克力—伊克力—伊克力！

仍然微笑的维鲁沙望向那出戏，想寻找苏菲。"我们的苏菲默尔在哪儿？让我们瞧瞧她吧，你记得带她来吗？或者你将她丢下了？"

"别看那边。"瑞海儿紧急地说。

她站在隔开橡胶树和车道的水泥矮墙上，以手遮住维鲁沙的眼睛。

"为什么？"维鲁沙说。

"因为，"瑞海儿说，"我不要你那样做。"

"艾斯沙芒恩在哪儿？"维鲁沙说。一个大使（一只假扮的竹节虫假扮成了机场仙女）悬在他背上，双脚缠绕在他腰间，以她黏黏的小手遮住他的眼睛。"我没有看到他。"

"喔，我们在科钦把他卖了，"瑞海儿装模作样地说，"为了一袋米和一个手电筒把他卖了。"

她起泡沫般的僵硬连身衣裙粗糙的蕾丝花压在维鲁沙的背上。蕾丝花和一片幸运之叶放在一个黑色的背上。

但是当瑞海儿在"戏"里搜索艾斯沙时，她没有看到他。

在"戏"里，克朱玛莉亚进场了，矮小的身子站在高高的蛋糕后面。

"蛋糕来了。"她略微提高嗓门对玛玛奇说。

克朱玛莉亚对玛玛奇说话时，总是略微提高嗓门，因为她以为不佳的视力自然会影响其他的感官。

"看到了吗？玛莉亚？"玛玛奇说，"你可以看到我们的苏菲默尔吗？"

"看到了，克加玛，"克朱玛莉亚格外大声地说，"我可以看到她。"

克朱玛莉亚对着苏菲默尔摆出一个格外夸张的微笑。她的身高正好和苏菲默尔相等，比叙利亚正教徒矮，尽管她做了最大的努力。

"她继承了她母亲的肤色。"克朱玛莉亚说。

"她继承了帕帕奇的鼻子。"玛玛奇坚持。

"这个我倒看不出来，但是她非常美丽，"克朱玛莉亚大声说，"桑达利库第①！她是一个小天使。"

小天使有海滩色的皮肤，穿着喇叭裤。

小魔鬼有泥棕色的皮肤，穿着机场仙女的连身衣裙，前额的隆块可能变成角，她有系着"东京之爱"的喷泉，和倒着读字的习惯。

而且如果你仔细端详，你可以在她们眼中看到撒旦。

克朱玛莉亚抓住苏菲默尔的双手，将它们手掌朝上地拉到她面前，然后深深地吸气。

"她在做什么？"苏菲默尔想知道。柔软的伦敦之手被结茧的阿耶门连之手抓住。"她是谁？为什么她要闻我的手？"

"她是厨子，"恰克说，"那是她吻你的方式。"

"吻？"苏菲默尔不相信，但觉得很有趣。

"真是不可思议！"玛格丽特克加玛说，"那是在闻气味！这儿的男人和女人是否也彼此那样做？"

她无意说出那样的话，因此她脸红了。宇宙中一个难为情的教师形

---

① 即"漂亮的小女孩"。

状的洞。

"噢！随时都在那样做！"阿慕说，她的声音比她想要的那种挖苦的咕哝更大声些，"这是我们制造婴儿的方式。"

恰克没有给她一个耳光。

因此她没有还他一个耳光。

但是等待中的空气已经剑拔弩张了。

"我认为你应该向我的妻子道歉，阿慕。"恰克带着一种保护性的、占有性的神情说。（希望玛格丽特克加玛不会说"前妻，恰克！"并且对着他摇玫瑰花。）

"噢，不！"玛格丽特克加玛说，"那是我的错！我绝无意说出那样的话……我的意思是，我是说这真是有趣——"

"那是一个完全正当的问题，"恰克说，"而且我认为阿慕应该道歉。"

"我们一定要表现得像刚刚被发现的人种，像被上帝遗弃的某个该死的人种吗？"阿慕问。

"噢，天啊！"玛格丽特克加玛说。

"戏"里出现了愤怒的寂寞（绿色热气中的那群蓝色队伍仍然观看着），阿慕走回普利茅斯，拿出手提箱，"砰"的一声关上车门，然后走开，回到她的房间。她的肩膀闪闪发光。每个人都在想，她从哪儿学会的那样厚脸皮。

而且老实说，这是十分费解的问题。

因为阿慕所受的教育、所读的书和所遇见的人，都不可能引导她产生这样的想法。

她只是一只那样的动物。

还是一个孩子时，她很快就学会轻视别人拿给她读的那些熊爸爸和熊妈妈的故事书。她自己的版本是，熊爸爸拿黄铜花瓶打熊妈妈，熊妈妈默默而认命地忍受那些殴打。

在成长中的那几年，阿慕看着她的父亲像蜘蛛一样地织他那张可憎的网。在访客面前，他是迷人的、彬彬有礼的，而且如果访客碰巧是白人，他几乎要向他们摇尾乞怜。他捐钱给孤儿院和麻风病院，努力将自己的公众形象塑造成一个世故、慷慨、有操守的人。但是，单独和他的妻子、女儿在一起时，他变成一个穷凶极恶、多疑多虑的恃强欺弱者，带着一种邪恶的狡猾。他们被殴打、受屈辱，然后却被迫让朋友和亲戚嫉妒他们有一个这么好的丈夫和父亲。

阿慕曾经藏在他们家周围的树篱里（免得出身高尚的人看见他们），忍受德里的寒冷冬夜，因为帕帕奇下班回来后闹脾气，把她和玛玛奇打了一顿，然后赶出家门。

在一个这样的夜晚，九岁的阿慕和她的母亲躲在树篱里，看着帕帕奇在各个房间来回穿梭时，从灯光明亮的窗子中露出的清楚的黑色侧面轮廓。打了妻子和女儿之后仍然不满足（恰克当时在学校），他扯下窗帘，踢家具，砸碎一盏桌灯。灯熄灭一小时后，由于不屑于玛玛奇害怕的恳求，小阿慕从气窗爬回屋里，想解救她最爱的橡胶靴。她将它们放在一个纸袋里，然后爬回客厅，但是就在这时，灯突然亮了。

帕帕奇一直坐在他的桃花心木摇椅里，在黑暗中静静地摇摆。逮到阿慕时，他没有说一句话，只是以他那条有象牙把手的马鞭鞭打她（那条在摄于相馆的照片里，被他握在膝盖上的鞭子）。阿慕没有哭。将她打了一顿之后，他叫她从玛玛奇放缝纫物的橱子里，拿出那把有锯齿的剪刀。在阿慕眼前，大英帝国昆虫学家用她母亲的剪刀将她的新橡胶靴剪破。黑色橡胶碎片落到地板上，剪刀制造出咔嚓咔嚓的声音。阿慕不理会她母亲那张出现在窗口的扭曲和惊吓的脸。帕帕奇花了十分钟，才把她心爱的橡胶靴完全剪碎。当最后一片橡胶成波浪状落到地面时，她的父亲以冰冷、没有任何情感的目光注视她，然后又继续在摇椅上不断地摇摆。一堆扭曲的橡胶蛇将他包围。

年纪较大时，阿慕学会了和这种冷静、有计划的残酷共存。她培养出一种关于不公平行为的崇高观念，以及一种顽固而鲁莽的癖性，那种在终生受到大人物恐吓的小人物生命中所发展出来的癖性。她没有做任何事情来避免争吵和对抗。事实上，我们可以说她寻求争吵和对抗，或许甚至乐在其中。

"她走了吗？"玛玛奇向她周围的沉默发问。

"她走了。"克朱玛莉亚大声说。

"你们在印度可以说'该死'吗？"苏菲默尔问。

"谁说了'该死'？"恰克问。

"她说的，"苏菲默尔说，"阿慕姨妈说的。她说'像被上帝遗弃的某个该死的人种'。"

"切蛋糕，给每人一块。"玛玛奇说。

"因为在英国，我们不可以。"苏菲默尔对恰克说。

"不可以什么？"恰克问。

"不可说'该——死'。"苏菲默尔说。

玛玛奇以失明的眼睛望向闪亮的下午。

"每个人都在这儿吗？"她问。

"乌维尔，克加玛，"绿色热气中的蓝色队伍说，"我们都在这儿。"

在"戏"外，瑞海儿对维鲁沙说："我们不在这儿，不是吗？我们甚至没有在演戏。"

"正是这样，"维鲁沙说，"我们甚至没有在演戏。但是我想知道的是，我们的艾斯沙帕皮恰全·库塔本·彼得芒恩 [①] 在哪儿？"

---

① 一种玩文字游戏的称呼法。

这话在橡胶树之间变成了一种愉快的、令人喘不过气来的侏儒怪式的舞蹈。

> 噢！艾斯沙帕皮恰全·库塔本·彼得芒恩，
> 在哪里？噢，你在哪里？

然后，侏儒怪渐渐变成"斯加利·皮姆波奈尔①"。

> 我们在这儿找他，我们在那儿找他，
> 那些法国人到处寻找他。
> 他在天堂？——或者在地狱？
> 那个捉摸不定的艾斯沙-本。

克朱玛莉亚切了一块做样品的蛋糕，要征求玛玛奇的认可。

"一人一块。"玛玛奇批准她，并以戴红宝石戒指的手指轻轻摸那块蛋糕，要知道它是否够小。

克朱玛莉亚邋遢地、吃力地切下其余的蛋糕，并用嘴呼吸，仿佛她正在切一大块烤羊肉。她将一块块的蛋糕放在一个大银盘上。

玛玛奇用她的小提琴拉了一首曲子，表达她的"欢迎回家，我们的苏菲默尔"。

一个令人生腻的巧克力曲子。黏黏甜甜，微溶而呈棕色，巧克力海岸上的巧克力波浪。

曲子进行到一半时，恰克提高嗓门，以大于巧克力声的声音叫他的

---

① *the Scarlet Pimpernel* 原意是"蓝繁缕"，也是当代英国小说家欧克兹（Baroness Emmuska Orczy）小说《杯酒人生》里的人物，此人曾帮助"恐怖时期"的受害者逃出法国。书中曾描述他是"那个捉摸不定的皮姆波奈尔"。

母亲。

"妈妈！"他以朗诵的声音说，"妈妈！够了！不要再拉了！"

玛玛奇停下来，望向恰克，琴弓悬在半空中。

"够了？你认为够了吗，恰克？"

"太够了。"恰克说。

"够了就是够了，"玛玛奇自己喃喃地说，"我想我现在该停了。"仿佛她突然有了这个念头似的。

她将小提琴放入她那小提琴形状的黑色琴盒里。琴盒像手提箱那样合上了，而音乐也跟着停止了。

喀嚓——喀嚓。

玛玛奇又戴上她的墨镜，并且拉起窗帘，挡住炎热的白日。

阿慕从屋里出来，呼叫瑞海儿。

"瑞海儿！我要你睡个午觉！吃完蛋糕后进来！"

瑞海儿的心往下沉。午觉，她讨厌这些。

阿慕又进入屋内。

维鲁沙将瑞海儿放下来，她可怜兮兮地站在车道边缘，站在"戏"的周围，一个"午觉"令人厌恶地在她的意识里逐渐浮现。

"请不要和那个男人混得太熟！"宝宝克加玛对瑞海儿说。

"混得太熟？"玛玛奇说，"是谁？恰克？是谁混得太熟？"

"瑞海儿。"宝宝克加玛说。

"和谁混得太熟？"

"和你所爱的维鲁沙——还有谁？"宝宝克加玛说，然后又对恰克说，"问他昨天在哪儿，让我们毅然决然地在猫的脖子上系铃铛。"

"现在不行。"恰克说。

"什么是'混得太熟'？"苏菲默尔问玛格丽特克加玛，但后者没有回答。

"维鲁沙？维鲁沙在这儿吗？你在这儿吗？"玛玛奇向"下午"发问。

"乌维尔，克加玛。"他从树里走出来，进入"戏"里。

"你有没有发现问题在哪儿？"玛玛奇问。

"脚阀的垫圈，"维鲁沙说，"我把它换掉了，现在没问题了。"

"那么把它打开吧，"玛玛奇说，"水槽是空的。"

"那个男人将成为我们的天谴。"宝宝克加玛说。这并不是因为她能够未卜先知，并且突然地预见了未来。她只想让他惹上麻烦。没有人在意她。

"留意我的话。"她尖刻地说。

"看到她了吗？"克朱玛莉亚说。

她已拿着那盘蛋糕来到瑞海儿那里；她指的是苏菲默尔。"她长大时，将成为我们的克加玛，将提高我们的薪水，在丰收节时，将给我们尼龙纱丽了。"克朱玛莉亚收集纱丽，虽然她自己不曾穿过纱丽，而且很可能永远不会穿。

"那又怎么样？"瑞海儿说，"那时我已经住在非洲了。"

"非洲？"克朱玛莉亚吃吃笑着，"非洲到处是丑陋的黑人和蚊子。"

"丑陋的人是你，"瑞海儿说，并以英文补充了一句，"笨蛋侏儒！"

"你说什么？"克朱玛莉亚语带威胁地说，"别告诉我，我知道，我听见了。我要告诉玛玛奇，等着瞧吧！"

瑞海儿走过去，来到古井，那儿通常会有几只可以让她杀死的蚂蚁。红蚂蚁，被压碎时会有一种酸屁味。克朱玛莉亚拿着那盘蛋糕跟在她后面。

瑞海儿说她不要那些愚蠢的蛋糕。

"库巡比（嫉妒），"克朱玛莉亚说，"嫉妒的人会下地狱。"

"谁嫉妒了？"

"我不知道，你告诉我吧！"克朱玛莉亚说。她穿着一条有饰边的围裙，带着一颗酸溜溜的心。

瑞海儿戴上太阳眼镜，再度注视那出"戏"。每一样东西都变成愤怒的颜色。苏菲默尔站在玛格丽特克加玛和恰克之间，看起来好像应该被人赏一个耳光。瑞海儿看到了一整行多汁液的蚂蚁，它们正前往教堂，都穿着红色的衣服。她必须在它们到达教堂之前杀死它们。以一块石头压了又压。教堂里不能有发臭的蚂蚁。

蚂蚁在即将一命呜呼时，发出一种微弱的嘎喳声，仿佛一个小精灵在啃一块吐司或一块松脆的饼干。

有蚂蚁的教堂将是空的，而有蚂蚁的主教将穿着他那件可笑的有蚂蚁的主教服等待着，且摇动装在银壶里的乳香。但没有人会来。

在他等了一段有许多蚂蚁跑来跑去的时间之后，他的前额将出现一个有蚂蚁的主教的滑稽皱眉表情，然后他会难过地摇摇头，并且注视有蚂蚁的发光的彩色玻璃窗。看过之后，他将以一把巨大的钥匙将教堂锁起来，使它变得黑漆漆。然后，他会回家，回到他妻子那里，而且（如果她还活着的话）他们将睡一个有蚂蚁的午觉。

戴着帽子，穿着喇叭裤，从一开始就被大家喜爱的苏菲默尔从"戏"里走出来，想看看瑞海儿在水井后做什么。但是"戏"跟着她来，她走路时，"戏"也跟着走路，她停下时，"戏"也跟着停下。溺爱的微笑跟着她。她吱嘎作响地在井边的泥泞中蹲下来，黄色喇叭裤的末端陷在沾上泥巴了，变湿了。克朱玛莉亚拿走那盘蛋糕，免得碍着她那往下看的脸上的羡慕的微笑。

苏菲默尔以客观而超然的态度检查那些受到伤害的发臭的肢体。石头被裹上碎裂的红色蚁尸，以及几只微弱踢动着的腿。

克朱玛莉亚带着她的蛋糕屑观看着。

那些溺爱的微笑溺爱地观看着。

小女孩在游戏。

甜蜜蜜。

一个是海滩沙子色。

一个是棕色。

一个是大家所爱的。

一个是大家少爱一些的。

"我们让一只活着，让它尝尝寂寞的滋味。"苏菲默尔建议。

瑞海儿不理会她，将蚂蚁全部杀死，然后便跑开了。她穿着接机的那件起泡沫般的连身衣裙和搭配的灯笼裤（不再干爽了），戴着不搭配的太阳眼镜，消失在绿色的热气中。

溺爱的微笑像聚光灯般停留在苏菲默尔身上，或许是在想，这对甜蜜蜜的表姐妹正在玩捉迷藏，甜蜜蜜的表姐妹经常玩捉迷藏。

9 皮莱太太、伊本太太、拉加哥帕兰太太

那日的绿意从树上渗出来。幽暗的椰子树叶像下垂的梳子那般，朝季风时节的天空扩展开来。橘色的太阳滑过它们弯曲的、想抓住它的梳齿。

一队大蝙蝠快速地飞过幽暗。

在荒废的观赏植物园里，瑞海儿在懒洋洋躺着的小矮人像及一个被弃男童像的注视下，蹲在淤塞的池塘边，看着蟾蜍从一块石头跳到另一块粘着浮渣的石头。美丽的丑八怪蟾蜍。

黏黏的、多疣的、哇哇叫的蟾蜍。

渴望被吻但没有被吻的王子被困在它们里面①。埋伏在六月长茎草里的蛇的食物。沙沙作响，突然发动攻击。再也没有蟾蜍从一块石头跳到另一块粘着浮渣的石头，再也没有让人亲吻的王子。

这是她回来后第一个没有下雨的夜晚。

如果这是华盛顿（瑞海儿心里想），那么，大约这个时候，我应该在上班的途中。搭公车，街灯，汽油味，人们在我工作室的防弹玻璃上留下的呼吸痕迹，被推到我面前的金属盘上的硬币声，我手指上的钱的味道，目光清醒、准时在晚上十点整到来的酒鬼："嘿！黑婊子！吸吸我的老二！"

她有七百元，以及一个饰着蛇头的金手镯。但是宝宝克加玛已经问

---

① 指童话中的"青蛙王子"。

她打算再留多久，以及她打算如何处理艾斯沙。

她没有任何打算。

没有任何打算。

没有法律地位。

她回头注视宇宙中那个隐约浮现的、有山形墙的房屋形状的洞，并且想象自己住在宝宝克加玛安装在屋顶上的银碗里。那碗看起来大得可以让人住在里面。当然了，它比许多人的家大。例如，它比克朱玛莉亚狭窄的住处大。

如果他们——她和艾斯沙——睡在那儿，像胎儿那样一起蜷缩在浅浅的钢铁子宫里，那么胡克·霍肯和班·班·毕格罗①该怎么办？如果这个大盘子被占据了，他们会去哪里？他们是否会从烟囱溜入宝宝克加玛的生活和电视之中？是否会带着他们的肌肉和饰着亮片的衣服，"咻"的一声落在旧炉子上？那些骨瘦如柴的人——饥荒的受害者和难民——是否会从门上的裂缝溜进来？集体大屠杀是否会在屋瓦之间滑行？

天空中充满电视。如果你戴上特别的眼镜，你可以看到它们在蝙蝠和归巢的鸟儿之间疾驰过天空——金发女郎、战争、饥荒、足球、食物展、政变、喷了发胶变僵硬的发型、特别设计的胸饰——如表演花式跳伞者那般滑向阿耶门连，在天空中制造图案。车轮，风车，绽放和没有绽放的花。

咻！

瑞海儿重新去思考蟾蜍。

肥胖，黄色，它从一块石头跳到另一块粘着浮渣的石头。她温柔地触摸其中一只，它的眼皮往上移动，滑稽而有自信。

她记得曾和艾斯沙花一整天的时间练习说"瞬膜"的英文名称——Nictitating membrane。她和艾斯沙以及苏菲默尔。

————————

① 二者都是电视节目中的摔跤选手。

Nictitating

ictitating

ctitating

titating

itating

tating

ating

ting

ing

　　那一天，他们三人都穿上纱丽（旧的纱丽，被撕成两半）。艾斯沙是装扮专家，他为苏菲默尔的纱丽打褶，拉好瑞海儿和自己的纱丽末端，他们的前额涂上红色的圆点。在试图洗掉阿慕禁止别人动用的化妆墨的过程中，他们把眼睛四周弄得脏兮兮，而且整体看来就像三只想冒充成印度教淑女的浣熊。那大约是在苏菲默尔到来之后的一星期，大约是在她死前的一星期。在那时，她在双胞胎兄妹敏锐的审查下，表现得非常沉稳，而且推翻了他们所有的期盼。

　　她：

　　（1）告诉恰克，虽然他是她的生父，但是她爱乔更甚于爱他（这使得恰克可以——即使是无意——成为某对渴望被他所爱的双胞胎的代理父亲）。

　　（2）拒绝玛玛奇的提议：取代艾斯沙和瑞海儿，成为晚上有幸为她编老鼠尾巴和数痣的小孩。

　　（3）（最重要的）精明地判断屋内的一般气氛。对于宝宝克加玛所有的友好表示和小小的引诱，她不光是拒绝，而且是直截了当、极端粗鲁地拒绝。

　　仿佛这还不够似的，她也显示自己具有人性。有一天，双胞胎兄妹秘密地到河流那儿（当然没有让苏菲默尔同行），回来后，他们发现她流着泪待在花园里，坐在宝宝克加玛成涡状上升的药草丛的最高处。"我觉得寂寞。"她说。隔天，艾斯沙和瑞海儿带她去找维鲁沙。

他们穿着纱丽去找他，以笨重的脚步粗野地走过红泥泞和长茎草，并且介绍自己是皮莱太太、伊本太太、拉加哥帕兰太太。维鲁沙介绍他自己和他瘫痪的哥哥库塔本（虽然他睡得很熟）。他以最周全的礼数欢迎他们，都称他们为克加玛，并且让他们喝新鲜的椰子汁。他和他们谈天气，谈河流，他说他认为椰子树一年比一年矮，就像阿耶门连的淑女。他将他们介绍给他那只爱闹脾气的母鸡，让他们看他的木匠工具，并且为他们每人削一只小小的木汤匙。

只有现在，在这些年后，瑞海儿才能以成人的后见之明看出那个姿态的甜美。一个成年人款待三只浣熊，对待他们像对待真正的淑女，直觉地和他们的虚构阴谋呵成一气，小心不以成人的粗率或爱来破坏这阴谋。

毕竟人可以轻而易举地粉碎一个故事，打破一连串的思想，毁灭一个如瓷器般被小心携带的梦的片段。

像维鲁沙那样让梦自由发展，和它一起遨游，是件比较困难的事情。

在"恐怖"发生的前三天，维鲁沙让他们用阿慕丢弃的红色库泰克斯指甲油涂他的指甲。当历史在后阳台拜访他的那一天，他就是那个样子，一个涂着俗丽指甲油的木匠。一队"非贱民"警察看着他的指甲，然后哈哈大笑。

"这是什么？"一个警察说，"双性人？"

另一个警察举起他那只鞋底纹路间有一只卷曲马陆的靴子。深红褐色的马陆，有一百万只脚。

最后一道光从男童像的肩膀离去，幽暗吞噬了花园，完全地吞噬，像一条巨蟒。屋里的灯亮起来了。

瑞海儿可以看到艾斯沙在他的房间里，坐在他整洁的床上。他正透过装着横栅的窗注视着外面的黑暗，他看不到瑞海儿正坐在外面的黑暗中，注视着屋里的光亮。

一对演员陷在一出深奥难解的戏里，没有任何关于剧情或故事的提示。跌跌撞撞地扮演他们的角色，怀着别人的忧愁，为别人的悲痛而悲痛。

无法改变上演的戏，无法花钱从得过某个稀奇学位的辅导人那儿买到一种廉价的驱魔术，听他叫他们坐下，听他以某种方式说："你们不是罪人，你们是罪的对象，你们只是孩子，不能控制事情，你们是受害者，不是犯罪者。"

倘使他们能够从罪犯变成受害者，倘使他们能够（即使是暂时）戴上受害者的悲剧头罩，那么情况或许会改善，那么或许他们将能够对遭遇的事摆出一种态度，将能对发生的事唤出愤怒，或者寻找矫正，而且或许终将能够驱逐那些纠缠他们的记忆。

但是他们无法唤出愤怒，也无法以某种态度面对他们握在"另一只"黏黏的手中，如一个假想橘子的"另一个东西"。他们不能将那东西搁置在任何地方，不能将它交给别人，他们必须握着它，小心翼翼地握着，永远地握着。

艾斯沙本和瑞海儿都知道那一天除了他们之外，还有几个犯罪者，但是受害者只有一个，他有血红的指甲，他的背上有一片使季风准时到来的棕色叶子。

他在宇宙中留下一个洞，黑暗借着它倾泻而入，像流动的焦油，而他们的母亲借着它跟随他，而且甚至没有回头挥手道别。她将他们抛在身后一个无根的地方，在黑暗中旋转，没有停泊处。

几个小时后，月亮升起了，让那只幽暗的巨蟒交出它所吞噬的东西。花园又出现了，全被吐出来了，而瑞海儿坐在里面。

微风的方向改变了，为她带来鼓声。一份礼物，一个故事的应许。"从前，"他们说，"有一个……"

瑞海儿抬起头倾听。

在清明无云的夜里，全打鼓的声音从阿耶门连的寺庙往北行进一公里，宣告一场卡沙卡里舞的演出。

瑞海儿去了，陡峭的屋顶和白墙的记忆吸引着她，点燃的黄铜灯及上了油的暗色木材的记忆吸引着她。她希望见到那头没有在果塔延通往科钦的公路上触电而死的老大象。她在厨房停下来拿了一颗椰子。

在她出去时，她注意到工厂的一扇金属网门脱离了铰链，被靠在门口。她将它移开，走进去，空气因潮湿而变凝重，湿得可以让鱼在里面游来游去。

她鞋子下的地板因季风时节的雨水带来的浮渣而滑溜溜，一只焦虑不安的小蝙蝠在屋顶的横梁之间飞来飞去。

在幽暗中露出轮廓的低矮水泥腌缸，使得工厂地板看起来像死者圆筒状的室内墓园。

天堂果菜腌制厂的世俗残骸。

许久以前，在苏菲默尔到来的那一天，骨盆大使在那儿搅拌一锅深红色的果酱，并且想着两件事情；在那儿，一个红色的、嫩芒果形的秘密被腌起来，被密封起来，被收存起来。

的确，事情可以在一日之内改变。

10　船上的河水

　　当前阳台正上演着"欢迎回家，我们的苏菲默尔"，而克朱玛莉亚正将蛋糕分给在绿色热气中的蓝色队伍时，穿着灰褐色尖头鞋的骨盆暨皮姆波奈尔天使（梳着飞机头）推开金属网门，进入湿冷、散发腌果菜气味的天堂果菜腌制厂。他在巨大的水泥腌缸之间走动，想找一个地方来思考。住在靠近天窗一根发黑横梁上的乌沙———一只鸬鹚———看着他走动（偶尔它会为某些天堂产品增添风味）。

　　他经过在盐水中浮动的黄色莱姆（时时需要搅动，否则会形成鸟状的黑菌，像清汤中有饰边的蘑菇）。

　　经过被切片并塞入郁金根粉和红番椒粉，然后以合股线绑在一起的青芒果（暂时不需照料）。

　　经过有软木塞的玻璃醋罐。

　　经过摆置果胶和果酱的架子。

　　经过装苦瓜、刀子和彩色护指套的盘子。

　　经过装满大蒜和小洋葱的鼓起的麻布袋。

　　经过一堆堆新鲜的绿色胡椒子。

　　经过地板上的一堆香蕉皮（留给猪当晚餐）。

　　经过摆满标签的标签树。

　　经过黏胶。

　　经过黏胶刷。

　　经过一个铁盆，盆里的空瓶在起肥皂泡沫的水中浮动。

经过柠檬汽水。

葡萄汁。

然后走回来。

里面是阴暗的，只有从堵塞的金属网门穿透进来的光，和从天窗照进来的一束布满灰尘的光（乌沙没有将它当成横梁来使用）将那儿照亮。醋和阿魏树汁液的味道呛着艾斯沙的鼻子，但是他已习惯那味道了，而且专爱那味道。他在墙和黑色的铁锅之间找到了沉思的位置，铁锅里一批刚被煮沸的非法香蕉酱 ① 正在慢慢冷却。

香蕉酱仍然是热的，在它黏黏的深红色表面，浓浊的粉红色泡沫正慢慢地消逝。小小的香蕉泡沫在香蕉酱里溺死了，没有人救它们。

卖橘子饮料和柠檬饮料的男人随时可能走进来。他可能搭一辆科钦往果塔延的巴士，然后来到那儿。而阿慕会给他一杯茶，或者凤梨汽水。玻璃杯里加了冰块的黄色饮料。

艾斯沙拿那把长长的搅拌铁器搅拌浓浓的、新鲜的果酱。

即将消逝的泡沫制造出即将消逝的泡沫的形状。

一只被压碎翅膀的乌鸦。

一只攥紧的鸡爪。

一只陷在令人作呕的果酱里的枭（不是乌沙）。

一个忧伤的旋涡。

没有人伸出援手。

当艾斯沙搅拌浓稠的果酱时，他想到两件事情，而这两件事情是：

（1）任何人都可能碰上任何事情。

以及

---

① 他们的香蕉酱被食品协会查禁。

（2）最好准备妥当。

这样想之后，独自一人的艾斯沙很满意于他的这一点智慧。

当深红色的热果酱不断旋转时，艾斯沙变成一个搅拌果酱的巫师，他的飞机头走了样，牙齿参差不齐。然后，他又变成《麦克白》里的巫婆。

火燃烧着，香蕉冒着泡。

阿慕容许艾斯沙将玛玛奇的香蕉果酱制造法抄到她那本有白色书脊的黑色新食谱簿里。

艾斯沙强烈意识到阿慕赋予他的这项荣誉，因此他使用他那两种最好的笔迹。

香蕉果酱（使用他"以前"最好的笔迹）

压碎成熟的香蕉，加入水，直至淹没香蕉，然后在<u>非常</u>热的火上煮，直至香蕉变软。

用粗棉布挤出汁液。

称出同量的糖，<u>将其放在一边</u>。

煮果汁，直至变深红，而果汁约有一半被蒸发。

以下列方法准备果胶：

比例 1∶5

即四茶匙果胶∶二十茶匙糖

艾斯沙总是将果胶的英文名字佩克丁，想成拿着铁锤的三兄弟——佩克丁、海克丁和阿比德尼哥——当中的小弟。他想象他们在即将逝去的阳光和毛毛雨中建造一艘木船，就像诺亚的儿子。他可以在心里清楚看到他们。和时间赛跑，铁锤的敲打声在乌云笼罩、暴风雨欲来的天空下单调地回响着。

而在附近的丛林中，在怪异的、暴风雨欲来的光亮中，动物成双成对地排成一行：

女孩男孩

女孩男孩

女孩男孩

女孩男孩

双胞胎不许上船。

其余的果酱制造法是以艾斯沙最好的"新"笔迹写成的。有棱有角、嶙峋尖锐，而且往后倾斜，仿佛字母不情愿形成字，而字不情愿待在句子里：

把果胶放入浓缩果汁里，煮数（五）分钟。

用大火煮透。

加糖，煮成均匀胶状。

慢慢冷却。

希望你会喜欢这个制造法。

除了拼字上的错误之外，最后一行——希望你会喜欢这个制造法——是艾斯沙带给原文的唯一添加物。

当艾斯沙搅拌时，香蕉果酱渐渐变稠，渐渐变冷，而第三个想法自发性地从他的灰褐色尖头鞋涌上来。

这第三个想法是：

（3）一艘船。

一艘可以划到河对岸的船。划到阿卡拉，对岸，一艘可以载运储藏品的船。火柴、衣物、炊具，他们需要但不能靠游泳带去的东西。

艾斯沙的臂毛竖立起来。搅拌果酱的动作变成划船的动作，旋转又旋转变成前后划动，渡过一条黏黏的深红色河流。一首出自丰收节划船竞赛的歌充满了工厂的四周。"赛依—赛依—沙卡—赛依—赛依—梭姆！"

> Enda da korangacha, chandi ithra thenjadu？
>
> （嘿！猴子先生，为什么你的屁股这么红？）
>
> Pandyill thooran poyappol nerakkamuthiri nerangi njan.
>
> （我去马德拉斯拉屎，我不断擦屁股，直到它出血。）

瑞海儿的声音越过有些粗野的船歌问答，流入工厂里。

"艾斯沙！艾斯沙！艾斯沙！"

艾斯沙没有回答，只轻轻对着浓稠的果酱唱船歌的合唱部分。

> 西由姆
>
> 西梭姆
>
> 沙哈卡
>
> 西梭姆
>
> 西姆[①]

一扇金属网门发出咯吱声，一个前额可能长角的机场仙女往里面查看，她戴着黄框的红色塑胶太阳眼镜，太阳在她背后。工厂变成愤怒的颜色。盐腌的莱姆是红色的，柔嫩的芒果是红色的，标签树是红色的，

---

① 皆是划船的声音。

布满灰尘的一束阳光（乌沙不曾将它当成横梁使用）也是红色的。

金属网门关上了。

瑞海儿站在空的工厂里，头上有系着"东京之爱"的喷泉。她听到一个修女的声音唱着船歌，一个清澈的女高音飘浮在醋的气味和腌缸之上。

她转向伏在黑锅里的深红果酱之上的艾斯沙。

"你要做什么？"艾斯沙问，但没有抬头看。

"没要做什么。"瑞海儿回答。

"那么你来这儿做什么？"

瑞海儿没有回答。接下来是一阵短暂的、充满敌意的沉默。

"你干吗前后搅动果酱，像是在划船？"瑞海儿问。

"印度是一个自由的国家。"艾斯沙说。

每个人都同意这个看法。

印度是一个自由国家。

你可以制造盐，可以前后搅动果酱，像是在划船——如果你想这么做的话。

卖橘子饮料和柠檬饮料的男人可以从金属网门走进来。

如果他想这么做的话。

而阿慕会拿凤梨汁给他喝。加了冰的凤梨汁。

海瑞儿坐在一个水泥缸的边缘（硬棉布和蕾丝泡沫般的边缘轻轻地浸入柔嫩的腌芒果里）。她试着戴上橡胶护指套。三个蓝色的瓶子激烈地和金属网门战斗，想要进来。而凛枭乌沙观看着像瘀伤那样躺在双胞胎之间，散发着腌果菜气味的沉默。

瑞海儿的手指是黄色绿色蓝色红色和黄色。

艾斯沙的果酱被搅动了。

瑞海儿站起来，想去睡她的午觉。

"你要去哪里?"

"去某个地方。"

瑞海儿拔下她的新手指,恢复了原来手指的颜色。不是黄色,不是绿色,不是蓝色,不是红色,不是黄色。

"我要去阿卡拉,"艾斯沙说,但没有抬头看,"去历史之屋。"

瑞海儿停下来,转身,在她心脏的表面,一只背部簇毛特别浓密的土褐色蛾,张开它掠食的翅膀。

慢慢张开来。

慢慢收拢。

"为什么?"瑞海儿问。

"因为任何人都可能碰上任何事情,"艾斯沙说,"你最好准备妥当。"

你无法与此看法争辩。

再也没有人去"卡利赛普"的房子了。维里亚巴本自称是最后一个看过那栋房子的人,他说那地方闹鬼,他告诉过双胞胎他如何遇见卡利赛普的鬼魂。那件事发生在两年前,那时他渡了河,想为他的妻子雪拉寻找可以制造豆蔻膏的豆蔻树和新鲜的大蒜,因为雪拉已因肺结核而卧病不起、奄奄一息。突然之间,他闻到雪茄的烟味(他立即就认出来,因为以前帕帕奇也常抽同一牌子的雪茄)。维里亚巴本旋转着,对着那烟味掷出镰刀,将鬼魂钉在一棵橡胶树的树干上。根据维里亚巴本的说法,鬼魂仍然在那里。一个被镰刀钉住的烟味,流着清澈、琥珀色的血,并且向人乞讨雪茄。

维里亚巴本没有找到豆蔻树,而且必须买一把新镰刀。但是他感到很满足,因为他知道,尽管他的一只眼睛是抵押来的,但是他如闪电般迅捷的反射动作和他的沉着镇定,已经使一个恋童癖患者的鬼魂结束了它血腥的流浪。

只要没有人屈服于它的诡计,以一根雪茄使它脱离镰刀的束缚。

维里亚巴本知道大半的事情，但是他不知道，卡利赛普的屋子是历史之屋（它的门锁着，但窗子是敞开的），在屋里，脚趾甲坚硬、呼吸散发地图气息的祖先向墙上的蜥蜴耳语；他不知道，历史使用后阳台议定它的条件，征收别人欠它的东西，而拖延债务将导致悲惨的结局；他不知道，历史选来结清账目的那一天，艾斯沙将保存维鲁沙付清债务的收据。

维里亚巴本不知道，抓住梦、并重新做这些梦的人是卡利赛普。他不知道卡利赛普从过路人的心思意念摘取这些梦，就像孩童从蛋糕中捡葡萄干；而他最渴慕的梦，他最爱重新做的梦，就是异卵双胞胎稚嫩的梦。

可怜的老维里亚巴本。倘使他知道历史会选择他作为代理人，倘使他知道是他的眼泪使得"恐怖"隆隆前进，那么，或许他不会在阿耶门连的市集中，像一只小公鸡那样昂首阔步，吹嘘他如何用嘴巴咬住镰刀，在河里游泳（舌头上有酸铁味）；吹嘘当他将镰刀放下一会儿，并且跪下来洗那只抵押来的眼睛里的河砂时，他闻到了第一阵的雪茄烟味（河里有时会有砾子，特别是在下雨的月份）；吹嘘他如何拿起镰刀，旋转着，然后掷出镰刀，将那鬼魂永远钉住，而这一切都发生在一个流畅的、运动选手特有的动作之间。

当他了解他在历史的计划中所扮演的角色时，他已来不及退回了，他已亲自将自己的脚印扫除，拿着一把扫帚往后爬。

在工厂里，沉默再度飞扑而下，向双胞胎围拢过来。但是这一次，是另一种沉默，一种古老的河流的沉默，渔夫和蜡般苍白的美人鱼的沉默。

"但是共产党员不相信鬼。"艾斯沙说，仿佛他们正在继续一个关于研究如何解决鬼魂问题的谈话。他们的交谈像山间的溪流，浮现又隐没，别人有时听得见，有时听不见。

"我们会成为共产党员吗？"瑞海儿问。

"可能不得不如此。"

讲求实际的艾斯沙。

遥远的吃蛋糕声音和朝他们走来的蓝色队伍的脚步声，使两位同志将他们的秘密密封起来。

将他们的秘密腌起来、密封起来、收起来。缸里一个红色的、嫩芒果形的秘密。由一只枭负责管理。

他们订出一个"红色待办事项表"，并且就此达成几项协议：

瑞海儿将去睡她的午觉，她会醒着躺在床上，直至阿慕睡着。

艾斯沙同志将找出宝宝克加玛被迫挥动的那面旗子，然后在河边等她，然后他们将：

（2）为准备将自己准备妥当做准备。

一个孩子脱下来的半腌渍的仙女连身衣裙僵硬地立在阿慕变暗的卧室地板中间。

在外面，空气是警觉的、明亮的、热的。瑞海儿穿着搭配去机场服装的灯笼裤躺在阿慕旁边，十分清醒。她可以看到印在阿慕脸颊上的蓝色十字绣床罩上的十字绣花朵图案，她可以听到蓝色十字绣的下午。

缓慢转动的天花板电风扇，窗帘后面的太阳。

发出危险的"嗞嗞"声撞击窗玻璃的黄色胡蜂。

一只起疑的蜥蜴的眨眼。

庭院中高视阔步的鸡。

太阳在洗好的衣物上发出沙沙声，让床单变干爽，让浆过的纱丽变硬。灰白色和金黄色相间的纱丽。

黄色石头上的红蚂蚁。

一只觉得热的热母牛。在远方。

以及一个狡猾英国人的鬼魂的味道。他被镰刀钉在一棵橡胶树上，谦恭地向人要一根雪茄。

"嗯……对不起？你是否碰巧有一根嗯……雪茄？"

以一种亲切的学校老师的声音说。

噢，亲爱的。

而艾斯沙在等她，在河边，在那棵约翰·伊培神父到曼德莱拜访时带回来的山竹果树下。

艾斯沙坐在什么东西上面？

坐在山竹果树下的一个东西上，他们向来坐在那儿。某种灰色的东西，覆盖着苔藓和地衣，又被羊齿植物包围。某种大地宣称为她所有的东西，不是一根圆木，不是一块岩石。

想透之前，瑞海儿已经起来奔跑了。

穿过厨房，经过熟睡中的克朱玛莉亚——她有粗糙的皱纹，像一只犀牛，忽然出现，穿着有饰边的围裙。

经过工厂。

仓皇前进的赤脚穿过绿色的热气，一只黄色的胡蜂跟在她后面。

艾斯沙同志在那儿，在山竹果树下，红旗插在他身旁的地上。一个活动的共和国，梳飞机头的双胞胎的革命。

而他坐在什么东西上面？

某种被苔藓覆盖、被羊齿植物遮蔽的东西。

敲一敲它，它会发出一种中空的、被敲击的声音。

沉默以 8 的形状沉没、蹿起、扑下、绕成圈。

仿若镶着宝石的蜻蜓在阳光下盘旋，像尖锐的孩童叫声。

手指颜色的手指和羊齿植物战斗，移开石头，清除障碍。流着汗的手指钩住一个边角，想攀住它。然后一、二……

事情可能在一日之内改变。

那是一艘船，一艘小小的木船。

一艘坐着艾斯沙的船，一艘被瑞海儿发现的船。

一艘阿慕用来渡河的船——在夜间渡河去爱那位她的孩子在白天所爱的男人。

一艘老得生了根的船。几乎生了根。

一株古老的灰色船树，开着船花，结着船果。在下面，一小片船形的枯草，一个仓皇的、匆忙的船世界。

幽暗、干燥、凉爽。现在没有了船顶。船瞎了，什么都看不见。

正要去工作的白蚁。

正要回家的瓢虫。

正在掘洞穴避开阳光的白色甲虫。

拿着白木小提琴的白色蚱蜢。

忧伤的白色音乐。

一只白色的胡蜂，死去的胡蜂。

易碎的白色蛇皮被保存在黑暗中，在阳光下碎裂。

但是它能够渡河吗？那艘小小的船？

或许它太旧了？太没有生气了。

对于它而言，阿卡拉是否太遥远？

异卵双胞胎望向河流的对岸。

米那夏尔河。

灰绿色的河，里面有鱼，有天空和树，夜晚时则有破碎的黄色月亮。

当帕帕奇还是一个男孩时，一棵老罗望子树在一次暴风雨中倒入河里。树仍然在那儿，一棵光滑、没有树皮的树，因饱饮绿色的河水而变乌黑。一块不能漂浮的浮木。

在进入"真正的深水处"之前三分之一的河流是他们的朋友。他们知道在黏滑的泥泞出现之前的那些滑溜溜的石头踏级（十三个），他们知道下午从科马拉科姆的淤水处往内流的杂草，他们知道较小的鱼。扁平、愚蠢的帕拉帝鱼，银色的帕拉儿鱼，狡猾、有腮须的库力鱼，以及有时可以看见的卡利鱼。

在这儿，恰克教他们游泳（在没有人帮助的情况下，在他肥胖的肚皮周围溅水）。在这儿，他们自己发现了在水下断断续续放屁的乐趣。

在这儿，他们学会了钓鱼，将卷曲的紫色蚯蚓穿入钓竿鱼钩上。钓竿是维鲁沙以黄色竹子修长的茎做成的。

在这儿，他们研究沉默（像渔夫的孩子），并且学会了蜻蜓明朗的语言。

在这儿，他们学会等待，学会观察，学会无言的思考，学会弯曲的黄色竹竿往下弯时要闪电似的行动。

因此，河流的前三分之一部分是他们熟悉的，剩下的那三分之二部分则是他们较不熟悉的。

三分之二的部分是"真正的深水处"开始的地方。在那儿，水流湍急而笃定（退潮时往下游流，涨潮时被逆流往上推，故往上游流）。

三分之三的部分又开始变浅了。水是棕色的、黝黯的，充满杂草，充满镖一般迅速闪动的鳗，以及牙膏般从脚趾间渗出的迟钝的泥泞。

双胞胎可以像海豹那样地游泳，而且曾在恰克的监督下，渡河数次。回来时气喘吁吁，因卖力而变斜视，而且从对岸带回一块石头、一根树枝或一片叶子，作为此项壮举的证据。但是，一条可敬的河流的中间部分或者对岸，可不是让孩子徘徊、游荡或学习的地方。艾斯沙和瑞海儿对米那夏尔河的三分之二和三分之三部分表示敬意和顺从。然而，游泳渡河不是问题，但是乘着载有东西的船渡河（好让他们能够（2）为准备将自己准备妥当做准备）是一个问题。

他们以旧船的眼睛望向河的对岸。从他们所站的地方，他们看不到历史之屋。在沼泽地过去那边，在荒废的橡胶园中心，在蟋蟀声涌出的地方，只有一片黑暗。

艾斯沙和瑞海儿抬起船，将它带到水里。船看起来一副吃惊的样子，仿佛一条从水深处浮现的灰鱼，迫切需要阳光，或许也需要刮一刮和清洗，但仅此而已。

两颗快乐的心翱翔着，像天蓝色天空下的彩色风筝，但是之后，在一阵迟钝的绿色呢喃中，里面有鱼、天空以及树的河水涌入船里了。

老船慢慢往下沉，停在第六个石级上。

而一对异卵双胞胎的心也往下沉，停在第六个石级之前的那个石级上。

在水深处游泳的鱼儿以鳍遮住嘴巴，将脸转向一边，嘲笑这个可笑的景象。

船里一只白色的蜘蛛随着河水浮上来，挣扎了一会儿，然后便溺死了。它白色的卵囊过早破裂开来，一百只小蜘蛛（太轻了，不会溺死，太小了，不会游泳）点缀着绿水光滑的表面，然后，被卷入大海里，被冲到马达加斯加岛，在那儿创立新的一门会说马拉亚拉姆语、会游泳的蜘蛛。

不久之后，虽然没有经过讨论，但仿佛曾经讨论过那般，双胞胎开始在河里洗船。蜘蛛网、泥巴、苔藓和地衣流走了。船洗干净后，他们将它翻过来，然后将它扛在头上，就像一起戴着一顶会滴水的帽子。艾斯沙拔起红旗。

一个小小的行列（一面旗子，一只胡蜂，一艘有腿的船）熟悉地走入矮树丛之间的小径，避开一丛丛的荨麻，闪避他们所知的排水沟和蚁丘，沿着被采过铝红土的深坑所形成的悬崖边缘行进。现在，那深坑是一个静止的湖，有陡峭的橘红色湖岸，又浊又黏的水面上覆盖着一层闪闪发光的绿色浮渣，像一片青葱、靠不住的草地。在那儿，蚊子繁殖着，鱼儿很肥，但抓不着。

和河流平行的那条小径通向一块多草的小空地，空地被拥挤的树包围；椰子树、槚如树、芒果树、长叶杨桃树。在空地边缘有一间背对着河流的低矮小屋，小屋有抹上泥巴的橘红色铝红土墙和茅草屋顶，屋顶几乎靠着地面，仿佛正在倾听一个轻轻被道出的地下秘密。小屋低矮的墙和墙下的地同一颜色，仿佛墙是自一粒被植在地下的房屋种子萌发出来的，成直角的泥土肋骨从地面竖起，围住空间。三棵参差不齐的香蕉树长在以交织棕榈叶隔开的小前院里。

那艘有腿的船走近小屋。一盏没有点燃的油灯挂在门旁的墙上，灯后面的那一块墙已经被烧黑了，门半开着，里面是漆黑的。一只黑色的母鸡出现在门口，然后回到屋内，对于船的来访完全漠不关心。

维鲁沙不在家，维里亚巴本也不在家，但有人在家。

一个男人的声音从里面飘出来，在空地上回响着，使他听起来似乎更加寂寞。

那声音不断重复呼叫同一件事情，每一次，它爬入一个更高的、更歇斯底里的音域。它是在请求一粒过熟的番石榴，因为它即将从树上掉下来，将地面弄成一团糟。

> Pa pera-pera-pera-perakka,
>
> （番—番—番—番石榴先生，）
>
> Ende parambil thooralley.
>
> （别在我的围地内拉屎。）
>
> Chetende parambil thoorikko.
>
> （你可以在隔壁我弟弟的围地内拉屎。）
>
> Pa pera-pera-pera-perakka.

（番—番—番—番石榴先生。）

　　叫喊的人是库塔本，维鲁沙的哥哥。他自胸部以下全部瘫痪。日复一日，月复一月，当他的弟弟外出，而他的父亲去工作时，库塔本平平躺着，看着他的青春岁月漫步而过，没有停下来向他道一声问候。一整天，他躺在那儿，聆听成簇的树木的沉默，只有作威作福的黑母鸡与他为伴。他想念他的母亲雪拉，她死在他现在所躺的房间的这个角落里。她在咳嗽、吐沫、疼痛和吐痰中死去。

　　库塔本记得，他注意到她的脚在她死去之前许久就已经死了。他记得她脚上的皮肤如何变灰和失去生命迹象，记得他如何畏惧地看着死亡从脚往上爬过她的全身。库塔本带着渐增的恐惧看守他自己失去知觉的脚。偶尔，他以那根靠在角落里，用来赶走来访之蛇的木棒，满怀希望地戳戳他的脚。它们没有任何感觉，只有视觉上的证据让他相信它们仍然和他的身体连接在一起，而且的确是属于他的。

　　雪拉死后，他被移到她的角落里，库塔本想象那是死亡在他家里保留起来的用于处理它的死亡事务的角落。一个角落供他们烹煮食物，一个角落供他们放置衣物，一个角落供他们铺床，一个角落供他们死亡。

　　他在想，还有多久死亡才会找上他，而屋里不只有四个角落的人，如何处理其他的角落？是否这会使他们可以选择在哪一个角落死去？

　　他有理由认为他将是家里第一个追随他母亲的成员。很快地，他就会知道，事情并不是这样。很快地。

　　有时候（由于习惯，由于想念她），库塔本会像他母亲以前那样咳嗽，上半身拱背跳起来，像一条刚捕到的鱼，而下半身却像铅那样躺着，仿佛属于别人，仿佛是某个灵魂被困住、出不去的死者。

　　和维鲁沙不同，库塔本是一个好的、安全的帕拉凡。他不能读也不能写。当他躺在那张坚硬的床上时，茅草屑和沙砾从天花板掉落到他身上，和他的汗水掺杂在一起。有时候，蚂蚁和其他昆虫会一起落下来。

在恶劣的日子里，橘色的墙手牵手伏向他，像怀着恶意的医生那样检查他，缓慢地、慎重地，挤出他的气息，让他尖叫。有时候，墙自动后退，而他躺着的那个房间变得不可思议的大，让他因自己的渺小而感到害怕。这种情形也会让他大叫出声。

精神错乱症徘徊在他身边，像一家昂贵餐厅的一个热心的侍者（点烟，添酒）。库塔本嫉妒地想着那些可以走路的疯子；以他清醒的神智换一双可以走路的腿。他对于这项交易的公平性没有丝毫怀疑。

双胞胎将船放下来，而迎接这个啪啦声的，是屋内突来的寂静。

库塔本没有料到有人会来。

艾斯沙和瑞海儿推开门，走进去。尽管个儿小，他们仍然必须略微弯腰才能进入。胡蜂在外面的灯上等待着。

"是我们。"

房间阴暗而干净，散发着咖喱鱼和木柴烟的气味。热气附着在东西上，像轻度的发烧。但是瑞海儿赤脚下的泥地却是凉爽的。维鲁沙和维里亚巴本的铺盖被卷起来了，靠在墙上，衣服挂在一条绳子上。屋内有一个低矮的木制厨房架，上面排列着盖起来的赤土陶罐，椰壳做成的杯子，以及三个有缺口、边缘为深蓝色的珐琅盘子。一个成年人可以挺直站在房间中央，但在房间侧边就必须弯身。另一扇低矮的门通向后院，那儿也种着香蕉树。过了香蕉树，河流在树叶之间闪烁。后院里有一间木匠的工作棚。

没有钥匙或可以锁起来的橱子。

黑色的母鸡从后门出去，心不在焉地在院子里趴着。而在那儿，木屑像金色鬈发般被风吹到四处。从那只母鸡的性格看来，它似乎是吃五金器具长大的：铁扣、扣环、钉子和旧螺丝。

"哎哟，芒恩！默尔！你们心里在想什么？一定是在想，库塔本是一个断手断脚的人！"一个困窘的、不见说话者的声音说。

过了一会儿，双胞胎的眼睛才适应了黑暗。然后，黑暗消失了，而库塔本出现在他的床上，像幽暗中一个闪亮的妖怪，眼白是暗黄色的，因躺太久而变软的脚掌从盖住双腿的布之下伸出来。由于他曾光着脚在红泥巴上走了许多年，所以脚掌仍然是淡橘色的，而由于爬椰子树时，帕拉凡会在脚上绑绳索，因此，绳索的摩擦使得他的足踝有灰色的老茧。

他后面的墙上有一份月历，月历上有一个慈祥的、头发像鼠毛、涂着口红和腮红的耶稣像，一颗血红的、镶着珠宝的心透过他的衣服发着亮光。月历的底部（有日期的部分）就像一条裙子。穿着迷你裙的耶稣。十二层袍子代表一年的十二个月，都未被撕过。

屋里有其他来自阿耶门连房子的东西，不是房里的人送给他们的，就是他们自垃圾筒里抢救来的。穷人家里的奢侈品。一个坏了的钟、一个有花纹的锡纸屑篓、帕帕奇的旧马靴（棕色，有青霉，里面仍有补鞋匠的靴模），以及饼干罐，上面画着华丽的英国城堡和穿裙撑、梳鬈发的淑女。

一张小海报（宝宝克加玛的，因湿了一片而送给他们）挂在耶稣旁边，里面是一个正在写信的金发小女孩，女孩的脸颊上流着眼泪，而女孩下面有一句话：我写信告诉你我想念你。她看起来像是刚剪了头发，在维鲁沙后院里四处飞动的，似乎就是她被剪下的鬈发。

一根透明的塑胶管从盖住库塔本的破旧棉布床单里延伸到一个装着黄色液体的瓶子里，从门射入的一道阳光照耀在瓶子上，这压制了瑞海儿心中想到的一个问题。她以一个大钢杯从陶缸里取水给他，看来她似乎十分熟悉这个地方。库塔本抬起头来喝水，一些水自他的下巴滴下来。

双胞胎蹲坐着，就像专门在阿耶门连市场聊天的成年人。

他们静静坐了一会儿。库塔本感到懊丧，双胞胎则满脑子想着船的事情。

"恰克先生的默尔来了吗?"库塔本问。

"必定来了。"瑞海儿简洁地回答。

"她在哪儿?"

"谁知道? 必定在附近，我们不知道。"

"你可不可以带她来，让我瞧一瞧?"

"不可以。"瑞海儿说。

"为什么不可以?"

"她必须待在屋里。她很柔弱，如果她将自己弄脏了，她会死。"

"我明白了。"

"大人不准我们带她来这儿……而且不管怎样，也没有什么好看的，"瑞海儿向库塔本保证，"她有头发、腿、牙齿——你知道——就是平常的样子，只不过她高一些。"这是她唯一愿意做的让步。

"就是这样吗?"库塔本说，很快地他就抓住重点了，"那么我没有必要看她了?"

"没有必要。"瑞海儿说。

"库塔本，如果一艘小船漏水了，是不是很难将它修理好?"艾斯沙问。

"应该不难，"库塔本说，"视情况而定。怎么? 谁的小船漏水了?"

"我们的——我们发现的。你要不要看一看?"

他们走出去，将灰色的船扛进来，让那个瘫痪的男人检查。他们将船像屋顶般抬到他上面，水滴到他身上。

"首先我们必须找出漏缝，"库塔本说，"然后，我们必须将漏缝塞住。"

"然后用砂纸擦，"艾斯沙说，"然后磨亮。"

"然后弄两根桨来。"瑞海儿说。

"然后弄两根桨来。"艾斯沙同意。

"然后将船放到水里。"瑞海儿说。

"去哪儿?"库塔本问。

"只是到各处看看。"艾斯沙装模作样地说。

"你们必须小心，"库塔本说，"我们的这条河流——不是一直都像她装出来的样子。"

"她装出什么样子?"瑞海儿问。

"噢……一个小个子、上教堂的老太太，安静、干净，早餐吃蒸面，晚餐吃麦饼和鱼，只管自己的事情，不左顾右盼。"

"而事实上她……?"

"事实上她野得很……我可以在夜晚听见她——在月光下奔涌而去，总是匆匆忙忙，你们必须留意她。"

"她究竟吃什么?"

"究竟吃什么? 噢……炖肉……还有……"他试图想出某种英文里的东西，当作那条邪恶的河流的食物。

"凤梨片……"瑞海儿提示。

"是的! 凤梨片和炖肉。而且她也喝酒，喝威士忌。"

"还有白兰地。"

"还有白兰地，的确。"

"而且会左顾右盼。"

"是的。"

"而且会管别人的闲事……"

艾斯沙本以他在维鲁沙位于后院的工作棚里找到的几块木头，将那艘小船固定在凹凸不平的泥土地板上。他给瑞海儿一个烹饪用的勺子，那是把一根木柄插入磨亮的半个椰子壳做成的。

双胞胎爬入船里，然后想象自己划过辽阔、波浪起伏的水面，口中唱着"赛依—赛依—沙卡—赛依—赛依—梭姆"，而一个镶着宝石的耶稣注视着。

他曾在海上行走。或许吧，但他可以在陆地"游泳"吗？

他会穿着搭配的灯笼裤戴着墨镜吗？会用"东京之爱"将头发系成一个喷泉吗？会穿着尖头鞋梳着飞机头吗？会有那种想象力吗？

维鲁沙回来看看库塔本是否需要任何东西，他从远处就听到了刺耳的歌声。那是小孩的声音，欢欢喜喜地强调粪便学。

嘿！猴子先生。
为什么你的屁股这么红？

我去马德拉斯拉屎，
我不断擦屁股，直至它出血。

在这些快乐的时刻中，卖橘子饮料和柠檬饮料的男人暂时收起他黄色的微笑离开了。恐惧下沉了，沉到深深的水底，假寐一番，然后准备立即升起来，让事物陷入黑暗。

看到旗子像树一般地在门口绽放时，维鲁沙微笑了。他必须弯下身，才能进入屋子。一个热带地区的爱斯基摩人。当他看到孩子时，某种东西在他身体里面抓了一下，而他不明白那是什么。他天天看到他们，不自觉地爱他们。但是突然之间，这一切都不一样了。就在这刻，在历史那样惨重地滑了一跤之后。而此前，他身体里面不曾有抓紧的拳头。

她的孩子，他听到一个发狂的耳语。

她的眼睛，她的嘴巴，她的牙齿。

她柔软、发出柔光的皮肤。

他愤怒地赶走这个思绪，但是它又回来了，坐在他的头盖骨外面，像一条狗。

"哈！"他对他的小客人说，"我可否请问这些渔夫是谁？"

"艾斯沙帕皮恰全·库塔本·彼得芒恩，他和他的太太，很高兴见到你。"瑞海儿伸出她的勺子，要让维鲁沙握它，表示欢迎。

维鲁沙握她的勺子，然后握艾斯沙的勺子，表示欢迎。

"我可否请问，他们划着船要去哪里？"

"要去非洲！"瑞海儿大叫。

"不要大叫。"艾斯沙说。

维鲁沙绕着船走动。他们告诉他自己是在哪儿找到船。

"所以它不属于任何人，"瑞海儿不甚确定地说，因为她突然想到，船可能属于某个人，"我们要不要向警察报告？"

"别傻了。"艾斯沙说。

维鲁沙敲敲木头，然后用指甲将一小片刮干净。

"好木头。"他说。

"船会沉，"艾斯沙说，"它漏水了。"

"你可否帮我们修理？维鲁沙帕皮恰全·彼得芒恩。"瑞海儿问。

"我们来看看，"维鲁沙说，"我不想看到你们在这条河流上玩任何愚蠢的游戏。"

"我们不会，我们答应你。和你在一起时，我们才会使用这艘船。"

"首先我们必须找出漏缝。"维鲁沙说。

"然后我们必须把漏缝塞起来！"双胞胎大叫，仿佛那是一首名诗的第二行。

"需要多久才能把它修好？"艾斯沙问。

"一天。"维鲁沙说。

"一天！我以为你会说一个月！"

兴高采烈的艾斯沙跃向维鲁沙，以他的腿缠住维鲁沙的腰，然后吻他。

砂纸被准确地分成二等分，双胞胎兄妹以一种怪异的、排除其他一切事物的专心态度开始工作。

船屑飞向房间各处，落在眼睛和眉毛上，雪花般落在库塔本身上，奉献物般落在耶稣像上。维鲁沙必须将砂纸从他们手指中拉出来。

"不是在这儿，"他以坚定的口吻说，"在外面。"

他扛起船，将它带出去。双胞胎兄妹跟随在后，目不转睛地注视着他们的船，像饿极了的小狗期待有人拿食物喂它们。

维鲁沙将船放好，那艘艾斯沙坐在上面的船，那艘瑞海儿发现的船。他教他们如何顺着木材的纹理摩擦，然后让他们开始拿砂纸工作。当他回到屋内时，黑母鸡跟着他进来，决定待在没有船的地方。

维鲁沙将一条薄薄的棉布毛巾浸到一只陶制水盆里，然后挤出毛巾的水（动作野蛮，仿佛那是一个他不要的思绪）。他把毛巾递给库塔本，让他擦去脸上和颈上的砂砾。

"他们有没有说什么？"库塔本问，"有没有说看到你在游行队伍里？"

"没有，"维鲁沙说，"还没有，但是他们会，他们知道。"

"确定吗？"

维鲁沙耸耸肩，将毛巾拿去洗。用水冲洗，然后拍打，然后拧干，仿佛那条毛巾是他那荒唐的、违拗的脑袋。

他试图恨她。

她是他们当中的一个，他告诉自己。只是他们当中的一个。

他不能恨她。

她微笑时，有深深的酒窝。她的眼睛总是望向别处。

疯狂经由历史的一个裂缝潜行而入，而且只耗去一会儿工夫。

　　拿砂纸摩擦了一个小时后，瑞海儿想起她的午觉。她站起来，然后奔跑，连滚带跑地穿过下午的绿色热气。跟在她后面的是她的哥哥和一只黄色的胡蜂。

　　她希望并祈祷阿慕尚未醒来，尚未发现她的离去。

11　微物之神

　　那天下午，阿慕经由一个梦往上旅行。在梦中，一个快活的独臂人在一盏油灯的灯光旁将她抱紧，他没有其他手臂可以和在他周围地板上闪动的影子战斗。

　　只有他看得见的影子。

　　他腹部隆起的肌肉在他的皮肤下升起，像一片巧克力的小分块。

　　在一盏油灯的灯光旁，他将她抱紧。他闪闪发光，像被许多身体光泽剂擦亮过。

　　他一次只能做一件事情。

　　如果拥抱她，他就不能吻她；如果吻她，他就不能拥抱她；如果看她，他就不能触摸她。

　　她可以用她的手指轻轻触摸他的身体，并且感觉到他光滑的皮肤起了鸡皮疙瘩。她可以让她的手指在迷失中进入他平坦的腹部末端，漫不经心地，抚过那些发亮的隆起的巧克力，并且在他的身体上留下有图案的凹凸不平的鸡皮疙瘩痕迹，就像将粉笔平放在黑板上画出来的记号，就像微风吹过稻田时留下的一行形迹，就像喷射机在蓝色的教堂天空中喷出的白烟尾巴。她可以如此轻易地那样做，但是她没有那样做；他也可以触摸她，但是他没有触摸她。因为在油灯过去的幽暗中，在阴影里，有被排成一圈的金属折叠椅，而椅子上有戴着倾斜的莱茵石太阳眼镜的人，他们正在观看着，他们都将擦亮的小提琴在下巴下夹着，并且以相同的角度拿着琴弓。他们都叉着腿，一腿在右腿之上，而他们的左腿都颤抖着。

一些人有报纸，一些人没有报纸。一些人吹唾沫，一些人不吹唾沫。但是他们的每一个镜片都反映着闪烁不定的油灯灯光。

过了那圈折叠椅是一个海滩，海滩上零乱地散置着破碎的蓝色玻璃瓶。寂静的海浪带来等着被打破的蓝色新瓶，且在退潮时带走旧瓶。人们可以听见玻璃互碰的破碎声。在岩石上，在海上，在一束紫光里，有一张以桃花心木和柳条做成的摇椅。被击碎的摇椅。

海水是黑色的，泡沫呈呕吐物的绿色。

鱼以破碎的玻璃为食。

夜将肘倚在海水上，陨落中的星星擦过易碎的玻璃碎片。

蛾点燃了天空，没有月亮。

他可以用他的单臂游泳，她可以用她的双臂游泳。

他的皮肤有咸味，她的皮肤也有咸味。

他没有在沙滩上留下足印，没有在水中留下涟漪，没有在镜中留下映像。

她可以用手指触摸他，但是她没有触摸他。他们只是站在一起。

静静地。

皮肤对着皮肤。

一阵粉状的、彩色的微风扬起她的发，吹动她的发，像吹动他无臂肩膀上的一条波浪状的披肩。那肩膀突然中止，像一个悬崖。

一只骨盆突出的瘦削的红色母牛出现了，它直接游向大海，没有弄湿它的角，也没有回头。

阿慕以沉重而颤抖的翅膀飞过她的梦，并且停下来休息，在梦的外皮之下。

她颊上有蓝色十字绣床罩压上去的玫瑰花印。

她感觉到她孩子的脸悬挂在她的梦之上，像两个幽暗的、焦虑的月亮，等待着被放进来。

"你想她是不是快死了？"她听到瑞海儿轻声对艾斯沙说。
"那是一个午后噩梦，"精确大师艾斯沙回答，"她常常做梦。"

如果触摸她，他就不能和她说话；如果爱她，他就不能离开；如果说话，他就不能倾听；如果战斗，他就不能赢。

他是谁？那单臂的男人？他会是谁？失落之神？微物之神？鸡皮疙瘩和骤来的微笑之神？酸铁味道之神——像钢制的公车扶手和售票员握过扶手的手所散发的气味？
"我们要不要唤醒她？"艾斯沙说。
接近傍晚的破碎阳光偷偷透过窗帘溜进来，落在阿慕到河边总会带在身边的橘形电晶体收音机上。（艾斯沙以湿黏黏的"另一只手"握着去看《音乐之声》的东西，也是橘形的。）
一条条明亮的阳光让阿慕纠结的头发亮了起来。她在她梦的外皮下等待着，不想让她的孩子进来。
"她说你绝不可突然唤醒做梦的人，"瑞海儿说，"她说这样做会让他们的心脏病更容易发作。"
在这两个选择之间，他们决定最好是谨慎地"打扰"她，而不要突然唤醒她。因此，他们打开抽屉，清清喉咙，大声地耳语，哼一首小曲子，移动鞋子，并且找到一扇会咯吱作响的橱门。
在梦的外皮之下休息的阿慕观察他们，心里因充满对他们的爱而疼痛。

独臂的男人吹熄他的灯，走过参差不齐的海滩，进入只有他看得见的阴影中。

他没有在岸上留下任何足印。

折叠椅被折叠起来了，黑色的大海平静了，如褶皱般的波浪被熨平了，泡沫又被装回瓶里了，瓶子用软木塞塞住了。

夜晚延缓到来，直至得到进一步的通知。

阿慕张开眼睛。

她做了一次漫长的旅行，从独臂男人的怀抱来到她那对不一样的异卵双胞胎那儿。

"你做了一个午后的噩梦。"她的女儿告诉她。

"那不是一个噩梦，"阿慕说，"那是一个梦。"

"艾斯沙以为你要死了。"

"你看起来是那么忧伤。"艾斯沙说。

"我很快乐。"阿慕说，她明白在梦里她的确很快乐。

"如果你在梦里很快乐，那算不算数？"艾斯沙问。

"什么东西算不算数？"

"快乐——它算不算数？"

她知道他的意思，她那飞机头走了样的儿子。

因为事实是，只有算数的东西才算数。

孩童的那种单纯、不拐弯抹角的智慧。

如果你在梦里吃了一条鱼，那算不算数？那是否意味着你吃了一条鱼？

没有留下足印的那个快活的男人——他算不算数？

阿慕摸索橘形电晶体收音机。它正在播放电影《小虾》里的一首歌曲。

那部电影描述一个穷女孩被迫嫁给邻近海岸上的一位渔夫，虽然她爱着别人。当渔夫发现新婚妻子的老情人时，他驾着小船出海，虽然他知道一个暴风雨正在酝酿着。天色变暗了，风刮起来了，一个旋涡从海底旋转上来，暴风雨的音乐响起了，渔夫溺死了，在旋涡中沉到海底。

那对爱人做了一个自杀殉情的约定。隔天早上，有人发现他们被海浪冲上岸，手臂相拥。因此，每个人都死了，渔夫、他的妻子、她的爱人，以及一条鲨鱼，后者没有在故事中扮演任何角色，但同样一命呜呼了。大海将他们全部据为己有。

在交织着光的蓝色十字绣的黑暗中，困倦的脸颊上有十字绣玫瑰的阿慕和她的双胞胎（分坐她的两边）跟着橘形收音机轻柔地唱着，唱着那首渔妇对悲伤的年轻新娘所唱的歌；她们正在为她编辫子，让她准备好去嫁给一个她不爱的男人。

> Pandoru mukkuvan muthinu poyi
>
> （从前，一个渔夫出海去了，）
>
> Padinjaran kattathu mungi poyi
>
> （西风吹着，吞没了他的船，）

一件机场仙女穿的连身衣裙立在地板上，由它自由的泡沫和僵硬支撑着。在外面的前院中，干爽的纱丽一排排躺着，在太阳下变干爽。灰白色和金黄色相间的纱丽。小圆石依偎在纱丽上过浆的褶皱之中，在纱丽被折起来并被拿进去烫之前，它们必须被抖出来。

> Arayathi pennu pizhachu poyi
>
> （他在岸上的妻子步入歧途，）

在艾杜玛努触电而死的大象（不是"小长牙"）被火葬了。公路竖起一个巨大的火葬场，市政当局的工程师锯掉了长牙，并且私底下分掉它们。有人分得多，有人分得少。八十罐的纯酥油被倒在大象身上，以助长火势。浓密的烟上升，在天空中形成复杂的图案。人们群聚在一个安全的距离之外，解读烟里的含义。

苍蝇满天飞。

Avaney Kadalamma kondu poyi

（因此，海洋之母站起来，将他带走。）

贱民般的鸢停在附近的树上，监督死象的最后仪式。它们有理由希望得到一些外快：巨大的内脏。或许是一个巨大的胆囊，或许是一个被烧焦的庞大脾脏。

它们不会失望，也不会完全满足。

阿慕注意到她的两个孩子身上都覆盖着细微的木屑，就像两块被洒上薄薄一层糖的不一样的蛋糕。瑞海儿的黑色鬈发上有一绺金色鬈发，一个来自维鲁沙后院的刨花。阿慕将它拿起来。

"我告诉过你们了，"她说，"我不希望你们去他家，那只会让我们惹上麻烦。"

什么麻烦，她没有说，也不知道。

借着不提他的名字，她知道自己将他拉入蓝色十字绣下午和橘形收音机播放的歌曲的混乱亲密之中。借着不提他的名字，她感觉到一个协定的促成者就是（或者将是）她那对被木屑覆盖的异卵双胞胎。

她知道他是谁——失落之神，微物之神。她当然知道。

她关掉橘形收音机。在交织着光的午后寂静中，她的孩子爬入她的温暖中，爬入她的味道之中。他们用她的头发盖住他们的头。他们感觉到她在睡眠中曾远离他们。现在，他们将小手掌平贴在她衬裙和上衣之间的赤裸腰身上，将她召回来。他们很高兴看到自己手背上的棕色和他们母亲腹部皮肤的棕色一模一样。

"艾斯沙，看。"瑞海儿说，她正拨弄从阿慕的肚脐往下延伸的一行柔毛。

"我们就是在这儿踢你的。"艾斯沙以他的手指追踪一条蜿蜒曲折的银色妊娠纹。

"那是不是在公车里,阿慕?"

"在那条蜿蜒的茶园道路上?"

"当爸爸抱住你的肚子的时候?"

"你们必须买车票吗?"

"我们有没有把你弄疼?"

然后,瑞海儿以漫不经心的声音问:"你觉得他会不会把我们的地址搞丢了?"

阿慕的呼吸节奏微微停顿了一下,艾斯沙便以他的中指碰触瑞海儿的中指。在他们美丽母亲的腰身上,当他们中指碰中指时,他们不再一个问题接一个问题地问下去。

"这是艾斯沙的踢痕,这是我的踢痕,"瑞海儿说,"……而那是艾斯沙的踢痕,那是我的踢痕。"

他们指明了在他们母亲的七条银色妊娠纹当中,哪几条是艾斯沙踢出来的,哪几条是瑞海儿踢出来的。然后,瑞海儿将嘴巴放在阿慕的腹部上,吸吮它,将柔软的肉拉入她的嘴里,然后将头往后仰,欣赏闪亮的椭圆形唾液,以及她的牙齿在阿慕的皮肤上咬出来的淡红色齿痕。

阿慕惊叹于那个吻的清澈透明,一个清明如玻璃的吻,没有掺杂任何激情或欲望——那对激情和欲望的狗在孩子体内熟睡着,等待他们长大。那是一个不要求回吻的吻。

这不是一个充满需要回答的问题的朦胧之吻,像梦里那个快活的独臂人之吻一样。

阿慕厌倦于他们对她那种占有性的触摸。她要收回她的身体,那是她的。她不理会她的孩子,就像一只母狗在受够了它的小狗时,不理会它们那样。她坐起来,将头发在颈背上编了一个结,然后将腿伸到床下，走到窗前，拉开窗帘。

倾斜的午后阳光溢满房间，照亮了床上的两个孩子。

双胞胎听到阿慕浴室的门传来转动声。

"喀哒"。

阿慕望着挂在浴室门上长镜中的自己。她未来的幽灵出现在镜里，要嘲笑她。像喝醉的人，头发灰白，眼睛有黏液，松弛、塌陷的脸颊有十字绣玫瑰，凋萎的乳房垂下来，像装有重物的短袜，两腿之间的毛发干枯稀疏，像苍白的羽毛。身子骨瘦如柴，和被压平的羊齿植物一样易碎。

皮肤剥落，然后飘落如雪花。

阿慕颤抖了。

在一个炎热的下午，冰冷地感觉生命被活过了。她的杯子里装满灰尘，感觉空气、天空、树、太阳、雨、光和黑暗都慢慢地变成沙子；感觉那些沙子会充满她的鼻孔、她的肺、她的嘴巴，会将她往下拽，在表面上留下一个旋转的旋涡，像螃蟹在海滩往下挖洞时留下的旋涡。

阿慕脱掉衣服，将一支红色牙刷放在一个乳房下，想看看牙刷是否会停在那儿。牙刷掉了下来。在她所触摸的地方，她的肉是绷紧的、光滑的，而在她手下，她的乳头起皱、变硬，像黑色的坚果，拉着乳房上柔软的皮肤。从肚脐往下延伸的那行细柔绒毛绕过腹部末端的柔和曲线，进入她黑暗的三角形地带，像一支箭，引导迷失的旅者，或没有经验的爱人。

她松开头发，转过头来，看看它有多长了。头发落下来，成波浪状、成鬈曲状，像不听话的一绺绺卷状物（里面柔软，外面粗糙），落在结实的细腰开始弯向臀部的地方。浴室是热的，小小的汗珠如钻石般点缀着她的皮肤，然后，汗珠破裂了，滴流下来，汗水沿着她凹下的脊椎骨线流下。她带着略具批判性的眼光注视浑圆、厚重的臀部。臀部并不大，或者"本身"并不大（牛津出身的恰克无疑会这样说），它之所以显得大，只是因为其他部分是那样纤细。它属于另一个较肉感的身体。

她必须承认，她的两瓣臀各可成功地支撑一支牙刷。或许两支。想到自己赤裸地走在阿耶门连，而一排彩色牙刷从她的每一瓣臀部伸出来，她大笑出声了。她迅速地让自己安静下来，因为她看到一缕疯狂从装着它的瓶子逃出来，得意扬扬地在浴室里蹦蹦跳跳。

阿慕担心自己会发疯。

玛玛奇说，疯狂在他们的家族里流传着，出其不意地降临在人身上，在他们没有觉察时攫住他们。例如，帕蒂儿阿迈（帕蒂儿姑姑）在六十五岁时开始脱掉衣服，光着身子在河边奔跑，对着鱼儿歌唱。桑比恰全（桑比舅舅）每天早上用一根钩针在他的粪便里，搜寻他几年前吞下肚子的一颗金牙。而慕沙全医生必须让人将他装在袋子里，带他离开他自己的婚礼。这个家族的后代子孙是否会说："阿慕——阿慕·伊培——嫁给一个孟加拉人，发疯了。年纪轻轻就死了，死在某处的一个便宜的旅馆里。"

恰克说，叙利亚正教徒的高发疯率是他们为近亲通婚所付出的代价。玛玛奇说才不是这样。

阿慕收拾起沉重的头发，让它披在脸上，然后从分开的发缕之间凝视通往年老和死亡的道路，像中古时代的刽子手从尖顶黑头巾的倾斜眼缝里注视即将被他处死的人。一个苗条、赤裸的刽子手，有暗色的乳头，微笑时有深深的酒窝。她在战争失败的消息中借着烛光生出来的异卵双胞胎，带给她七条银色的妊娠纹。

使阿慕感到害怕的不是在路的尽头等待她的事物，而是路本身的性质。没有里程碑标明它的过程，没有树生长在两旁，没有斑驳的树荫遮蔽它，没有雾在它上面翻涌，没有鸟儿在它上面盘旋，没有蜿蜒曲折或U形急转弯使她暂时看不清楚尽头。这使阿慕感到极端恐惧，因为她不是那种希望别人将未来告诉她的女人。她太害怕未来了，因此，如果上天愿意成全她的一个小小的心愿，那心愿或许只是"不要知道"。不要知道她每天会碰见什么事情，不要知道下个月、明年、十年后她会在哪儿。不要知道她的路会转向哪个方向，或者转弯后会遇见什么。但是阿慕知道，或者她认为她知道，而事实上这是一样糟的（因为如果你在梦里吃了鱼，这意味着你吃了鱼）。阿慕所知道的，或者她认为她知道的，散发着从天堂果菜腌制厂的水泥缸里升起的气体味道，走了味、酸溜溜的味道。

阿慕以自己的头发盖住头，倚着浴室的镜子，试图哭泣。

为她自己哭泣。

为微物之神哭泣。

为促成她的梦的那对被撒上糖衣的双胞胎哭泣。

那天下午——当命运在浴室里串通起来，骇人地改变了他们神秘的母亲的道路，当一艘旧船在维鲁沙的后院里等着他们，当一只小蝙蝠在黄色的教堂里等待着诞生——在他们母亲的卧室里，艾斯沙以头抵在瑞海儿的臀部上倒立着。

那间卧室有蓝色的窗帘，黄色的胡蜂对着窗玻璃纠缠不休。那间卧室的墙很快就会得知令人痛苦的秘密。

阿慕将先被人锁在那间卧室里，然后她将自己锁起来，而在苏菲默尔葬礼结束的后四天，因悲伤而发狂的恰克将捣毁那间卧室的门。

"滚出我的屋子，免得我折断你身体上的每一根骨头！"

"我的"屋子，"我的"凤梨，"我的"腌果菜。

之后，有好几年的时间，瑞海儿一直做着这个梦：一个没有脸的肥胖男人跪在一具女人尸体旁，他将尸体的头发剪下来，折断它的每一根骨头，甚至也折断那些小骨头——手指。耳骨碎裂如细树枝，啪哒啪哒——轻柔的骨头断裂声。一个钢琴师正在杀死钢琴的琴键，甚至黑键也不放过。而瑞海儿爱他们两个，爱钢琴师和钢琴。（虽然几年后，在电化火葬场，她会利用滑溜溜的汗水脱离恰克握着她的手。）

杀手和尸体。

当门慢慢被捣毁时，为了控制颤抖的手，阿慕会为瑞海儿的缎带末端缝边，虽然这是多此一举的。

她将她的孩子拉到身边，说："答应我，你们会永远彼此相爱。"

"我们答应。"艾斯沙和瑞海儿这样说。他们找不出话来告诉她，对于他们而言，没有"彼此"，没有"另一个人"。

双胞胎石磨，和他们的母亲。麻木的石磨。他们所做的事情会回来掏空他们，但那是以后的事。

以——后。像深沉的钟声在一口布满苔藓的井里。它颤抖着，有一层柔毛，像蛾的脚。

在那时，只有不连贯的事物，仿佛意义已经自事物当中偷偷溜出，让它们变得支离破碎。阿慕那根针的闪光、缎带的颜色、床罩的十字针法、一扇慢慢破裂的门。没有任何意义的孤立事物。仿佛那译解生命隐藏之模式的智慧——连接映象和意象、闪光和光的智慧，连接绣法和布、针和线、墙和房间的智慧，连接爱、恐惧、愤怒、懊悔的智慧——突然消失了。

"把你的东西收拾好，然后离开。"恰克会说，并跨过门的残骸，居高临下地逼迫他们。镀铬的门把在他手里，而他突然变得不可思议的安静，讶异于他自己的威力、他的大块头、他的威胁力量，以及他那惊人的悲伤。

破门的木材是红色的。

外表平静、内心颤抖的阿慕只顾不必要地为缎带缝边，没有抬头看。在她失去法律地位的那间房间里，装着彩色缎带的罐子在她的膝盖上敞开着。

在这个房间里（在海德拉巴德的双胞胎专家回了信之后），阿慕将把艾斯沙的东西装入他的小旅行箱和大卡其袋里：十二件无袖棉布内衣、十二件短袖棉布内衣（"艾斯沙，你的名字用墨水写在这些衣服上面"）、他的短裤、他的管状窄裤、他的尖领衬衫、他的灰褐色尖头鞋（愤怒从那儿涌上来）、他的猫王唱片、他的钙片和维达林糖浆、他的"免费长颈鹿"（维达林的附赠品）、他四册的《知识之书》（"不，甜心，那里没有河流让你钓鱼"）、他那本有拉链的白皮圣经（拉链上有大英帝国昆虫学家的紫水晶袖扣）、他的马克杯、他的肥皂、阿慕提前送给他而他"不可以"打开的生日礼物、四十张国内用的绿色信笺。"看！艾斯沙，我把地址写在上面了，你只需将它折起来。看看你会不会自己折。"而艾斯沙会沿上面写着"在此折叠"的虚线整齐地将国内用的绿色信笺折起来，并且抬头看阿慕，带着一个会让她心碎的微笑。"答应我你会写信，即使没有任何新消息。"

"我答应。"艾斯沙会说，他并未完全明白自己的处境。突然拥有这么多的财富使他的理解力变钝了。那些东西是他的，他的名字以墨水写在上面。它们将被装入卧室地板上敞开的行李箱里（行李箱上有他的名字）。

许多年之后，瑞海儿会回到那个房间，看着一个沉默的陌生人洗澡，看着他用即将破裂的鲜蓝色肥皂洗他的衣服。

肌肉不发达，呈蜜色，眼里有海洋的秘密，耳上有一滴银色的雨滴。

艾斯沙帕皮恰全·库塔本·彼得芒恩。

12　小长牙，克朱松邦

全打鼓的声音在寺庙之上迅速扩展开来，凸显了四周夜的寂静。寂寞、潮湿的路、观看中的树。上气不接下气、握着一粒椰子的瑞海儿经由白色高界墙中的木造门，走进寺庙的园地。

在里面，一切建筑物都有白色的墙、生苔藓的屋瓦，且都被月光照耀着。一切都散发着刚下过的雨的味道。瘦削的祭司睡在高起的石阳台的一张席子上，装硬币的黄铜浅盘摆在他的枕头旁边，就像他被画成连环漫画或图解的梦。月亮零乱地散布在园里每一个泥水坑里。克朱松邦（小长牙）已经完成它的仪式，现在被拴在它那堆冒着气的粪便旁的一根木桩上，并在那儿躺下来。它沉睡着，任务已经完成了，饥肠辘辘，一根长牙靠在地上，另一根指向星星。瑞海儿悄悄走近，看到它的皮肤比她记忆中的更松弛。它再也不是小长牙克朱松邦了，它的长牙长得更长了。现在，它是维里亚松邦——大长牙。她将椰子放在它旁边的地上。一条皮的皱纹分开来，显露出象眼的一道流动的闪光，然后，眼睛又合起来了，长长的睫毛重新召回睡眠。一根指向星星的象牙。

六月是卡沙卡里舞的黯淡季节。但是在一些寺庙里，每当有舞团经过时，他们势必会在那儿表演。阿耶门连的寺庙并不是这样的寺庙。但是最近，由于它的地理位置使然，事情已经有了转变。

在阿耶门连，他们跳舞是为了要抛弃他们在"黑暗之心"所受的屈辱——他们在游泳池畔的表演被缩短，他们为了防止挨饿而投靠观光业。

从"黑暗之心"回来的途中，他们在寺庙停下来，祈求他们的神宽恕他们，为糟蹋它们的故事道歉，为变卖它们的身份以换取现金道歉，为滥用它们的生命道歉。

在这些场合，他们欢迎人类观众，但后者完全是表演的附带品。

寺庙中心有蓝神 ① 和它的横笛，而在宽广、有顶的走廊——一个连接寺庙中心的"库桑巴兰" ②，鼓手打着鼓，舞者跳着舞，他们的颜色在夜里慢慢地变化。瑞海儿叉腿而坐，背部靠在一根白色的圆柱上。一罐高高的椰子油在黄铜灯闪烁的灯光中发亮。椰子油为灯添燃料，而灯的火光照亮了锡油罐。

故事是否已开始并不重要，因为许久以前，卡沙卡里舞就发现，伟大故事的秘密就在于没有秘密。伟大的故事是你听过而且还想再听的故事，是你可以从任何一处进入而且可以舒舒服服地听下去的故事。它们不会以惊悚和诡诈的结局欺骗你，不会以出人意料的事物让你大吃一惊。它们和你住的房子和你情人的皮肤气味一样的熟悉。你知道它们的结局，然而当你聆听时，你仿佛并不知道。就好像虽然知道有一天你会死去，但是当你活着时，你仿佛并不知道你会死去。在聆听伟大的故事时，你知道谁活着，谁死去，谁找到爱，谁没有找到爱，但是你还想再知道。

那就是它们的奥秘和它们的神奇之处。

对于卡沙卡里的表演者而言，这些故事就是他的孩子，他的童年。他和它们一起成长，它们是他的屋子，他在里面被抚养长大，它们是他嬉戏的草地，是他的窗和他观看的途径。因此，当他说一个故事时，他把那故事当作是自己的一个孩子。他嘲弄它、惩罚它，把它像一个泡沫

---

① 蓝神（the Blue God），即讫里什那神（Krishna）、维持神（Vishna）的第八化身。

② 库桑巴兰（Kuthambalam），寺庙旁供表演的建筑。

似的送到空中，再奋力将它拉下来，然后又放它走。他嘲笑它，因为他爱它，他可以在数分钟之内让你飞越全世界，但他也可以停下数小时以便检查一片枯萎中的叶子，或者玩弄一只沉睡的猴子的尾巴。他可以不费吹灰之力地从战争的大屠杀，跳到一个在溪流洗头发的快乐女人；从想到了新主意的狡猾而精力旺盛的邪魔，跳到一个爱说闲话且有丑闻可散布的说马拉亚拉姆语的人；从一位正在为婴儿哺乳的肉感女人，跳到讫里什那神的微笑所具有的诱惑性恶作剧。他可以揭露快乐所包含的悲愁，以及光荣大海中的一条隐秘的羞耻之鱼。

他诉说诸神的故事，但是他的故事出自不敬神的人心。

卡沙卡里的表演者是所有男人中最美丽的人，因为他的身体就是他的灵魂，他唯一的工具。从三岁起，他的身体就被刨过了、被磨亮了、被削薄了，完全被用于说故事的任务上。他里面有一种魔术，这个戴着上了色的面具，穿着旋转裙的男人。

但是最近，他已经变得无立足之地和不切实际了，变成被诅咒的商品。他的孩子嘲笑他，他们希望长大后成为任何人，只要不像他。他看着他们成为办公室职员和公车售票员。没有出现在公报上的第四级公务员，有他们自己的公会。

但是他自己在天堂和地上之间摆荡，不能做他们所做的事，不能在公车的走道上滑行、数零钱和卖车票，不能回应召唤他的铃声，不能弯腰站在装着茶和玛利牌饼干的盘子后面。

在绝望中，他转向观光业，进入市场，叫卖他唯一拥有的东西，他的身体能够诉说的故事。

他变成地方的一个特色。

在"黑暗之心"，人们以懒洋洋躺着的赤裸身体和外来者短暂的注意时间来嘲弄他，他制止自己的愤怒，为他们跳舞。然后，他收下赏金，让自己喝醉，或和友人合抽一根烟，上等的喀拉拉大麻烟，这让他发笑。然后，他和与他同行的其他人也顺道拜访阿耶门连的寺庙。他们跳舞祈求诸神的宽恕。

瑞海儿（没有计划，没有法律地位）背靠着一根柱子，看着卡那在冈加河之岸祈祷。卡那，被他的光之盔甲包裹着；卡那，白日之神苏亚的忧郁的儿子；卡那，慷慨大方者；卡那，一个弃儿；卡那，他们当中最受人尊敬的战士。

那天晚上，卡那因抽大麻烟而进入兴奋状态。他撕裂的衬衫是补缀过的。他的王冠有洞，那原本是宝石的所在之处。他的天鹅绒上衣因穿久了而变光秃。他的脚跟龟裂、坚硬，而他在其上按熄他的大麻烟。

但是，倘使他有一队化妆师在后台伺候他，倘使他有一个代理人，一份合约，而且可以抽成，那么他会变成什么？一个骗子，一个富有的冒牌货，一个扮演某个角色的演员。他可能成为卡那吗？或者他待在财富之茧里会过于安全？他的钱是否会变成他自己和故事之间的一层壳？他是否能够像现在那样，触及故事的核心，触及故事隐藏的秘密？

也许不能。

今晚的这个人是危险的，他的绝望是完全的。这个故事是一个安全网，而他在网上飞扑和俯冲，像一个破产的马戏团里一个出色的小丑。只有这面网可使他免于像一颗陨石般落入这个世界。那是他的颜色和他的光，是他将自己倾入的器皿，赐给他形状和结构。它抑制他，控制他，控制他的爱、他的疯狂、他的希望、他无尽的喜悦。讽刺的是，他的挣扎和演员的挣扎背道而驰——他并非努力想进入一个角色里，而是努力想逃离一个角色。但这是他无能为力的。在他的惨败中蕴含着最大的胜利。他是卡那，被这个世界抛弃的卡那，独自一人的卡那，被诅咒的商品，在贫穷中长大的王子。他诞生于这个世界，是为了不公平地、徒手地、孤独地死在他兄弟的手里，他那彻底的绝望是庄严的。在冈加河畔祈祷，大麻烟让他进入兴奋的状态。

然后康蒂出现了。她也是由男人扮演的，一个变得温柔、具有女人气质的男人，一个因经年累月扮演女人而长出乳房的男人。她的动作流畅，充满了女人味。康蒂也因抽大麻烟而兴奋，因抽同一根大麻烟而恍恍惚惚。她对卡那说一个故事。

卡那弯下他那美丽的头颅聆听。

红着眼睛的康蒂为他跳舞。她告诉他一个关于得到一项恩赐的年轻女人的故事。那是一个秘密的咒语，有了它，她就可以从诸神中挑选一个爱人。她告诉他，这个女人因年轻轻率，而决定要试验咒语的效力。她独自一人站在空荡荡的田野，将脸转向天，念出咒语。而咒语一出了她愚蠢的舌头，白日之神苏亚便出现在她面前，年轻女人被这位闪闪发光、容貌俊美的白日之神迷住了，将自己献给他。九个月之后，她为他生下一个儿子。婴儿出生时被光覆盖着，耳上戴着黄金耳环，胸前则有黄金护胸甲，护胸甲上刻着太阳徽章。

康蒂说，年轻的母亲深爱着她的头生子，但是她没有结婚，不能将他留在身边。她将他放在一个芦苇篮子里，然后将他丢在河里。孩子在下游处被阿迪拉塔——一个驾驭马车者——发现了，他为他取名"卡那"。

卡那抬头看着康蒂。她是谁？我的母亲是谁？告诉我她在哪儿，带我到她那儿。

康蒂低下头，说："她在这儿，站在你面前。"

听到这个事实时，卡那喜怒交加，跳着困惑和绝望的舞。"当我最需要你时，"他问她，"你在哪儿？你曾经将我抱在你的怀里吗？曾经喂过我吗？曾经寻找我吗？曾经想过我在哪儿吗？"

回答时，康蒂用手捧住他那张尊贵的脸（绿色的脸，红色的眼睛），并亲吻他的眉毛。卡那因欢喜而颤抖，战士变成婴儿，那个吻带来了狂喜，他将它传送到身体的末端，传送到脚趾，传送到指尖。他那美丽的母亲的吻。你知道我多么想念你吗？瑞海儿可以看到吻在他的血管里流动，清楚如一颗蛋滑下一只鸵鸟的脖子。

但是，移动的吻突然因不安而停止移动了，因为卡那明白，他的母亲之所以揭露自己的身份，只是为了巩固她其他五个更心爱的儿子——潘达华斯兄弟的安全，因为后者已经准备要和他们的一百个堂兄弟展开一场大规模的战斗。康蒂想要保护的是他们，而她借着向卡那宣布她是他的母亲来保护他们。她要得到一份承诺。

她援用了爱的律法。

他们是你的兄弟，你的血肉。答应我你不会和他们作战，答应我。

战士卡那无法做出这个承诺，因为如果他这样做了，他将必须打破另一个承诺。明天他将出去作战，而他的敌人将是潘达华斯兄弟。公开辱骂他是低贱的战车驾驶者之子的，就是他们，尤其是阿朱那。而杜里欧达那——那一百个考拉华兄弟的长兄——把自己的王国送给他，并解救他。为了回报杜里欧达那，卡那已发誓要永远效忠他。

但是慷慨的卡那无法拒绝他母亲的请求。因此他修改了承诺，使它变得模棱两可。他做了一番小小的调整，发了一个做过些许变更的誓。

卡那对康蒂说，我给你的承诺是：你将永远有五个儿子。我不会伤害育第许特拉，毕玛也不会死在我手里。至于那对双胞胎——那库拉和沙哈迪瓦，我不会碰他们。但是我不会作出关于阿朱那的任何承诺，不是我杀了他，就是他杀了我。我们其中一人会死。

空气中有了某种变化，瑞海儿知道艾斯沙来了。

她没有回头，但是一种温暖的感觉在她心里扩散。他来了，她想。他在这儿，和我在一起。

艾斯沙靠在远处的一根柱子上，在表演期间，他就这样坐着，在"库桑巴兰"的两端，但是这个故事将他们连接起来，还有对阿慕的记忆。

空气变得更温暖了，不那么潮湿了。

　　或许在"黑暗之心"，那是一个特别糟糕的夜晚。在阿耶门连，人们跳着舞，而且仿佛停不下来，就像待在一间避风雨的温暖屋子里的孩童，他们拒绝出来，拒绝承认空气的状况，拒绝承认风和雷声的存在。老鼠疾奔过荒废的风景，眼中流露着贪婪，世界在它们周围崩解。

　　他们从一个故事出来，结果是更深入另一个故事。从"卡那夏巴村"（卡那的誓言）进入"杜里欧达那瓦达姆"（杜里欧达那和他的弟弟杜夏沙那之死）。

　　几乎凌晨四点钟时，毕玛正在追捕下流的杜夏沙那，因为在克劳华斯兄弟于一场掷骰子比赛中赢得潘达华斯兄弟中一人之妻德洛帕蒂之后，杜夏沙那曾试图公开脱掉德洛帕蒂的衣服。不可思议地，德洛帕蒂只对赢得她的人发怒，没有对以她为赌注的人发怒。她发誓，除非她以杜夏沙那的血洗头发，否则她永远不会将头发束起来。毕玛发誓为她的荣誉复仇。

　　在一个散布尸体的战场上，毕玛将杜夏沙那逼到一个角落。有一个小时的时间，他们互相斗剑、相互辱骂，列出他们向对方所做的一切坏事。当黄铜灯的灯光开始闪烁不定，然后熄灭时，他们停战了，毕玛倒油，杜夏沙那清理烧黑的灯芯，然后，他们继续作战。令人喘不过气的战斗自"库桑巴兰"爆发出来，在寺庙四周打转。他们在寺庙园内彼此追逐，转动他们混凝纸做成的锤矛。两个男人，穿着鼓胀如气球的裙子和光秃的天鹅绒上衣，跃过散落四处的月光和粪堆，绕着沉睡中的笨重大象跑。杜夏沙那一会儿虚张声势，一会儿怯懦畏缩。毕玛戏弄他，两人都因抽大麻烟而进入兴奋状态。

　　天空是一个玫瑰色的碗。宇宙中那个灰色的、象形的洞在它的睡梦中发躁，然后又睡去。当毕玛身体里面的兽起了骚动时，破晓时刻刚刚降临。鼓声更响亮了，但是空气变安静了，而且充满威胁。

　　在大清早的晨光中，艾斯沙本和瑞海儿看着毕玛实现他对德洛帕蒂的誓言。他将杜夏沙那击倒在地上，以锤矛追逐奄奄一息的身体上每一个微弱的颤动，朝那些颤动处锤打，直至那躯体完全静止。一个铁匠锤平一片顽强抵抗的金属，有系统地弄平每一个凹洞和凸起处。他继续杀他，即使他已死去许久。然后，他徒手撕开他的尸体，扯出他的内脏，接着弯下身，舔被撕裂的尸体凹处的血。发狂的眼睛在尸体边缘之上注视，因愤怒、仇恨和疯狂的成就感而闪烁。汩汩而流的血在他的牙齿之间冒着淡红色的泡沫，沿着他着色的脸、他的头和下巴流下。喝够了血，他站起来，沾着血的肠子围巾似的挂在他脖子四周。然后，他去找德洛帕蒂，用鲜血洗她的头发，仍旧带着那种谋杀不能平息的情绪。

那天早上，那地方有一种疯狂，在玫瑰色的碗下。那不是指表演。艾斯沙本和瑞海儿认得它，他们以前曾看过它的发作。在另一个早晨，另一个舞台，另一种狂暴（其鞋底有马陆）。这个疯狂的残暴和放纵可以比拟那个疯狂的野蛮。

他们坐在那儿，安静而空虚，两个冻结的异卵化石，额头上有着没长成角的隆块，分坐在"库桑巴兰"的两端，陷在一个既属于他们，亦不属于他们的故事的泥沼里。开始时，故事似乎具备结构和秩序，但是之后就像一只惊吓的马，狂奔进入混乱之中。

"小长牙"醒来了，优雅地击裂作为早餐的椰子。

卡沙卡里的表演者卸了妆，回家去打老婆，即使是温柔、有突出胸部的康蒂亦不例外。

在寺庙外以及周围，小镇化装成一个开始骚动和复苏的村庄。一个老人醒来了，摇摇摆摆地走向炉子，为他撒了胡椒粉的椰子油加热。

那是皮莱同志，阿耶门连的那个打破蛋者，那位专业的煎蛋卷者。

说来奇怪，带领双胞胎认识卡沙卡里舞的就是皮莱同志。他不顾宝宝克加玛较好的判断力，带着他们和列文去寺庙看持续一整晚的表演，和他们一起坐到天亮，向他们解释卡沙卡里舞的语言和动作。六岁时，他们就和他坐着看完这个故事。他向他们介绍"劳德拉毕玛"——追寻死和复仇，疯狂而血腥的毕玛。当向来性情和善的毕玛开始吼叫咆哮时，皮莱同志告诉两个眼睛睁大的孩子，他正在寻找住在他身体里面的那只兽。

是哪一只兽，皮莱同志没有说。或许他真正的意思是寻找住在他身体里面的那个"男人"，因为当然了，没有一只野兽曾经尝试过人类仇恨的那种无尽的、蕴含无穷的发明的艺术。就范围和力量而言，没有一只兽比得上这种仇恨。

玫瑰色的碗变阴沉了，并且飘下一阵温暖、灰色的毛毛雨。当艾斯沙和瑞海儿走出寺庙大门时，因刚用椰子油沐浴过而全身光滑的皮莱同志正好走进来。他的前额有檀香膏，雨滴在他涂了油的皮肤上凸出来，像图钉，而他成杯状的手掌里有一小堆新鲜的茉莉花。

"喔嗬！"他用尖锐的声音说，"你们在这儿！所以你们仍然对自己的印度文化有兴趣？真的很好，好极了。"

双胞胎没有说什么。既不粗鲁，也不彬彬有礼。他们一起走回家，他和她，我们。

13 悲观者和乐观者

恰克搬出他的房间，他愿意睡在帕帕奇的书房里，让苏菲默尔和玛格丽特克加玛使用他的房间。那是一间小房间，有一扇俯瞰日益缩小、多少疏于照顾的橡胶园。那是约翰·伊培神父向邻居买来的。一扇门连接这间房间和房屋的主体，另一扇门（玛玛奇为恰克装设，供他谨慎追求"男人需要"的另一个入口）直接通向侧面的院子。

苏菲默尔睡在一张特别为她安置的小行军床上，就在大床旁边。她的脑海里满是缓慢转动的天花板电扇的嗡嗡声。接近蓝色的灰蓝色眼睛突然睁开来。

醒——着。

活——着。

警觉——着。

睡眠立即被赶走了。

自从乔死后，这是她第一次在醒来时没有先想到他。

她环视房间，没有移动，只是转动眼珠子。一个在敌人的阵地被捕的间谍，计划着她富有戏剧性的逃亡。

一只花瓶立在恰克的书架上，瓶里笨拙地插着已凋萎的芙蓉花。墙上有一排排的书，一个有玻璃方格的橱子塞满了毁坏的白塞木飞机。破碎的蝴蝶，有着一双哀求的眼神。一个邪恶国王的木头妻子，因中了一个邪恶的木符咒而憔悴。

被困住了。

只有一个人——她的母亲玛格丽特——逃到英国。

房间在银色天花板电风扇平静的镀铬核心旋转。一只灰褐色的壁虎带着兴趣十足的眼光注视她，其颜色像没有烤够的饼干。她想到乔，某些东西在她体内颤抖。她闭上眼睛。

银色天花板电风扇平静的镀铬核心在她脑袋里旋转。

乔可以用手走路，当他骑自行车下坡时，他可以将风放在衬衫里。

在旁边的床上，玛格丽特克加玛仍然睡着。她以背躺着，双手在她的胸腔下交握。她的手指肿胀，结婚戒指似乎紧而不舒服，颊上的肉落到脸的两边，使她的颧骨看起来高而突出，而且将她的嘴巴往下拉成一个不快乐的微笑，一个只包含闪烁的牙齿的微笑。她已经用镊子将原本茂密的睫毛修成目前非常流行、如铅笔一般粗的弧线，使得她即使在睡觉时，也有一种略微吃惊的表情。她的其他表情最近开始恢复了，她的脸发红，前额闪亮着，而在那层红晕之下有一种苍白，一种避开的悲伤。

她那件深蓝色和白色相间、有花形图案、质料单薄（棉和聚酯纤维）的洋装已经萎缩了，瘫软地依附在她身体的轮廓上，在她胸部升起，然后沿着她那长而强壮的双腿之间的线下降——仿佛它也不习惯热气，需要打个盹。

床边那张桌子上有一张银框的黑白照片，那是恰克和玛格丽特克加玛在牛津的教堂外照的结婚相片。当时微微下着雪，最先的新雪躺在街道和人行道上。恰克将自己打扮得像尼赫鲁。他穿着一件白色的紧身裤和一件黑色的外套，雪花落在他的肩膀上，他的纽扣孔里有一朵玫瑰，一条折成三角形的手帕的尖端，从胸前的口袋伸出来，他的脚上穿着擦亮的黑色浅口便鞋。他看起来像是在嘲笑自己的打扮，像是化妆派对上的某个人。

玛格丽特克加玛穿着一件像在起泡沫的衣服，剪短的鬈发上戴着一个便宜的头饰，面纱已经被掀起来。他们看起来非常快乐。瘦削、年轻、皱眉，眼中反射着阳光。她粗厚的黑眉毛皱在一起，和她泡沫般的白色新娘服形成可爱的对比。一朵有眉毛的不愉快的云。他们后面站着一个块头大、仪态庄严的中年妇女，粗足踝，长大衣的纽扣全部扣起来。她是玛格丽特克加玛的母亲。在她两边各站着她的一个小孙女，她们穿着格子呢褶裙和长袜，留着相同的刘海，两人都以手掩住嘴巴吃吃笑着。玛格丽特克加玛的母亲望向别处，没有注视镜头，仿佛她不想待在那儿。玛格丽特克加玛的父亲拒绝参加婚礼。他不喜欢印度人，认为他们是狡猾、不可靠的人。他不相信他的女儿会嫁给一个印度人。

在相片右下角，一个沿人行道边栏骑自行车的男人正转头注视这一对新人。

第一次遇见恰克时，玛格丽特克加玛在牛津一家咖啡馆当女侍。她的家人住在伦敦，父亲拥有一家面包店，母亲是一个女帽商的助手。玛格丽特克加玛在一年前搬出她父母的家，这只是一种年轻人的独立声明。她打算工作并存足够的钱，让自己完成教师训练课程，然后找一份学校的教书工作。在牛津，她和一个朋友合租个小公寓。那个朋友是另一个咖啡馆的女侍。

搬出去后，玛格丽特克加玛发觉自己变成她父母所期望的女孩。面对真实世界时，她紧张兮兮地抓住她所记得的旧规则，而她所能反抗的只有她自己。因此，即便是在牛津，除了可以将留声机开得比在家里大声些之外，她继续过着那种她以为自己已逃离的狭隘而拘束的生活。

直至恰克在一天早上走进咖啡馆。

那是他在牛津的最后一个夏天。他独自一人来，皱巴巴的衬衫扣子扣错了，鞋带没系好，前面的头发仔细梳好了，也弄光滑了，但后面的头发却竖着，像一个僵硬的羽毛管光环。他看起来就像一只邋遢而快乐的豪猪。他个儿高，而且玛格丽特克加玛可以看出，在那乱糟糟的衣服（不妥的领带、破烂的外套）下，他有一副好体格。他神情愉快，眯起眼睛时，仿佛试着在读远方的一个告示牌但忘了将眼镜带在身边。他的耳朵从头两侧伸出来，像茶壶把手。在他运动员的体格和邋遢的外表之间存在着某种矛盾，而唯一可以显示他可能发胖的信号，是他那闪闪发光的快乐脸颊。

他没有那种让人和邋遢、心不在焉的男人联想在一起的暧昧和带着歉疚的笨拙。他看起来十分愉快，仿佛他正和一个假想朋友在一起，而且乐于与他为伍。他在窗边的座位坐下来，一只肘放在桌上，脸搁在一只手掌中，对着空咖啡馆的各个角落微笑，仿佛他正考虑和一件家具交谈。他以同样的友善微笑点了咖啡，但显然没有真正注意到为他服务的那位高大、眉毛浓密的女侍。

当他将满满的两匙糖放入加了许多牛奶的咖啡时，她退缩了。

然后，他叫了吐司加荷包蛋，以及更多的咖啡，和草莓酱。

当她带着他点的食物回来时，他对她说话，仿佛正在继续一段交谈："你有没有听过一个生了一对双胞胎儿子的男人的故事？"

"没有。"她说，并拿下他的早餐。因为某种理由（或许是天生的谨慎，以及对于外国人的一种直觉性缄默），她并没有表现出对这个生了一对双胞胎儿子的男人的强烈兴趣，这似乎是他期望从她那儿看到的。

"一个男人有一对双胞胎儿子——"他告诉玛格丽特克加玛，"彼特和史都华。彼特是一个乐观主义者，史都华是一个悲观主义者。"

他从果酱中挑出草莓，将它们放在盘子的一边，再将其余的果酱厚厚地涂在涂了奶油的吐司上。

"在他们过十三岁生日时，他们的父亲送给史都华一只昂贵的表，一套木匠工具和一辆自行车。"

恰克抬头看玛格丽特克加玛，想知道她是否在听。"而他在乐观主义者彼特的房间倒满了马粪。"

恰克将荷包蛋放在吐司上，用汤匙的背部弄破鲜艳、摇晃的蛋黄，再将它涂在草莓酱之上。

"史都华打开礼物后，发了整个上午的牢骚。他不曾想要木匠工具，不喜欢那只表，而那辆自行车的轮胎也不对劲。"

玛格丽特克加玛已经停下来倾听，因为她被盘子上展开的不寻常仪式吸引住了。涂着果酱和荷包蛋的吐司被切成整齐的小方块。去掉果酱的草莓一粒接一粒被召来，然后被切成精巧的薄片。

"当父亲去到乐观主义者彼特的房间时，他看不到彼特，但是可以听到狂乱的挥铲子的声音，以及沉重的呼吸声。马粪在房间内四处飞溅。"

恰克因事先想到笑话的结尾而开始默默笑着，并因而颤抖。他以笑着的手在每块黄红相间、色彩鲜艳的吐司方块上放一片草莓——使得整个东西就像一个老太太可能会在桥牌派对上拿出来招待客人的亮丽点心。

"你究竟在做什么？"父亲对彼特大叫。

盐和胡椒粉被撒在吐司方块上。恰克在关键性的结尾之前稍停，抬头对着玛格丽特克加玛微笑，而后者正对着他的盘子笑。

"一个声音从粪堆深处传出来。'啊！父亲，'彼特说，'如果这儿有这么多马粪，那么这儿必定也有一匹小马！'"

恰克一手拿着叉子，一手拿着刀，往后倚在空咖啡馆的椅子上，发出响亮、似打嗝而又具传染性的笑声，直至眼泪流下脸颊。玛格丽特错过了这个笑话的大部分，但此时她也微笑了。然后开始因他的笑声而大笑，一方的笑声增长另一方的笑声，直至他们都变得歇斯底里。当咖啡馆的老板出现时，他看到一个顾客（不是那种特别令人喜爱的典型）和一个女侍（只是那种尚令人喜爱的典型）陷在叫嚣似的、不能自已的笑声旋涡之中。在这期间，另一个顾客（常客）在无人注意的情况下进来了，等着侍者为他服务。

老板清洗了几个已经很干净的玻璃杯，让他们彼此碰击，发出吵闹的叮声，并且让盘子在柜上噼啪作响，想借此向玛格丽特克加玛表示他的不满。在去为新客人服务之前，玛格丽特克加玛试图让自己镇定下来，但是她眼中有泪水，而且必须遏止新涌上来的一阵笑意，这使得她正在服务的那位饥肠辘辘的顾客自菜单往上看，薄薄的嘴唇皱在一起，表示一种沉默的不赞同。

她偷偷看了恰克一眼，恰克注视她，然后微笑了，一个友善而疯狂的微笑。

他吃完早餐，付了账，然后离去。

玛格丽特克加玛的老板在"美德"咖啡馆责备她，并把她教训了一番。她向他道歉，并且真诚地为自己的行为感到后悔。

那天晚上下班后，她思考发生的事情，对于自己的行为感到非常不自在。她平常并不轻浮，而且不认为她应该和一个完全陌生的男人那样毫无节制地一起大笑。她似乎做了一件过分亲密和亲昵的事情。她在想，是什么让她笑成那个样子。她知道那不是他的笑话。

她想到恰克的笑声，然后，一个微笑留在她眼里，久久不去。

恰克开始变成那家咖啡馆的常客。

他总是带着他的隐形朋友和友善的微笑一起来。即使来为他服务的不是玛格丽特克加玛，他也会以眼睛将她找出来，而他们会交换秘密的微笑，这唤起他们共有的欢笑的记忆。

玛格丽特克加玛发现自己开始期待那只邋遢的豪猪的到来。不带焦虑，只有一种匍匐潜行的爱意，她得知他是一位来自印度的罗德斯学者，读古典文学作品，而且是贝利欧学院的划船选手。

在嫁给他之前，她绝不相信自己会同意成为他的妻子。

他们一起外出后的几个月，他开始偷偷带她进入他的房间，他像个无助的、被放逐的王子住在那里面。尽管工友和清洁妇尽了最大的努力，他的房间仍然一直脏兮兮。书、空酒瓶、肮脏的内衣裤和烟蒂乱七八糟地散置在地板上。打开橱门是很危险的，因为书和鞋子会哗啦哗啦地落下来，而他的一些书重得可以造成真正的伤害。玛格丽特克加玛让她渺小的、井井有条的生命进入这个真正巴洛克式的疯狂之中，带着温暖的身体进入冰冷大海时的安静喘息。

她发现在这只邋遢豪猪的外表下，一个苦恼的马克思主义论者正和一个不可思议、无可救药的浪漫主义者交战——忘了蜡烛、打破酒杯、丢掉戒指，而且以一种令她喘不过气的热情和她做爱。她向来认为自己是一个无趣、腰粗、足踝粗的女孩，不难看，也不特别。但是当她和恰克在一起时，以往的界限被推到后面，眼界扩展了。

恰克谈论这个世界——它是什么，如何形成，会变成如何——就像她认识的其他男人所讨论的工作、朋友和海边的周末，而她以前不曾遇过像恰克这样的人。

和恰克在一起时，玛格丽特克加玛觉得她的灵魂仿佛从狭窄的岛国逃出来，进入他广大、夸张的空间里。他让她觉得这个世界属于他们，觉得这个世界仿佛是躺在解剖桌上的一只被剖开来的请求人检查的青蛙。

在她认识他的那一年，在他们结婚之前，她在生命中发现了一些魔术，而且有一段时间，她觉得自己是从灯里被释放出来的快活精灵。或许她太年轻了，不明白她想象中的对于恰克的爱，事实上只是她在试探性地、胆怯地接受自己。

至于恰克，玛格丽特克加玛是他的第一个女性朋友，第一个和他睡觉的女人，也是他第一个真正的伴侣。恰克最爱她之处就是她的自足，或许这在一般的英国妇女当中并无不寻常之处，但对于恰克而言却是不寻常的。

他喜欢和玛格丽特克加玛在一起，是因为她不会黏着他，不确定自己对他的感情，以及在最后一天之前，他一直不知道她会嫁给他。他喜欢看她赤裸着身子坐在他的床上，长长的白色的背部转离他，然后看着表，以她务实的语气说："哎呀，我得走了。"他爱看她每天早上摇摇晃晃地骑自行车去上班。他鼓励她和他持不同的意见，偶尔她会对他的颓废大发脾气，而这一点让他暗自感到十分欢喜。

他因她不想照顾他，不想为他整理房间，不想成为他令人厌烦的母亲，而十分感激她。他渐渐因为玛格丽特克加玛不倚赖他，而变得倚赖玛格丽特克加玛。他因为她不仰慕他，而变得仰慕她。

关于恰克的家人，玛格丽特克加玛所知极少。他很少谈到他们。

事实上，在待在牛津的那几年，恰克很少想到他们。他生命中发生了太多的事情，而阿耶门连似乎如此遥远，那儿的河流太小，鱼儿太少。

他没有迫切理由需要和父母保持联络。罗德斯奖学金十分充裕，他不需要钱。他深深爱上了玛格丽特克加玛，心里再也容不下别人。

玛玛奇定期给他写信，详细描述她和丈夫之间如何恶劣地争吵，以及她如何为阿慕的未来担忧。他几乎不曾完整看完一封信，有时他甚至不会花工夫去打开信。他不曾回过信。

在他回家的那一次，他阻止帕帕奇以黄铜花瓶打玛玛奇。之后，在月光下，帕帕奇捣毁了一张摇椅。然而，即使是那一次他也几乎没有察觉他的父亲受到什么打击，他的母亲如何加倍地崇拜他，或者他的妹妹突然变美丽了。他回来了，然后精神恍惚地走了，从他回到家的那一刻起，他就渴望回到正在等待他的那位背部修长的白人女孩身边。

恰克从贝利欧学院回来后的那个冬天，他的考试成绩非常不理想，但是他和玛格丽特克加玛结婚了；没有得到她家人的同意，没有让他的家人知道。

他们决定在恰克为自己找到一份工作前，只有让他搬到玛格丽特克加玛的公寓（让另一个咖啡馆的那个女孩搬走）。

婚礼的时机再恶劣不过了。

随着同居的快乐而来的是贫穷。他再也没有罗德斯奖学金可领了，而他们必须付整个公寓的房租。

在结束划船之后，中年人的发福突然过早地到来。恰克变成一个胖子，有一个可以和他笑声匹配的大肚皮。

结婚一年后，在玛格丽特克加玛眼中，恰克学生时代的懒散魅力已经消失了。她去上班时，公寓和她离开时一样的脏兮兮、乱七八糟，而恰克根本不会想到要去铺床、洗衣服或洗餐具。他不为香烟在新沙发上烧出的洞道歉，而且在应征一项工作之前，几乎不会将衬衫的纽扣扣上，他似乎不会系领带和鞋带，这些事实开始令她感到不悦。在结婚一年内，她已经准备要以解剖桌上的那只青蛙，来换取一些琐屑的、实际的让步，例如她的丈夫找到一份工作和拥有一个干净的家。

最后，恰克被派到印度茶叶厅的海外销售部门工作，那是一份短暂、薪水微薄的工作。恰克和玛格丽特希望这个工作会为他们带来其他机会，所以他们搬到伦敦，搬入更小、更沉闷的房间。玛格丽特克加玛的父母拒绝来看她。

在她刚发现自己怀孕时，遇见了乔；他是她哥哥在学校的一个老朋友。他们相遇时，正是玛格丽特克加玛最迷人的时候，怀孕使她的脸颊红润，使她浓密的黑发闪闪发光。尽管婚姻出现了问题，她仍然带着那种暗自得意的神情，那种像许多孕妇一样爱慕自己的身体的神情。

乔是一个生物学家，正在为一家小出版社的第三版生物字典补充最新资料。乔拥有恰克所没有的一切。

稳重，没有负债，瘦削。

玛格丽特克加玛发现自己被他吸引了，就像一间阴暗房间的植物被一道楔形的光吸引那样。

当恰克完成他的工作，而且找不到另一份工作时，他写信给玛玛奇，把结婚之事告诉她，并向她要钱。玛玛奇感到非常惊愕和伤心，但仍私下当了她的珠宝，将钱寄到英国给他。那笔钱是不够的，从来就不够。

生下苏菲默尔之后，玛格丽特克加玛明白，为了她自己和她的女儿，她必须离开恰克。她要求和恰克离婚。

恰克回到印度。在那儿，他轻易找到了一份工作，有几年时间，他任教于马德拉斯的基督教学院。帕帕奇死后，他回到阿耶门连，带着他的巴拉特封罐机、他的贝利欧学院的船桨，和一颗破碎的心。

玛玛奇欢欢喜喜地迎接他回到她的生命之中。她为他准备食物、缝补衣物，让他的房间每天有鲜花。恰克需要他母亲仰慕他。事实上，他要求得到这种仰慕，但是，他也因此而轻视她，并秘密地惩罚她。他在白色的芒杜之上穿着便宜的达克龙印染布大型衬衫，脚上则穿着在市场可以买到的最丑陋的塑胶凉鞋。如果玛玛奇有客人、亲戚或一个老朋友从德里来拜访她，恰克会来到她那张摆设高雅的餐桌，那张以精致的兰花和最好的瓷器装饰的餐桌，然后搔一个旧痂，或抓弄肘上长出来的又大又黑的长方形茧。

他特别的目标是宝宝克加玛的客人——天主教的主教或来访的神职人员——他们常常顺道来吃点心。恰克会在他们面前脱掉凉鞋，向他们夸示一个令人作呕的，充满脓的糖尿病患者的疔。

"愿上帝怜悯这个可怜的麻风病人。"他会这样说。而宝宝克加玛则会故意去捡出散落在客人胡须上的饼干屑和炸香蕉片碎屑，迫切地想让他们不去注意这个令人难堪的景象。

但是在所有恰克借以折磨玛玛奇的秘密惩罚中，最恶劣也最伤感情的，是他对于玛格丽特克加玛的追忆。他经常谈到她，而且带着一种特别的骄傲谈到她，仿佛因为她和他离婚了，所以他赞赏她。"她以一个较好的男人取代我。"他会对玛玛奇说。而她会畏缩，仿佛他是在贬她，而不是贬他自己。

玛格丽特克加玛定期写信来，告诉他关于苏菲默尔的消息。她要他相信乔确实是一个很好、很关心孩子的父亲，而苏菲默尔非常爱他——

这带给恰克同量的欣喜和悲伤。

玛格丽特克加玛和乔在一起很快乐。然而，倘使她没有和恰克共度那狂野、不定的几年，那么或许她会更快乐。她温柔地、不带悔恨地想着恰克，但她没有想到她已经深深地伤害了恰克。因为她仍然将自己想成一个平凡的女人，仍然将他想成一个不平凡的男人，而且由于恰克不曾显示出任何常见的悲伤或心碎的症状，所以玛格丽特克加玛只是认为，他觉得那对他和她而言，同样是一个错误。当她告诉他关于乔的事情时，他悲伤，但安静地离开了，带着他的隐形伴侣和友善的微笑。

他们经常通信，几年来，他们的友谊成熟了。对于恰克而言，那是和他孩子的母亲，以及他唯一爱过的女人保持联系的一个方式，唯一的方式。

当苏菲默尔大得可以上学了，玛格丽特克加玛注册了教师训练课程，然后在克拉普罕找到一份低年级教师的工作。当乔出车祸的消息传来时，她正在教师休息室。带来这个消息的，是一位表情严肃，将头盔拿在手上的年轻警察。他看来怪异而滑稽，像正在试演一个严肃角色的坏演员。玛格丽特克加玛记得看见他时，她的第一个直觉就是想笑。

为了苏菲默尔（如果不是为了自己），玛格丽特克加玛尽量沉着地面对这个悲剧，或者假装沉着地面对这个悲剧。她继续去上班，没有请假，而且也留意让苏菲默尔的上学惯例保持不变——做完功课，把蛋吃完。不，我们不能不去上学。

她将痛苦隐藏在一张敏捷而务实的教师面具之下。宇宙中一个严肃的、教师形的洞（有时会打人耳光的教师）。

但是，当恰克写信邀请她去阿耶门连时，她身体里面的某些东西叹息了，并且坐下来。尽管她和恰克之间发生了那一切事情，她仍然最想和他共度圣诞节。她愈考虑，就愈心动，并且让自己相信，去一趟印度对苏菲默尔是有益的。

因此最后，虽然知道朋友和学校同事会觉得很奇怪（第二任丈夫一死，就回去找第一任丈夫），她仍然在定期存款未到期之前将钱领出来，买了两张机票。伦敦—孟买—科钦。

在以后的日子里，那个决定一直纠缠着她。

她带着这样一个景象进入自己的坟墓：她小女儿的尸体躺在阿耶门连之屋的客厅里的躺椅上。即使从远处看，她也可以清楚看出她已经死了，不是生病或睡觉。这多少和她躺卧的方式有关，和她四肢的角度有关，和死亡的权威有关，和它可怕的静寂有关。

绿色的杂草及河里的污物和她美丽的红棕色头发交织在一起，凹陷的眼睑裂开来，被鱼咬过了（啊，是的，那些鱼会咬人，那些在河水深处游动的鱼，它们品尝每一样东西），那件淡色的灯芯绒围裙以歪斜、快活的字体写着"假日"。因为在水里泡得太久了，她和洗衣人的拇指一样的皱。

一个忘了如何游泳的海绵状美人鱼。

为了好运，她小小的拳头握住一个银色的顶针。

用顶针喝东西的女孩。

在棺材里翻筋斗的女孩。

玛格丽特克加玛不曾原谅自己带苏菲默尔来到阿耶门连，也不曾原谅自己在和恰克到科钦去确定回程机票时，留她单独在那儿度周末。

大约在早上九点，玛玛奇和宝宝克加玛听到一个消息：在米那夏尔河变宽并接近淤水处的地方，有人发现一具白人小孩的尸体往下游漂浮。艾斯沙和瑞海儿仍然不见踪影。那天早上稍早，孩子们（三个）全部没有来喝早餐的牛奶。宝宝克加玛和玛玛奇以为他们去河里游泳。那真是令人担心，因为前一天，雨下得很大，夜晚也下了许久的雨。他们知道河流可能会很危险。宝宝克加玛叫克朱玛莉亚去找他们，但是她空手而返。在维里亚巴本来访之后的混乱中，没有人记得他们究竟是何时最后一次看到那些孩子。没有人把他们放在心里最重要的位置。他们很可能前一天的晚上就不见了。

阿慕仍然被锁在她的卧室里。宝宝克加玛有钥匙。她隔着门呼叫阿慕，问她知不知道孩子们可能上哪儿。她试图让声音不显得惊慌，试图使自己听起来像是在随意地询问。某种东西撞在门上，阿慕变得语无伦次，因为她心中充满愤怒，而且不相信发生在她身上的事情——被锁起来——像中古时代家族中的疯子。只有在后来，当世界在他们周围崩解，在苏菲默尔的尸体被带到阿耶门连，而宝宝克加玛打开锁住她的门之后，阿慕才仔细审查她的愤怒，想从发生的事情当中找出意义。恐惧和忧虑逼她做条理分明的思考。只有在那时，她才记得，当双胞胎来到她卧室的门口，问她为什么被锁起来时，她对他们所说的话，那些无心、粗率的话。

"那是因为你们，"阿慕大叫，"如果不是因为你们，我就不会在这儿，这一切就不会发生！如果不是因为你们，我不会在这儿！我将自由自在。你们一生下来，我就应该将你们丢在孤儿院！你们是套在我脖子上的石磨！"

她看不到他们靠着门蹲着。吃了一惊的飞机头和系着"东京之爱"的喷泉。满脸惶惑的双胞胎大使，天知道是什么大使，骨盆和竹节虫大使。

"走开！"阿慕说，"为什么你们不走开，让我安静安静！"

因此他们走开了。

当阿慕以朝卧房的门摔东西来回答宝宝克加玛关于孩子的问题时，宝宝克加玛走开了。当她开始为那一晚发生的事和孩子的失踪找出一个明显、符合逻辑，但完全错误的关联时，恐惧慢慢在她心里形成。

前一天下午，雨很早就开始下了。突然之间，炎热的白日变暗了，天空开始轰隆作响。不知何故而心情不佳的克朱玛莉亚，站在厨房的一张矮凳上粗暴地清理一条大鱼，刮起四处飞溅、散发腥味的鱼鳞。她的金耳环猛烈地摇晃着，银色的鱼鳞飞到厨房各处，落在水壶、墙壁、削皮器和冰箱的门把上。当维里亚巴本湿淋淋而颤抖地来到厨房门口时，她没理会他。他那一只真实的眼睛布满血丝，看来仿佛喝了许多酒。他在那儿站了十分钟，等克朱玛莉亚注意他。当克朱玛莉亚将鱼清理好，并且开始切洋葱时，他清清喉咙，要求见玛玛奇。克朱玛莉亚试着以嘘声赶他走，但是他不愿意走。每次他一开口说话，呼吸中亚力酒①的味道就铁钟般向克朱玛莉亚袭来。以前她不曾见过他这个样子，这使她有些害怕。她对这一切有个很好的解释，因此最后，她决定最好去请玛玛奇来。她关上厨房的门，让维里亚巴本待在外面的院子，醉醺醺地在猛烈的大雨中走来走去。虽然那是十二月，但是雨像六月那样地下着。隔天的报纸称此为"气旋的干扰"，但那时，根本没有人有心情看报纸。

或许将维里亚巴本带到厨房门口的，正是那雨。对于一个迷信的人而言，不合季节、残酷无情的倾盆大雨，似乎是一位愤怒的神祇所发出的预兆。对于一个喝醉酒的迷信者而言，那酒似乎是世界末日的肇端，而且就某方面而言，事实的确如此。

当玛玛奇穿着衬裙和有曲折花边的淡粉红色晨袍来到厨房时，维里亚巴本爬上厨房的台阶，把他那一只假眼拿给她。他伸出那只拿着眼睛的手，说他不配得到它，要她收回。他的左眼睑垂到眼窝上，像一个不可改变的、恐怖的眨眼。他即将说的一切，仿佛是一个复杂的恶作剧的一部分。

"那是什么？"玛玛奇问，并且伸出手，以为为了某种原因，维里亚巴本要把她那天早上送给他的一公斤红米还给她。

"那是他的眼睛。"克朱玛莉亚大声对玛玛奇说，她自己的眼睛因洋葱而流泪、变亮了。那时玛玛奇已经摸到那只玻璃眼睛，坚硬而滑溜，

---

① 用米或蜜糖、椰子汁等做成的烈酒。

如黏滑的大理石，她退缩了。

"你喝醉了吗？"玛玛奇生气地对着雨声说，"你怎么敢这样子来到这里？"

她摸索着走到水槽那儿，用肥皂将那位帕拉凡湿淋淋的眼液自她手中洗掉。洗好后，她闻闻双手。克朱玛莉亚拿一条旧厨房抹布给维里亚巴本，让他将自己擦干。她不发一语，而他则站在最上面一层台阶（几乎在她"非贱民"的厨房之内），将自己擦干，并借着倾斜突出的屋顶避雨。

心情较平静时，维里亚巴本将假眼放回眼窝里，然后开始说话。他先详述玛玛奇的家族为他的家族做了些什么，一代一代。他说，在共产党想到之前，约翰·伊培神父就让他的父亲基兰拥有他们的小屋所在之处的所有权，而玛玛奇出钱为他买假眼，安排维鲁沙受教育，并给他一份工作……

虽然恼怒他喝醉酒，但玛玛奇却不反对听他像吟游诗人那样，讲述她自己和她的家族如何发挥基督徒精神，慷慨助人，而她即将听到的事，是她完全没有料到的。

维里亚巴本开始哭，以他的一只眼睛哭，眼泪从他那只真实的眼睛涌出来，在他黑色的脸颊上闪闪发亮，而他的另一只眼睛则一动也不动地瞪视着前方。他是一个老帕拉凡，曾经过"倒着走"的日子，他不知如何在忠诚和爱之间做取舍。然后"恐惧"攫住他，让他吐出欲说之言。他把目睹的事告诉玛玛奇。他告诉她，夜复一夜，一艘小船如何渡过河流，以及船上坐的是何人。他描述一个男人和一个女人如何一起站在月光下，皮肤对着皮肤。

维里亚巴本说，他们去到卡利赛普的屋子，那个白人的恶魔已进入他们的灵魂里。那是卡利赛普对他（维里亚巴本）所做的事情的报复。那艘船，瑞海儿发现、艾斯沙坐在上面的那艘船，被绑在一棵树的残株上，而旁边是一条从沼泽通往荒废橡胶园的陡峭小径。他看到船在那儿，每天晚上，在水上摇晃。船上没有人，正等着一对爱人回来，一等就是数个小时。有时，他们破晓才从长茎草丛里出现。维里亚巴本亲眼看到他们，其他人也看见了，整个村庄都知道这件事情，迟早玛玛奇会得知此事，因此维里亚巴本亲自来告诉玛玛奇。身为一个帕拉凡，身为一个有一只抵押来的眼睛的男人，他认为那是他的责任。

那一对爱人是他的儿子和她的女儿。他们已经使得难以想象的事变成可以想象，使得不可能发生的事真的发生了。

维里亚巴本继续说，且不断地哭泣、干呕和动嘴巴。玛玛奇听不出他在说些什么，而雨声愈来愈大，然后在她脑中爆炸开来。她没有听到自己的叫喊声。

突然之间，穿着有曲折花边的晨袍，稀疏的灰发编成一条鼠尾的瞎眼老妇人往前走，使出浑身力量推了维里亚巴本一把。他往后跌下厨房的台阶，手脚伸开躺在潮湿的泥泞中。他大吃一惊。贱民的部分禁忌就是期待不被碰触，至少不在这种情形下被碰触，这种被锁在坚固的茧里的情况。

经过厨房的宝宝克加玛听到了骚动。她发现玛玛奇朝外面的雨吐口水，呸！呸！呸！而维里亚巴本躺在泥泞中，湿淋淋，哭泣着，奴颜婢膝，说他愿意杀死自己的儿子，愿意将他碎尸万段。

玛玛奇大叫："喝醉了的狗！喝醉了的帕拉凡骗子！"

在喧嚷声中，克朱玛莉亚大声向宝宝克加玛转述维里亚巴本的故事。宝宝克加玛立刻看出这个处境蕴含诸多的可能性，但她立即油腔滑调地将想法伪装起来。她心花怒放，将这件事看成是上帝为阿慕的罪惩罚阿慕，看成是上帝为她在维鲁沙及那群游行者手中受侮辱而替她复仇雪恨——他们嘲弄地说她是"莫达拉里·玛莉亚库第"，并强迫她挥旗子。她立即扬帆出海，一艘在罪恶之海中破浪前进的良善之船。

宝宝克加玛以她那只厚重的臂膀抱住玛玛奇。

"那必定是真的，"她以平静的声音说，"她做得出那样的事，他也是。维里亚巴本不会在这样的事情上撒谎。"

她叫克朱玛莉亚替玛玛奇拿一杯水来，并拿一张椅子让她坐下。然后，她叫维里亚巴本把故事重说一遍，并时时打断他，要他说得更详细些——谁的船？他们多常见面？这是多久的事情？

维里亚巴本说完时，宝宝克加玛转向玛玛奇："他必须离开。"她说，"就在今晚，在事情进一步闹大之前，在我们完全被毁之前。"

然后，她像小女孩那样颤抖说："她怎么能忍受那气味？你没有注意到吗？他们有一种特别的气味，那些帕拉凡。"

"恐怖"随着这个嗅觉上的观察，随着这个详细的小细节展开来。

玛玛奇恼怒那位站在雨中、醉醺醺、湿淋淋、全身沾满泥巴的独眼老帕拉凡。但是现在，她的恼怒变成一种对她的女儿以及她所做之事的冷酷蔑视。她想到她赤裸裸在泥中和一个男人交媾，而那男人，不过是一个污秽的苦力。她想象着这件事情的生动细节：一只帕拉凡粗糙的黑手放在她女儿的胸部上，他的嘴盖住她的嘴，他黑色的臀部在她分开的双腿之间抽搐。她想象他们呼吸的声音，他独特的帕拉凡味道。"就像禽兽！"玛玛奇心里想，几乎要呕吐。"就像发情的公狗和母狗。"她容忍她儿子的"男人的需要"，然而这种容忍却变成难以驾驭的、恼怒她女儿的燃料。她已经玷污了数代以来那些有教养的人（被安提阿主教亲自祝福的"受祝福的小孩"、一个大英帝国昆虫学家、一个毕业于牛津大学的罗德学者奖学金获得者），并且让她的家族被击垮。从现在起直到永远，在婚礼和葬礼上，在洗礼和生日宴会上，人们会对着他们指指点点，会以手肘碰碰旁边的人，彼此窃窃私语。现在，一切都完了。

玛玛奇无法自制了。

她们做了必须做的事，这两个老女人。玛玛奇提供愤怒，宝宝克加玛提供计划，而克朱玛莉亚则是她们矮小的副官。她们先将阿慕锁起来（诱她进入她的房间），再派人去叫维鲁沙来。她们知道必须在恰克回来之前让他离开阿耶门连，因为她们既无法信任也无法预测恰克对于此事的态度。

然而，整件事情却失控了，犹如一个错乱的陀螺，冲向它所遇见的人。当恰克和玛格丽特克加玛自科钦回来时，一切已经太迟了。

渔夫已经看到苏菲默尔了。

想象渔夫的遭遇吧！

黎明时来到他的船上，在那条他认识了一辈子的河流河口上。由于前一晚的雨，这个地方水流湍急、水位升高。某样东西在水中漂浮而过，颜色吸引了他的注意。淡紫色、红棕色、海滩沙子的颜色。那东西随着水流疾速流向大海，他伸出竹竿去阻止它，将它拉过来。它是一条皱巴巴的美人鱼，一条小人鱼，一个小孩子。红棕色的头发，一个大英帝国昆虫学家的鼻子，手里为了好运而抓着一个银色的顶针。他将她从水里拉出来，放在船上，在她下面铺一条薄薄的棉布毛巾。她躺在船底，和他打到的一堆银色小鱼在一起。他将船划回去（赛依—赛依—沙卡—赛依—赛依—梭姆）。他心里想，如果一个渔夫相信自己十分熟悉这条河流，那么他就大错特错了。没有人认识米那夏尔河，没有人知道它会突然夺走什么，会突然给你什么，或者何时这样做。而那就是渔夫必须祈祷的原因。

在果塔延的警察局，浑身颤抖的宝宝克加玛被带入警员办公室，她把导致突然解雇一位工厂工人（一个帕拉凡）的情况告诉巡官汤姆斯·马修。她说几天前，这名工人试图……试图强奸她的侄女，一个有两个孩子的离婚妇人。

宝宝克加玛对阿慕和维鲁沙的关系做了不实的陈述，这不是为了阿慕的缘故，而是为了遏止丑闻传开，并且解救家族名誉——巡官汤姆斯·马修眼中的家族名誉。她没有想到阿慕后来会自取其辱——去到警察局，试图纠正记录。当宝宝克加玛说出她的故事时，她自己开始相信那故事了。

"为什么你们当初没有向警察局报告这件事？"巡官想知道。

"我们是一个古老的家族，"宝宝克加玛说，"这些不是我们想谈论的事情……"巡官汤姆斯·马修浓密的印度航空公司大君像的髭须几乎遮住了他的人。他完全了解这件事。他有一个非贱民妻子，两个非贱民女儿——纯粹的非贱民后代在她们非贱民的子宫里等待着……

"受到侵犯的人现今在哪里？"

"在家里。她不知道我来这里。要是知道了，她不会让我来。自然地……她为她的孩子担心得快发疯了，而且变得歇斯底里。"

后来，当巡官汤姆斯·马修得知真正的故事时，极为担心真相——那位帕拉凡自非贱民王国所取得的东西不是他抢夺来的，而是对方送给他的。因此，在苏菲默尔的葬礼之后，当阿慕带着双胞胎去他那儿，告诉他记录有误，而他以警棍轻敲她的胸部时，那不是一种警察的自发性野蛮行为。他知道自己在做什么，那是一种预先想好的动作，蓄意要羞辱她、恐吓她，试图要将秩序注入一个出了差错的世界。

这事之后，在尘埃落定而他已整理好文书工作后，他因事情演变的结果而私自庆幸。

但是现在，在宝宝克加玛编她的故事时，他仔细而有礼地聆听。

"昨天晚上天色将黑时——大约晚上七点，他来我家威胁我们。那时雨很大，电灯都熄灭了，当他来时，我们正在点灯，"她告诉他，"他知道这个家的男人——我的侄子恰克·伊培在科钦。我们三个女人单独在家里。"她暂停下来，要让巡官想象一个疯狂寻求性满足的帕拉凡，找上单独在家的三个女人，是多么可怕的事。

"我们告诉他，如果他不安静地离开阿耶门连，我们会报警。他动身时说我的侄女'同意'了，你可以想象吗？他问我们有什么证据可以证明我们控告他的那些罪行。他说根据劳工法，我们没有解雇他的凭据。他非常冷静，而且告诉我们：'你们再也不能踢开我们，像踢开狗一样，那些日子已经过去了。'"这时的宝宝克加玛听起来完全可信，像受到伤害，而且不相信发生的事情。

然后，她的想象力完全接管大局了。她没描述玛玛奇如何失去控制，没描述她如何到维鲁沙那儿，朝他的脸吐口水，也没说出她对他说的话，以及她对他的辱骂。

她告诉巡官汤姆斯·马修，让她来到警察局的，不只是维鲁沙所说的话，还有他说话的态度。他完全没悔意，这是最令她震惊的，仿佛事实上，他为自己所做的事感到十分骄傲。在不自知的情况下，她把游行队伍中羞辱她的男人的举止加在维鲁沙身上。她描述他脸上那种带着嘲笑的愤怒，他声音中那种使她无比害怕的厚颜无耻和蛮横。这使她相信他被解雇和孩子的失踪不是——也不可能——没有关联。

宝宝克加玛说，在那个帕拉凡还是一个孩子时，她就认识他了。她的家族曾帮助他受教育，他曾就读于她的父亲普尼安昆如所创办的贱民学校（巡官汤姆斯·马修必定知道他是谁。是的，当然知道）。她的家族协助让他接受木匠训练，他所住的房子是她家族送给他祖父的礼物，他所有的一切都是她的家族送给他的。

"你们，"巡官汤姆斯·马修说，"你们首先宠坏了这些人，把他们像战利品般地放在头上。然后，当他们行为不检时，你们就跑来向我们求救。"

宝宝克加玛目光低垂，像一个受到惩戒的孩子。然后，她继续说她的故事。她告诉巡官汤姆斯·马修，在过去几个星期，她已注意到某些预示性的征候，某种傲慢无礼、某种粗野蛮横。她提到曾在前往科钦的途中，看到他在游行队伍里，以及关于他是或曾是一个纳萨尔派分子的谣言。她没有注意到这个消息在巡官的眉毛上制造了一条浅浅的忧虑皱纹。

宝宝克加玛说，她曾警告她的侄女要提防他，但是她再怎么样也没有想到事情会落到这个地步。一个漂亮的孩子死去了，两个孩子失踪了。

宝宝克加玛崩溃了。

巡官汤姆斯·马修给她一杯警察局的茶。当她觉得好些了，他帮她在"第一控诉报告"中整理她所说的一切。他向宝宝克加玛保证，果塔延的警方会全力合作。他说，在那一日结束之前，他们会抓到那个恶棍，那个带着一对异卵双胞胎，被历史追捕的帕拉凡——他知道他没有太多地方可以躲藏。

巡官汤姆斯·马修是一个谨慎的人。他采取了一个预防措施，即叫人开一部吉普车将皮莱同志载到警察局。他想知道那位帕拉凡是否有任何政治上的后盾，或者他是独来独往的，这是一件关系重大的事情。虽然他自己是国大党员，但他无意冒险和政府发生争执。皮莱同志到来时，被带到宝宝克加玛刚刚才空出来的座位上。汤姆斯·马修让他看宝宝克加玛的"第一控诉报告"。两人做了一番简短、秘密、扼要的交谈，仿佛他们是在交换数字，而不是话语。解释似乎是不必要的。皮莱同志和巡官汤姆斯·马修并不是朋友，而且彼此也不信任，但是他们完全了解对方。他们两个都是被童年不留痕迹地抛弃的男人，没有好奇心、没有疑问的男人，两人都是真正的、可怕的成人。他们观看外面的世界，从来不想知道它是如何运作的，因为他们知道，他们使它运作。他们是修护同一部机器的不同零件的技工。

皮莱同志告诉巡官汤姆斯·马修，他认识维鲁沙，但没有提到维鲁沙是一个共产党员，或者维鲁沙在前一天深夜曾去敲他家的门，那使得他成为在维鲁沙消失之前最后一个见到他的人。此外，皮莱同志并没有驳斥宝宝克加玛在"第一控诉报告"中所陈述的强暴未遂事件，虽然他知道那不是事实的真相。他只是向巡官汤姆斯·马修保证，就他而言，维鲁沙没有共产党的支援或保护。他是单独行动的。

皮莱同志离开后，巡官汤姆斯·马修在心中反复思考他们的谈话。嘲弄它，鉴定它的逻辑，寻找它的漏洞。感到满意时，他嘱咐他的手下。

在这期间，宝宝克加玛回到了阿耶门连。普利茅斯停在车道上。玛格丽特克加玛和恰克已经从科钦回来了。

苏菲默尔被放在躺椅上。

当玛格格丽特克加玛看到她小女儿的尸体时，震惊充满了她的心，就像一间音乐厅里的幽灵鼓掌声。它以一阵呕吐的浪潮在她里面泛滥，让她说不出话来，让她两眼空洞无神。她哀悼两个死亡，不是一个。失去了苏菲默尔，乔又死了一次。而这一次，再也没有等着做的功课了，再也没有等着吃的蛋了。她来阿耶门连是为了要医治她受创的世界，结果却失去了一切。她支离破碎，犹如玻璃。

她对于以后几天的记忆是很模糊的。在维吉斯·维吉斯医生的照料下，漫长、幽暗的数小时的寂静，浓重的、让舌头长舌苔的寂静，被尖锐、钢铁般的歇斯底里所划破，后者就像一片新刮胡刀片的刃那般锐利。

她只隐约察觉到恰克的存在——在她身旁时，他的声音充满关注和柔情；在其他地方，他大发雷霆、怒气冲天，就像一阵吹过阿耶门连房子的暴风，迥异于许久以前的一个早晨，她在牛津的咖啡馆所遇见的那只有趣而邋遢的豪猪。

她只隐约记得黄色教堂里的葬礼，只隐约记得悲伤的歌唱声，和一只搅扰着某人的蝙蝠。她记得门被捣毁的声音，以及受到惊吓的女人的声音。她也记得夜晚时，灌木里的蟋蟀听起来就像咯吱作响的星星，扩大了笼罩着阿耶门连房子的恐惧和阴郁。

她不曾忘记自己无理性地恼怒另外两个不知为何被饶恕的较小的孩子。她狂热的心思像蛏贝般紧紧抓住一个想法：艾斯沙必须为苏菲默尔的死负责。说来奇怪，因为玛格丽特克加玛并不知道是艾斯沙这位梳着飞机头、挥动着搅拌器的巫师以划船的动作边搅拌果酱，边想着两件事情；她不知道是艾斯沙打破规则，在许多下午以一艘小船载苏菲默尔和瑞海儿渡河；是艾斯沙对着一个被镰刀钉住的气味挥舞一面旗子，因而驱散了那气味。是艾斯沙把"历史之屋"的后阳台当成他们离家时的家，以一张草席和他们大多数的玩具——一把弹弓、一只充气鹅、一只纽扣眼睛已松开的澳航纪念考拉——来布置它；最后，在那个可怕的夜晚，是艾斯沙决定虽然外面既黑又下着雨，但这是他们离家出走的时候了，因为阿慕不要他们了。

对于这一切，玛格丽特克加玛一无所知，但为什么她会为发生在苏菲默尔身上的事情责怪艾斯沙？或许她有一种母亲的直觉。

有三四次，她从药物带给她的一层层厚厚的睡眠中游上来，真的将艾斯沙找出来，然后打他耳光，直至有人让她安静下来，并带她走开。后来，她写信给阿慕，要道歉。但是信到达时，艾斯沙已经被送回去给他父亲了，而阿慕已不得不收拾行李离开了。只有留在阿耶门连的瑞海儿代替艾斯沙接受玛格丽特克加玛的道歉。她写道："我无法想象自己是怎么回事，我只能说那是镇定剂的效果。我没有权利做出那样的事情，所以我要你们知道，我觉得很羞愧，觉得万分、万分抱歉。"

说来奇怪，玛格丽特克加玛不曾想到的人是维鲁沙。她根本不记得他，甚至不记得他的长相。

或许这是因为她不曾真正认识他，也不曾听过他的遭遇。

失落之神。

微物之神。

没有在沙滩上留下足印，没有在水中留下涟漪，没有在镜中留下映像。

毕竟，当那队穿着浆过的硬邦邦卡其短裤的非贱民警察渡过河流时，玛格丽特克加玛并没有和他们在一起。

她没有听见一位警察的沉甸甸的口袋里，有手铐的金属锵锵声。

期望一个人记得她所不知道但曾发生过的事是不合理的。

然而，在那个蓝色十字绣的下午，当玛格丽特克加玛因时差关系躺在床上，而且仍然在睡梦中时，悲愁还有两个星期才会到来。在去看皮莱同志的途中，恰克像一条焦虑、偷偷摸摸的鲸鱼那样经过卧室的窗，想偷偷往里面窥视，看看他的妻子（前妻，恰克！）和女儿是否醒着，是否需要任何东西。在最后一刻，他失去了勇气，带着肥胖的身体走过去，没有往里面看，而苏菲默尔醒——着，活——着，警觉——着。她看到恰克走开。

她从床上坐起来，看着窗外的橡胶树。太阳已经走到天空的另一端，在橡胶园投下一个房屋形的深沉阴影，使得叶子已经变暗的树更加幽暗。阴影的那一边，光线是均匀的、柔和的。每一棵树的斑驳树皮上都有一条斜斜的割痕，奶状的橡胶经由这些割痕渗出来，像白色的血从伤口渗出来，然后滴入系在树上的半个等待中的椰子壳里。

苏菲默尔从床上爬下来，在她沉睡的母亲的钱包里搜索。她看到了她正在寻找的东西——贴有航空公司标签及行李签条的上了锁的大行李箱的钥匙。她打开行李箱，翻寻里面的东西，像一只狗灵敏地掘着花床。她弄翻了一沓沓内衣、烫过的裙子和上衣，弄翻了洗发精、面霜、巧克力、透明胶带、伞、香皂（以及其他瓶装、有伦敦味道的东西）、奎宁、阿斯匹林、各种抗生素。“带每一样东西去，”玛格丽特克加玛的同事以关心的语气向她建议，“你永远不知道你会需要什么。”当他们对一位正要前往“黑暗之心”的同事这样说时，他们的意思是：（1）任何人都可能碰上任何事情。

因此

（2）最好让自己准备妥当。

最后，苏菲默尔看到了她寻找的东西。

给她表妹和表弟的礼物。做成三角塔形的托布勒隆巧克力（遇热时会变软、歪斜）、脚趾位置有各种颜色的短袜，以及两支原子笔——上半部注满水，里面悬浮着伦敦街景的拼贴：白金汉宫、国会大厦上的大钟、商店和人。一辆由一个气泡推动的红色双层巴士在寂静的街道上浮上浮下。忙碌的原子笔街道缺乏噪声，这一点令人觉得有些不祥。

苏菲默尔将将礼物放入她时髦的袋子里，然后进入世界，去和人讲一笔合算的买卖，去商订一项友谊。

很不幸，这个友谊摇来晃去，不完全，在空中摆荡，没有立足点，没有绕成故事。这就是为何苏菲默尔很快地变成一个记忆（比应有的更快），而苏菲默尔之死却变成一件鲜明而活生生的事情，就像正值盛产季节的水果，像每一季都盛产的水果。

14　工作就是斗争

恰克抄近路穿过倾斜的橡胶树，如此，他只要在大路上走一小段距离，便能到达皮莱同志的家。他看来有点滑稽，穿着接机穿的紧身西装走在干叶铺成的地毯上，领带被风吹到肩膀上。

恰克到达时，皮莱同志不在家，他那位前额抹着新鲜檀香膏的妻子卡莉安接待他，让他坐在狭窄前厅的一张折叠钢椅上，然后经由挂着饰有尼龙花边的粉红色门帘的门，消失在隔壁幽暗的房间里。在那儿，一盏大黄铜油灯上正闪烁着微弱的火焰。令人生腻的香气从门口飘进来，而门上面有一块小木牌，牌上写着："工作就是斗争，斗争就是工作"。

对于那间房间而言，恰克的块头太大了，蓝色的墙似乎在推挤他。他环顾四周，觉得紧张，觉得有些不安。一条毛巾在绿色小窗的横栏上晾干，餐桌上盖着一张鲜艳、有花形图案的塑胶桌巾。白色蓝边的珐琅盘上有一串小香蕉，香蕉上有旋飞的蚊子，房间的一角有一堆绿色未去壳的椰子。一双孩子的橡胶拖鞋在明亮的由条纹构成的平行四边形的阳光里，呈内八字放在地板上。一个有玻璃片的橱子立在桌旁，橱子里挂着印染布帘子，使人看不见橱里的内容。

皮莱同志的母亲是一个矮小的老妇人，她穿着一件棕色的上衣，和一条灰白色的芒杜，坐在靠墙的一张高木床边缘，两脚悬在地板上摆荡。一条薄薄的白毛巾斜斜地横过胸前，然后挂在一边的肩膀上。一群成漏斗状的蚊子像一顶倒过来的傻瓜帽①，在她头顶上哼哼作响。她坐在那儿，脸颊倚在手掌上，使得脸那边的皱纹聚成一簇。她身上的每一处——甚至她的手腕和足踝——都布满了皱纹，只有她喉咙上的皮肤是紧绷而光滑的，在一个巨大的甲状腺肿上伸展开来。那是她的青春之泉。她茫然地注视着对面的墙壁，温和地摇摆身体，发出规律的、有节奏的微弱咕噜声，像长途巴士上一名无聊的乘客。

皮莱同志的高中毕业证书、学士证书和硕士证书被装上框，挂在她头后面的墙上。

另一面墙上有一张皮莱同志向南布迪里巴德同志献花环的装框照片。一个麦克风放在一个立架上，麦克风的最前面有一个写着"阿强沙"②的闪闪发亮的标志。

床边那架正在旋转的桌上电风扇，以典型的民主轮流方式计量化分配机械性的微风——先是扬起老皮莱太太仅存的头发，再扬起恰克的头发。蚊子不知疲倦地四散开来，又聚在一起。

透过窗子，恰克可以看到轰隆而过的公车的顶部，以及行李架上的行李。一辆有扩音机的吉普车驶过去，大声播放着一首歌，其主题是失业。合唱部分用英文，其余部分用马拉亚拉姆语。

> 没有空缺！没有空缺！
>
> 不管穷人去到哪里，
>
> 没有没有没有，没有空缺！

他们将 no（没有）念成和 door（门）押韵的音。

卡莉安回来时，带着用不锈钢杯装的滤杯式咖啡和用不锈钢盘装的

---

① 从前顽劣学生受罚时所戴的圆锥形纸帽。
② 公司的名称。

炸香蕉片（鲜黄色，中间有黑色的小粒种子）。

"他去欧拉沙，很快就会回来。"她说。提到她丈夫时，她说"阿迭罕"，即"他"的尊称，而"他"却称她"艾地"，其意思很接近"喂,你"。

她是一个艳丽的女人，有金棕色的皮肤和大眼睛。她长而鬈曲的头发是潮湿的，松散地垂在背上，只有在末端才编成辫子。头发弄湿了她那件深红色的紧身上衣，使它变得更紧、更深红。在袖子结束的地方，她手臂上柔软的肉鼓出来，垂到她有凹洞的肘上。白色的芒杜和肩带是干爽的、烫过的。她散发着檀香和被她用来取代香皂的压碎绿埃及豆的味道。数年来第一次，恰克在注视她时没有丝毫性冲动。他的家里有一个妻子（前妻，恰克！），她有臂斑和背斑，穿着蓝色洋装，腿在洋装下露出来。

小列文穿着红色紧身短裤出现在门口。他以一条细腿站立着，像一只鹳，将粉红色的蕾丝窗帘扭成一根柱子，并以他母亲遗传给他的眼睛注视着恰克。他现在六岁了，早就过了将东西塞到鼻子里的年纪了。

"芒恩，去叫拉莎来。"皮莱太太对他说。

列文留在原地，仍然瞪视着恰克，以只有孩子才有的方式轻轻松松地尖叫：

"拉莎！拉莎！有人找你！"

"我们从果塔延来的侄女，他哥哥的女儿。"皮莱太太解释，"上星期，她在特里凡得琅的少年节中，得到演说比赛第一名。"

一个看起来充满斗志的十二三岁小女孩从蕾丝窗帘幕中出现，穿着一件长及足踝的印染长裙，和一件及腰的白色短上衣，上衣有为将来长出的胸部预留空间的假折缝。她抹了油的头发分成两半，编成两根紧密、闪亮的辫子，每一根辫子都被绕成圆圈，然后以缎带系住，如此，它们垂挂在脸的两边，就像巨大、下垂、尚未着色的耳朵的轮廓。

"你知道这是谁吗？"皮莱太太问拉莎。

拉莎摇摇头。

"恰克先生，我们的工厂老板。"

拉莎沉着自若地注视他，但不带好奇心。对于一个十三岁的孩子而言，这是很不寻常的。

"他在伦敦的牛津大学读书，"皮莱太太说，"你愿不愿意为他朗诵？"

拉莎不加犹豫就答应了，她让两脚稍微分开站着。

"主席先生，"她向恰克鞠躬，"亲爱的评审，以及——"她环视挤进这个又小又热的房间里的假想听众，"亲爱的朋友。"她戏剧性地暂停下来。

"今天我要向你们朗诵一首沃尔特·斯考特爵士所写的诗，诗名叫《洛钦华》。"她的手在背后交握，眼睛变朦胧，视而不见地注视着恰克头部的上方。朗诵时，她略微摇摆身体。起初，恰克以为那是译成马拉亚拉姆语的《洛钦华》，字和字连接在一起，像说马拉亚拉姆语一样，一个字的最后一个音节连接下一个字的第一个音节。她以极快的速度朗诵。

> 噢！年轻的洛钦华从西方来，
> 在广阔的西方全境，他的马是最好的，
> 而他唯一的武器就是那把宽阔的好剑，
> 他没有武装，独自一人骑在马上……

诗里点缀着躺在床上的老太太的咕噜声，而且似乎只有恰克注意到这一点。

> 他游过没有浅滩的艾斯克河，
> 但是在他于奈瑟拜门下马之前，

新娘同意了，而骑士姗姗来迟。

诗朗诵到一半时，皮莱同志回来了。他的皮肤因汗水而闪闪发光，芒杜在膝盖上被折起来，黑色的汗水痕迹在达克龙上衣的腋下部分扩展开来。快四十岁的他是一个体格不结实、气色不佳的矮小男人。他的腿已经变成纺锤形，绷紧而膨胀的肚子就像他矮小的母亲的甲状腺肿，与他细瘦、狭窄的身体的其余部分及那张警觉的脸完全格格不入，仿佛他们家族基因里的某种东西，会让他们身体各个不同的部位随意地长出肿块。

他整齐的细条形髭须水平地将上嘴唇分成两半，并在嘴角结束。他额头上的发际线已经开始后退，而他没有尝试要隐藏它。他的头发抹了油，从前额往后拢，青春显然不是他追求的东西，他拥有一家之主的那种从容的威信。他微笑，向恰克点头打招呼，但是没有表示知道他的妻子或母亲在场。

拉莎的眼睛向他闪动，请求允许她继续朗诵诗。他允许了，并且脱下衬衫，将它卷成一个球形物，然后拿它来擦拭腋窝。擦好后，卡莉安自他手中拿走衬衫，握着它像握着一份礼物，像握着一束花。皮莱同志穿着无袖的内衣坐在一张折叠椅上，将他的左脚搁到右大腿上。在他的侄女朗诵其余的诗行时，他坐在那儿，若有所思地注视下面的地板，以手掌托住下巴，右脚配合诗的韵律和节奏轻踏着，另一只手则按摩左脚精致地弓起的脚背。

拉莎朗诵完后，恰克带着真诚的美意鼓掌，但是她甚至没有露出一点笑容来表示对这个喝彩的感谢。她就像一个参加家乡游泳比赛的东德游泳选手，眼睛只注视着奥运会的金牌，视任何较小的成就为她应得之物。她看着她的叔叔，请求允许她离开客厅。皮莱同志向她招手示意，并向她耳语。

"去告诉帕萨全和马舒库第，如果他们想见我，就得立刻过来。"

"不，同志，真的……我吃不下了。"恰克说。他以为皮莱同志叫拉莎去拿更多的点心出来。皮莱同志很感谢他的这种误解，所以让它持续下去。

"不不不，哈！这是什么？艾地（喂！你）卡莉安，端一盘炸米球出来。"

身为一个野心勃勃的政客，皮莱同志自然必须在他选择的选区，让人看见他是一个具有影响力的人物。他想要利用恰克的来访，让当地的恳求者和党的工人留下深刻的印象。他叫拉莎去叫来的帕萨全和马舒库第是村民，他们曾请求他利用他在果塔延医院的关系，让他们的女儿得到护士的工作。皮莱同志非常希望他们"被人看见"在他家外面等着和他会面。愈多人被看见等着和他会面，他就愈装出忙碌的样子，而且会让人留下更好的印象。如果等待的人看见工厂的老板亲自来见他，亲自来到他家，那么他知道这会发出各种有用的信号。

"同志！"皮莱同志说。拉莎已经被派去叫人了，而炸米球已经送来了。"有什么消息？你的女儿能够适应吗？"他坚持用英文和恰克交谈。

"啊，她很能适应，现在她正在熟睡。"

"噢喔！我想那是时差症的关系。"皮莱同志说，而且很高兴自己对于国际性的旅行略知一二。

"欧拉沙那边有什么事情，党的一个集会？"恰克问。

"啊！才不是这样。家妹前些日子骨折了，"皮莱同志说，仿佛骨折是一个来访的贵人，"因此他带她到欧拉沙的医生那儿去拿一些药，一些油和其他东西。她的丈夫在帕德那，因此她一个人待在她丈夫的亲戚家里。"

列文放弃他在门口的岗位，让自己站在他父亲的膝盖之间，并且挖他的鼻子。

"你也朗诵一首诗如何？小伙子，"恰克对他说，"你的爸爸没有教你吗？"

列文瞪视着恰克，没有流露任何表示听到或了解恰克所说之话的表情。

"他什么都知道，"皮莱同志说，"他是一个天才，只是在客人面前，他总是很安静。"皮莱同志以膝盖轻轻摇动列文。

"列文芒恩，把爸爸教你的那一段念出来给叔叔同志听。朋友们，罗马的乡亲……"

列文继续挖掘鼻孔中的宝藏。

"快呀！芒恩，他只是你的叔叔同志——"

皮莱同志试图以脚摇动列文，让他开始朗诵莎士比亚。

"朋友们和罗马的乡亲，请留意听——"

列文的眼睛继续一动也不动地注视着恰克。皮莱同志又试一次。

"……请留意听——"

列文抓了一把炸香蕉片，然后从前门冲出去，开始在屋子和道路之间的前庭跑来跑去，以一种他不明白的兴奋心情大叫。发泄了一些情绪之后，他开始提高膝盖，上气不接下气地疾奔。

　　　　留意听我所说的话；

列文的叫喊声盖过一辆经过的公车的声音，从庭院传来。

　　　　我来这儿是为了埋葬恺撒，不是赞美他。
　　　　人们所做的坏事在他们死后仍然留存着，
　　　　但是好事却和他们一同被埋葬……①

他流利地叫喊出这些句子，不曾结结巴巴，这是很了不起的，因为

---

① 出自莎士比亚的《恺撒大帝》。

他只有六岁，而且根本不了解自己在说些什么。皮莱同志坐在里面，看着在外面庭院中跑来跑去的那位布满灰尘的小魔鬼，脸上出现骄傲的微笑（他是未来的一位水电设施承包商，有一个小宝宝和一辆巴加伊速克达）。

"他是班上第一名的学生，今年他会升两级。"

那间又小又热的房间里装着太多太多的野心。

不管皮莱同志在他挂着帘幕的橱子里储藏了些什么，那绝不是破裂的白塞木飞机。

另一方面，恰克从他进屋的那一刻起，或者从皮莱同志回到家的那一刻起，便经历了一种丧失威信的奇怪过程。就像一个被夺去星形勋章的将军，他节制他的微笑，抑制他的膨胀力。任何在那儿第一次遇见他的人，都会认为他沉默寡言，而且几乎胆怯。

皮莱同志所具有的小巷战士的正确直觉让他明白一件事情：他狭隘的环境（他又小又热的屋子，他咕咕哝哝的母亲，他明显地接近劳苦大众）使他具有一种支配恰克的力量，而在革命时期，那种力量是牛津的教育不能匹敌的。

他举起"贫穷"这支枪，对准恰克的头部。

恰克拿出一张皱巴巴的纸，他已试图在纸上画出他要皮莱同志印制的新标签的设计草图。新标签将被贴在天堂果菜腌制厂计划于春天推出的一项新产品——综合烹饪醋——之上。画图并不是恰克的专长之一，但是皮莱同志抓住了大略的要点。他很熟悉有卡沙卡里舞者的图案字，熟悉他裙子下的标语——品位王国的帝王（他的主意），以及他们为"天堂果菜腌制厂"这几个字选择的版面。

"我想设计是相同的，只有文字内容不一样。"皮莱同志说。

"边缘的颜色也不一样，"恰克说，"红色换成芥末黄。"

皮莱同志将眼镜往上推到头发里，想要大声念出那些文字，镜片立即因发油而变模糊。

"综合烹饪醋。"他说。

"我想全部都要用大写字母吧！"

"颜色用普鲁士蓝。"恰克说。

"那么'以醋酸配制而成'呢？"

"宝蓝，"恰克说，"就像我们使用在盐腌青椒上的那种颜色。"

"那么净容量、批号、制造日期、保存期限、最高零售价呢？相同的宝蓝色，但是用大写和小写？"

恰克点头。

"'我们在此证明本瓶内的醋具有其所声称的性质和品质'。'成分：水和醋酸'。我想这里要用红色吧！"

皮莱同志用"我想"，将问题伪装成陈述。他讨厌问问题，除非那是私人问题。问题代表了将无知粗俗地展示。

讨论完醋的标签后，恰克和皮莱同志的头上都各有一群成漏斗形的蚊子。

他们就交货日期达成了协议。

"所以昨天的游行是一次成功的游行？"恰克说，终于道出他真正的来意。

"除非我们的需求实现了，同志，否则我们不能说那是一次成功或失败的游行。"

一种宣传小册子里特有的夸张语气不知不觉地溜入皮莱同志的声音里。"在那之前，斗争必须持续下去。"

"但是人们的反应很热烈。"恰克提示，试图和他说相同的语言。

"这是当然的，"皮莱同志说，"同志们已经将备忘呈递给党的最高指挥部。现在，让我们看看吧！我们只需等着瞧。"

"昨天我们在路上经过他们，"恰克说，"经过游行队伍。"

"我想是在前往科钦的途中吧，"皮莱同志说，"但是党的消息来源指出，特里凡得琅的反应好多了。"

"科钦也有数千名同志，"恰克说，"事实上，我的外甥女看到我们年轻的维鲁沙在他们当中。"

"噢喔，我明白了。"皮莱同志一个疏忽便被乘虚而入。他原来就计划和恰克谈维鲁沙的事。有一天，他会和他谈，终会和他谈，但不是如此直截了当地谈。他的脑袋像桌上的电风扇那样嗡嗡作响。他心想是否要利用恰克给他的开场白，或者将它留到另一日。他决定现在就利用它。

"是的，他是一个好工人，"他深思熟虑地说，"非常聪明。"

"的确是，"恰克说，"一个有工程师头脑的优秀木匠。如果不是——。"

"不是'那种'工人，同志，"皮莱同志说，"是党的工人。"

皮莱同志的母亲继续摇晃身子和咕哝作响。那些咕哝声的节奏里有某种令人安心的东西，就像时钟的滴答声，一种你几乎没有注意到，但停止时会令你怀念的声音。

"啊！我明白了，所以他是一名正式的党员？"

"噢，是的，"皮莱同志轻轻地说，"噢，是的。"

汗水从恰克的头发流下来，他觉得仿佛有一群蚂蚁在他的头皮上漫游。他抓头抓了许久，双手在整个头皮上上下下移动。

"欧鲁卡央帕拉亚特瑞 ①，"皮莱同志改用马拉亚拉姆语，以及一种信任的、共谋性的语气，"听着，我以朋友的身份和你谈，这不列入记录。"

继续谈话之前，皮莱同志研究着恰克，试图判定他的反应。恰克正在检查留在指甲下面的灰色汗浆和头皮屑。

"那个帕拉凡会给你带来麻烦，"他说，"听我的劝告……在别的地方帮他弄一份工作，把他打发走。"

---

① 意思为："让我告诉你一件事情。"

　　恰克对于话题的转变感到非常不解。他只想知道发生了什么事情以及情势如何，他预料会遇到敌意，甚至对质，不料却碰上狡诈和被误导的共谋。

　　"把他打发走，但这是为什么？我并不反对他成为一个正式党员。我只是很好奇，如此而已……我想或许你已经跟他谈了，"恰克说，"但我相信他只是在试验，在试试看他能够做些什么，他是一个敏感的家伙，同志，我相信他……"

　　"才不是这样，"皮莱同志说，"作为一个人，他或许很不错，但是其他工人并不满意他。他们已经来向我提出抱怨了。你知道，同志，从本地的立场来看，这些种族阶级的问题是根深蒂固的。"

　　卡莉安在桌上放了一钢杯热腾腾的咖啡给她丈夫。

　　"举个例，看看她，这个家的女主人，即使是她也不会容许帕拉凡和那一切进入家里，绝不容许。即使是我也无法说服她——我自己的妻子——那样做。当然了，在家里，她是主子。"他带着深情的、淘气的微笑转向他的妻子，"喂，你，卡莉安？"

　　卡莉安低下头来，微笑着，羞怯地承认她的固执。

　　"明白了吧？"皮莱同志得意扬扬地说，"她听得懂英文，只是不会说。"

　　恰克淡淡地微笑。

　　"你说我的工人来向你抱怨……"

　　"喔，是的，没错。"皮莱同志说。

　　"谈到任何特别的事情吗？"

　　"没有谈到任何特别的事情，"皮莱同志说，"但是同志，其他人自然不满意你给他的任何好处。他们将此视为一种偏心，因为不管他做什么，不管他是一个木匠、一个电工或其他任何什么，他毕竟只是一个帕拉凡，这是他们与生俱有的限制。我自己告诉他们这种事是不对的，但是老实说，同志，改变是一回事，接受是另一回事。你应该提防，最好将他打发走。"

"老朋友,"恰克说,"那是不可能的。他的价值是无法估计的,实际上,经营工厂的人是他——而且将所有的帕拉凡打发走并不能解决问题。我们当然必须学习处理这种荒谬的想法。"

皮莱同志不喜欢别人称他"老朋友",他觉得那是一种以好的英文伪装起来的侮辱,而好的英文当然使它成为一种双重侮辱——侮辱本身,以及恰克认为他不明白这是一个侮辱。这完全破坏了他的心情。

"或许是吧,"他刻薄地说,"但是,罗马不是一天造成的。记住,同志,这里不是你的牛津大学,对你而言是荒谬的事情,对别人而言可能不是这样。"

列文继承了他父亲的瘦削和他母亲的眼睛。他出现在门口,上气不接下气。在叫喊完马克·安东尼的演讲以及大部分的《洛钦华》之后,他才明白听众已经没有在听了。他重新让自己站在皮莱同志分开的膝盖之间。

他在他父亲的头上拍手,在漏斗形的蚊子群当中制造大混乱,并数他手掌上的死蚊子,其中一些因吸满鲜血而肿胀。他让他的父亲看,而后者把他交给他的母亲,叫她将他洗干净。

皮莱老太太的咕哝声再次打破他们之间的沉默。拉莎带着帕萨全和马舒库第来了。两个男人照着吩咐在外面等,门半开着,当皮莱同志再度开口时,他改说马拉亚拉姆语,并且确定外面的听众听得见他的声音。

"公开工人苦情的适当论坛当然是工会。在这个情况中,由于老板本身就是一个同志,因此,如果工人不组成工会,加入党的斗争,那么这将是一件可耻的事情。"

"我考虑过这一点,"恰克说,"我要正式将他们组织成一个工会,他们将选出自己的代表。"

"但是同志,你不能策动他们自己的革命,你只能制造觉醒,只能教导他们。他们必须发动自己的斗争,他们必须克服畏惧。"

"畏惧谁？"恰克微笑，"畏惧我？"

"不，不是畏惧你，亲爱的同志，是畏惧几个世纪以来的压迫。"

然后皮莱同志以一种虚张声势的声音引用经典的话。他用的是马拉亚拉姆语，说来奇怪，他的表情和他侄女的表情十分神似。

"革命不是一个晚宴，革命是一种暴动，一种一个阶级推翻另一个阶级的暴力行动。"

因此，在获得综合烹饪醋的标签印制合约之后，他灵巧地将恰克逐出推翻者的战斗阶级，并将他推入被推翻者的危险阶级。

在苏菲默尔到来的那日下午，他们并肩坐在钢制折叠椅上，啜饮咖啡，嘎喳嘎喳地嚼着炸香蕉片，用舌头移去粘在上颚的黄色变软的东西。

矮小而瘦削的男人和高大而肥胖的男人，一场即将到来的战争中的敌手，漫画式的敌手。

结果这场战争几乎在开始之前就结束了，这对皮莱同志而言是很不幸的。胜利被包装起来、系上缎带，然后放在银盘上送给他。唯有在时机已过，唯有当天堂果菜腌制厂轻轻地倒地，且甚至没有发出一点怨言或假装的反抗时，皮莱同志才明白，他真正需要的是战争的过程，而不是胜利的结果。原本战争可能是载着他走过通往州立法会的部分路程的一匹种马，然而胜利在握时，他并没有比出发时好到哪里。

他打破了鸡蛋，但是也把蛋卷烧焦了。

没有人知道皮莱同志在接下来发生的事件中，真正扮演了什么角色。虽然恰克知道，皮莱同志在马克思主义党包围天堂果菜腌制厂时，所发表的关于贱民权利的那些慷慨激昂的演说太过伪善（"种性阶级就是阶级，同志"），但即使是他也不清楚事情的全部真相，而且他也不想查出真相。那时，苏菲默尔的死令他变得麻木，他以一种因忧伤而变模糊的眼光来看一切事情。就像一个被悲剧惊动，因而突然长大、放弃玩物的孩子，恰克丢弃了他的玩具。腌果菜男爵之梦和人民的战争一起同破碎的飞机放在他那有玻璃的橱子里。天堂果菜腌制厂关闭后，一些稻田（以及抵押物）被卖掉了，以便付清银行的贷款。然后，为了供应家庭衣食，更多的稻田被卖掉了。恰克移民到加拿大后，家庭的唯一收入来自阿耶门连房子旁边的橡胶园和园地内的几棵椰子树。在其他人死去了、离开了或被送回去之后，宝宝克加玛和克朱玛莉亚便靠这些过活。

　　为了对皮莱同志公平起见，我们必须说明，以后所发生的事并不是皮莱同志策划的。他只是将他准备好的手指伸入等待中的历史手套里。

　　在他生存的社会里，一个人的死可能比他的生存更有利可图，而这一点并不是他的错。

　　维鲁沙最后一次造访皮莱同志（在他面对玛玛奇和宝宝克加玛之后），以及他们之间发生的事情始终是一个秘密。那最后的出卖让维鲁沙在黑暗和雨中渡河，逆流而泳，及时赶上他和素未谋面的历史的约会。

　　维鲁沙拿装罐器到果塔延给人修理，之后，他从那儿搭最后一班公车回家。在公车站，他遇到一个工厂工人，后者带着得意的笑容说，玛玛奇要见他。维鲁沙不知道发生了什么事情，也完全不晓得他那喝醉了的父亲曾去过阿耶门连的房子。他不知道依然醉醺醺的维里亚巴本已在他们的小屋坐了数个小时等他回来，他的玻璃眼睛和斧头的刃在灯光下闪闪发光。他也不知道，因忧虑而变麻木的可怜的库塔本已经和他的父亲连续谈了两个小时，试图让他冷静下来，且时时耳倾听是否有脚步声或矮树丛的沙沙声，想警告他那没有起疑的弟弟。

　　维鲁沙没有回家，他直接去阿耶门连的房子。虽然，一方面他觉得非常惊讶，但另一方面，他的一种古老直觉让他明白——而且早就明白——有一天，历史会回家来栖息。在玛玛奇大发雷霆之时，他一直克制自己，而且出奇的冷静。那是一种受到极端刺激时所生出的镇定，是出自一种超越愤怒的平静。

维鲁沙到来时，玛玛奇方寸大乱，对着折叠式拉门的一个镶板吐出她盲目的毒液，吐出她粗鲁、令人无法忍受的侮辱，直至宝宝克加玛伶俐地将她转过来，让她的愤怒对准目标——安静地立在幽暗中的维鲁沙。玛玛奇继续她喋喋不休的攻击，她的目光空洞，面孔扭曲丑陋，愤怒将她推向维鲁沙，直至她直接对着他的脸叫喊，直至他可以感觉到她的唾沫横飞，可以闻到她呼吸中走了味的茶味。宝宝克加玛紧紧靠在玛玛奇身边，不发一语，但以手调节玛玛奇的愤怒，为她的愤怒添加燃料，在背上鼓励性地拍一拍，或者以手臂抱住她的肩膀，让她安心。玛玛奇完全没有察觉这种操纵。

每一个听到她话的人（宝宝克加玛、克朱玛莉亚、被锁在房间里的阿慕）都不明白，像玛玛奇这样一位穿着干爽烫过的纱丽，在晚上拉《胡桃夹组曲》的老太太，究竟从哪儿学来她那天使用的脏话。

"滚出去！"她终于尖叫着说，"如果明天我在我的土地上看到你，我就要阉割你，像阉割野狗那样！我会叫人把你杀了！"

"我们会处理的。"维鲁沙安静地说。

这就是他所说的话，而宝宝克加玛在巡官汤姆斯·马修的办公室，把这句话添油加醋地说成是谋杀和绑架的威胁。

玛玛奇朝维鲁沙的脸上吐口水，一大口口水，横溅在他的皮肤上，横溅在他的嘴巴和眼睛上。

他只是站在那儿，吓呆了，然后转身离开。

从那栋房子走开时，他觉得他的知觉被磨过了，变锐利了，仿佛周围的一切都被碾平，变成一个整齐的解说图，一个机械制图，一本告诉他该怎么办的说明手册。他迫切渴望某种停泊处的心紧紧抓住细节，为它所遇见的每一样东西贴上标签。

大门。走出大门时，他心里这样想。大门、路、石头、天空、雨。

大门。

路。

石头。

天空。

雨。

他皮肤上的雨是温暖的，他脚下的铝红土岩块参差不齐。他知道自己正前往何处，他留意一切事物，每一片叶子、每一棵树、没有星星的天空中的每一朵云，以及他跨出的每一步。

> 呜—呜—呜—，火车，
>
> 用尖锐的声音叫喊，
>
> 日夜不停地奔跑，
>
> 累了才停下来。

那是他在学校所学的第一课，一首关于火车的诗。

你开始数，数某样东西，任何东西。一　二　三　四　五　六　七　八　九　十　十一　十二　十三　十四　十五　十六　十七　十八　十九　二十　二十一　二十二　二十三　二十四　二十五　二十六　二十七　二十八　二十九……

机械制图开始变模糊了，清晰的线条变成污迹了，说明手册上的说明再也没有任何意义。道路起来迎接他，黑暗愈来愈浓，愈来愈黏，穿过它变成一件费力之事，就像在水下游泳。

事情发生了，一个声音告诉他，已经开始发生了。

他的心智突然变得不可思议的老，飘出他的身体，在他上面的空中盘旋，从那儿叽里咕噜地发出无用的警告。

它往下望，看见一个年轻人的身体在黑暗和挟着风的雨中行进。那身体最渴慕的就是睡眠。睡眠，然后在另一个世界醒来。他呼吸的空气中有她的味道，她的身体曾躺在他身体上面，或许他再也见不到她了。她在哪儿？他们对她做了什么？他们是否伤害了她？

他继续走着，脸既没有迎向雨，也没有低下避开雨，既不欢迎雨，也不躲开雨。

虽然雨洗掉玛玛奇吐在他脸上的唾沫，但他依然觉得有人拿掉他的头，然后朝他的身体内部呕吐。块状的呕吐物在他的内部向下淌，覆盖在他的心脏和肺部上面；缓慢移动的浓稠物滴入他的胃窝里，他所有的器官都浸在呕吐物中，雨水无法将它们冲洗干净。

他知道自己必须做什么。说明手册指示他。他必须去找皮莱同志，虽然他不知道为什么。他的脚带他走到幸运印刷厂，门锁着。他越过小小的庭院，来到皮莱同志的家。

光是举起手敲门已经使他精疲力尽。

当维鲁沙敲门时，皮莱同志已经吃完他的炸鱼，正在压烂一根熟香蕉，要将泥状物从他握紧的拳头挤到盛着凝乳的盘子上。他叫他的妻子去开门，回来时，她看起来闷闷不乐，而皮莱同志觉得她突然变得相当性感，想要立即去触摸她的乳房，但是他的手指上有凝乳，而门口站着一个人。卡莉安坐在床上，心不在焉地轻拍着列文，列文睡在他矮小的祖母旁，正在吸吮拇指。

"是谁？"

"那个帕拉凡巴本的儿子，他说有急事。"

皮莱同志不慌不忙地吃完凝乳，手指在盘子上移动。卡莉安用一个不锈钢的小容器送水过来，并为他倒出水。盘子的食物残渣（一个干燥的红番椒，被吸吮过然后吐出来的僵硬、嶙峋的鸡腿骨头）浮起来。她拿一条毛巾给他，他擦擦手，说了谢谢，然后走向门。

"什么事？已经这么晚了来做什么？"

回答时，维鲁沙听到自己的声音朝着他击回来，仿佛撞上了一面墙。他试着解释发生的事情，但他可以听见自己变得语无伦次。和他说话的人个子很小，与他相隔甚远，在一道玻璃墙后面。

"这是一个小村庄，"皮莱同志说，"话传来传去，我听到他们说的话了，所以我并非不知道是怎么一回事。"

再一次地，维鲁沙听见自己说一些在对方听来无关痛痒的事情。他自己的声音蛇般地缠绕着他。

"或许吧，"皮莱同志说，"但是同志，你应该知道，党的成立并不是为了要支持工人不检点的私生活。"

维鲁沙看着皮莱同志的身体从门后逝去。身体虽然消失了，但尖锐的声音仍然停留在那儿，并且喊着口号，旗帜在空无一人的门口飘扬。

> 处理这类事情不符合党的利益。
>
> 个人的利益应该放在组织的利益之下。
>
> 破坏党的纪律即是破坏党的团结。

那声音继续说。句子分散成词语，词语分散成字。

> 革命的进展。
>
> 阶级敌人的歼灭。
>
> 买办资本家。
>
> 春雷。

又遇上这种事情了。另一种和自己敌对的宗教，另一个由人类心智所建造，却被人性所摧毁的建筑物。

皮莱同志关起门，回到他的妻子和晚餐那儿。他决定吃另一根香蕉。

"他要做什么？"他的妻子边问边递给他一根香蕉。

"他们发现了。有人告诉他们，他们把他解雇了。"

"就这样吗？他还算幸运，因为他们没有将他吊死在最近的一棵树上。"

"我注意到一件古怪的事，"皮莱同志边说边剥香蕉，"那个家伙的指甲涂着红色的指甲油。"

维鲁沙站在雨中，站在寒冷中，站在唯一一盏街灯所发出的潮湿光亮中，睡眠突然将他征服，他必须强迫自己张开眼睑。

明天。他告诉自己。明天雨停的时候。

他的脚带他来到河流那儿，仿佛它们是拴狗的皮带，而他是狗。

历史牵着狗行进。

15　渡　河

午夜过后，河水高涨。水流湍急而黑，蜿蜒流向大海，带着乌云密布的夜空、一片完整的棕榈叶、茅草篱笆的一部分，以及风送给它的其他礼物。

不久之后，雨势和缓了，变成毛毛雨。然后雨停了，微风抖落树上的水，有一会儿，只有树下下着雨，而之前，那儿是避雨的地方。

虚弱、潮湿的月亮自云间流泻出来，照亮了一个年轻人。他坐在通往河水的十三个石级中的第一个石级上，静止不动，湿淋淋，而且看起来十分年轻。不久，他站起来，解开他穿的芒杜，拧出水，然后将它像头巾般缠绕在头上。现在，赤裸裸的他走下那十三个石级，进入水里，再往前走，直至水深及胸，然后，开始轻易而有力地在水中划动，游向水流湍急而确定的地方，即"真正的水深处"。月光照亮的河水自他划动的臂膀落下来，像水银袖子。他只花几分钟便渡过河流了。到达对岸时，他闪闪发亮地自水里出来，然后爬上岸，身体如包围他的夜一样黑，如他刚刚渡过的河水一样黑。

他踏上经由沼泽通往"历史之屋"的小径。

没有在水中留下涟漪。

没有在岸上留下足迹。

他将芒杜在头上摊开来，让它变干。风扬起它，如扬起一张船帆。突然之间，他觉得很快乐。"事情会变得更糟，"他心里想，"然后会变好。"现在他加速脚步，走向"黑暗之心"，和狼一样寂寞。

失落之神。

微物之神。

除了指甲涂着指甲油之外，全身赤裸裸。

16　几个小时后

三个孩子在河岸上，他们是一对双胞胎和另一个孩子，后者的淡紫色灯芯绒围裙以歪斜、快乐的字体写着："假日！"

树上的湿叶子闪烁如金属薄片。一丛丛潮湿的黄色竹子垂入河里，仿佛为它们知道即将要发生的事而悲伤。河流本身是幽暗而安静的，没有露出关于水位多高或水流多急的迹象，让人不觉得它存在。

艾斯沙和瑞海儿将船从平常作为隐藏处的灌木丛拖出来，维鲁沙所做的桨藏在一棵中空的树里。他们将船抬到水里，并握住它，让苏菲默尔爬进来。他们似乎十分相信黑暗，以稳妥的脚步在闪亮的石级上跳来跳去，像小山羊。

苏菲默尔比较迟钝，有点儿害怕隐藏在周围阴影里的东西。她的胸前斜挂着一个布袋，袋子里装着从冰箱偷来的食物：面包、蛋糕、饼干。双胞胎兄妹什么也没带，心里因他们母亲的话而十分沉重——如果不是你们，我就自由了，你们生下来那天，我就应该将你们丢在孤儿院，你们是套在我脖子上的石磨。还要感谢卖橘子饮料和柠檬饮料的男人对艾斯沙做了那些事情，这样才使得另一个家早已经装备妥当了。在艾斯沙以划船动作搅拌果酱，并思考两件事情之后的两个星期里，他们已储存了必要的物品：火柴、马铃薯、一只破旧的炖锅、一只充气鹅、脚尖部分有各种颜色的短袜、有伦敦公车的原子笔，以及纽扣眼松开来的澳航纪念考拉。

"如果阿慕找到我们，并求我们回去呢？"

"那么我们就回去，但是只有当她求我们，我们才回去。"

富于同情心的艾斯沙。

苏菲默尔让双胞胎相信，她和他们一起去是很重要的。她说所有的孩子都失踪了会让大人更良心不安，他们会大大地后悔，就像彩衣吹笛人带走小孩后的哈姆林镇的大人①。他们会四处搜寻，就在他们相信所有的小孩都已死去时，孩子们将得意扬扬地回家，而且自此之后，他们将更重视他们、更爱他们、更需要他们。苏菲默尔的决定性的议论就是：如果她留下来，他们可能会拷问她，逼她说出他们的藏身处。

艾斯沙等到瑞海儿上船后才就位。他跨坐在小船上，仿佛小船是跷跷板，然后用腿将船自岸上推开。当他们摇摇晃晃地进入河水较深处时，他们开始斜斜地往上游划去，逆流而上，这是维鲁沙教他们的。（如果你想到一个地方，你必须对准那地方。）

黑暗中，他们看不见自己正驶在一条寂静公路的错误车道上，其上充满消了音的车辆。树枝、圆木和树的碎片以极快的速度朝他们驶来。

渡过"真正的深水处"，离对岸只有数码之远时，他们和一根漂流的浮木相撞，小船翻覆了。在先前的渡河之旅中，这种事经常发生，他们会游在船后面，把船当成一个救生员，以狗扒式游到岸上。但是这一次，他们在黑暗中看不到船，它被水冲走了。他们朝河岸游去，十分讶异于那么短的一段距离竟然耗去那么多的力气。

艾斯沙设法抓住一根弯入水中的低矮树枝，然后朝下游方向望入黑暗之中，想看看是否能看见船。

"什么也看不见，船不见了。"

浑身被泥泞覆盖的瑞海儿爬上岸，然后伸出一只手帮助艾斯沙从水里爬上来。几分钟之后，他们才能够喘一口气，才真正明白他们的船没

---

① 根据一个德国民间故事，一个彩衣吹笛人（Pied Piper）因没有得到应得的奖赏，而以笛音诱使哈姆林镇的儿童跟随在他身后，然后一起消失在山洞里。

有了，才开始为失去船而伤心。

"我们的食物没了。"瑞海儿对苏菲默尔说，但回答她的只有寂静，一种奔涌的、翻滚的、有鱼游来游去的寂静。

"苏菲默尔？"她轻声对着奔腾的河水呼唤，"我们在这儿！在这儿！在矮树丛附近！"

没有人回答。

在瑞海儿心上，帕帕奇的蛾"啪"的一声张开阴沉的翅膀。

张开。

收拢。

并且举起脚。

举起。

放下。

他们沿着河岸呼叫她，但是她不见了，在消了音的公路上被带走了，灰绿色的公路，里面有鱼、有天空和树，夜晚时则有破碎的黄色月亮。

没有暴风雨的音乐，没有旋涡自米那夏尔河漆黑的深处旋起，没有鲨鱼监督这个悲剧。

只有一个安静的提交仪式。一艘船抛出它运载的物品，一条河流接受船的奉献。一条小小的生命，一道短暂的阳光，一个为求好运而握在小手里的银顶针。

清晨四点，天色仍黑，筋疲力尽、心神错乱、全身满是污泥的双胞胎从沼泽往"历史之屋"前进。

阴森的童话故事里的汉梭和葛蕾朵 ①。他们的梦将被捕住，然后重新被做一次。他们躺在后阳台的一张草席上，那儿有一只充气鹅和一只澳航纪念考拉。一对湿淋淋的侏儒，他们因恐惧而麻木，等待世界末日

———————

① 汉梭（Hansel）和葛蕾朵（Gretel）是童话《糖果屋》里的两兄妹。

到来。

　　"你想她现在是不是已经死了？"

　　艾斯沙没有回答。

　　"会发生什么事情？"

　　"我们会坐牢。"

　　他清楚得很，这个小男人，住在一辆篷车里。嘟——嘟——

　　他们没有看到另一个人睡在阴暗处，就像孤独的一只狼，黑色的背上有一片使季风准时到来的棕叶。

17 科钦港火车站

在肮脏的阿耶门连房子的那间洁净的房间里，艾斯沙（不老、不年轻）坐在黑暗中的床上。他端正地坐着，肩膀挺直，手放在膝上，仿佛正在排队接受某种检查，而且下一个即轮到他，或者，仿佛他正等着别人来逮捕他。

衣服熨好了。在熨衣板上整齐地叠成一叠。他也熨了瑞海儿的衣服。

雨不断地下着。夜雨像一个寂寞的鼓手，虽然乐团的其他成员早已就寝了，他仍然咚咚咚地练习着。

在侧院里，在那个为了"男人的需要"而另设的入口旁，老普利茅斯的镀铬尾翼在闪光中闪现了一下。恰克去加拿大后的几年，宝宝克加玛定期叫人清洗那辆车子。一星期有两次，克朱玛莉亚那位开黄色果塔延市府垃圾车的妹夫，会来到阿耶门连夺走她的薪水，并且为了一点赏金开着普利茅斯四处跑，为车子的电池充电。当他进入阿耶门连时，果塔延垃圾的恶臭会预先通告他的到来；他经过后，那臭味仍然久久不散。宝宝克加玛迷上电视后，便同时抛弃了车子和花园，抛弃了一切。

每一次季风带着雨水到来时，老车便更加稳固地陷入地里，像一只有棱有角、患关节炎的母鸡僵硬地坐着孵蛋，而且没有打算要起来。草在它泄了气的轮胎周围长出来。"天堂果菜腌制厂"的广告板腐烂了，往里面塌陷，像一顶倒塌的王冠。

一株爬藤植物偷偷对着剩下的半个斑驳的驾驶镜看自己一眼。

后座上有一只死麻雀。

它从挡风玻璃的一个破洞飞进来，被座位上的海绵所吸引，以为那东西可以当它的巢。但是，它没有找到出去的路，没有人注意到它在车窗上惊慌地求援。它死在后座上，两脚朝下，像一个笑话。

克朱玛莉亚睡在客厅的地板上，在没有关上的电视闪光中蜷缩成一个逗点。电视上，美国警察正将一个上了手铐的青少年推入警车，血溅在人行道上，警车的灯发出闪光，警报器发出警告。一个消瘦的妇人（或许是男孩的母亲）惊惶地从阴暗处往外望。男孩挣扎着，他们在他上半部的脸上做马赛克的模糊处理，因此他无法控告他们。他的嘴上和圆领汗衫的前面满是结成硬块的血，像一条红色的围兜。他鲜嫩粉红的嘴唇因咆哮而张开来，露出牙齿，使他看起来像一个狼人。他透过车窗对着摄影机大叫。

"我今年十五岁，我希望自己是一个更好的人，但事实并不是这样。你们要不要听我的悲惨故事？"

他对着摄影机吐口水，口水溅在镜头上，然后流下来。

宝宝克加玛端坐在她房间的床上，她正在填一张李斯德林的折扣优待券。持有此券者在买新的五百毫升李斯德林时，可以享有两个卢比的折扣，而新券的幸运中奖者则可得到两千卢比的礼券。

细小昆虫的巨大影子，沿着墙和天花板飞扑。为了消灭它们，宝宝克加玛将灯熄灭，在一盆水当中点燃一支大蜡烛。水盆已经布满被烧焦的昆虫尸体。烛光使她涂上腮红的脸颊和涂了唇膏的嘴更加红艳。她的眉毛油已经形成污迹了，她的珠宝闪闪发光。

她将优待券倾向一边，使它对准烛光。

你经常使用哪一个牌子的漱口药水？

李斯德林。宝宝克加玛以一种因年岁增长而变细长的笔迹写着。

写出你喜欢的理由。

她没有迟疑片刻，立即写下：味道强烈，口气芬芳。她已经学会伶俐、活泼的电视广告语言了。

她写下她的名字，但是谎报年纪。

在职业那一栏，她写着：观赏植物园艺（持有美国罗彻斯特大学的资格证书）。

她将优待券放入一个信封里，信封上写着："安心药房，果塔延"。隔天早上，克朱玛莉亚进城到"上等面包店"买奶油小圆面包时，会将它带在身边。

宝宝克加玛拿起她那本附笔的栗色日记，翻到六月十九日，写下新的内容。她依照惯例写着：我爱你我爱你。

日记中的每一页都有相同的内容。她有一个箱子，里面装满内容相同的日记。有些日记不只说这些，有些记录当日的事，该做的事的目录，或者她喜欢的肥皂剧的对话片段。但是，即使是这些内容，也都以相同的话作为开始：我爱你我爱你。

慕利冈神父四年前在利锡克许北部的一个修行所死于病毒性肝炎。他数年来对于印度经文的冥思，先是引发了他神学上的好奇心，最后则导致他改变信仰。十五年前，慕利冈神父变成一个"维许那维特"——一个护持神毗湿奴（Vishnu）的信徒。即使在进入修行所之后，他仍然和宝宝克加玛保持联系。每一个光明节，他会写信给她，每个新年，他会寄给她一张问候卡。几年前，他寄给她一张照片，照片里的他正在对一群参加灵修营的中产阶级寡妇演讲。这些女人都穿着白色的纱丽，纱丽的末端被拉到头上；慕利冈神父穿着橘黄色的衣服。仿佛一个蛋黄正对着一大群煮蛋演说。一个前额有许愿灰的橘黄色圣诞老人，宝宝克加玛不敢相信自己的眼睛。这是他送给她的东西中，她唯一不想保存的。她觉得很生气，因为他真的背弃誓愿了，终于背弃誓愿了，但却不是为了她的缘故，而是为了其他的誓愿。这就像是张开臂膀欢迎某人，而那人却奔向别人的怀抱。

　　慕利冈神父之死并没有改变宝宝克加玛日记中的内容，因为就她而言，这件事并没有让她更不易接近他。在他死后，她以他生前不曾有过的方式拥有他。至少关于他的记忆是她的，完全是她的，以一种野蛮、强烈的方式属于她。她不能和信仰共有他，更遑论那些和她竞争的修女和圣人（或任何他们自称的名字），或者宗教导师。

　　他的死，使他生前对她的拒绝不再显得那么令人无法忍受（虽然那是一种温柔而充满怜悯的拒绝）。在她关于他的记忆中，他拥抱她，只拥抱她一人，就像一个男人拥抱一个女人。慕利冈神父一死，宝宝克加玛便剥掉他那件可笑的橘黄色袍子，重新帮他穿上她深爱的可口可乐色的长袍（在为他换衣服时，她的感官饱览那个瘦削、凹陷，像基督一样的身体）。她夺走他的行乞钵，修剪他印度教徒特有的坚硬如角的脚掌，并把他那双舒服的凉鞋还给他。她让他重新变成每个星期四来她家吃午餐的那只提高脚步走路的骆驼。

　　每天晚上，夜复一夜，年复一年，在一本接一本的日记中，她写着：我爱你我爱你。

　　她将笔放回笔圈里，合上日记，取下眼镜，以舌头推出假牙，让假牙弄断附着在牙龈上的如松垂的竖琴琴弦般的一缕缕唾液，然后将假牙丢到一杯李斯德林漱口药水里。假牙沉到杯底，送出祷告文般的气泡。然后，她戴上睡帽，以苏打水漱口，嘴唇成微笑形紧闭着。隔天早晨，她的牙齿会有强烈扑鼻的味道。

　　宝宝克加玛往后倚在枕头上，等着听瑞海儿从艾斯沙的房间出来。他们已经开始让她感到不安了，两个都是。几天前的早上，她打开窗，吸一口新鲜空气时，碰巧看到他们正从某处回来。显然他们一整晚都待在外面，而且在一起。他们会到哪儿？他们记得什么？记得多少？他们何时离开？他们究竟在做些什么？为什么一起在黑暗中坐了那么久？她想，或许由于雨声和电视声太大，她没有听到艾斯沙的房间被打开的声音，或许瑞海儿早已上床睡觉了。这样想着时，她靠在枕头上睡着了。

瑞海儿尚未就寝。

她躺在艾斯沙的床上。躺着时，她看起来比较瘦、比较年轻、比较小。她的脸转向床旁边的窗。斜斜的雨击打着铁窗的横杆，碎成细微的水花，落在她脸上和光滑赤裸的臂膀上。她柔软、无袖的圆领汗衫在黑暗中变成发亮的黄色，而穿着牛仔裤的下半身则溶入黑暗之中。

有点冷、有点湿、有点安静，那空气。

但是有什么话可说呢？

从他所坐的床尾位置，艾斯沙不需转头就可以看到瑞海儿。轮廓隐约可见，她下颚尖削的线条，她像翅膀一样从喉咙底部延伸到肩膀的锁骨。一只被皮肤压住的鸟。

她转过头来望着他，而他直挺挺地坐着，等着被审视。他已熨好了衣服。

在他眼中，她是迷人的。她的头发、她的两颊、她那双娇小、伶俐的手。

他的妹妹。

一种烦人、吵闹的声音在他脑中响起。经过的火车的声音，那种如果你坐在靠窗座位上，会落在你身上的轮替的光和阴影。

他坐得更加挺直了，而且依然看得见她。和他们的母亲同一个模子出来的，她在黑暗中流动、闪耀的目光，她小而直的鼻子，她丰满的嘴唇——有某种受伤的神情，仿佛正在逃避某样东西，仿佛许久以前，某个人（某个戴着戒指的人）曾朝着它打下去。一张美丽、受伤的嘴。

他们美丽母亲的嘴，艾斯沙心里想。阿慕的嘴。

它曾透过有横栏的火车窗子吻他的手。那时他坐在前往马德拉斯的马德拉斯邮车的头等车厢里。

再见，艾斯沙，上帝祝福你，阿慕的嘴说。阿慕那张试着不哭的嘴。

那是他最后一次见到她。

　　她站在科钦港火车站的月台上。她的脸仰向火车窗，她的皮肤灰暗，没有血色，在车站的氖灯下失去了光泽。火车的两侧阻挡了日光，如同将黑暗装在瓶里的长长的软木瓶塞。马德拉斯邮车，飞行的公主。

　　瑞海儿被阿慕的手抓着。一只被皮带拴住的蚊子，一只穿着巴塔凉鞋的难民竹节虫，一个来到火车站的机场仙女，在月台上跺着脚，搅乱了火车站上堆积的污物，直到阿慕摇摇她，叫她停下来，她才停下来。四周是吵闹、拥挤的群众。

　　人们仓皇而行。匆匆忙忙，买东西，卖东西，以推车推行李，付钱给搬运行李者，小孩大便，大人吐痰，来来去去，行乞，讨价还价，查证订位。

　　发出回响的火车站声音。

　　叫卖咖啡和茶的小贩。

　　骨瘦如柴的小孩，头发因营养不良而变金黄，卖着淫亵的杂志和他们自己吃不起的食物。

　　融化的巧克力，香烟形的糖果。

　　橘子饮料。

　　柠檬饮料。

　　可口可乐、芬达汽水、冰激凌、玫瑰奶。

　　粉红皮肤的洋娃娃、会嘎嘎作响的玩具、"东京之爱"。

　　里面装满糖果，头可以扭开的中空塑胶长尾小鹦鹉。

　　黄框的红色太阳眼镜。

　　两只上面画好了时间的表。

　　一货车有瑕疵的牙刷。

　　科钦港火车站。

　　在火车站的灯光下变成灰色。瘦骨嶙峋的人，无家可归，饥饿，仍然受到去年饥荒的凌虐，他们的革命因南布迪里巴德同志的缘故而暂时被搁置了。

空气中充满苍蝇。

一个瞎子，没有眼睑，眼珠和褪色的牛仔裤一样蓝，皮肤因天花的疤痕而凹凸不平。他正和一个没有手指的麻风病人闲聊，并从他旁边被扫成一堆的烟蒂中，熟练地捡几根烟蒂来吸。

"你呢？你什么时候搬来这里？"

仿佛他们可以选择似的，仿佛他们从光亮的宣传小册所列出的诸多时髦漂亮的住宅中，选择了这个地方作为他们的家。

坐在红色磅秤上的男人解开他膝盖以下的假肢，假肢穿着黑色的靴子，而且有画上去的不错的白袜。中空、瘤状的小腿是粉红的，像正常的小腿那样。（当你重新创造人的形象时，为什么要重复上帝的错误？）他在假肢里存放他的车票、毛巾、不锈钢杯，以及他的气味、秘密、爱、希望、疯狂、无益的幸福。他那只真实的腿是赤裸的。

他为他的钢杯买了一些茶。

一个老妇人呕吐了，吐出一摊多硬块的东西，然后继续过她的生活。

火车站的世界，社会的马戏团。在那儿，由于交际往来的匆忙，绝望回家去栖息了，并且慢慢变漠然，慢慢放弃挣扎。

但是这一次，没有普利茅斯的车窗供阿慕和双胞胎往外望。当他们像马戏团的空中飞人那样跃入空中时，也没有安全网来解救他们。

收拾你的行李，然后离开。恰克说，并跨过一扇破裂的门，门把在他手里。虽然阿慕的手颤抖着，她仍然继续着不必要的缝边，没有抬头看。一盒打开来的缎带摆在她膝上。

但是瑞海儿抬头望了，看到恰克消失了，而一头怪兽出现在他所站的地方。

一个厚嘴唇、戴戒指、穿着凉爽白衣的男人向月台小贩买西泽士牌香烟，他买了三包，在火车的走道上吸。

带给行动者

满足

他是艾斯沙的护送人，一个碰巧要去马德拉斯的家族朋友。库里安·马山先生。

由于艾斯沙有一个大人和他同行，所以玛玛奇说不必浪费钱买另一张车票。爸爸买的是从马德拉斯到加尔各答的车票，阿慕买的是时间。她也必须收拾行李离开，去开始一种新生活，一个能让她有能力养孩子的新生活。在这之前，他们决定双胞胎兄妹当中，只有一个能留在阿耶门连，不是两个。在一起时，他们会惹麻烦，他们眼中有撒旦，必须将他们分开来。

或许他们是对的，阿慕边说边将衣物装进他的行李箱和大袋子里，或许一个男孩子的确需要爸爸。

厚嘴唇的男人坐在艾斯沙旁边的另一张座椅上，他说火车开动后，他就会试着和别人换位子。

现在，他要让这个小家庭单独相处。

他知道一个来自地狱的使者在他们上空盘旋。他们去哪儿，他也去哪儿；他们停下来，他也停下来。从一根弯曲的蜡烛滴下来的蜡。

每一个人都知道。

报纸上曾报道苏菲默尔如何死去，警察如何同一位被控绑架和谋杀罪的帕拉凡"对抗"。之后，阿耶门连的正义战士和受压迫者的代言人，如何带领大家包围"天堂果菜腌制厂"，皮莱同志如何宣称，在警方的一项错误的讼案中，"资方"因为一位帕拉凡是个积极分子，而指控这位帕拉凡——因为他积极投入"合法的工会活动"，而想除掉他。

这一切都在报纸上。官方版的消息。

当然了，这位厚嘴唇、戴戒指的男人不知道其他版的消息。

他不知道一队"非贱民警察"如何渡过水流缓慢，且因刚下过雨而高涨的米那夏尔河，小心翼翼地穿过潮湿的矮树丛，踏入"黑暗之心"。

18　历史之屋

　　一队"非贱民警察"渡过水流缓慢，且因刚下过雨而高涨的米那夏尔河，小心翼翼地穿过潮湿的矮树丛，其中一人的沉重口袋里传出手铐的叮当声。

　　他们宽阔的卡其短裤因上过浆而变僵硬，像一排硬邦邦的裙子在长茎草上跃动，似乎不甚倚赖在里面移动的腿。

　　是六个警察，这个州的仆人。

礼貌

服从

忠诚

智慧

谦恭

效率

　　果塔延的警察。他们是一个卡通队伍，新时代的王子，戴着可爱的尖头盔，像有棉布里的硬纸板，被发油染污，他们寒酸的卡其王冠。

　　黑暗的心。

　　怀着致命的目标。

　　他们高高举起细瘦的腿，踏着重步穿过长茎草。地上的爬藤被他们因落水而变湿的腿毛绊住，芒刺和草花使他们晦暗的短袜变得鲜艳。棕色的马陆睡在他们有钢鞋尖、"可以碰触"①的靴子底部。粗糙的草擦破了他们腿上的皮肤，留下交织的割痕。当他们咯吱咯吱穿过沼泽时，湿泥自他们脚下溅出，发出放屁般的声音。

他们踩着沉重的脚步经过树梢上的蛇鸟，后者正在弄干摊开来的潮湿羽毛，而那些羽毛就像在天空下晾干的衣物。他们经过白鹭、鸬鸟、大鹳，经过正在寻找跳舞空间的赤颈鹤，经过眼神不带怜悯的草鹭，它们呜啦呜啦的叫声震耳欲聋。母鸟和它们的蛋。

清晨的热气中充满了对更坏之事即将发生的期待。

过了散发死水味道的沼泽，他们经过被藤蔓覆盖的老树，经过巨大的落花生，经过野胡椒，经过如瀑布般落下的褐色藤叶。

经过一只平衡地停在一片挺直草叶上的深蓝色甲虫。

经过那些经得起雨水侵蚀的巨大蜘蛛网，那网从一棵树延伸到另一棵树，仿佛树与树之间的轻声低语。

一朵裹在紫红色花苞里的香蕉花，从一棵污秽、叶子破裂的香蕉树悬垂下来，像一个脏兮兮的学童以伸出的手握着一颗宝石，一颗天鹅绒丛林里的宝石。

深红色的蜻蜓在空中交尾，身体叠在一起，身手敏捷。一个对此赞美不已的警察观看着，而且有一会儿的工夫，他对于蜻蜓性交的动力学感到非常好奇。然后，注意力跳回来了，他又想着警察该想的事情。

往前。

经过在雨水中凝结的高大蚁丘，蚁丘陷落下来，像用过毒品后，昏睡在天堂门口的卫兵。

经过在空中飞来飞去，像快乐信息般的蝴蝶。

经过巨大的羊齿植物。

经过一只变色龙。

———————————

① 双关语，指"可以碰触"和"非贱民"。

经过一朵惊人的扶桑花。

经过仓皇寻找遮蔽所的灰色野鸡。

经过维里亚巴本没有找着的豆蔻树。

一条叉开来的运河，静止无声，被浮萍堵塞着，像一条绿色的死蛇。一根倒落的树干横跨其上。"非贱民警察"小心翼翼地从树干上过河，挥动擦亮的竹制警棍。

带着致命棍棒的多毛发的精灵。

然后，阳光被倾斜的细树干锯裂，黑暗的心蹑手蹑脚走入黑暗之心，蟋蟀的唧唧声升高。

灰色松鼠疾速爬下倾向阳光的橡胶树的斑驳树干。树皮上有横割的旧疤痕，封住了，愈合了，没有人重新将它割开采树汁。

数英亩的橡胶树，然后，一块多草的空地，和一栋房子。

历史之屋。

门锁起来了，但窗子敞开着。

石砌地板冰冷，墙上有涌动的船形影子。

在那儿，指甲坚硬，呼吸散发泛黄地图味道的苍白祖先发出纸质的耳语。

在那儿，半透明的蜥蜴居住在古老的画后面。

在那儿，梦被捕住了，然后重新被做一次。

在那儿，一个老英国人的鬼魂被镰刀钉在一棵树上，而一对异卵双胞胎废去了这个鬼魂。一个留着飞机头、将一面旗子插在他旁边地上的男孩。当这队警察小心翼翼地走过时，他们没有听到鬼魂的乞求，没有听到他以亲切的传教士的声音说：对不起，你是否，嗯……你是否碰巧嗯……我想你没有一根雪茄吧？没有？……没有，我想你没有。

历史之屋。

在那儿，在以后几年，即将到来的"恐怖"将被埋在浅浅的坟墓里，隐藏在旅馆厨子的快乐哼唱声下，隐藏在舞台的缓慢死亡之下，隐藏在富有的观光客来此玩赏的历史之下。

那是一栋美丽的房子。

墙曾是白色的，屋顶曾是红色的。但是现在，它们都被涂上天气的颜色，画笔在自然的调色板上浸染过。苔藓的绿，泥土的棕，碎屑的黑，使它看起来比实际更老旧，像从海底捞上来的沉没的宝藏。它被鲸鱼吻过，黏附着甲壳动物，被裹在寂静中，从破碎的窗吐出气泡。

一个深入的阳台环绕着它，房间本身似乎隐藏在后面，掩埋在阴影里。铺瓦的屋顶往下伸展开来，像一艘巨大、倒置的船的两侧。曾是白色柱子支撑住的腐烂横梁在中间部分塌陷下来，留下一个像是在打呵欠的破洞。一个历史之洞，宇宙中一个历史形的洞。黄昏时，一群群密集而沉默的蝙蝠经由这个洞涌出去，像工厂排放的烟，然后进入黑夜之中。

黎明，它们带着这个世界的消息回来了。远处玫瑰色天空中的一阵灰色烟雾突然合并起来，在历史之屋上面变黑，然后垂直落入历史之洞里，像一部倒着放映的影片里的烟。

一整天，它们睡着。那些蝙蝠，像屋顶的毛皮衬里，它们的排泄物喷溅在地板上。

警察停下来，然后成扇形排开来。事实上他们并不需要这么做，但是他们喜欢这些非贱民的游戏。

他们战略性地各就各位，蹲伏在作为分界的低矮破石墙旁边。

迅速地小解。

微热的石头上有热泡沫。警察的尿。

蚂蚁溺死在黄色的香槟酒中。

深呼吸。

然后，他们一起膝肘着地爬向那栋屋子，像电影里的警察，轻轻地，轻轻地爬过草地，手里握着警棍，心里想象那是机关枪。维护非贱民的未来的责任落在他们瘦削但能干的肩膀上。

在后阳台，他们找到了猎物。一个走了样的飞机头，一道系着"东京之爱"的喷泉，在另一个角落里，有个涂着红色指甲油的木匠（和狼一样孤单）。

他们都沉睡着，使得那一切"非贱民"诡计变得毫无意义。

突袭。

他们脑海中的新闻大标题。

被警察的拖网捕住的亡命之徒。

因为这个无礼之举，这种破坏乐趣，他们的猎物付出了代价。噢，是的。

他们以靴子踢醒维鲁沙。

维鲁沙的膝盖骨被踢碎了，使得他在睡梦中大叫，叫声惊醒了艾斯沙本和瑞海儿。

惊叫声在他们里面逝去，然后腹部朝上浮起来，像死鱼。当他们屈缩在地板上，在恐惧和不相信之间摇摆时，他们看到被打的人是维鲁沙。他从哪里来？他做了些什么？为什么警察将他带来这里？

他们听到木棍落在肉上和靴子落在骨头及牙齿上的重击声，听到腹部被踢瘪时的低沉咕噜声，听到头盖骨碰到水泥时的模糊嘎喳声。当那人的肺部被一根碎肋骨的参差尖端刺破时，血随着他的呼吸汩汩流出。

他们观看着，嘴唇泛青，眼睛睁大，某种他们可以感觉，但不能了解的东西将他们催眠了：警察所做的事情缺乏一种反复无常性，只有一种原本应该被愤怒填满的深渊，只有一种冷静、沉着的残酷。

他们是在打开一个瓶子。

或者关上一个水龙头。

是在打破一个蛋，然后煎蛋卷。

双胞胎年纪太小了，不知道这些人只是历史的追随者，被派去结清账目，向那些违反其律法的人收取他们应该付出的代价。一种原始但完全非个人性的感情驱使着他们，一种从刚生成的、未被承认的恐惧生出的蔑视感驱使着他们——文明对于自然的恐惧、男人对于女人的恐惧、权力对于没有权力的恐惧。

人类的一种下意识冲动：想要毁灭自己既无法征服也无法神化的事物。

男人的需要。

艾斯沙本和瑞海儿那天早上所目睹的事情（虽然他们不明白），是人性追求支配权的一种控制下的临床示范（这毕竟不是战争或集体屠杀）。组织、秩序、完全的独占。那是伪装成上帝旨意的人类历史，向未成年的观众揭露的人类历史。

那天早上所发生的事情没有任何偶然的成分。绝没有。那不是偶然发生的暴力抢劫，不是个人的复仇。那是一个将历史印在生活于其间者心里的时代。

现场演出的历史。

倘使他们施加在维鲁沙身上的伤害比预期更严重，那只是因为他们和他之间的任何相似处、任何关系早就被割断了，因为任何暗示他至少就生物学而言是一个同胞的关系，早就被割断了。他们不是在逮捕一个人，而是在驱逐恐惧。他们没有工具来衡量他可以承受多少惩罚，没有方式来评估他们已对他施加多少伤害，或者他们已如何永远地伤害了他。

不同于发狂的宗教暴民，或放纵的征服军队的习惯，那天早上在"黑暗之心"，"非贱民警察"以十分简洁的方式行动，不歇斯底里。他们没有扯断他的头发，或者将他活活烧死；没有砍掉他的生殖器，然后将它塞在他嘴里；没有强奸他，或者砍掉他的头。

毕竟他们不是在和一种传染病战斗，他们是在为一个社会接种，使它能够免去一场暴动。

在历史之屋的后阳台，当双胞胎所爱的那男人被打得体无完肤时，伊本太太和拉加哥帕兰太太——双胞胎大使（天知道是什么大使），学到了两堂新课。

第一课：

血在一个黑皮肤的人身上几乎看不出来。（嘟——嘟）

以及

第二课：

但那血有味道。

令人欲呕的甜味。

像微风中即将凋谢的玫瑰的味道。（嘟——嘟）

"Madiyo？"其中一个历史代理人问。

"Madi aayirikkum."另一个历史代理人回答。

够了吗？

够了。

他们自他那儿走开。工匠评估他们的作品，寻求美学距离。

他们的作品，被上帝和历史抛弃，被男人抛弃，被女人抛弃，被小孩（在几小时之后）抛弃，蜷缩躺在地板上，半清醒着，但没有移动。

他的头盖骨有两处破裂，鼻子和两边的颊骨都已粉碎，以致他的面孔变成泥状，一片模糊。而嘴上挨的一击使上嘴唇裂开来，牙齿掉了六颗，其中三颗嵌入下嘴唇，骇人地翻转了他美丽的微笑。他的四根肋骨断裂，其中一根刺穿左肺，使血从他口里流出来，他呼吸时喷出的血是鲜红的，是肉和泡沫。他下半部的肠破裂了，并且出血，血聚集在他的腹腔里。而他的脊椎骨有两处受损，冲击力则使他的右臂瘫痪，也导致他无法控制膀胱和直肠。他的两个膝盖骨皆已碎裂。

而他们仍然拿出手铐。

冰冷的手铐。

有酸金属的味道，就像公车的钢制扶手和售票员那握过扶手的手所散发的气味。当他们注意到他涂了指甲油的指甲时，其中一人拉起他的手，朝其他人卖弄风情地挥动他的手指。他们哈哈大笑。

"这是什么？"一个尖锐的假声问，"双性人？"

一个人用棍子轻敲他的阴茎。"来吧，让我们瞧瞧你的独家秘诀，让我们瞧瞧你可以让它涨得多大。"然后，他举起穿靴子的脚（靴底是卷曲的马陆），再轻轻地踏下去。

他们将他的手反锁在背后。

喀嗒。

再喀嗒。

在一片幸运之叶下面，在一片使季风准时到来的夜晚之秋叶下面。

在手铐碰到他的皮肤之处，有鸡皮疙瘩。

"那不是他，"瑞海儿轻声对艾斯沙说，"我看得出来，那是他的双胞胎哥哥，住在科奇的乌伦邦。"

艾斯沙不愿在虚构中寻找庇护所，所以不发一语。

有人对他们说话。一个好心的非贱民警察，只对他的同类好心。

"芒恩，默尔，你们还好吧？他有没有伤害你们？"

双胞胎轻轻回答，不是同时，但几乎是同时。

"有，没有。"

"别担心，现在你们和我们在一起很安全。"

然后，警察环顾四周，看到了草席。

看到了深锅和平底锅。

充气鹅。

纽扣眼松开来的澳航纪念考拉。

里面有伦敦街景的原子笔。

脚尖位置有不同颜色的短袜。

黄框的红色塑胶太阳眼镜。

画上了时间的表。

"这些是谁的，从哪儿来的，是谁带来的？"声音里掺杂着焦虑。

体内满是死鱼的艾斯沙和瑞海儿回瞪他们。

警察面面相觑。他们知道必须做些什么。

他们把澳航纪念考拉带回去给他们的孩子。

还有笔和短袜。脚尖有各种颜色的警察的孩子。

他们用一根香烟戳破充气鹅，砰！然后将橡皮碎片埋起来。

没有用的鹅，太容易辨认出来了。

一个人戴上眼镜，其他人哈哈大笑，因此他继续戴了一会儿。

他们都忘了那只表，它被留在历史之屋，在后阳台上。

他们离开了。

六个王子，口袋塞满玩具。

一对异卵双胞胎。

以及失落之神。

他不能走，因此他们拖着他。

没有人看见他们。

蝙蝠当然是看不见的。

19　解救阿慕

在警察局，巡官汤姆斯·马修叫人拿两瓶可口可乐和吸管来。一个跑腿的警察将可乐放在塑胶盘上，拿来给两个全身沾满泥巴的孩子。他们和巡官隔桌而坐，头只比桌上乱七八糟的档案和纸高一点。

因此，艾斯沙在短短两星期中，再度面对瓶装饮料的恐惧，冰凉、嘶嘶作响的恐惧。有时候，可乐让事情变得更糟。

嘶嘶声往上冲入他的鼻子里，他打嗝，瑞海儿吃吃笑，然后吹吸管，直到饮料的泡沫落到衣服上，落到地板各处。艾斯沙大声读出墙上告示板上的字。

"貌礼，"他说，"貌礼，从服。"

"诚忠，慧智。"瑞海儿说。

"恭谦。"

"率效。"

巡官汤姆斯·马修一直保持冷静的态度，这是很了不起的。他感觉到那两个孩子愈来愈语无伦次，也注意到他们放大的瞳孔。以前他曾见过这一切……人类心智的逃避活门，应付创伤的方式。他体谅他们，巧妙地、没有恶意地引出他的问题，仿佛自己只是在问"芒恩，你的生日是什么时候"或者"默尔，你最喜欢的颜色是什么"。

渐渐地，事情的真相开始以一种支离破碎的方式呈现出来了。他的手下曾简单地向他报告深锅和平底锅、草席，以及那些令人耿耿于怀的玩具的事。现在，这些东西开始有了意义。汤姆斯·马修大为不悦。他叫人开一辆吉普车去接宝宝克加玛过来，并安排让孩子在她到来时离开那间房间。他没有向她打招呼。

"坐吧。"他说。

宝宝克加玛感觉事情出了大差错。

"你找到他们了吗？一切都还好吧？"

"一切都不好。"巡官郑重向她宣告。

从他的眼光和他的语气来看，宝宝克加玛明白，这一次她是在应付一个截然不同的人，他不再是前次会面时那位能通融的警官。她在一张椅子上坐下来，巡官汤姆斯·马修直截了当地说。

果塔延的警察根据她提出来的"第一控诉报告"采取行动。那位帕拉凡被逮到了，很不幸地，他在和警方遭遇时受了重伤，而且很可能无法活过那一晚。但是现在，那两个孩子说，他们是自愿去的，他们的船翻覆了，而那位英国来的孩子意外溺死了，这使得警方必须为一个就法律而言无罪之人死于拘禁中负责。他的确是一个帕拉凡，而且的确是行为不检，但这是一个动荡不安的时期，而且就法律而言，他是无罪的，诉讼根本不成立。

"强暴未遂？"宝宝克加玛虚弱地暗示。

"但是受害者曾提出控述吗？她做了供述吗？你把她的供述带来了吗？"巡官的语气充满挑衅，而且几乎怀着敌意。

宝宝克加玛似乎萎缩了，肉囊自她的眼睛和下颚垂下来，恐惧在她里面发酵，她口里的唾液变酸。巡官把一杯水推过去给她。

"事情很简单。如果不是强暴的受害者提出控诉，就是孩子必须在警方证人面前，指证那个帕拉凡绑架他们，否则，"他等宝宝克加玛注视他，"否则我必须控告你提出一个不实的'第一控诉报告'，让你变成一个刑事犯。"

汗水使得宝宝克加玛的淡蓝色上衣变成深蓝色。巡官汤姆斯·马修没有逼迫她，他知道从政治气氛看来，自己可能会惹上大麻烦。他明白皮莱同志不会放弃这个机会的，所以他为自己如此冲动行事而自责。他手拿印染手巾伸入衬衫里，擦拭胸腔和腋窝。办公室非常安静，警察局活动的声音，靴子的踏地声，某个被审问者偶尔因疼痛而发出的哀叫声，似乎很遥远，仿佛来自其他地方。

"如果我能和孩子独处一会儿，"宝宝克加玛说，"他们会照吩咐去做。"

"就让你如愿吧。"巡官站起来，要离开办公室。

"在你叫他们进来之前，请给我五分钟。"

巡官汤姆斯·马修点头表示同意，然后就离开了。

宝宝克加玛擦拭她闪亮、流汗的脸，伸伸脖子，抬头看天花板，以便拿纱丽的末端边缘拭去一条条脖子脂肪缝隙间的汗水。她亲吻她的十字架。

福哉马利亚，充满恩慈。

她说不出祷告词。

门打开了，艾斯沙和瑞海儿被带进来，身上黏着干泥块，喝了许多可口可乐。

看到宝宝克加玛使他们突然清醒下来，那只背部簇毛不寻常浓密的蛾，在他们心上张开翅膀。为什么她来这儿？阿慕在哪儿？她是否仍然被锁起来。

宝宝克加玛以严厉的眼神望着他们。有很长一段时间，她不发一语。当她开口时，她的声音沙哑而陌生。

"那是谁的船？你们从哪儿弄来那艘船？"

"我们的船，是我们找到的，维鲁沙帮我们修理的。"瑞海儿轻声说。

"你们多久以前就有那艘船了？"

"我们在苏菲默尔来的那一天找到它的。"

"你们从家里偷东西，然后用船载着它们渡河？"

"我们只是在玩游戏……"

"玩游戏！你们说这是游戏？"

宝宝克加玛朝他们注视了许久，才又开口说话。

"你们可爱的小表姐的尸体正躺在客厅里，鱼吃掉了她的眼睛，她的妈妈不停地哭泣，这就是你们所说的游戏？"

突来的一阵微风使得有花形图案的窗帘像波浪般涌动，瑞海儿可以看到停在外面的吉普车，以及走动的人。一个男人试着发动摩托车，每一次他跳到脚压发动杆上时，他的头盔便滑到一边。

在巡官的房间里，帕帕奇的蛾正在活动。

"夺去一个人的性命是很可怕的一件事情，"宝宝克加玛说，"那是任何人所能做的最恶劣的一件事情，甚至上帝也不会原谅这种行为，你们知道这一点。是不是？"

两颗头点了两次。

"然而，"她忧伤地注视他们，"你们却做了这样的事。"她直视他们："你们是杀人凶手。"她等他们确实明白这件事情。

"你们知道，我明白这不是意外事件。我知道你们是多么嫉妒她，如果法官在法庭上问我，我得告诉他，是不是？我不能说谎，不是吗？"她拍拍她旁边的椅子，"过来，坐在这儿——"

两个顺从的屁股挤进那张椅子里。

"我必须告诉他们，我们严禁你们单独到河流那儿，而你们强迫她一起去，虽然你们知道她不会游泳。在河流中间，你们将她推出船。这不是意外事件，是不是？"

四个碟子般的眼睛回瞪她，她说的故事令他们入了迷。接下来呢？

"所以你们现在得去坐牢，"宝宝克加玛仁慈地说，"而你们的母亲也会因为你们而坐牢，你们喜欢这样吗？"

害怕的眼睛和一道喷泉回看她。

"你们三个人会待在不同的牢房里。你们知道印度的监狱像什么吗？"

两颗头摇了两次。

宝宝克加玛逐渐建立起她的论据。她用她的想象生动地描绘出监狱生活的情景。食物因掺杂着蟑螂而变脆，厕所里堆积的大便如柔软、棕色的小山，还有臭虫和殴打。她强调，阿慕会因为他们而被关上许多年，当她出来时，她已经是一个又老又病、头发长满虱子的老妇人了——如果她没有在监狱里死去的话。她有系统地以她那和蔼、关心的声音为他们编织出可怕、凄惨的未来。当她踩熄了每一道希望之光，完全摧毁了他们的生命之后，她像一个仙女教母般为他们提出一个解决之道。上帝绝不会原谅他们所做的事情，但是在这世上，他们还有一个办法可以弥补一些伤害，有一个办法可以使他们的母亲免于羞辱，免于为他们的缘故受苦——倘使他们能够务实的话。

"你们很幸运，"宝宝克加玛说，"警察犯了一个错误，一个幸运的错误。"她停了一下，"你们知道那是什么，不是吗？"

有人被困在警察桌子上的玻璃镇纸里，艾斯沙可以看到他们。一个跳着华尔兹的男人和一个跳着华尔兹的女人。后者穿着一件白色洋装，洋装下露出腿。

"不是吗？"

镇纸里有华尔兹音乐，玛玛奇以她的小提琴拉出来的音乐。

啦—啦—啦—啦—伦恩，

帕伦恩—帕伦恩。

"重要的是，"宝宝克加玛的声音说，"事情发生了就是发生了，巡官说无论如何他会死去。因此，警察怎么想，对他而言并不重要，重要的是你们是否想坐牢，是否想让阿慕因为你们的缘故坐牢，这是由你们决定的。"

镇纸里有气泡，使得里面的男人和女人像是在水中跳华尔兹。他们看起来似乎很快乐，或许他们正要结婚。她穿着白色洋装，他穿着黑色西装，系着蝴蝶领结，他们凝视着对方的眼睛。

"如果你们想解救她，你们只需和那个大胡子叔叔去。他会问你们问题，一个问题，而你们只需说'是的'，然后我们都可以回家了。这是再简单不过了，只是一个小代价。"

宝宝克加玛顺着艾斯沙的目光看过去，她只能以这来制止自己拿起镇纸，将它丢到窗外。她的心怦怦地跳动着。

"所以，"她带着一个灿烂但易碎的微笑说，她的声音开始流露紧张，"我该对巡官叔叔说些什么？我们决定该怎么办？你们想解救阿慕，或者我们应该送她去坐牢？"

仿佛她要他们在两件好事中选择一件似的。去钓鱼或者替猪洗澡？替猪洗澡或者去钓鱼？

双胞胎抬头看她，两个害怕的声音不是同时，但几乎同时轻轻地说："解救阿慕。"

在以后几年（当他们还是孩子，或者变成青少年和成人时），他们会在脑海中反复回想这个场景。他们是否被骗去做那件事情？他们是否被骗去为维鲁沙定罪？

就某方面而言，是的。但事情并不是那么简单。他们两人都知道他们有一个选择，而他们多么快就选择了！他们几乎只想了一秒钟，就抬头，不是同时，但几乎同时地说："解救阿慕。"解救我们，解救我们的母亲。

宝宝克加玛开心地笑了，而心情放松就像一剂通便剂。她必须上厕所。她紧急打开门，叫巡官过来。

"他们是好孩子，"他来时，她告诉他，"他们会跟你去。"

"不需要两个，一个就行了，"巡官汤姆斯·马修说，"任何一个都行。芒恩，或者默尔，谁想跟我去？"

"艾斯沙,"宝宝克加玛选择说,因为她知道他是两人当中比较务实、比较顺从、比较有远见、比较负责任的一个,"你去,好孩子。"

小男人,住在一辆篷车里。嘟——嘟。

艾斯沙去了。

骨盆大使,眼睛睁大,飞机头走了样。矮小的大使,两旁有高大的警察,去执行一项可怕的任务,深入果塔延警察局的内部,脚步声在石板地上回响。

瑞海儿留在巡官的办公室里,聆听宝宝克加玛去之而后快的排泄物粗鲁地流下巡官附属厕所的马桶内侧。

"水抽不出来,"她出来时说,"这真是令人气恼。"

想到巡官会看到她粪便的颜色和浓稠度时,她就觉得很难为情。

拘留所里一片漆黑。艾斯沙什么也看不见,但可以听见刺耳的、困难的呼吸声。粪便的味道令他想作呕。有人打开灯,明亮、令人目眩的灯。维鲁沙出现在起泡沫、滑溜溜的地板上。被一盏现代之灯召出来的血肉模糊的精灵,赤裸着,脏兮兮的芒杜已经被解下来了,血从头盖骨喷溅出来,像一个秘密。他的脸肿胀,头看起来像一个南瓜,对于结出它的细长的梗而言,它显得太大,太重。有一个上下颤抖、怪异恐怖的微笑和南瓜。警察的靴子自一池从他那儿扩散出来的尿液边缘往后退,明亮、没有遮盖的电灯泡反映在尿液中。

艾斯沙身体里面的死鱼浮了上来。一个警察以靴子戳维鲁沙,维鲁沙没有反应。巡官汤姆斯·马修蹲下来,用他吉普车的钥匙划维鲁沙的脚底。肿胀的眼睛睁开了,朝四处看,然后目光透过一层血膜集中在一个心爱的孩子身上。艾斯沙想象他身体里面的某种东西微笑了,不是他的嘴,而是其他没有受到伤害的部位。或许是他的肘,或许是他的肩膀。

巡官问他问题。艾斯沙的嘴说:"是的。"

童年蹑手蹑脚地走出去了。

沉默溜进来，像一道闪电。

有人关掉灯，维鲁沙消失了。

在他们搭警察的吉普车回去的途中，宝宝克加玛在"安心药房"停下来，买一些让他们安静下来的药，给每人两粒。到达春干桥时，他们的眼睛开始合拢了。艾斯沙对瑞海儿耳语。

"你是对的，那不是他，那是乌伦邦。"

"谢天谢地。"瑞海儿轻声回答。

"那你想他在哪儿？"

"逃到非洲去了。"

被交给他们的母亲时，他们已经熟睡了，漂浮在这个虚构的故事上。

次日清晨，阿慕从他们那儿抖出这个故事。但那时已经太晚了。

巡官汤姆斯·马修对于这类事情很有经验。他是对的，维鲁沙没有活过那一晚。

午夜过后半小时，死亡便找上了他。

而蜷缩在蓝色十字绣床罩上的那个小家庭呢？他们怎么了？

不是死去，只是不再活着。

在苏菲默尔的葬礼后，当阿慕带他们回到警察局，而巡官啪哒啪哒地挑选他的芒果时，尸体已经被移走了，被丢在警察习惯用来丢弃死人的西马迪库济（贫民坑）里。

听到阿慕去警察局时，宝宝克加玛非常惊恐。她——宝宝克加玛——所做的一切都以一个假定作为前提。她赌一个事实：不管阿慕做了什么，不管她多么生气，她绝不会公开承认她和维鲁沙之间的关系。因为在宝宝克加玛看来，那会永远地毁了她自己和她的孩子。但是，宝宝克加玛没有考虑到阿慕危险的一面，那种无法混合的混合——母亲的无尽温柔和自杀式轰炸机的鲁莽的愤怒。

阿慕的反应把她吓呆了，地从她脚下崩裂开来。虽然她知道巡官汤姆斯·马修是她的盟友，但是，这种情形能够持续多久？倘使他被调职，而这个案子重新被审理，那么，她该怎么办？从皮莱同志成功地在门外召集的那群叫喊、呼口号的工人来看，这种事情是可能发生的。这些人制止工人回来工作，让一大堆芒果、香蕉、凤梨、大蒜和姜慢慢地在天堂果菜腌制厂腐烂。

宝宝克加玛知道她必须尽快将阿慕赶出阿耶门连。

她以她最擅长的本事来达成这个目的：灌溉她的田地，用别人的愤怒来助长她的农作物。

她像老鼠般地啃入恰克忧伤的仓库。在它的墙内，她为他疯狂的愤怒植下一个容易取得的、可以接近的目标。她轻易地将阿慕描述成真正必须为苏菲默尔之死负责的人；阿慕和她的异卵双胞胎。

把门击碎的恰克，只是被宝宝克加玛拴在她皮带末端的一头猛冲猛撞的悲伤公牛。让阿慕收拾行李离开，将艾斯沙送回去是她的主意。

20　马德拉斯邮车

　　因此，在科钦港火车站，独自一人的艾斯沙坐在有横栏的火车窗旁。骨盆大使，一个梳着飞机头的石磨，觉得体内有绿色的波浪、混浊的水、肿块、海草，觉得自己在飘浮，在上下起浮。那只上面有他名字的行李箱放在座位下，而装着番茄三明治的午餐盒和画着一只老鹰的水瓶放在他前面的一个小折叠桌上。

　　坐在他旁边的女人穿着绿紫相间的坎吉华兰①纱丽，每个鼻孔上都有成簇闪亮如蜜蜂的钻石。她正在吃东西，而且拿出装在盒子里的黄色糖果给艾斯沙。艾斯沙摇摇头，但她微笑，并且哄诱他，和蔼亲切的眼睛消失在眼镜后面的细缝里。她以嘴做出亲吻的声音。

　　"吃一个试试看，很甜很甜，"她以塔密尔语说，"罗波曼杜瑞②。"

　　"很甜。"她那大约和艾斯沙一样大的大女儿用英文说。

　　艾斯沙再次摇摇头。那女人使他的头发在摇动中变凌乱了，飞机头走了样。她的家人（丈夫和三个孩子）已经在吃东西了。座位上有又大又圆的黄色甜点屑，而他们的脚下有火车的轰隆声。蓝色的夜灯尚未打开。

　　正在吃东西的那女人把她小儿子打开的灯关掉。她向男孩解释说，那是睡觉时使用的灯，不是醒着时使用的灯。

---

　　①　地方名，出产著名的纱丽。
　　②　即"很甜"之意。

头等车厢里的每一样东西都是绿色的。座位是绿色的，卧铺是绿色的，地板是绿色，链子是绿色的。深绿色和浅绿色。

"停车请拉链子"是以绿色写成的。

艾斯沙心里念出来的"子链拉请车停"也是以绿色写成的。

透过车窗横栏，阿慕拉住他的手。

"把车票收好，"阿慕的嘴说，阿慕那张试着不哭的嘴，"他们会来查票。"

艾斯沙对着阿慕那张朝车窗仰起的脸点头，对着个子小、被车站污物弄脏的瑞海儿点头，他们三个人都各自明白一件事：他们"爱死"了一个男人。而明白这件事情使他们结合在一起。

这是报纸上没有报道的。

几年后，双胞胎才明白阿慕在发生的事情中所扮演的角色。在苏菲默尔的葬礼上，在艾斯沙被送走之前几天，他们看到她两眼肿胀，而孩童的自我中心使他们认为，他们必须为阿慕的悲伤负全责。

"在三明治变湿之前把它吃掉，"阿慕说，"还有，别忘了写信。"

她审视握在手中的那只小手的指甲，并且从大拇指的指甲下推出一条镰刀形的黑色污垢。

"替我照顾我的甜心，直到我去接他。"

"什么时候，阿慕，你什么时候去接他？"

"很快。"

"但是，是什么时候？究竟是什么时候？"

"很快，甜心，我会尽快。"

"下个月？阿慕？"艾斯沙故意说出一段长长的时间，如此阿慕才会说："在那之前，艾斯沙，务实些。你的功课呢？"

"等我找到工作后，等我离开这里，并且找到工作后，我立刻去接你。"阿慕说。

"但那样的话，你永远不会来！"一波恐慌的浪潮涌上来，一种上下起伏的感觉。

正在吃东西的那女人尽情地窃听。

"看看他的英文说得多好。"她用塔密尔语对她的孩子说。

"但那样的话，你永远不会来，"她的大女儿挑衅地说，"永——远——不——会。"

艾斯沙所说的"永远不会来"只是指太遥远，不会"现在"来，不会"很快"来。

他的"永远不会来"不是指"再也不会来"。

但是，他的话听起来就是像那样。

但那样的话，你永远不会来。

而他们呢？

将被送到政府的机构。

人们被送到那儿去"好好地"学习规矩。

而结果就是这样。

都是因为他，阿慕胸腔里的那个遥远的男人才会停止喊叫；都是因为他，她才会孤单地死在旅馆里，没有人躺在她背后和她说话。

因为是他说了那句话。但是阿慕，那样你永远不会来！

"别傻了，艾斯沙，我会很快来，"阿慕的嘴说，"我要去教书，我要创办一所学校，而你和瑞海儿会在那所学校就读。"

"我们不会读不起这所学校，因为那是我们的！"艾斯沙带着他惯有的实用主义说。他的眼睛注视着有利可图的机会。免费坐公车、免费的葬礼、免费的教育。小男人，住在一辆篷车里，嘟——嘟。

"我们将有自己的房子。"阿慕说。

"一栋小房子。"瑞海儿说。

"在学校里，我们将有教室和黑板。"艾斯沙说。

"还有粉笔。"

"还有真正在教书的老师。"

"还有适当的惩罚。"

这就是他们梦想的材料,在艾斯沙被送走的那天。粉笔、黑板、适当的惩罚。

他们没有轻率地要求免去惩罚,他们只要求和他们的罪相当的惩罚。不是那种大惩罚,大得像嵌入卧室的橱子,那种你可以在里面度过一辈子,在迷宫般的架子之间徘徊的橱子。

火车没有预先警告就开始移动了,非常缓慢地移动。

艾斯沙的瞳孔放大。当阿慕沿着月台走动时,他的指甲陷入阿慕的手里,而当马德拉斯邮车加快速度时,阿慕也跟着跑起来。

"上帝祝福你,我的宝贝,我的甜心,很快我就去接你!"

"阿慕!"艾斯沙叫喊,因为她已放开手,一根接一根松开他的小手指。

"阿慕!我想吐!"

艾斯沙的声音升高,变成哀号。

小骨盆猫王,有走了样的飞机头,特地为外出而梳的飞机头,穿着一双灰褐色的尖头鞋。他将他的声音留在后面。

在火车站的月台上,瑞海儿弯下身,不停地尖叫。

火车驶出去了,光进来了。

二十三年后,瑞海儿——一个穿着黄色圆领汗衫的黑肤色的女人——在黑暗中转向艾斯沙。

"艾斯沙帕皮恰全·库塔本·彼得芒恩。"她说。

她轻声说。

她移动她的嘴。

他们美丽母亲的嘴。

挺直坐着，仿佛等着被逮捕的艾斯沙将手指伸向那张嘴，触摸它说出来的话，握着它的呢喃。他的手指循着它的形状移动，然后触摸牙齿，然后，他的手被握住了，被亲吻了。

按在被散乱的雨弄湿的冰冷的脸颊上。

然后，她坐正，伸出手臂拥抱他，将他拉到身旁。

他们那样躺着，躺了许久，在黑暗中醒着，安静而空虚。

不老，不年轻。

只是一个可以活着，可以死去的年纪。

他们是在偶然的机会中邂逅的陌生人。

在生命开始之前，他们就相识了。

没有人可以说什么来解释接下来发生的事情，没有人可以说什么来区别性和爱，区别需要和感情。

或许我们所能说的，就是没有观看者自瑞海儿的眼中往外观看，没有人从一扇窗子望向外面的海，望向河流中的一艘船，或者雾中一个戴帽子的过路人！

或许我们所能说的，就是空气有点冷、有点湿，但是非常安静。

然而关于这个，我们能够说些什么？

我们只能说有眼泪，而安静和空虚搭配起来，像叠在一起的汤匙；我们只能说，有人嗅着一个可爱的喉咙末端的凹洞，而一个结实、蜜色的肩膀上有半圆形的齿痕；我们只能说事后许久，他们仍然紧紧相拥；我们只能说他们那一晚所分享的不是快乐，而是可怖的忧伤。

我们只能说，他们再度打破了爱的律法，那种规定谁应该被爱，如何被爱，以及得到多少爱的律法。

在荒废的工厂屋顶上，寂寞的鼓手击着鼓，一扇金属网门"砰"的一声关起来，一只老鼠匆忙穿过工厂地板。蜘蛛网封住旧腌缸，空的腌缸，只有一个例外，里面积着一小堆凝结的白色灰烬——一只鹧鸪的骨灰。它死去许久了，一只被腌起来的鹧鸪。

这是要回答苏菲默尔的问题：恰克，老去的鸟儿在哪里死去？为什么死去的鸟儿没有像石头那样，从天空掉落下来？

这是她到来的那天晚上所问的问题。那时她站在宝宝克加玛的观赏性池塘边缘，抬头望着天空中旋飞的鸢鸟。

苏菲默尔，戴着帽子，穿着喇叭裤，从一开始就被人喜爱。

因为玛格丽特克加玛知道，当你来到"黑暗之心"，任何人都可能碰上任何事情，所以她叫苏菲默尔进来，让她服用药片。预防血丝虫、疟疾和腹泻的药片。很不幸地，她没有预防溺死的药片。

然后，吃晚饭的时间到了。

"晚餐，真傻。"当艾斯沙被派去叫她时，她更正他。

吃"晚餐"时，孩子们坐在另外一张较小的桌子旁，背对大人的苏菲默尔对着食物扮出可怕的鬼脸。她让那对羡慕她的表弟妹看到她所吃的每一口食物：被咀嚼一半，仿佛被覆上一层保护物，躺在她的舌头上，像刚吐出来的东西。

当瑞海儿依样画葫芦时，阿慕看到她了，带她上床睡觉。

阿慕将她淘气的女儿放入被窝里，然后熄掉灯。她的晚安之吻没有在瑞海儿的脸颊上留下任何唾液，而瑞海儿可以看出她并不是真的生气。

"你没有生气，阿慕。"她快乐地轻声说。她的母亲多爱她一些了。

"没有。"

阿慕又亲吻她。

"晚安，甜心，上帝祝福你。"

"晚安，阿慕，赶快叫艾斯沙来。"

阿慕走开时听到她的女儿轻轻呼叫："阿慕！"

"怎么了？"

"我们流着相同的血，你和我。"

阿慕倚着黑暗中的卧室的门，不想回到晚餐桌。在那儿，谈话像蛾一样，绕着那个白人小孩和她的母亲打转，仿佛她们是唯一的光源。阿慕觉得她会死去；会枯萎，然后死去——如果她再听见另一句那样的话，如果她必须再忍受恰克那种骄傲，像拿着网球奖杯的微笑，如果她必须再忍受从玛玛奇那儿流出来的性嫉妒暗流，如果她必须再忍受宝宝克加玛那种骄傲意排除她和双胞胎的谈话，那种让他们明白自己在事物计划中所占之地位的谈话。

当她倚着黑暗中的房门时，她感觉她的梦——她的午后噩梦——在她里面移动，像一条水纹，自海里涌上来，然后扩大成一个波浪。那个快活的独臂人，那个皮肤有咸味、一边的肩膀像悬崖般突然终止的男人，从参差不齐的海滩阴影中出现，并向她走来。

他是谁？

他可能是谁？

失落之神。

微物之神。

鸡皮疙瘩和突然微笑的神。

他一次只能做一件事情。

如果吻她，他就不能和她说话；如果爱她，他就不能离开；如果说话，他就不能倾听；如果作战，他就不能赢。

阿慕渴望他，以她整个生物机能渴望他。

她回到晚餐桌。

21   生存的代价

当老房子闭起它困倦模糊的眼睛，进入睡眠时，阿慕将恰克的一件旧衬衫套在白色长衬裙上，然后走到外面的前阳台。她来回走了一会儿，感到浮躁不安，感觉自己像一只野生动物。然后，她在柳条椅上坐下来，椅子上方是那颗发霉、有纽扣眼的野牛头，以及挂在野牛头两边的"受祝福的小孩"和亚莉玉蒂阿玛奇的画像。她的双胞胎正在睡觉，眼睛半闭，像两只小怪兽。这是得自他们父亲的习惯，在筋疲力尽时，他们总是以这种方式睡觉。

阿慕打开橘形电晶体收音机，一个男人的声音从里面劈啪地传出来。那是一首她不曾听过的英文歌。

她坐在那儿，坐在黑暗中。一个寂寞、发着柔光的女人，望着外面她那满怀怨憝的姑妈所建造的观赏性植物园，倾听橘形收音机播放的歌曲，倾听一个来自远方的声音。那声音飘过黑夜，在湖和河流上方，在浓密的树梢上方浮动，经过黄色的教堂，经过学校，跌跌撞撞地上了泥路，爬向阳台的台阶，向她走来。

她几乎没有聆听那音乐，只注视着一群昆虫在灯光周围狂乱地飞，争着自杀。

那首歌的歌词在她脑海中造成爆发性的震撼。

没有时间可蹉跎了，

我听到她说，

在梦想溜走之前，

让它们实现，

因为它们转瞬消失无踪，

失去了你的梦，

你也将失去你的心。

　　阿慕抱膝而坐。她不敢相信自己的耳朵，不敢相信歌词里廉价的巧合。她凶猛地瞪视着外面的花园，凛枭飞过去，正静静地进行它夜间的巡行。肥厚的火鹤花像炮铜般，闪烁发光。

　　她继续坐了一会儿，歌曲结束后许久仍坐在那儿。然后，她突然从椅子上站起来，像一个女巫般走出她的世界，走向一个更好、更快乐的世界。

　　她迅速地穿过黑夜，像一只循化学痕迹前进的昆虫。她和她的孩子一样熟悉那条通往河流的小径，而且即便蒙住眼睛，也可以在那儿找到路。她不知道是什么使她如此仓促地穿过短树林，使她由行走变成奔跑，使她来到米那夏尔河河岸时，上气不接下气，并且啜泣。仿佛她太晚来了，来不及做某样事情，仿佛她的生命有赖于及时赶到那儿，仿佛她知道他会在那儿，等她，仿佛他知道她会来。

　　的确。

　　他知道。

　　那天下午，这个念头溜入他的脑海里，干净利落地，像一把刀的利刃。那是当历史跌了一跤之时，当他抱住她的小女儿之时，当她的眼睛告诉他，不是只有他可以送礼物之时。是的，不是只有他可以送礼物，因为她也有礼物要送给他；为了回报他送的船、盒子和小风车，她要送给他她微笑时深深的酒窝、她光滑的棕色皮肤、她闪亮的肩膀、她那双总是望向别处的眼睛。

　　他不在那儿。

　　阿慕坐在通往河水的石级上，将头埋在臂膀里，为自己如此肯定、如此有把握而觉得愚蠢。

　　往下游过去，在河流中间，维鲁沙以背浮在水面上，仰望着星星。他那瘫痪的哥哥和独眼的爸爸已经吃了他烹煮的晚餐，而且已经就寝了。因此，他可以自由自在躺在河里，慢慢地随波漂流，像一根圆木，像一只安详的鳄鱼。椰子树弯入河里，看着他漂浮而过。黄色的竹子哭泣着，小鱼儿随意向他卖弄风情，随意啄他。

　　他迅速翻一个身，开始游泳，往上游逆流游去。他朝岸上看了最后一眼，脚踏着水，因自己如此肯定、如此有把握而觉得愚蠢。

　　当他看到她时，那情感的爆发几乎要淹没他，他必须使出全力才能浮在水面上。他脚踏着水，站在一条黑暗的河流中间。

　　她没有看到他的头在黑暗的河流上摆动。那可能是任何东西，一粒漂浮的椰子。无论如何，她没有看到，她的头埋在臂弯里。

　　他注视她，慢慢来，没有迅速采取行动。

　　倘使他知道自己即将进入一条隧道里，而且唯一的出口就是自己的灭亡，那么，他会转身离去吗？

　　或许会。

　　或许不会。

　　谁知道？

　　他开始向她游去，悄悄地游去，切过水面，没有制造任何纷扰。当她抬头看到他时，他几乎已游到河岸了，脚碰到泥泞的河床。当他从黑暗的河流站起来，踏上石级时，她看出他们所站的世界是他的，她看出他属于这个世界，这个世界属于他，那河水、那泥巴、那些树、那些鱼、那些星星——他如此轻易地在其间移动。当她注视他时，她明白他的本质，明白他的劳力如何塑造他，明白他所雕塑的木头如何雕塑他，他刨过的每一块木板、他敲过的每一根钉子、他所做的每一样东西都塑造了他，都在他身上留下痕迹，都赐给他力量，赐给他灵活和优雅。

他在腰间缠着一块薄薄的白布，在黑色的两腿之间将那布扎起来。他甩掉头发上的水，她可以看到他在黑暗中的微笑，他那从童年时期带到成年时期的白色的微笑，突来的微笑，他唯一的行李。

他们凝视着对方，没有再思考。思考的时间来过又去了。破碎的微笑在他们前面等着，但那是后来的事。

后——来。

他站在那儿，河水自他身上滴下来。她仍然坐在石级上，注视他。月光下，她的脸显得那么苍白。他突然起了一阵寒颤，心怦怦地敲着，这一切都是一个可怕的错误，他误解她了。整件事情只是他的想象，只是一个陷阱，有人躲在灌木丛里观看，而她是一个美味可口的饵。事情一定是这样，他们看到他在游行的队伍中。他试着让声音显得不经意，显得平常，结果他的声音却变得嘶哑和粗糙。

阿慕库第……怎么了——

她走向他，以她的身体贴着他的身体。他只是站在那儿，没有碰她，但浑身颤抖，部分是因为冷，部分是因为惧怕，部分是因为强烈的欲望。尽管恐惧，他的身体已经准备要吃下那个饵。它要她，迫切地要她，他身上的水弄湿了她，她伸出臂膀拥抱他。

他试着理智些。我会碰上什么最恶劣的事？

我可能失去一切，我的工作、我的家人、我的生计，一切。

她可以听到他心脏狂乱的怦怦声。

她拥抱他，直至他的心脏平息下来。略微平息下来。

她解开他衬衫的扣子。他们站在那儿，皮肤对着皮肤，她的棕色对着他的黑色，她的柔软对着他的结实，她撑不住一只牙刷的赤褐色的乳房对着他光滑乌黑的胸膛。在他身上，她闻到河流的味道，他那令宝宝克加玛如此憎恶的独特帕拉凡的味道。阿慕伸出舌头，尝那味道，舔他喉咙的凹处，舔他的耳垂。她将他的头往下拉向她，然后吻他的嘴，一种朦胧的吻，一种要求回吻的吻。他回吻她，先是谨慎地吻，然后迫切地吻。他的手臂慢慢伸到她的背后，抚摸她的背，非常温柔地抚摸。她可以感觉到他手掌的皮肤，粗糙、结茧、像砂纸。他小心翼翼，免得将她弄痛。她可以感觉她在他手中是多么柔软，她可以透过他感觉到自己，感觉自己的皮肤，感觉只有被他抚摸才存在的部位，感觉她其余的部位只是烟雾。她感觉他靠在她身上颤抖，他的手放在她的臀部上（她那可以支撑一整排牙刷的臀部），然后将它拉向他的臀部，让她知道他多么想要她。

生物机能设计了这个舞蹈，恐惧为它打拍子，指挥他们身体相互应和的节奏，仿佛他们已经知道，他们得到多少颤动的快乐，就必须付出多少痛苦的代价；仿佛他们知道，他们将以被接受的程度来衡量投入的程度。因此他们退缩，彼此折磨着，慢慢地付出，但是这只让事情变得更糟，只提高了赌注，只让他们付出更高的代价，因为陌生之爱的褶皱、摸索和匆促，被抚平了、消失了，而他们进入狂热的高潮。

他们后面，河流在黑暗中悸动，闪烁如狂野的丝绸，而黄色的竹子哭泣着。

夜将手肘倚在水面上，观看他们。

他们躺在山竹果树下，在那儿，一只胡蜂、一个旗子、一个像是吃了一惊的飞机头和一道系着"东京之爱"的喷泉，在不久前才拔起一株开着船花、结着船果的老船树。

仓皇疾行，船世界已经消失了。

正要去工作的白蚁。

正要回家的瓢虫。

正要掘洞穴避开亮光的白色甲虫。

拿着白木小提琴的白色蚱蜢。

悲伤的白色音乐。

这一切都消失了。

留下一块光秃、干燥的船形地，清理好了，准备接受爱。仿佛艾斯沙本和瑞海儿为他们准备了这块地，仿佛他们希望这件事情发生，仿佛他们是双胞胎接生婆，为阿慕的梦接生。

现在，赤裸的阿慕蹲伏在维鲁沙上面，她的嘴压住他的嘴。他将她的头发帐篷般地在他们周围拉开来，就像她的孩子想要排除外面世界时所做的那样。她往后滑动，把她自己介绍给他其余的部位，他的颈项、他的乳头、他的巧克力色的腹部。她啜饮他肚脐凹洞里最后的河水。她品尝他，在她口中，他是咸的。他坐起来，将她拉向他，她感觉他的腹部在她下面绷紧，像木板那样坚硬，她感觉她的湿润在他的皮肤上滑动。

当她引导他进入她的身体时，她短暂地瞥见了他的年轻，瞥见他的眼睛因他所挖掘出来的秘密，而流露出的惊叹。而她对他报以微笑，仿佛他是她的孩子。

一旦他进入她的身体，恐惧便出轨了，生物机能掌权了。生存的代价爬到一个他们担负不起的高度，虽然后来宝宝克加玛会说，那只是一个小小的代价。

是吗？

两条生命，两个孩子的童年。

一个可供未来违规者借鉴的历史教训。

蒙眬的眼睛目不转睛地注视着蒙眬的眼睛，一个发光的女人向一个发光男人敞开自己。她宽广而深邃，就像一条泛滥的河流。他在她的水上航行。她可以感觉他愈来愈进入她的内部，而且他发起狂来，要求更进入，更进入，唯有她的形体和他的形体可以阻止他。当他被拒绝时，当他触摸到她的最内部时，他发出一个啜泣、颤抖的叹息，然后溺死在她里面。

她靠着他躺着，他们的身体因汗水而变得滑溜溜。她感觉他的身体自她那儿掉下来，他的呼吸变得更有规律。她看到他的眼睛明亮起来，而他抚摸她的头发，感觉在他里面松开的结仍然在她里面紧绑着、颤动着。他温柔地将她翻过来，让她背朝下躺着，用他潮湿的布拭去她身上的汗水和砂子，然后躺在她身上，留意不让他的重量压着她。小石粒被压入他前臂的皮肤里，他吻她的眼睛、她的耳朵、她的乳房、她的腹部、她因怀双胞胎而出现的七条银色的妊娠纹；他吻那行从肚脐延伸到黑暗三角地带的柔毛，那行告诉他她要他前往何处的柔毛，吻她双腿的内部，她皮肤最柔软的地方。然后，那双木匠的手举起她的臀部，一个贱民的舌头碰触她最里面的部分，自她的碗里久久而用力地欢饮。

她为他舞蹈，在那块船形的地面上。她生机盎然。

他抱住她，他的背倚着山竹果树，而她同时哭泣和欢笑。然后，有一段似乎是永恒的时间（但其实没有超过五分钟），她靠着他睡着了，她的背倚着他的胸腔。七年的遗忘自她那儿升起，以沉重、震动的翅膀飞入阴影里，就像一只迟钝的钢铁雌孔雀。而在阿慕的路上（通往年老和死去的路上），一个阳光普照的小草原出现了，铜色的草里闪耀着蓝色的蝴蝶，而过了草原便是深渊。

慢慢地，恐惧重新渗入他心里，对于自己所做的事所生的恐惧，对于他知道自己会一而再、再而三地做的事情所生的恐惧。

他的心脏敲击胸腔的声音将她吵醒。那颗心仿佛正在寻找一条出路，寻找那根可以移动的肋骨，寻找一块秘密的折叠式滑动门板。他的手臂仍然抱着她，她可以感觉当他的手在玩弄一片干燥的棕榈叶时，他的肌肉在移动。阿慕在黑暗中自顾自地微笑了，心想，她多么爱他的手臂，多么爱它们的形状和力气；心想，倚着他的手臂时，她觉得多么安全。虽然事实上，那是最危险的一个地方。

他将他的恐惧折成一朵完美无瑕的玫瑰，然后伸出握着那朵玫瑰的手。她自他手中拿下玫瑰，将它插在头发上。

她更靠近他，等着进到他里面，等着更进一步触摸他。他将她放入他身体的凹洞，一阵微风自河面升起，吹凉了他们温暖的身体。

空气有点冷，有点湿，有点安静。

但是，这有什么可说的？

一个小时后，阿慕温柔地抽出她的身体。

我得走了。

他没有说一句话，没有移动，只看着她穿衣服。

现在，只有一样东西是重要的。他们知道他们只能向对方要求那样东西，唯一的东西，永远是那样东西。他们两人都知道。

即便是后来，在这晚之后的那十三个夜晚，他们仍直觉地抓住渺小的事物，庞大的事物永远潜伏在他们身体里面。他们知道他们没有地方可去，他们什么也没有，没有未来。因此，他们紧紧抓住渺小的事物。

他们嘲笑对方臀部上的蚂蚁咬痕，嘲笑自叶子末端滑下的笨拙的毛毛虫，嘲笑翻了身但无法再翻回来的甲虫，嘲笑那一对总是可以在河里找出维鲁沙，然后吃他的小鱼儿，嘲笑一只格外虔诚、爱祈祷的螳螂，嘲笑一只住在历史之屋后阳台墙壁裂缝中的小蜘蛛，因为它总是以零碎的垃圾——一片胡蜂的翅膀、部分的蜘蛛网、灰尘、腐烂的叶子、一只死蜜蜂的胸腔——来遮盖自己的身体，借以伪装自己。维鲁沙叫它恰布桑姆布南——"垃圾王"。一天晚上，他们为它献上一件新衣——一片洋葱皮。但是它让他们觉得很不高兴，因为洋葱皮和它其余的防护服都被它拒绝了，它自这些东西当中出来，满脸不悦，光着身子，颜色像鼻涕，仿佛为他们的服装品位感到遗憾。有几天的时间，它一直处于这种傲慢地光着身子的自杀状态。被拒绝的垃圾外壳立在那儿，像一个过时的世界观，像一种陈旧的哲学。然后，它崩解了，而"垃圾王"慢慢地有了一套新的装束。

虽然没有向对方或自己承认，但他们将自己的命运和未来（他们的爱、疯狂、希望、无尽的喜悦）与它的命运及未来连接在一起。每一晚，他们检查它，想看看它是否活过那一天，而且随着时间的流逝而愈来愈惊慌。他们为它的脆弱和渺小而苦恼，为它适当的伪装和那似乎是自毁性的骄傲而苦恼。他们渐渐喜欢它那有所取舍的品位和它那踉踉跄跄的自尊。

他们选择它，因为他们知道，他们必须将信心放在脆弱之上，必须抓住渺小的事物。每一次分开时，他们只能从对方得到一个小小的应许。

明天？

明天。

他们知道事情可以在一日之内改变，而他们是对的。

然而，他们对于"垃圾王"的判断却是错误的。它比维鲁沙活得久，而且繁殖了后代。

它死于自然因素。

那第一个晚上，即苏菲默尔到来的那一天，维鲁沙看着他的爱人穿衣。穿好时，她蹲下来，面对他，以她的手指轻轻触摸他，在他的皮肤上留下一行鸡皮疙瘩，像粉笔平放在黑板上所画出的痕迹，像稻田上的微风，像教堂的蓝色天空中喷射机的白烟尾巴。他以手捧起她的脸，将它拉近他的脸，然后闭起眼睛闻她的皮肤。阿慕笑了。

是的，玛格丽特，我们彼此闻着对方的气味，我们确实那样做。

她吻他闭起的眼睛，然后站起来。背靠着山竹果树的维鲁沙看着她走开。

她的头发上有一朵干燥的玫瑰。

她转过头来，再说一次："那利。"

明天。